古典詩歌研究彙刊

第二一輯

龔鵬程 主編

第 2 冊

魏晉詩人之遊仙主題研究（下）

陳 子 梅 著

國家圖書館出版品預行編目資料

魏晉詩人之遊仙主題研究(下)／陳子梅 著 — 初版 — 新北市：
花木蘭文化出版社，2017〔民 106〕
目 2+298 面；17×24 公分
（古典詩歌研究彙刊 第二一輯；第 2 冊）
ISBN 978-986-404-863-2（精裝）
1. 遊仙詩 2. 詩評 3. 魏晉南北朝
820.91 106000425

ISBN- 978-986-404-863-2

9 789864 048632

古典詩歌研究彙刊
第二一輯　第二冊　　　　　ISBN：978-986-404-863-2

魏晉詩人之遊仙主題研究 (下)

作　　者　陳子梅
主　　編　龔鵬程
總 編 輯　杜潔祥
副總編輯　楊嘉樂
編　　輯　許郁翎、王筑　美術編輯　陳逸婷
出　　版　花木蘭文化出版社
社　　長　高小娟
聯絡地址　235 新北市中和區中安街七二號十三樓
　　　　　電話：02-2923-1455／傳真：02-2923-1452
網　　址　http://www.huamulan.tw 信箱 hml 810518@gmail.com
印　　刷　普羅文化出版廣告事業
初　　版　2017 年 3 月
全書字數　405379 字
定　　價　第二一輯共 22 冊（精裝）新台幣 33,000 元　　版權所有・請勿翻印

魏晉詩人之遊仙主題研究(下)

陳子梅 著

第五章　建安詩人遊仙主題──
三曹的漢音與魏響

　　「建安詩人乃至中國古代文士的生命失落感主要由於政治上的失意所導致的」〔註1〕，的確「由於不斷的政爭、戰亂，對死亡有更強列的恐懼，使人對生命產生更迫切的留戀。這種情形，在當時人的詩文中極爲明顯，成爲文學作品上重要的特徵之一……」〔註2〕，然而因爲三曹時代整體的主流價值存在於建功立業的外王事業，當熱情受到各種因素而內抑，理想不得實現時，那種生命所發生的失落感便會在他們的作品中發抒，並力圖透過寫作來消解情緒的痛苦。所以往往「將抒情與言志相結合，使文人詩脫離了單純的抒情緣事的格局，爲新詩體表現功能的增強和題材領域的擴大提供了可能性，從而使新的詩歌藝術系統迅速擺脫自然藝術的階段，走向自覺藝術的成熟階段……他們的詩歌在時空上顯得更爲廣闊……」〔註3〕。然而三曹所反映出來的心靈失落，則又各有不同面貌。

〔註1〕　孫明君：《漢末士風與建安詩風》，台北文津，1995年，頁174。
〔註2〕　李栖：〈魏晉名士的浪漫生活〉，《魏晉南北朝文學思想學術研討會論文集》，台北文史哲，1991年，頁357。
〔註3〕　錢志熙：《魏晉詩歌藝術原論》，北京大學，1993年，頁147。

　　曹操作為新政統的領導者，他所憂慮的是政統如何完成維繫並開創的事業。在生命時間不斷地逝去中，他並未達到自己所要求的標準，少了羈旅不遇的內在自憐與怨懟，加重的是對於整個政統的責任與負擔，多是對社會理想未完成而時間卻如長河奔流的傷逝悲感；這種悲感的著力點不僅是個人的，而是整個時代責任包袱的自我加諸。又譬如曹丕，作為曹操的繼承者，也實質上遞嬗了整個新政統的名義與圖騰。透過曹丕在作品裡多寫及的遊子與思婦的討論，發現曹丕生命失落感的產生並非源自於建功立業的思維部分，而是主要在慨歎生命本體在有限的時間內必然需要承受的各種折磨與苦痛。人在面對自身生命這種孤獨與冷落時，往往才能反芻到生命的無力與無解，透過對於他們心理細膩的刻劃與掌握，集中於描寫世態的冷暖，去寄寓這種人生飄零的生命失落。再如曹植，面對著骨肉的內心難以釋懷的憂思，把它放在「丈夫志四海」價值最終歸趨的思維上，可以看到一個隨時處在消解矛盾的士人典型，這種典型的建基在於曹植雙重身分所帶來的糾葛當中，而他也力圖想透過對於永恆性時空的思考來消解自身的掙扎。

　　遊仙作為此時代重要的創作題材，實際上有著極為重要的意義存在。王國瓔認為：

> 悲哀歲月易逝，慨歎生命無常，是魏晉詩人吟詠求仙意圖的情感根據。但是他們對神仙的企慕，對長生的嚮往，並不侷限於希求自然生命的延長，以抗拒死亡的威脅；更重要的是，企圖寄懷於超越時空、無往而不自得的神仙境界，以便從人生的苦悶中逃離出來，逍遙游心於塵外，得到大解脫。因此，魏、晉詩篇中求仙的吟詠，可說始終不離老、莊思想的範疇，是一種對個人生命存在的自覺，也是一種追求心靈逍遙自適的表露。〔註4〕

仙境便是一種超越性的場域，可以去延伸現實時空裡有限的生命時

〔註4〕　王國瓔：《中國山水詩研究》，台北聯經，1996 年，頁 81。

間，使生命時間這個虛擬的空間裡成爲不死的傳說，也寄託著詩人對於永恆生命的冀求，最終連時間觀念在這個想像空間裡也不再存在，一切都將成爲無始無終的永恆。無論是曹操「絕人事，遊渾元」〈陌上桑〉、「思得神藥，萬歲爲期」〈秋胡行其二〉這種「飄飄八極，與神人俱」〈秋胡行其二〉的超越性意識；還是曹植「金石固易弊，日月同光華。齊年與天地，萬乘安足多」〈遠遊篇〉此類型生命時間永恆與自然時間並齊的虛擬思維，都在放縱想像的遊仙時空中得到完成，與自我精神的短暫救贖。畢竟在現實的世界當中，因爲環境上各種限制，人類並無法完成各種生命需求，於是生命欲求在無法獲致完整滿足時，會伴隨著相對性的痛苦與折磨；然而在這個虛擬的時空當中，詩人卻可以滿足對慾望需求的各種想像，獲得生命的解放與自由，在現實層面的生命憂慮與掙扎，於文人在遊仙作品裡所編織的嶄新環境裡獲得一種安慰。「求仙的基本目的，是爲了長生不死。長生不死的觀念，起於對死亡的恐懼，對人間世界的強烈意願」〔註5〕。所以他們始終要回歸現實時空，仍然要面對「年之暮奈何，時過時來微」〈精列〉的浩嘆，這種生命時間的規律是無法悖反，於是文人們仍然必須在現實的環境中透過各種方式去消解傷逝悲感的內在思維，遊仙作品便成爲文人生命憂慮感的一個短暫並且虛擬的停泊點。

第一節　「離亂流逝」臻於「磊落通脫」——超越困境的境遇美感

　　王鍾陵在《中國中古詩歌史》裡認爲曹操詩歌的主題走向有三個方面：「一、記敘漢末實事和個人經歷，二、抒寫自己的政治理想與抱負，三、游仙」〔註6〕，的確曹操集中多數的詩歌都集中於現實社會以及個人抱負的抒寫，然而我們卻可以透過曹操的遊仙之作，去深入觀察其如何對待有關於生死的問題，以消解其因社會喪亂殘破而引

〔註5〕　王國瓔：《中國山水詩研究》，台北聯經，1996 年，頁 81～82。
〔註6〕　王鍾陵：《中國中古詩歌史》，江蘇教育，1988 年，頁 229。

發的傷逝悲感是如何做另一種向度的消解，如〈精列〉：

> 厥初生，造化之陶物，莫不有終期。莫不有終期。聖賢不
> 能免，何爲懷此憂？願蟂龍之駕，思想崑崙居。思想崑崙
> 居。見欺於迂怪，志意在蓬萊。志意在蓬萊。周孔聖徂落，
> 會稽以墳丘。會稽以墳丘。陶陶誰能度？君子以弗憂。年
> 之暮奈何，時過時來微。〔註7〕（頁 918～919）

曹操對待生死其實是帶著較爲清晰的思維態度。畢竟身處喪亂之際，
生死已成爲無法抗拒的天命，這種造化的自然規律，是必然會降臨在
每個人的身上，縱使是與天合德的聖賢，仍然會面臨死亡的關鍵。所
以曹操在此以清醒的態度去表達出死亡對於人類的必然性，並且透過
此來表現出求仙免死這種思維的荒謬；這除了代表著個體意識覺醒的
標誌外，也透露出曹操對於個體努力的自覺追求。

其實，當個體意識萌芽時，人類首先認識到的便是傷逝悲感所引
起對於生命存在的焦慮。尤其是集體思維不再受到神性天所控制，生
命的終始逐漸被視爲某種偶然性所導致造成的，這時對於現世的價值
寄託，便呈現一種無根的狀態。詩人面對這種內心無端的焦灼，並無
法承受隨時可能喪失的生命價值，他們敏感的生命氣質卻力圖從詩文
中尋求精神的寄託，於是他們虛擬了一個新的時空度量衡去消解現世
裡的傷逝悲感。裘尼（Joanne Wieland-Burston）曾言：

> 擁有堅實、可靠、有支持力量的內在意象，才能在一個人
> 的內在建立起關鍵性的聯繫，才能在一個人可能眞的有一
> 段時間都是孑然獨處，和外界的聯繫暫時中斷之際，在個
> 人和自我之間建立起共鳴的聯繫。在個人和外界的關係暫
> 時中斷或是十分薄弱甚至在崩解邊緣時，害怕失去一切、
> 害怕失去自我、失去生命之樂的沉落感覺，便會因爲和自
> 己的自我尚保存一絲聯繫，而彌補了過來。〔註8〕

〔註7〕 張溥：《漢魏六朝百三名家集》，台中松柏，1964 年，三曹作品皆引
此書，僅於文後標頁碼，不另加註。

〔註8〕 宋偉航譯：《孤獨世紀末》，台北立緒文化，1999 年，頁 81。

而曹操則持較為理性的態度，在〈步出夏門行〉裡：「神龜雖壽，猶有竟時。騰蛇乘霧，終為土灰。驥老伏櫪，志在千里。烈士暮年，壯心不已。盈縮之期，不但在天。養怡之福，可得永年⋯」，曹操並未否定人們追求生命繼續延續的渴望，並且認為縱使生命是有限的段落，仍然可以透過導養等身心修鍊的方法延長壽命。這一方面既承認並面對死亡之必然，一方面又肯定人自覺追求延長壽命的努力，導致了一種積極向上的個體覺醒意識的產生。其實曹操這種對於永生的企望並非矛盾於其對於死亡的深切認知，只是這一切已被他人格生命結構所統馭而解消矛盾的可能。縱使曹操人至「暮年」，他「志在千里」的雄心似乎未曾稍減；雖然生命的盈縮多數是由天來控制仲裁，然而只要能夠積極地去調養身心，就可以完成「永年」的企望。正因為這種積極的惜時心態，使得曹操消解了部分的「傷逝悲感」，努力乘時去建立功業，完成自己沒世不朽的理想。所以，這也足以證明曹操的遊仙詩並非呈現消極頹廢的生命狀態，而表現出積極進取、奮發昂揚的精神。如以下所示：

造化之陶物，莫不有終期→神龜雖壽，猶有竟時→造化自然規律 ─┐

養怡之福，可得永年→盈縮之期，不但在天→積極惜時的乘時思維 ◄┤

驥老伏櫪，志在千里。烈士暮年，壯心不已→曹操的人格生命結構 ─┘

（一）慷慨悲歌的無神論者

　　曹操的遊仙詩共七首，一般認為是曹操晚年的詩作。從詩歌描寫方面說，有單純對遊仙美好體驗及美妙仙境描寫的詩歌：〈氣出唱〉其二、其三和〈陌上桑〉，突出對神仙生活的嚮往、對長壽的祈求。另外，以憂愁為前提而對遊仙描寫的詩歌：〈氣出唱〉其一、〈精列〉以及〈秋胡行〉二首，突出生命易逝和功業未竟、出世與入世的矛盾。這些都是詩人切身的體驗，因而這種企慕與衝突就顯得綿邈深長。

　　表現曹操內心深處矛盾的以〈精列〉和〈秋胡行〉為代表。〈精列〉是詩人矛盾心理的展現。詩歌從萬物造化之初就會有終期，賢聖

也不能免的高度起筆，認爲應該平靜地面對死亡，顯得十分曠達。可從另一方面說，正是有了「憂」，才故作曠達以自慰。下面寫崑崙、蓬萊，暗含了對仙境、自由、長壽、永恆、歡樂的嚮往，但人間則是「周孔聖徂落，會稽以墳丘」，從而發出了「陶陶誰能度」的慨歎。可是緊接著又以「君子以弗憂」來自解，但隨即又不能不面對「年之暮奈何」的現實，「時過時來微」的悲哀與無奈，可謂是一波三折、跌宕起伏。這裡展現了一個具有普遍意義的心理圖式：憂──解憂──幻想美好──面對現實──自解──復憂。所以〈精列〉中對蓬萊、崑崙的幻想只是消解憂愁的一種方式，本詩的中心仍是「莫不有終期」、「時過時來微」的悲哀與無奈。在「憂──解憂──復憂」的掙扎中最後又回到了「憂」，憂愁的濃度大大加深。雖然缺少了「烈士暮年，壯心不已」的高歌豪邁，但突出了理想與現實之間無法調和的矛盾。觀〈精列〉一首原文：

> 厥初生，造化之陶物，莫不有終期。莫不有終期。聖賢不能免，何爲懷此憂？願螭龍之駕，思想崑崙居。思想崑崙居。見欺於迂怪，志意在蓬萊。志意在蓬萊。周孔聖徂落，會稽以墳丘。會稽以墳丘。陶陶誰能度？君子以弗憂。年之暮奈何，時過時來微。（頁 918～919）

生命短暫，時光難再，本千古人類共有的悲哀。曹操生具詩人的敏感熱情，又身當亂世，屢涉戰場，對於生死存亡，感慨尤深。在這首「精列」中他道盡了人類在時間的洪流中被沖刷、被淘汰的無奈，同時也交待了自己心態上的幾度轉變。首先，他認清了死亡是自從造化初生以來，宇宙間必然的定律，雖聖賢不免，於是便「見期於迂怪，志意在蓬萊」，以「思想崑崙居」作爲自處之道。朱乾曰：「嗚呼！魏武之心，漢武之心也。漢武求之外而失，魏武求之內而亦失……分香奏技，瞻望西陵，孰爲哀哉！」〔註9〕將曹操這個心理說得最明白。漢武帝

〔註9〕〈樂府正義〉卷五，引自《三曹資料彙編》，台北木鐸，1981 年，頁 34。

以求方術煉丹藥這些外在的方法，來企圖達成長生不死的目的；曹操則訴諸內在的玄想，以曲折多變、富麗堂皇的遊仙想像，來滿足規避死亡的渴望，他們用意相同。然而不論求之內求之外，其結果同樣是註定要落空，人生仍然「莫不有終期」、「陶陶誰能度」勳功偉業如大禹，智慧聖明如周孔，尚且難逃墳塋的召喚，誰又能夠例外？比起秦皇漢武等耽信神仙之言者流，曹操又多承擔了一份清醒的痛苦。懷抱著「痛哉世人，見欺神仙」的認知，他從蓬萊志意神仙假象中回到現實人生，發出「年之暮奈何，時過時來微」的感嘆。曹操對於神仙之說，就這樣徘徊在取與捨之間，充滿矛盾。

　　曹操在〈秋胡行其一〉中又再次的表明心聲：

> 晨上散關山，此道當何難。晨上散關山，此道當何難。半頓不起，車墮谷間。坐磐石之上，彈五弦之琴。作為清角韻，意中迷煩。歌以言志，晨上散關山。（一解）
> 有何三老公，卒來在我傍。有何三老公，卒來在我傍。負揜被裘，似非恆人。謂卿云何，困苦以自怨，徨徨所欲，來到此間。歌以言志，有何三老公。（二解）
> 我居崑崙山，所謂者真人。我居崑崙山，所謂者真人。道深有可得，名山歷觀，遨游八極，枕石漱流飲泉。沈吟不決，遂上升天。歌以言志，我居崑崙山。（三解）
> 去去不可追，長恨相牽攀。去去不可追，長恨相牽攀。夜夜安得寐，惆悵以自憐。正而不譎，乃賦依因。經傳所過，西來所傳。歌以言志，去去不可追。（四解）（頁922）

此詩首先敘述曹操在面對行軍的艱難倍嘗，正感到心煩意亂時，出現了三位仙人：仙人看到曹操如此的憂愁與徬徨，遂誘之以隨心所欲，過無憂無慮的神仙生活。但由於曹操沈吟不決，遂使仙人升天而不可追。此詩雖是敘說作者與仙人的相遇，在面對升仙與人世的選擇，因沈吟不決，而喪失登仙的機會，使他思念不已。正因曹操對人生有所追求，無法擺脫俗事之纏擾，隨仙人而去，內心仍是渴望得到賢才輔佐，以完成統一大業。所以長恨俗世牽絆，而他的人生追求就在於他

的政治抱負，可見曹操心中憂懷國事，寄寓了天下大治的願望。陳祚明評曰：「〈秋胡行〉一首，戚然興感，生此徬徨，意亦自歇。沈吟之累，昇天難期，蓋決絕始能踟躕，沈吟不免羈絆。『遂上』之云，情知近誣，故定愛勛名，歸於霸業，齊桓自擬，已矣終焉。」〔註10〕

　　儘管關於神仙的生動傳說由來已久，秦皇漢武尋訪神仙之事相去漢末魏初亦不甚遠；然而，更多的時候曹操對於神仙之事，則是持鮮明的否定態度。無神論的觀點首先體現在他對生命無常、人生短促的反覆吟唱上：

　　　　年之暮奈何，時過時來微。〈精列〉（頁 919）

　　　　冉冉老將至，何時反故鄉。〈卻東西門行〉（頁 924）

　　　　對酒當歌，人生幾何。譬如朝露，去日苦多。〈短歌行〉（頁 920）

　　　　天地何長久，人道居之短……四時更逝去，晝夜以成歲。〈秋胡行其二〉（頁 922～923）

　　　　厥初生，造化之陶物，莫不有終期。莫不有終期。聖賢不能免，何為懷此憂。〈精列〉（頁 918）

上述詩句，既出於曹操作為生命個體對人生有限的深刻體悟和感歎，也是他憑藉詩人的敏感對漢末「人生天地間，忽如遠行客」之類思想情感的傳承與延展。表現了時光的飄忽荏苒，以及由此引發的對生命的強烈留戀。

　　除了肯定生命的短促有限，曹操的無神論思想還表現了對神仙的否定。《三國志・魏書》記載：「光和末，黃巾起……（武帝）禁斷淫祀，奸宄逃竄，郡界肅然。」曹操本人詩文也留下了與鬼神勢力相抗爭的痕跡。他在《讓縣自明本志令》中聲稱自己「性不信天命之事」，在〈善哉行〉中感慨「痛哉世人，見欺神仙」在簡短的〈掩獲宋金生表〉中，也表明了其不信鬼神的立場：

〔註10〕陳祚明：《采菽堂古詩選卷》卷五，引自《三曹資料彙編》，台北木鐸，1981 年，頁 33。

臣前遣討河內，獲嘉之屯，獲生口，辭云：「河內有一神人
宋金生，令諸屯皆云鹿角不須守，吾使狗爲汝守。不從其
言者，即夜聞有軍兵聲，明日視屯下，但見虎跡。」臣輒
部武猛都尉呂納，將兵掩獲得生，輒行軍法。（頁 906～907）

從自明本志「不信天命」，到軍法處置「神人宋金生」，再到「禁妖祥
之言」，曹操不信鬼神的思想，在其多數作品中均得到了鮮明的體現。
在曹植的《辯道論》中也有其父不信鬼神的記錄：「世有方士，吾王
（曹操）悉所招致。……本所以集於魏國者，誠恐此人之徒接奸詭以
欺眾，行妖惡以惑民，故聚而禁之也。豈複欲觀神仙於瀛洲，求安期
於海邊，釋金輅而顧雲輿，棄六驥而求飛龍哉！自家王與太子及余兄
弟，咸以爲調笑，不信之矣。」表明曹操對於神仙之事採取「調笑」
與「不信」的態度。

　　曹操的內心世界無疑是個矛盾狐疑的世界。信仙、述仙，與疑仙、
反仙的矛盾；積極入世與消極泛逸的矛盾。他總是不斷在浩瀚宇宙中
追求自我價值的肯定，唯恐自己就寂然消滅於造化大浪之中，無影無
踪。然而在追尋的同時，他又不斷在從根本否定這份追尋的意義。肯
定了又否定，尋見了又放棄，直是矛盾叢生。證諸史籍，他一方面挾
天子以令諸侯，出入警蹕，志在竊鼎；一方面又明示「若天命在吾，
吾爲周文王矣」；對於帝位漢祚，他也是沉吟未決。另據「三國志魏
武帝紀裴松之注引曹瞞傳」載：「太祖爲人，佻易無威重。……每與
人談論。戲弄言誦，盡無所隱。及歡悅大笑，至以頭沒杯，案中肴膳，
皆沾洿巾漬。其輕易如此。然持法峻刻。諸將有計畫勝出己者，隨以
法誅之；及故人舊怨，亦皆無餘。其所刑殺，輒對之垂涕嗟痛之，終
無所活……」他的爲人舉止，似乎也同樣地相當反覆無定，矛盾不已。
難怪他在歷史上既同時享有千古文名，卻也洗脫不去小說戲曲中的奸
詐形象。從詩歌的內容風貌、爲人的出處行止，乃至後世對他的評價，
都是正反並立，矛盾糾結。而在遊仙詩中，其心路歷程中的層層轉折，
露出了一線端倪。

（二）託志神仙以抒發感慨

曹操雖然嚮往著能與仙人同遊的永恆快樂境界，然而他自己其實也知道，這將是一個永遠不可能達成的夢想。如〈精列〉：

> 厥初生，造化之陶物，莫不有終期。莫不有終期。聖賢不能免，何爲懷此憂？願蟠龍之駕，思想崑崙居。思想崑崙居。見欺於迁怪，志意在蓬萊。志意在蓬萊。周孔聖徂落，會稽以墳丘。會稽以墳丘。陶陶誰能度？君子以弗憂。年之暮奈何，時過時來微。（頁918～919）

非僅仙界不能遊，連企盼中散發著「明明光昭」的理想秩序社會也是遙不可及。曹操雖然戮力於透過軍事和政治的力量來促成此一具有倫理之美的世界到來，然而現實生活中他所處的畢竟是一個最爲悽慘的世界，是一個連年征戰、「白骨露於野，千里無雞鳴」的人間煉獄：

> 關東有義士，興兵討群凶。初期會孟津，乃心在咸陽。軍合力不齊，躊躇而雁行。勢利使人爭，嗣還自相戕。淮南弟稱號，刻璽於北方。鎧甲生蟣蝨，萬姓以死亡。白骨露於野，千里無雞鳴。生民百遺一，念之斷人腸。〈蒿里行〉（頁919）

其軍旅生活更是艱苦至極：

> 北上太行山，艱哉何巍巍。羊腸坂詰屈，車輪爲之摧。樹木何蕭瑟，北風聲正悲。熊羆對我蹲，虎豹夾路啼。谿谷少人民，雪落何霏霏。延頸長歎息，遠行多所懷。我心何怫鬱，思欲一東歸。水深橋梁絕，中路正徘徊。迷惑失故路，薄暮無宿棲。行行日已遠，人馬同時飢。擔囊行取薪，斧冰持作糜。悲彼東山詩，悠悠使我哀。〈苦寒行〉（頁921）

身當亂世，屢涉沙場，軍旅的艱辛，讓其對人生苦難多了一分細膩的觀照，對生死存亡亦多了一份哀歎。這種哀歎所牽扯的其實是一種對時間流逝、對生命無常、以及對理想可能失落的感傷：

> 對酒當歌，人生幾何。譬如朝露，去日苦多。慨當以慷，憂思難忘。何以解憂，唯有杜康。青青子衿，悠悠我心。但爲君故，沉吟至今。呦呦鹿鳴，食野之苹。我有嘉賓，

鼓瑟吹笙。明明如月，何時可掇。憂從中來，不可斷絕。
越陌度阡，枉用相存。契闊談讌，心念舊恩。月明星稀，
烏鵲南飛。繞樹三匝，何枝可依。山不厭高，海不厭深。
周公吐哺，天下歸心。〈短歌行〉（頁920）

時間在此被賦予了如箭矢般飛快的速度，或從此刻而指向未來、或從
此時而逆溯（去日苦多）、或從過去而來沒入了現有的空間情境之中
（沈吟至今）。對比於企盼中的永恆理想，其方才開始便行將結束，
因而帶予人一種「當下」愈發離亂流逝的無常感受。綜觀曹操的詩歌，
即時常顯露出一種個體面對著當下事物所突然引發的深刻感慨與焦
慮。

　　這是一種深陷在孤寂「境遇」中對生命存在感受到焦慮的美學。
看似戰功彪炳、意氣風發的曹操，雖然有著果敢、豪邁而堅毅的外表，
但在內心意識的幽暗之處，卻仍潛藏著一絲深恐壯志終究未能達成的
深層孤獨與憂慮。故其置身於心理與外在事物交相催化而成的特殊情
境時（此際的曹操類似一個海德格（Heidegger）所稱的在世存有者
（Dasein）），會突然意識到了時間的無常被轉化、凝鍊、結晶在現時
的剎那空間之中。「人生幾何」、「譬如朝露」般充滿著生命焦慮與歎
逝的美感於是油然而生，其對照著曹氏企盼中充滿著「明明光昭」的
永恆理想，愈發顯得具有無窮的張力與矛盾，從而讓人感受到人生真
正可能的失落與悲涼。

　　值得注意的是，對當下離亂流逝境遇十分敏感的曹操，是具有著
儒者盡其在我的胸懷、明知其不可而為之的勇氣，這通常轉化為其對
理想世界義無反顧、堅決追求的永恆動力：

神龜雖壽，猶有竟時。騰蛇乘霧，終為土灰。老驥伏櫪，
志在千里。烈士暮年，壯心不已。盈縮之期，不但在天。
養怡之福，可得永年。幸甚至哉。歌以詠志。〈步出夏門行，
五首之五〉（頁11）

如此胸懷及勇氣，結合上對人間事理與自然萬物變化道理相通的深刻
認知，使其不致陷入如懷才不遇士人常有的鬱結之情，而具有近乎道

家般坦然豁達的人生觀。他不但不怨天、不尤人，還往往能從哀傷自憐的情境中跳脫而出，或憑藉軍事武力、或藉由詩歌以言志，希望能因此達成理想中的太平盛世，從而揮灑出了另一番想做什麼便做什麼、想說什麼也就說什麼的「自由」天地，並營造出了一種「磊落通脫」的境遇美感。在此，個體英雄任氣使才的豪情壯志被表露無遺，激盪出了一股亟欲超越眞實困境、直奔理想情境的如虹美感。

第二節 「軌則」的「光昭」——人倫禮樂爲本的美學境界

（一）求仙道旨在求功業

建安時期的詩中最常見的乃是感慨光陰與生命的遷逝，並從個體生命的短暫而想到積極有爲，建立功業。這一主題與曹操遊仙詩的基本精神一致。漢末時災荒、動亂、戰爭、瘟疫連續了多年，「百姓死亡，暴骨如棄」，此時個體生命的易朽顯得特別觸目驚心，在積極進取的志士仁人心目中個人的努力便得到空前的強調。作爲創業之主更關心的是軍政大事，擔心的是「世不治」，嚮往的是建設一個秩序井然的理想化的封建盛世，爲此曹操奮鬥了一生；到晚年他更深感任重而道遠，非長壽不足以解決問題。特別是〈秋胡行〉二首深刻之處在於，詩人對生命的留戀有著深廣積極的內涵，體現了「烈士暮年」的悲哀與希冀；他認識到，既然個體生命的短暫乃是無法徹底改變，因此便不足憂，可憂的是能否對「世」之「治」作出應有的貢獻。

〈秋胡行〉二首具體地流露出詩人晚年矛盾的、無可奈何的、而又不甘甘休的思想情緒；是詩人苦悶的象徵，是一個有雄心壯志的英雄眼看著自己建功立業的希望就要化爲泡影時的慷慨悲歌。

> 晨上散關山，此道當何難。晨上散關山，此道當何難。半頓不起，車墮谷間。坐磐石之上，彈五弦之琴。作爲清角韻，意中迷煩。歌以言志，晨上散關山。（一解）

有何三老公，卒來在我傍。有何三老公，卒來在我傍。負
揜被裘，似非恆人。謂卿云何，困苦以自怨，徨徨所欲，
來到此間。歌以言志，有何三老公。（二解）

我居崑崙山，所謂者眞人。我居崑崙山，所謂者眞人。道
深有可得，名山歷觀，遨游八極，枕石漱流飲泉。沈吟不
決，遂上升天。歌以言志，我居崑崙山。（三解）

去去不可追，長恨相牽攀。去去不可追，長恨相牽攀。夜
夜安得寐，惆悵以自憐。正而不譎，乃賦依因。經傳所過，
西來所傳。歌以言志，去去不可追。（四解）〈秋胡行其一〉
（頁 922）

黃節在「魏武帝詩註」中說此詩「蓋以寧戚比三老，而自比齊桓也。
去去不可追，歎三老之不爲用也。」並引曹操在建安十九年所下的「求
賢令」爲佐證，說明此詩「蓋有求賢之意」〔註11〕，近來學者多從其
說。政治人物總被作政治聯想。姑且不論此詩是否含有思賢求能之
意，單就詩中遊仙成份著眼。曹操在這裡幾乎是以敘事詩的手法，來
敘述和仙人相遇的經過，充滿戲劇性。第一解從晨上散關山下筆，起
初快意鋒發，暗忖此道有何難行，忽然牛頓不起，車墮谷間，氣餒之
餘只好坐在磐石上彈琴作韻，卻仍無補心煩意亂。故事的序幕拉開
了，栩栩如生。二解三老公突然現身於山野，似眞似幻，「似非恆人」。
謂卿云何四句，黃節注曰：「皆問三老公之言也。」然盱衡上下文，
似乎應是三老公相問之言。這裡又是一個凡人登山至中途，仙人下來
相會的例子。曹操遊仙過程的迂迴性，和屈原的遠遊飛昇之想，很不
相同。三解從黃節之說，乃三老公之言。有趣的是，連「眞人」自言
得道經過，也都是「名山歷觀」之後，才「遂上升天」，居於崑崙山。
這是曹操慣有的曲折遊仙模式。四解是詩人事後的追慕之詞。這是一
首結構嚴謹的遊仙詩，和「氣出倡三首」及「陌上桑」等承襲兩漢民
歌的樂府古辭比起來，此詩止於登山遇仙，只有第一重仙境，而未作

─────────────

〔註11〕黃節：《魏文武明帝詩註》，台北藝文，1977 年，頁 77。

登遐遠遊。這在曹操的遊仙詩作中，手法非常特殊，兩晉以後，倒常出現，遊仙詩後來的發展，遠遊成份愈減，仙境描繪漸重，而逐漸與山水詩隱逸詩合流〔註12〕，此處是其濫觴。

詩中忽而進入仙境，忽而回到人間，鮮明地展現了曹操內心世界求仙與建業兩種欲求的衝突。陳祚明《采菽堂占詩選》的評語確是抓住了全詩的要旨：「會味其旨，總歸『沉吟不決』四言而已」、「入世出世，不能自割」、「沉吟不決，終戀世途」。陳祚明看出了詩的兩種思想矛盾是「遊賢遠想，實系思心」的具體內容，即曹操下不了仙去的決心，表現了入世出世兩種欲求的尖銳衝突。

在曹操的遊仙詩中，實可窺見其體內那份感情和理性的掙扎，以致他常徘徊在入世和出世之間，其中以〈秋胡行〉第二首最能表達出他這份內心的衝突：

> 願登泰華山，神人共遠遊。願登泰華山，神人共遠遊。經歷崑崙山，到蓬萊。飄颻八極，與神人俱。思得神藥，萬歲為期。歌以言志，願登泰華山。〈一解〉
>
> 天地何長久！人道居之短。天地何長久！人道居之短。世言伯陽，殊不知老；赤松王喬，亦云得道。得之未聞，庶以壽考。歌以言志，天地何長久。〈二解〉
>
> 明明日月光，何所不光昭！明明日月光，何所不光昭！二儀合聖化，貴者獨人不。萬國率土，莫非王臣。仁義為名，禮樂為榮。歌以言志，明明日月光。〈三解〉
>
> 四時更逝去，晝夜以成歲。四時更逝去，晝夜以成歲。大人先天而天弗違。不戚年往，憂世不治。存亡有命，慮之為蚩。歌以言志，四時更逝去。〈四解〉
>
> 戚戚欲何念，歡笑意所之。戚戚欲何念，歡笑意所之。壯盛智惠，殊不再來。愛時進趣，將以惠誰？泛泛放逸，亦同何為。歌以言志，戚戚欲何念。〈五解〉〈秋胡行其二〉（頁922～923）

〔註12〕張鈞莉：《六朝遊仙詩研究》，台灣大學中文系碩士論文，1986年。

這一首寫詩人求仙思得不死之藥的幻想與現實生活中理想的矛盾。其在此詩的心路歷程簡述如下：

第一解：產生與神仙遠遊和長生壽考的想法。

第二解：開始理智分析神仙傳說，並摒除長生成仙的妄想，只求延年益壽。

第三解：將遠遊和長壽的想法轉化為積極奮發，建功立業的入世責任與使命。

第四解：對第一、二解的長壽渴望作堅決的否定，並表現通俗豁達的胸懷。

第五解：否定第三解與第四解的入世雄心，並對歲月流逝而感到無奈與茫然。

　　曹操對神仙世界與長壽的渴望，在此詩中，表現著肯定與否定之間茫然的層層轉折。而這種沈吟不決，矛盾萬端的心緒，正是曹操畢生心性行為的最佳寫照。陳祚明說：「二首浩然遠懷，使信旋疑，猝恐難至，得之未聞，且復上惑前哲，庶以壽考，聊復乍顧。今茲因寶身貴人，慕名戚世，年往勿顧，竟以樹建為期，而永念後來，歲猶奄忽，幾何壯盛，終用縈情。故首章自昇仙而歸於時業，次章自時業而悼於人生，會味其旨，總歸『沉吟不絕』四言而已。序述回曲轉變，反覆循環不窮，若不究其思端，殊類雜集，引緒觀之，一意凄楚，成佳構矣。筆古無侔言。獨惜孟德如此曠懷，一間未達，決裂以後，拔苦何期。悠悠人生，胡可不識。」〔註13〕王夫之亦認為此詩的寫作技巧已經達到了一種極難學習的境界。他說：「當其始唱，不謀其中，言之已中，不知所畢，已畢之餘，波瀾合一，然後知始以此始，中以此中，此古人天文斐蔚夭矯引伸之妙。蓋意伏象外，雖所至而與俱流，雖今尋行墨者，不測其緒。」〔註14〕表現了求仙尋藥的願望，「願登

〔註13〕陳祚明：《采菽堂古詩選卷》卷五，引自《三曹資料彙編》，台北木鐸，1981年，頁33～34。

〔註14〕王夫之：《古詩評選》，北京文化藝術，1997年，頁15。

泰華山，神人共遠遊」、「思得神藥，萬歲爲期」。但他又對赤松、王喬得道成仙表示懷疑。天地長久而人生有限，沒聽說誰可以眞正得道，只不過益壽延年罷了。曹操不忘人間功業，要建立「二儀合聖化，貴者獨人不？萬國率土，莫非王臣。仁義爲名，禮樂爲榮」的大一統天下，認爲世間人最貴。「不戚年往，憂世不治。」詩人並不爲年歲已高，壽命將盡而縈繞於懷，而是爲國家不能大治而憂慮。朱嘉征《樂府廣序》說「〈秋胡行〉……思治也。武帝有大一統之志，爾時三分之業已定，自苦年力不逮，是其遺恨。讀『去去不可追，長恨相牽攀』、『愛時進取，將以惠誰？』寄託益遠矣。」此論得之。

　　上述分析可見，曹操對待神仙從來沒有沉醉迷戀，而是有著清醒的認識。借遊仙來抒懷言志，在幻想的仙境中寄託自己的理想抱負，現實人生的缺憾和不足得到想像中的補償——被時空束縛的人生在仙境中得到超脫，未境之統一大業在幻想中得到完成。曹操遊仙詩對人生缺憾的補償意識，正是他追求完美的人生理想，迫切希望完成自己統一天下大業的心理體現，形成他的遊先詩「求仙以求功業」的特點。

　　在對待人命的問題上，詩人曹操站在創作潮流的前列。他的詩率先集中而突出地看到了人生有限與建功立業二者關係這個激動人心的時代主題。他的名作〈短歌行〉以「對酒當歌，生幾何」發端，以「周公吐哺，天下歸心」結束，直截了當地唱出了那個時代的最強音；後來他又反復詠唱以爭取長壽爲手段以大治天下爲指歸的遊仙詩，皆只是同一主題的變奏。

（二）禮樂治世的期盼

　　詩歌創作中，曹操雖然沒有直接說出他對美的看法，然而從他對理想社會、仙境等的描述，不難窺知他心目中對於美的企求。事實上，曹操雖然強調個體才氣，卻對儒家理想中井然有序的古代社會多所欽羨。他認爲君臣之禮是應該謹守不渝的，在詩中，他對周文王、齊桓

公的「臣節不墜」即多所稱美：

> 周西伯昌，懷此聖德。三分天下，而有其二。修奉貢獻，
> 臣節不墜。崇侯讒之，是以拘繫。後見赦原，賜之斧鉞，
> 得使征伐。爲仲尼所稱，建及德行，猶奉事殷，論敘其美。
> 齊桓之功，爲霸之首。九合諸侯，一匡天下。一匡天下，
> 不以兵車。正而不譎，其德傳稱。孔子所歎，並稱夷吾，
> 民受其恩。賜與廟胙，命無下拜。小白不敢爾，天威在顏
> 咫尺。晉文亦霸，躬奉天王。受賜圭瓚，秬鬯彤弓，盧弓
> 矢千，虎賁三百人。威服諸侯，師之所尊。八方聞之，名
> 亞齊桓。河陽之會，詐稱周王，是以其名紛葩。〈短歌行其
> 二〉（頁 920～921）

同時他更以周公自況：「山不厭高，海不厭深，周公吐哺，天下歸心。」
〈短歌行〉。周公不僅輔佐成王定四方，謹守爲臣之道，且制禮作樂，
成爲後世典範，曹操因而心嚮往之，並在詩中流露出希望天下能因此
導向理想美質社會的恢弘志向。

　　這是一種以倫理學爲本的美學，其形成與曹操思想中對儒家的承
傳脫不了關係。當時，儒學雖已失去了它在兩漢時的盛況，不再顯得
神聖而不可質疑，然而，這並不意味著傳統的儒學從此便失去了它的
作用。以曹操而言，他在用人與治軍上固然採取了法家憎惡空談、尚
實際、而賞罰分明的思想，通脫的個性亦多少顯現出道家追求自然質
樸的精神，卻仍保有著先秦儒學所建構出來的豐富的人道主義色彩。
這與他早年曾舉孝廉，在靈帝時曾因「能明古學」而被征拜爲議郎的
經歷顯有密切的關連。因爲在當時，能擔任議郎等屬於檢察、顧問一
類的文官者，都是那些被公認爲學術淵深、能明經致用的人，而曹操
能擔任如此的官職，說明了他早年完全係以儒學之士的身份出現的。

　　一如孔子乃是以仁作爲其美學出發的本體、並延伸爲對禮的重
視，曹操在抒發其人生的抱負時，亦不時流露出了對於「仁」的歌頌、
例如他在〈善哉行〉中即藉著對周代聖君與賢人的稱讀道出了如此心
聲：

古公亶父，積德垂仁。思弘一道，哲王於醻。太伯仲雍，
王德之仁。行施百世，斷髮文身。伯夷叔齊，古之遺賢。
讓國不用，餓殂首山。智哉山甫，相彼宣王。何用杜伯，
累我聖賢。齊桓之霸，賴得仲父。後任豎刁，蟲流出戶。
晏子平仲，積德兼仁。與世沈德，未必思命。仲尼之世，
王國爲君。隨制飲酒，揚波使官。〈善哉行其一〉（頁 923）

在他的心目中，仁乃是一切事物醞發的基礎，散發於外，即是對於禮
的強調。其所規定的上下等級、與尊卑次序等，並非是外加強迫的，
而是一種依存於氏族血統基礎上的親子之愛。周代諸王所以令人景
仰，正因其「積德垂仁」、並因而維繫了太平盛世之故。事實上，正
因曹操有如此思想，所以他會企望著一個理想社會的降臨，並在詩歌
中一再地描述、建構著它的存在：

天地間，人爲貴。立君牧民，爲之軌則。車轍馬跡，經緯
四極。黜陟幽明，黎庶繁息。於鑠賢聖，總統邦域。封建
五爵，井田刑獄。有燔丹書，無普赦贖。皋陶甫侯，何有
失職。嗟哉後世，改制易律。勞民爲君，役賦其力。舜漆
食器，畔者十國，不及唐堯，采椽不斫。世歎伯夷，欲以
屬俗。侈惡之大，儉爲共德。許由推讓，豈有訟曲。兼愛
尚同，疏者爲戚。〈度關山〉（頁 919）

對酒歌，太平時，吏不呼門。王者賢且明，宰相股肱皆忠
良。咸禮讓，民無所爭訟。三年耕有九年儲，倉穀滿盈。
班白不負戴。雨澤如此，百穀用成。卻走馬，以冀其土田。
爵公侯伯子男，咸愛其民，以黜陟幽明。子養有若父與兄。
犯禮法，輕重隨其刑。路無拾遺之私。囹圄空虛，冬節不
斷。人耄耋，皆得以壽終。恩澤廣及草木昆蟲。〈對酒〉（頁
920）

這顯然是一個軌則分明、井然有序的社會：不僅風調雨順、五穀豐收，
外在自然世界中的萬物如草木昆蟲等各得其所；在賢君明主施行仁政
的照料下，人間亦充滿了適得其宜的禮法分際，非但君王賢明、宰相
忠良，而且都講禮讓，民無爭訟。這其實意味在曹操心目中，個人因

才性之故雖有其獨立的價值，然而更為重要的卻是整體社會秩序的和諧運行，因而是個散發出人倫、禮法之美的太平理想社會。

　　這個植基於仁政所釀發出的對「禮」──人倫秩序的讚嘆，亦可在曹操遊歷仙境的描述中見之。曹操雖不盡信方術天命，例如他說：「痛哉世人，見欺神仙」〈善哉行〉，然而卻也開風氣之先以文人身份寫作了多首遊仙詩，這些詩在對於華美仙境以及逍遙遊歷過程極盡描寫能事的同時，也透露出了對禮樂治世的深刻期盼：

　　駕六龍，乘風而行。行四海，路下之八邦。歷登高山臨溪谷，乘雲而行。行四海外，東到泰山。仙人玉女，下來遨遊。驂駕六龍飲玉漿。河水盡，不東流。解愁腹，飲玉漿。奉持行，東到蓬萊山，上至天之門。玉闕下，引見得入。赤松相對，四面顧望，視正焜煌。開王心正興，其氣百道至。傳告無窮閉其口，但當愛氣壽萬年。東到海，與天連。神仙之道，出窈入冥，常當專之。心恬憺，無所愒。欲閉門坐自守，天與期氣。願得神之人，乘駕雲車，驂駕白鹿，上到天之門，來賜神之藥。跪受之，敬神齊。當如此，道自來。〈氣出唱其一〉（頁917～918）

　　華陰山，自以為大。高百丈，浮雲為之蓋。仙人欲來，出隨風，列之雨。吹我洞簫，鼓瑟琴，何闇闇。酒與歌戲，今日相樂誠為樂。女起，起舞移數時。鼓吹一何嘈嘈。從西北來時，仙道多駕煙，乘雲駕龍，鬱何蓩蓩。遨游八極，乃到崑崙之山，西王母側，神仙金止玉亭。來者為誰？赤松王喬，乃德旋之門。樂共飲食到黃昏。多駕合坐，萬歲長，宜子孫。〈氣出唱其二〉（頁918）

　　遊君山，甚為真。礔礰砟硌，爾自為神。乃到王母臺，金階玉為堂，芝草生殿傍。東西廂，客滿堂。主人當行觴，坐者長壽遽何央。長樂甫始宜孫子。常願主人增年，與相守。〈氣出唱其三〉（頁918）

　　願登泰華山，神人共遠遊。願登泰華山，神人共遠遊。經歷崑崙山，到蓬萊。飄颻八極，與神人俱。思得神藥，萬

歲為期。歌以言志，願登泰華山。天地何長久！人道居之短。天地何長久！人道居之短。世言伯陽，殊不知老；赤松王喬，亦云得道。得之未聞，庶以壽考。歌以言志，天地何長久。明明日月光，何所不光昭！明明日月光，何所不光昭！二儀合聖化，貴者獨人不。萬國率土，莫非王臣。仁義為名，禮樂為榮。歌以言志，明明日月光。四時更逝去，晝夜以成歲。四時更逝去，晝夜以成歲。大人先天而天弗違。不戚年往，憂世不治。存亡有命，慮之為蚩。歌以言志，四時更逝去。戚戚欲何念，歡笑意所之。戚戚欲何念，歡笑意所之。壯盛智愚，殊不再來。愛時進趣，將以惠誰？泛泛放逸，亦同何為。歌以言志，戚戚欲何念。〈秋胡行其二〉（頁922～923）

詩中所描述、企盼遊歷之處，一如前述理想中的社會，也是個禮樂大作，仁義教化施行的和諧境界。不僅仙凡有上下之異，主客有禮儀之分，而且君臣有主從之別。由此可知，曹操心目中對人倫等秩序所構成的人文之美，是十分看重，呈現出的是一種以倫理學為本的美學境界。

有意思的是，曹操對這種人倫秩序所呈現出的美質顯然是有所意識的，是以，他會將之比擬為日月之光，一再地高歌：「明明日月光。何所不光昭」，欲藉日月烘托出理想社會「明明光昭」的美質。嚮往著倫理永恆秩序的曹操顯然認為，不同於螢蟲的微弱光亮，不同於草木的終將枯朽，軌則之美如日月般日復一日所散發出的光輝，對比於黑暗有限的籠罩，正是天地萬物永恆的表徵，而且煥發出亙久明亮的特質，突顯出不同於表象事物瞬息即變的至高真美。

第三節　生命不能承受之輕

曹丕對於生命價值的思考是非常纖細敏感。在反覆的辯證中去透顯生命無常的主題基調，這種先喜後悲，餘哀不盡的情況，在他的詩中所在多有；在酣樂裡，思維生命價值之所在，當下絃歌笙舞的喧鬧，

反而使得曹丕感到內心愁緒無法排遣。「樂往哀來摧肺肝」的思維，反映了曹丕對於當下時間所呈現狀態的不信任，隨著歡宴的場面實際上伴隨的正是宴樂之後生命密度的狼藉。如〈善哉行〉：

> 朝日樂相樂，酣飲不知醉。悲絃激新聲，長笛吹清氣。絃歌感人腸，四坐皆歡悅。寥寥高堂上，涼風入我室。持滿如不盈，有德能能卒。君子多苦心，所愁不但一。慊慊下白屋，吐握不可失。眾賓飽滿歸，主人苦不悉。比翼翔雲漢，羅者安所羈。沖靜得自然，榮華何足爲。（頁 1014）

透過當下時間的直覺而意識到的樂苦相續的生命思維，也因此而衝擊著他的心靈；而自然時間的推移變換與代謝更替，相對於宴樂時的當下時間而言，這種對照組的呈現反而更顯歡樂的短促。「君子多苦心，所愁不但一」，所有關於時空遞嬗的憂愁不但難以確知來自何處，而各種憂愁也相互交集去構成對於生命價值的衝擊，對於憂愁的深思似乎也無助於消解傷逝悲感；或許只有淡化思維的密度，不需耽溺於心靈的糾結與痛苦，透過「忘憂」去正視、回歸現實的複雜，並加以處理。張鈞莉認爲：

> 但是面對這些憂思感慨，曹丕經常採取的態度卻是避重就輕，放棄深思。……這其中有一種認命的、依違兩可的態度……如今從他處理生命疑惑時的規避心態看來…他的性格也是「一變乃父悲壯之習」，柔緩的多……一個「忘」字說明了他並不著意去尋思解決問題的辦法，只想暫時遺忘問題的存在，因此這些問題不久會再出現，這就是爲什麼他的詩中老是重複出現一樣的悲愁，不似曹操有著各種截然不同的風貌。〔註15〕

李洲良也提及：

> 曹丕詩中的意象主要採用比興的手法來組合，正如他的爲人一樣，他似乎不願把自己的思想感情直拋出……缺少曹

〔註15〕張鈞莉：〈從游仙詩看曹氏父子的性格與風格〉，《中外文學》第二十卷第 5 期，1991 年 5 月，頁 104～110。

> 操那種坦率通脫之氣。所以，他的詩常常因景設情，以景
> 襯情，景語多於情語。即使用賦的手法來組合，也不像曹
> 操那樣直陳，而是回環往復，欲開還閉，欲言又止，曲曲
> 折折。〔註16〕

曹丕常因當下的生命憂愁縈繞不去，感受到了生命價值的意義；然而卻往往不去索求其根源以及消解傷逝悲感的所有可能，反而直接地回到現實當中去處理所有的複雜糾葛；使理性的認知超越了感性的體悟，並不會耽溺於憂思當中，反而刻意避開更深入的思考，對於文章功能的肯定，而有了不朽的可能。

　　曹丕→忘憂→回到現實去處理當下的糾結→理性超越感性。

（一）生命能量的質變

　　清人沈德潛評價曹丕詩歌時曾說：「孟德詩猶是漢音，子桓以下，純屬魏響。」〔註17〕「漢音」的特點是與政治倫理相連，恪守「詩言志」；而「魏響」則放棄工具性，重抒情，關注人類生命的本身、價值、生存的意義，為一己審美而作。

　　王瑤曾說：「我們念魏晉詩人的詩，感到最普遍、最深刻、最激勵人心的便是那在詩中充滿了時光飄忽和人生短促的思想與感情。」〔註18〕曹丕努力在詩歌中探索人生的終極存在，詩歌中充滿了對死亡的哀傷，如〈短歌行〉：

> 仰瞻帷幕，俯察几席。其物如故，其人不存。神靈倏忽，
> 棄我遐遷。靡瞻靡恃，泣涕連連。呦呦游鹿，銜草鳴麑。
> 翩翩飛鳥，挾子巢棲。我獨孤煢，懷此百離。憂心孔疚，
> 莫我能知。人亦有言，憂令人老。嗟我白髮，生一何蚤。
> 長吟永歎，懷我聖考。曰仁者壽，胡不是保。（頁1012）

〔註16〕李洲良：〈三曹詩歌的意象與風格〉，《中國古代、近代文學研究》1991
　　　年第10期，北京人民大學書報資料中心編集，頁113。
〔註17〕沈德潛：《古詩源》，北京中華，1963年，頁77。
〔註18〕王瑤：《中古文學史論》，北京大學，1986年，頁132。

建安二十五年（220 年）正月，曹操病卒，曹丕作了這首詩追念曹操。
曹丕當時只有三十三、四歲，卻哀歎起「嗟我白髮，生一何早」，當
他看到一代雄傑、叱吒風雲、不可一世的曹操也避免不了物化的結
局，這種感傷無疑來自于他對人生短暫這一悲劇事實的感悟，是對生
命有限性的焦慮。換言之，他感受到的是一種不期而至的生命感傷。
再如〈善哉行〉：

> 上山采薇，薄暮苦饑。溪谷多風，霜露沾衣。野雉羣雛，
> 猿猴相追。還望故鄉，鬱何壘壘！高山有崖，林木有枝。
> 憂來無方，人莫之知。人生如寄，多憂何爲？今我不樂，
> 歲月如馳。湯湯川流，中有行舟。隨波轉薄，有似客遊。
> 策我良馬，被我輕裘。載馳載驅，聊以忘憂。（頁 1012）

這裡流瀉的不能示人之憂，其實就是詩人對人生短促的生命悲劇意
識。詩人將客子思鄉與人生的短暫結合起來思考，在歲月的長河裏，
個人只似一葉無槳的小舟，只能聽任河流的擺佈，隨時都有舟覆木散
的危險。詩人由自身的困境思索到生命時間的不確定性，流露著一種
淡淡的感傷。王夫之評曰：「微風遠韻，映帶人心於哀樂，非子桓其
孰得哉？」〔註19〕如〈丹霞蔽日行〉亦然：

> 丹霞蔽日，采虹垂天。谷水潺潺，木落翩翩。孤禽失羣，
> 悲鳴雲間。月盈則沖，華不再繁。古來有之，嗟我何言。（頁
> 1015）

詩中前八句對「丹霞」、「彩虹」、「谷水」、「木落」、「孤禽」、「月」、「華」
等自然現象的變化的描述，說明了自然萬物都是有生有滅。「月盈則
沖，華不再繁」是宇宙普遍的現象，詩人借種種自然意象說明一切美
好事物都可能失去光彩。詩曰：「丹霞蔽日，彩虹垂天。谷水潺潺，
木落翩翩。孤禽失群，悲鳴雲間。月盈則坤，華不再繁。古來有之，
嗟我何言。」所有的意象都在明亮的外表下掩藏著沉鬱感傷之氣，流
露出人生短促難以抗拒的情思，蘊含著詩人對人生的無限留戀。「古

〔註19〕河北師範學院中文系古典文學教研組：《三曹資料彙編》，北京中華，
　　　　1980 年，頁 70。

來有之，嗟我何言」迴盪著歷史的回聲，對人生的哲理執著求索者古以有之；詩人在感慨中沉默，展現出一個文人面對廣袤的宇宙、漫漫的歷史長河的無限憂傷。

這種有生有滅的自然現象是古來就存在的，既然人人不能避免於此，那麼我還有什麼好說的呢？表面上看，「古來有之，嗟我何言」好像是作者的滿腹無奈，然而，從深層次上看這是作者對宇宙的深層參悟。面對宇宙，詩人雖然無奈但決不沉落，在〈芙蓉池作〉裡詩人寫道：

> 乘輦夜行遊，逍遙步西園。雙渠相溉灌，嘉木繞通川。卑枝拂羽蓋，修條摩蒼天。驚風扶輪轂，飛鳥翔我前。丹霞夾明月，華星出雲間。上天垂光彩，五色一何鮮。壽命非松喬，誰能得神仙。遨遊快心意，保己終百年。（頁1019）

與〈丹霞蔽日行〉相比，這首詩的自然景物描寫生動可愛，讓人十分嚮往，詩人的心情也似乎很舒闊。明月、丹霞、繁星、綠水、嘉木、彩車，一派平和、安寧、舒適的景象。這是詩人在對生命的哀歎之後，心情又得以超脫的表現：「壽命非松喬，誰能得神仙」，既然人不能永生，壽命且短，那我何不忘卻苦惱盡情遨遊於自然之中？在歸返自然中修養心性，以終天年。曹丕顯然以更加超脫的態度來看待死生，而這種超脫是在對美好自然的體悟中得到的。〈孟津詩〉「曜靈忽西邁，炎燭繼望舒」，〈於玄武陂作詩〉「乘渚望長洲，群鳥歡嘩鳴」，詩人從中體會到返依自然生存狀態的快樂，在美景和自然中陶醉，達到了「暢此千秋情」、「遨遊快心意」的效果。

（二）生命意識的思考

〈大牆上蒿行〉這首詩充滿了曹丕對真善美的追求。他想參透生死的真相，他想追求最高的功業，他還想通過美來化解痛苦。然而他內心的悲劇生命意識太過深重，以至於用盡所有他能想像的方法都未能解脫。這首詩突破了先秦以來詩歌的「哀而不傷，怨而不怒」的傳統，盡情地揮灑詩人心中的痛苦、悲傷和疑問。他寫出了時代的痛苦

和人生的痛苦，其深層底蘊卻是對人生的留戀與喜愛。

　　一個小小的「我」被無情地擱置在無始無終的時間長河裡，永恆的天地間。「我」的生命如同飛鳥站立在枯枝之上，短暫而脆弱。正如老子的慧心所感：「天長地久」、「天地不仁，以萬物爲芻狗」，天地四時的無情、不變與長久，反襯人生、飛鳥的有情、無常與短暫。於是他發出了對生命的質疑：「今我隱約欲何爲」、「我今隱約欲何爲」我如今的困苦究竟是爲了什麼？且看〈大牆上蒿行〉：

> 陽春無不長成。草木羣類隨大風起，零落若何翩翩。中心獨立一何煢？四時舍我驅馳，今我隱約欲何爲？人在居天壤間，忽如飛鳥棲枯枝。我今隱約欲何爲？適君身體所服，何不恣君口腹所嘗。冬被貂鼲溫暖，夏當服綺羅輕涼。行力自苦，我將欲何爲？不及君少壯之時，乘堅車，策肥馬良。上有倉浪之天，今我難得久來視。下有蠕蠕之地，今我難得久來履。何不恣意遨游，從君所喜。帶我寶劍，今爾何爲自低卬。悲麗平壯觀，白如積雪，利如秋霜。駿犀標首，玉琢中央。帝王所服，辟除凶殃。御左右奈何致福祥。吳之辟閭，越之步光，楚之龍泉，韓有墨陽，苗山之鋌，羊頭之鋼，知名前代，咸自謂麗且美，曾不知君劍良，綺難忘。冠青雲之崔嵬，纖羅爲纓，飾以翠翰，既美且輕，表容儀，俯仰垂光榮。宋之章甫，齊之高冠，亦自謂美，蓋何足觀。排金鋪，坐玉堂，風塵不起，天氣清涼。奏桓瑟，舞趙倡，女娥長歌，聲協宮商，感心動耳，蕩氣回腸。酌桂酒，鱠鯉魴，與佳人期爲樂康，前奉玉巵，爲我行觴。今日樂，不可忘，樂未央，爲樂常苦遲。歲月逝，忽若飛，何爲自苦，使我心悲。（頁 1016～1017）

陳祚明對此詩的旨趣有最爲基礎的理解，他說：

> 大牆上生蒿，榮華無久時，以比人生壽命不得長，乃反極陳爲樂快意。〔註20〕

〔註20〕陳祚明：《采菽堂古詩選卷》卷五，引自《三曹資料彙編》，台北木鐸，1981 年，頁 80。

他認爲此詩欲透露詩人因壽命有時而盡，所以享受榮華的時間也極爲短暫，所以詩人反向來思考一個及時行樂的問題。

此詩在開端先描寫物象從長成至零落衰敗的生命過程，詩人面對四時如此循環的變化，內心裡充滿著惆悵寂寥之情。「中心獨立一何縈」此句實是詩人透過對外在物象的變化無端，所引起內心孤獨悽愴之情；此情之引出正是因爲詩人把自己是唯一個生命獨立的個體，在個體對外物的觀照之下，個體的心靈狀態將會有所對應與深化，個體的生命價值方能透顯。曹丕在此由物象轉而描寫自我的對應，所以當曹丕透過物象放大到導致物象零落的四時流轉時，他與之對應的思考便更加的深沉。四時的循環本是自然界的規律，這種永恆與瞬間，大與小的對比，也正是孔子對江水浩歎感傷的原因之一。曹丕面對永恆性的自然時空，感到自身生命的有限與渺茫，這種相對性的短促讓個體生命已經意識獨立的詩人難以釋懷，人似乎在這毫無頭緒的時空裡，不過只是有如飛鳥棲枯枝般偶然，詩人反覆書寫「我今隱約欲何爲」這是提出對自己生命掙扎狀態紓解的消解性問號，問號的提出就將是惜時的開始，這個開始在曹丕的筆下的確呈現了向內糾結的內在反覆，使他進而思考消解的可能。

第四節　生命之「憂」的消解

（一）現實意義：仙遊、宴飲之不能

凡是以詩歌的體裁，表現詩人與仙人交往，幻遊仙界，描寫鍊丹服食等精神風貌，都可以稱之爲「遊仙詩」。只要內容敘述的是詩人感情所繫的仙人生活，對仙人傾慕、與仙人交往，幻遊仙界，採藥鍊丹，都在其領域內。曹丕的遊仙詩以〈折楊柳行〉爲代表：

> 西山一何高，高高殊無極。上有兩仙僮，不飲亦不食。與我一丸藥，光耀有五色。（一解）
> 服藥四五日，身體生羽翼。輕舉乘浮雲，倏忽行萬億。流覽觀四海，茫茫非所識。（二解）

> 彭祖稱七百，悠悠安可原。老聃適西戎，于今竟不還。王
> 喬假虛辭，赤松垂空言。（三解）
> 達人識真僞，愚夫好妄傳。追念往古事，憒憒千萬端。百
> 家多迁怪，聖道我所觀。（四解）（頁 1015）

此詩前半段描述仙境仙人，服食神藥，以及服食後輕舉遊行，想像十
分傳神；但是在遠遊萬里，流覽觀望之時，一句「茫茫非所識」卻引
來了三解以後的大轉變。認爲神仙之說全係道聽塗說，愚夫妄傳的謬
論，毫無證據；達人應當識其真僞，駁其虛實，結尾更判定「百家多
迁怪」，而宣稱自己要觀於聖道，摒斥異端。這麼強烈的反遊仙論調，
除受有秦漢以來一股反神仙的現世思想的影響之外，也反映了曹丕的
性格和思想體系。

　　但是面對這些時間憂思感慨，曹丕經常採取的態度卻是避重就
輕，放棄深思。下面兩首詩最能代表這種心態：

> 丹霞蔽日，采虹垂天。谷水潺潺，木落翩翩。孤禽失羣，
> 悲鳴雲間。月盈則沖，華不再繁。古來有之，嗟我何言。〈丹
> 霞蔽日行〉（頁 1015）

> 上山採薇，薄暮苦饑。溪谷多風，霜露沾衣。（一解）
> 野雉群雊，猿猴相追。還望故鄉，鬱何壘壘。（二解）
> 高山有崖，林木有枝。憂來無方，人莫之知。（三解）
> 人生如寄，多憂何爲。今我不樂，歲月如馳。（四解）
> 湯湯川流，中有行舟。隨波轉薄，有似客遊。（五解）
> 策我良馬，被我輕裘。載馳載驅，聊以忘憂。（六解）
> 〈善哉行二首之一〉（頁 1014）

第一首「丹霞蔽日行」，前人多因聯想浮雲蔽日之意，而認爲此詩旨
在刺主鑒失，遠避小人〔註21〕。今若暫置這些微言大義不論，單就詩
面來看，這是詩人目睹自然界代謝更替的現象，而與起的滄桑之感。
丹霞與彩虹這些短暫的美景，對照不斷流逝的溪水和飄零不止的落
葉，充分顯示時間的推移變換，乃人力無法抗拒。從樹林落葉，轉寫

〔註21〕黃節：《魏文武明帝詩註》，台北藝文，1977 年，頁 16～17。

林梢哀鳴的孤禽，一股悲意充塞篇中。從此再想到月圓月缺、花開花謝，感時歎物的情懷至此推展至高峰。不料結尾兩句卻忽然大轉，將這一切代謝物化歸之於「古來有之」的必然現象，而以一句「嗟我何言」輕描淡寫地結束所有感概。同樣的，在〈善哉行二首之一〉中，因景生情，目睹蕭瑟淒苦的自然景象而興起悲愴；但是在「憂來無方，人莫之知」的同時，他會立刻提醒自己「人生如寄，多憂何為」，就算想斷了愁腸，歲月依然如馳而過，絲毫於事無補；於是他避而不談，不作無謂的深思。這其間有一種認命的、依違兩可的態度，和曹操的難於剖析，深入探索何其不同。鍾惺在《古詩歸》卷七有所云「武帝之武，文帝之文」，沈德潛《古詩源》卷五也說：「子桓詩有名士氣，一變乃父悲壯之習矣。」曹丕的詩多愁善感有名士習氣，已如前述；如今從他處理生命疑惑時的規避心態看來，他的性格也是「一變乃父悲壯之習」，柔緩得多。

「從邏輯的通達到情感的怡然。人們往往自覺不自覺的引入一些能使自己心情平靜下來的因素。或者通過一種價值的轉移，或尋一種心理的補償物，或找一種安慰物。」〔註22〕面對生命的困境，痛苦的人們勢必要尋得一種解脫之道。像曹植以遊仙來擺脫悲情，阮籍以醉酒來逃脫苦悶，嵇康以老莊的境界求逍遙等等都是對生命痛苦的消解。既然那種生命之憂在曹丕的身上是那樣沉重，他勢必也要尋找一種消解的方式，以使得他的生命得以輕鬆。且看他的〈大牆上蒿行〉：「適君身體所服，何不恣君口腹所嘗」、「何不恣意遨遊。從君所喜」、「前奉玉卮，為我行觴」。實際是以一種滿足生理感官需要的享樂主義作為消解人生之憂的一種方式。〈古詩十九首〉時代的士人們就是在明白「人生忽如寄」、「生年不滿百」之後，而採取了「不如飲美酒，被服紈與素」、「鬥酒相娛樂，聊厚不為薄。驅車策駑馬，遊戲宛與洛」這種的人生態度。人們由對性命無常的憂懼醒悟到對性命本然的強烈

〔註22〕張法：《中國文化與中國悲劇意識》，北京人民大學，1989 年，頁 198。

依戀，從而「放棄了祈求生命的長度，便不能不要求增加生命的密度」〔註23〕，一切都聚向於享受本然性命，窮盡性命之樂，生命的悲苦和憂愁也就在物質的享樂裡消解殆盡。所以魏晉時期楊朱的學說也流行起來，他「一反玄學的自我超越境界和名教自然合一說，系統提倡性即欲說；以情欲爲人性，以肉體享樂爲人生最大的快樂」〔註24〕，從而促進了魏晉時期恣遊、宴飲的社會風氣。曹丕在一段時間內正是以此作爲他生命之「憂」的消解方式。

在這種恣遊、宴飲的生活中，「……傲雅觴豆之前，雍容衽席之上，酒筆以成酣歌，和墨以藉談笑」《文心雕龍·時序》，飲酒放歌，寫詩噱笑，這樣可以暫時忘記心中的煩憂，從而達到對痛苦和憂愁的消解。「以樂解憂，以醉忘憂」，是這種消解方式的本質，現實中的煩憂和冷落在馳驅遨遊裡彷彿被拋在一邊，生命終究要走向死亡的悲劇在觥籌之間彷彿已經被遺忘。尤其是酒，在這種憂的消解上起了關鍵的作用。它帶給人的「既有生理上的快適，又有精神上的愉悅。酒的醉給人帶來擺脫平常束縛的解放感。」〔註25〕在酒的沉醉裡，一方面可以忘掉自己的憂懼的處境，另一方面在醉境的體驗裏感受到一種藝術之美、自由之美。所以曹丕對這種生活是那樣的迷戀，以致「白晝既匿，繼以朗月」，頗有古人「晝短苦夜長，何不秉燭遊」的味道。其實這正同漢末的士人，在認識了生命的短暫和無奈之後，選擇盡情享受增加生命的密度，來消解憂愁的重力。它所表現的是曹丕在痛苦生命中的短暫的麻醉，在一種無可承受的憂愁中的無奈的逃避。〈善哉行〉中「君子多苦心，所愁不但一」、「樂極哀情來，寥亮摧心肝」，正說明他「放曠」背後是一顆憂懼的心；他的「尚通脫」只不過是對生命之憂的一種推卻而已。

恣遊宴飲的生活可以對曹丕的生命之憂進行暫時的緩解，卻不能

〔註23〕王瑤：《中古文學史論集》，上海古籍，1982年，頁29。

〔註24〕蒙培元：《中國心性論》，臺灣學生，1990年，頁222。

〔註25〕張法：《中國文化與中國悲劇意識》北京人民大學，1989年，頁231。

對它完成最終的消除，或者說他只是一種對憂的逃避，而不是一種勇敢的面對。所以當現實之憂隨著太子之位得立而泯去時，生命終極之憂就直接地擺在了曹丕的面前。如何於短暫的生命中留下自己的價值；如何使得自己的生命在歷史的長河中延續下去；如何為自己的生命尋得歸宿，便成為他最需思考的生命議題。

（二）理性思考：對文章崇高地位的肯定

作為一個有抱負的政治家，當理性占據上風時，他的解脫之道是：

> 蓋文章，經國之大業，不朽之盛事。年壽有時而盡，榮樂止乎其身，二者必至之常期，未若文章之無窮。是以古之作者，寄身於翰墨，見意於篇籍，不假良史之辭，不託飛馳之勢，而聲名自傳於後。故西伯幽而演《易》，周旦顯而制《禮》，不以隱約而弗務，不以康樂而加思。夫然，則古人賤尺璧而重寸陰，懼乎時之過已。而人多不強力；貧賤則懾於饑寒，富貴則流於逸樂，營遂目前之務，而遺千載之功。日月逝於上，體貌衰於下，忽然與萬物遷化，斯志士之大痛也！（頁1004）

> 生有七尺之形，死唯一棺之土。唯立德揚名，可以不朽；其次莫如著篇籍。疫癘數起，士人凋落。余獨何人，能全其壽？……

生命是那樣的脆弱，一場瘟疫，一個個優秀的生命就這樣的結束；在死亡面前，帝王和平民是完全平等，如此無常而短暫的生命，人應當如何？神仙佛道自是虛妄，縱情宴遊又非情所願；那麼生命的價值也就在你生前留下的德行，以及記諸篇章的文字，尤其是這些文字，他能負載著你的生命，穿透時空的界限而永遠的流傳下去，這樣生命就有了永恆的意義。

他讚嘆徐幹「著《中論》二十餘篇，成一家之言，辭文典雅，足傳於後，此子為不朽矣。」〈又與吳質書〉他嘆息應瑒「常斐然有述作之意，其才學足以著書，美志不遂，良可痛惜。」〈又與吳質書〉他的理性化的方法就是著書立說，通過德行、功業和思想文字的傳

承，以達到將有限的個體生命融入到無限的人類文化中，這是曹丕對《左傳》中儒家「三不朽」思想的傳承。難怪明代學者張溥說他「務立不朽於著述間，不肯以七尺一棺畢其生死。」

　　曹丕文章不僅成為生命價值的體現，而且更多的成為對生命終極之憂進行消解的一種力量。當他帶著因憂而生的華髮登上封禪台，不無感慨地說出「堯舜之事，吾知之矣」的時候，他更加強烈地感受到「年壽有時而盡，榮樂止乎其身」。年壽不永，功名富貴如虛幻的煙雲，那麼有限的個人存在的意義和價值又是什麼呢？個體的生命如何尋到這種意義和價值呢？隨著現實生命之憂的消除，生命終極之憂就這樣強烈地佔據了他的內心。在他看來，文章具有無窮生命力，它比享樂更遠大，比壽命更堅強，比事功更獨立。生命短暫，可以靠文章得以另一形式的延續，人生無常，可以靠文章以另一形式的凝固，生之歸宿就建構在文章的不朽之上。

第五節　人生命運的悲劇性存在

　　自東漢中期後，知識分子的個體意識逐漸發展，透過對於政治的積極參與，與追尋個人精神生命的獨立價值，逐漸體認到自身的存在不必去依靠神性的權威。薩依德（Edward W. Said）說：

> 知識分子的代表是在行動本身，依賴的是一種意識，一種懷疑、投注、不斷獻身於理性探究和道德判斷的意識；而這使得個人紀錄在案並無所遁形。知道如何善用語言，知道何時以語言介入，是知識分子行動的兩個必要特色。〔註26〕

再如上東漢末年的民生凋蔽，社會不安的情況日趨嚴重，當時的知識分子處於這種情況，「獨立的知識分子不是面對處於邊緣地位沮喪的無力感，就是選擇加入體制、集團或政府的行列」，亦即是「知識分子總是處於孤寂和結盟之間」〔註27〕。曹植〈吁嗟篇〉：

〔註26〕單得興譯：《知識分子論》，台北麥田，1997 年，頁 57。

〔註27〕單得興譯：《知識分子論》，台北麥田，1997 年，頁 59。

> 吁嗟此轉蓬，居世何獨然。長士本根逝，宿夜無休閒。東
> 西經七陌，南北越九阡。卒遇回風起，吹我入雲間。自謂
> 終天路，忽然下沈泉。驚飆接我出，故歸彼中田。當南而
> 更北，謂東而反西。宕宕當何依，忽亡而復存。飄飄周八
> 澤，連翩歷五山。流轉無恆處，誰知吾苦艱。願為中林草，
> 秋隨野火燔。糜滅豈不痛，願與根荄連。（頁 1127）

透過對於時間毫不留情的流轉，去對照生命旅程的艱難，把屢遭打擊
而不斷壓抑的憤懣之情，透過心靈內化後的現實書寫，把那種「每欲
求別見獨談，論及時政，幸冀試用，終不能得。既還，悵然絕望…」
《三國志・魏志・陳思王植傳》的痛苦根源，抒發的淋漓盡致。這種
矛盾的產生正在於曹植具有「核心的流亡者」的雙重身分，精神上的
壓抑，思考中顯露出更多的是深沉的無奈。明知人生無常，時空無窮
盡地變化遞換，而自身的命運依舊地坎坷，而短暫生命根源的永恆價
值歸趨，卻又呈現出飄零無根的現況，如〈浮萍篇〉：

> 浮萍寄清水，隨風東西流。結髮辭嚴親，來為君子仇。恪
> 勤在朝夕，無端獲罪尤。在昔蒙恩惠，和樂如瑟琴。何意
> 今摧頹，曠若商與參。茱萸自有芳，不若桂與蘭。新人雖
> 可愛，無若故所歡。行雲有反期，君恩儻中還。慊慊仰天
> 歎，愁心將何愬。日月不恆處，人生忽若寓。悲風來入懷，
> 淚下如垂露。發篋造裳衣。裁縫紈與素。（頁 1127～1128）

此詩把遷逝之悲感與個人生命之悲涼，以及對於親情的眷戀，三者融
合為一。透過自身對浮萍的情感投射，把漂蕩無所停駐、無所適從的
心理狀態，層層鋪寫。正是因為「人生忽若寓」，對於浩瀚的詩空，
我們不過只是以寓居的狀態存在於此；親情的倏然轉變，使得原本兄
弟之間可以聯繫的空間，也突然地如參商星一般地遙遠，滿腔抱負實
現的可能也遙遙無期，這種無可奈何的悲傷，是非常地深沉而窘迫。

建安時代的氛圍，代表是新政統的確立，於是上位者用人的政策
與治理的方式，就是希望知識分子選擇加入這個新的體制；倘若曹操
與曹丕是作為向外與向內的某種典型，曹植則可說是在此時的一種

「存在的矛盾」。

　　曹植→功名成就自我→（內外相濟→內外矛盾）→一切痛
苦的根源→復憂

（一）人生寓意解讀：〈蟬賦〉

　　在曹植現存 40 餘篇辭賦中，〈蟬賦〉雖稱不上是代表作，卻是曹
植辭賦中寄言命意頗具特色的賦作。若從題材內容看，〈蟬賦〉屬於
漢晉時期比較流行的詠物賦，若從寄寓書寫方式看，〈蟬賦〉則是具
有明顯寄言性質的寄言賦：

> 惟夫蟬之清素兮，潛厥類乎太陰。在盛陽之仲夏兮，始遊
> 豫乎芳林。實澹泊而寡慾兮，獨怡樂而長吟。聲噭噭而彌
> 厲兮，似貞士之介心。內含和而弗食兮，與眾物而無求。
> 棲高枝而仰首兮，漱朝露之清流。隱柔桑之稠葉兮，快啁
> 號以遁暑。苦黃雀之作害兮，患螳螂之勁斧。冀飄翔而遠
> 托兮，毒蜘蛛之網罟。欲降身而卑竄兮，懼草蟲之襲予。
> 免眾難而弗獲兮，遙遷集乎宮宇。依名果之茂陰兮，托修
> 幹以靜處。有翩翩之狡童兮，步容與於園圃。體離朱之聰
> 視兮，姿才捷於獼猿。條罔葉而不挽兮，樹無幹而不緣。
> 欝輕軀而奮進兮，跪側足以自閑。恐余身之驚駭兮，精曾
> 眡而目連。持柔竿之冉冉兮，運微黏而我纏。欲翻飛而逾
> 滯兮，知性命之長捐。亂曰詩歎鳴蜩，聲嘒嘒兮。盛陽則
> 來，太陰逝兮。皎皎貞素，侔夷節兮。帝臣是戴，尚其潔
> 兮。（頁 1060）

該賦以擬人化的手法描寫了蟬的品性、生活經歷和命運遭際的變化。蟬
秉天地自然之性，納純陰清素之質，潛身「太陰」大地之中，當炎炎仲
夏之季，蟬破土而出，蛻變現身在陽光之下。它揮動華麗的雙翼，在美
樹芳林中遨遊徜徉，在修幹高枝上昂首歌唱，在柔桑稠葉間閒居避暑；
乘天地之正，禦六氣之辯，餐風飲露，淡泊寡欲，怡然獨樂；與眾物無
求，與世事無爭，清潔高貴，品德純正；內心耿介，儼然一位特立的貞
士，渴望自在自樂、無憂無慮地生活，以此成就自己的一生。

　　但現實生活往往事與願違，並不按照蟬的意願運行，而是到處充滿了危機和陷阱。當蟬「棲高枝而仰首兮，漱朝露之清流。隱柔桑之稠葉兮，快閒居以遁暑」時，危機也隨之悄然襲來。黃雀貪婪的利爪正躍躍欲試，螳螂也揮舞著勁斧伺機而攻。驚恐之餘，蟬鼓翼奮飛，欲躲避敵人的陷阱圈套，希望找尋到安全的棲身之地。可它萬萬沒有想到，蜘蛛已織好毒網靜候它的「飄翔遠托」，草蟲也已經磨好爪牙等待著它的「降身卑竄」。面對動物同類的加害與威脅，面對如此艱難的生存環境，無奈之下，蟬只好鋌而走險；逃往人類居住的宮宇，希冀以人的善良來挽救自己的生命危機，卻不料，人類比動物同類更可怕。翩翩精明的「狡童」像一個狡猾的獵人，工於心計，巧於算計，手持柔竿，步步為營。可憐的蟬最終沒有逃脫人類智慧的陷阱，被狡童持竿粘到。蟬曾經試圖進行抗爭和搏鬥，但結果是徒勞的，它越掙扎反而越動彈不得；最終落入庖夫之手，在一片炎炎烈火中，成了人們的盤中餐、腹中物。

　　其實，蟬的生命週期和屬性決定了它的命運就是一個悲劇性的存在。文章最後寫到，蟬即使不被同類或人類捕殺，也必然難逃悲劇性的結局。當夏去秋來，寒霜飄落，凜冽的晨風掃過蕭瑟的庭院，蟬的生命也必然要走到盡頭。那時，寒氣襲人，蟬的整個身軀瑟縮著攀附在樹幹上，形容枯槁，最終重重地摔在地上，痛苦地呻吟；直到嘶啞的喉嚨再也發不出一點聲音，蟬的生命隨之完結，它終究逃不過造化的自然之數。總之，在曹植筆下，蟬是一個品德純正、清貴高潔、與物無求的貞士，但它的遭遇和命運卻是悲劇的，蟬的命運的悲劇性存在，實際象徵的就是人生命運的悲劇性存在。

　　如果把曹植筆下的蟬和曹植的人生經歷進行比照，不難發現，蟬悲慘一生的背後，時時處處都有曹植人生的影子。蟬命運經歷的悲劇性，也是曹植人生遭遇悲劇性的縮影。〈蟬賦〉與其說是描寫蟬命運存在的悲劇性，不如說就是曹植對人生認識的哲學思考。但曹植〈蟬賦〉的人生啟迪意義和文化認知意義絕不僅僅在此。他對命運存在的

悲劇性思考蘊含了他對人生的一般認識，因此，他的思考實際上超越了自我的局限而具有了普泛的人生哲學意義。

首先，〈蟬賦〉寄意的人生是一種悲劇性存在。現實生活中，每個人都有幻想的權利，做夢的自由，但再偉大的夢想也抗不過殘酷的現實。現實的灰暗有時會吞噬夢想的光芒，直至夢想乾癟枯萎。蟬「獨怡樂而長吟」、「與眾物而無求」，只想平淡、平靜、平常地生活，但它的這一最基本的生存想法在現實中卻最難實現，它就生活在求而不得的悲劇境遇中。蟬行走世間，生命時時受到黃雀、螳螂、蜘蛛和草蟲等自身以外的他者的威脅，生存異常艱難。曹植對人生命運的這一悲劇性表述與存在主義的某些人生思考有異曲同工之妙。

其次，〈蟬賦〉對人我關係的認知即對人生處境的認識也是悲劇性。在社會生活中，每個人都不是孤立的，都是以他人為背景生活，個人的存在與他人的存在，共同構成了社會的存在。因此，人的生存是一種社會性的存在，蟬由於受到動物同類的侵襲，不得不逃離原來的生活環境，遷到人類居住的地方，結果被狡童捕殺，最後落得被人食害的下場。現實是堅硬的，他類是冷漠的、不可靠的，曹植表述的蟬的生存世界是一個充滿勾心鬥角和相互傾軋、危險無處不在的冰冷世界。

最後，由於人生生存的悲劇性和人生處境的悲劇性，自然也可以推導出〈蟬賦〉最深刻的人生話題，即人生命運就是一種悲劇性存在。蟬潛身於太陰，遊居在芳林，遙遷乎宮宇，無時不欲規避危險；但危險又處處潛存，不可把握，不可預料。弱小單薄的蟬，彷彿被任意拋擲的物件，為生存而戰，又為生存而死，而其死又毫無道理可言。就算蟬沒有遭遇黃雀、螳螂、蜘蛛和狡童的殘害，也一樣要最終走到生命的盡頭。「秋霜紛以宵下，晨風烈其過庭」，終究逃不過自然之數，「盛陽則來，太陰則逝」。總之，死亡是自然，又是必然的。〈蟬賦〉的這一人生命運認識，在其他賦作中也有過流露。如其〈節遊賦〉：「念人生之不永，若春日之微霜」；〈閒居賦〉：「何歲月之若驚，復民生之

無常」；〈九愁賦〉：「竄江介之曠野，獨眇眇而汎舟。思孤客之可悲，愔予身之翩翔。豈天監之孔明，將時運之無常」，「嗟大化之移易，悲性命之攸遭」。曹植認為，每個生命都會從這個世界上消失，每個人都會死亡，死亡是命運的必然結局。雖然他對人生命運有達觀超脫的看法，主張「民生期於必死，何自苦以終身」，但他對人生命運的悲劇性思考也是顯而易見。海德格爾曾說：「死亡是一種此在剛一存在就承擔起來的去存在的方式。」〔註28〕任何生命的開始也同時預示著他的終結，死亡是每個個體都無法避免的命運結局，也正是由於死亡的必然性，註定了生命的虛無性和悲劇性。曹植深受儒家思想影響，具有強烈的功業意識，因此，他不會對生命存在進行虛無性思考，但他特殊的人生遭遇不免會促使他產生對人生處境的悲慨和對人生命運的悲劇性感悟。

（二）精神創傷與藝術創作：〈鸚鵡賦〉〈離繳雁賦〉〈白鶴賦〉

陳怡良〈建安之傑，下筆琳琅——試探曹植生平際遇之逆轉及其對詩歌創作之影響〉有很深入的研究，他說：

> 曹植後期之詩歌，較重要者，有悼亡傷逝，與抒發離別之悲，憂生之嗟之詩，如〈贈白馬王彪詩〉七章、〈野田黃雀行〉、〈吁嗟篇〉、〈門有萬里客〉、〈盤石篇〉等，又有閨怨之作，表面描述女性之相思與隱憂，而其間頗有寓自己遭忌被棄之感慨，如〈七哀詩〉、〈怨詩行〉、〈浮萍篇〉等。又另有詠史詩之作，實乃借史實，以抒懷，充滿憂憤激切之情調者，如〈怨歌行〉、〈豫章行〉二首等。或又有游仙詩之作，如〈五游詠〉、〈升天〉、〈仙人篇〉、〈遠遊篇〉等，此類詩作，實乃慨嘆世情險惡，欲借游仙以寄其憂思，寓有理想之意。〔註29〕

〔註28〕海德格爾：《存在與時間》，陳嘉映，王慶節譯，上海三聯，1987年，頁294。
〔註29〕陳怡良：〈建安之傑，下筆琳琅——試探曹植生平際遇之逆轉及其對

而這三篇〈鸚鵡賦〉〈離繳雁賦〉〈白鶴賦〉的詠鳥賦，紀錄了曹植失寵於曹操以後，迄黃初年間歷經種種磨難後一系列的心情告白及情感微妙的變化，和他後期的詩歌創有著共同的基調，悲劇生命的烙印非常明顯。仔細分析比較，其段落結構如下：

鸚鵡賦	離繳雁賦	白鶴賦	說明
1. 說明鸚鵡美好的稟性及平常習性。	1. 說明作者為了離繳雁而心傷的原因（雁之美好稟性）。	1. 歌頌白鶴具有美好的稟性。	同樣的從鳥類美好的稟性及特殊習性切入。
	2. 介紹雁鳥因季節而遷移的特性。	2. 介紹白鶴懼憂喜幸的習性。	
	3. 說明現在正是雁鳥南遷的季節。		
2. 點出鸚鵡遇害的情形。	4. 點出雁鳥遭到箭射的情形。	3. 點出白鶴遭災逢殃的情形。	如此美好的鳥類，竟遭遇大不測，同樣以重大事件的轉折，作為全文的承先啓後。
3. 以鸚鵡的口吻發言，透露出擔憂害怕的恐懼，並乞求饒命活口。	5. 以雁鳥的口吻發言，乞求饒命活口。	4. 強烈表達重獲自由、解除禁錮之渴望。	前二者同樣以雁鳥的口吻發言，後者則是作者與鳥的口吻合而為一，難以分辨。然則，三者實同樣以抒情收束。

　　這三篇賦作，基本上，都是藉由詠物之中傳達作者難以直接表白的感情，間接透露出不得不妥協、委屈求全的思想及用心，頗符合「精神創傷」所說的「個體面對創傷情境不得不動員自己的潛能，為重新適應變化了的環境而鬥爭，由此造成了個體的包括認知、情感、意志在內的整個心理結構的改變。」〔註30〕〈鸚鵡賦〉表層流露出「戒慎

詩歌創作之影響〉，成大中文學報 1998 年第六期，頁 34。
〔註30〕唐曉敏：〈引言〉，《精神創傷與藝術創作》，天津百花文藝，1991 年，頁 14。

恐懼，示好感恩」的思想，暗地裡潛藏著「憐惜悲怨」的眞性情；〈離
繳雁賦〉吐露出誠惶誠恐的眞感情，毫不做作，而感恩乞憐、甘心屈
從等複雜的思想又成爲不甘心又不得不揭示的旗幟；〈白鶴賦〉則表
現出潛藏在恐懼哀憐、孤獨無助、憤慨無奈情感的背後、追求自由、
渴望解脫的冀求。以下用簡明的表格來表示：

鸚鵡賦	離繳雁賦	白鶴賦
表層流露出「戒愼恐懼，示好感恩」的思想，暗地裡潛藏著「憐惜悲怨」的眞性情。	誠惶誠恐的情感發出內心深處，毫不做作，感恩乞憐、甘心屈從等複雜的思想成爲不得不的旗幟。	潛藏在恐懼哀憐、孤獨無助、憤慨無奈情感的背後、追求自由、渴望解脫的冀求。

「精神創傷與藝術家及創作之間，存在著或顯或隱的關係」〔註
31〕，這是不容否認的。司馬遷在〈太史公自序〉中有很確切的詮釋：

> 昔西伯拘羑里，演周易；孔子厄陳蔡，作春秋；屈原放逐，
> 著離騷；左丘失明，厥有國語；孫子臏腳，而論兵法；不
> 韋遷蜀，世傳呂覽；韓非囚秦，說難、孤憤；詩三百篇，
> 大抵聖賢發憤之所爲作也。此人皆意有所鬱結，不得通其
> 道也，故述往事，思來者。〔註32〕

在〈鸚鵡賦〉及〈離繳雁賦〉中，作者先以第三人稱的敘述角度出現，
客觀的描寫鳥類的習性及美好的稟性；繼之以鳥的口吻切入，將作者
主觀的感情藉由移情作用完全投注鳥的身上，藉由鳥之口說出曹植的
心聲；看似鳥的情感，其實又脫離不了作者的影子，物與我之間，其
實是若即若離，若離若即。在這種物我若即若離、若離若即、交融合
一的狀態中，鳥類在作者的移情作用中其實倒成了曹植自我圖像的反
映。根據吳明津《曹植詩賦研究》所論，曹植詩賦中最常出現的意象
爲風、鳥、飛蓬、劍與美人〔註33〕，他常利用這些豐富的意象隱微寄

〔註31〕唐曉敏：〈引言〉，《精神創傷與藝術創作》，天津百花文藝，1991年，
　　　　頁19。

〔註32〕司馬遷著、張守節正義：《史記三家注》卷130，台北七略，1991年，
　　　　頁1353。

〔註33〕吳明津：《曹植詩賦研究》，成功大學中文系碩士論文，1994年，頁83。

意，擴大文學的內涵，增強感人的力量。

　　吳明津認爲：「子建以鳥爲主題的詠物賦，主要呈現出三種風貌：疾惡如仇的心聲〈蝙蝠賦〉、〈鷂雀賦〉、受困遭囚的孤獨感〈鸚鵡賦〉、〈離繳雁賦〉、〈白鶴賦〉、欲展其才的心志〈鷂賦〉。」〔註34〕他對〈鸚鵡賦〉、〈離繳雁賦〉、〈白鶴賦〉三篇賦籠統的以「受困遭囚的孤獨感」而言，是有些渾言不分，其實三篇賦作的意象內涵析言仍有別。

　　魏晉時期，阮瑀、王粲、陳琳等都曾作〈鸚鵡賦〉。「除王粲之賦稍帶感傷之色彩外，其餘皆就鸚鵡羽色之鮮麗加以客觀之描述」〔註35〕，他們的作品不脫「同題競采」的遊戲本質；但是，曹植的〈鸚鵡賦〉顯然已跳脫出詠物賦的窠臼，有了更深層的蘊涵。「鸚鵡」的色澤鮮艷，實喻曹植才華外放，光彩奪目；其能言善道，亦可比喻作者才思敏銳，反應極佳。總之，「鸚鵡」鳥所展現的是作者才華高逸的自我圖象。但是，如此美好之鸚鵡卻不幸罹此大難，實展現作者無力、無助之挫折感。

　　至於「離繳雁」，原本是與眾鳥合群相處，因爲一場災難而成爲孤雁，這其中多少象徵著子建在逢災之後的孤特寂寞之感。高德耀〈曹植的動物賦〉籠統的以表現出當時文人們共同的心理現象，亦即挫折感、隔離感和毀滅感來詮釋〔註36〕。若結合廖國棟的說法來解釋會比較具體明確、個人化，更能突顯子建自我圖像的內涵。他說：

　　　綜觀全賦所描寫之孤雁，其實正是曹植一生之際遇也：少懷良質，悠遊翱翔；中逢巨變，爲兄所迫，幾至於死，末則苟全則生，雄心盡失矣。〔註37〕

關於「白鶴」這個意象所代表的作者自我圖像又是哪一部分的內涵呢？一般都會從「皓麗之素鳥—以白鶴之白，象徵其人品之潔白」切

〔註34〕吳明津：《曹植詩賦研究》，成功大學中文系碩士論文，1994 年，頁103。

〔註35〕廖國棟：《魏晉詠物賦研究》第六章，台北文史哲，1990 年，頁 222。

〔註36〕高德耀：〈曹植的動物賦〉，收錄於《文史哲》1990 年第 2 期。

〔註37〕廖國棟：《魏晉詠物賦研究》第六章，台北文史哲，1990 年，頁 233。

入〔註38〕，這和我們會把「鸚鵡」的意象與子建鋒健的才華聯結在一起，是同樣的道理。趙幼文《曹植集校注》對「白鶴」的意象，解釋得非常好，他說：

> 此賦曹植借喻白鶴，象徵自己品德的純正。在曹丕即位之後，身受極為沈重之政治迫害，幽禁獨處，死生莫測。惟一希望是如何能夠解除法制的控制，爭取人身自由，且藉以消除曹丕疑忌心理。詞語直抒胸臆，流露淒苦的情緒。而另一面，充分揭示統治者在私有觀念支配下，骨肉相殘的醜惡本質。〔註39〕

鶴立雞群，英姿煥發，可想見其才華出眾，羽毛潔白，可喻其純潔品德；如此好的「白鶴」，卻不免遭到人嫉、人害的悲慘命運；故其在種種不堪的折磨之後，會發出追求自由、渴望解脫的心聲，是很容易理解的。

　　喜好自由，是鳥類的天性；囚禁在籠裡的鳥，歌聲再美，都只是哀音。曹植就像失去自由的鳥，縱有美好的稟性，也失去意義。於是，他只有在化身為鳥時，才敢勇於追求自己的自由；當他把自己的思想情感，藉由詠鳥自然帶出時，他才可以無畏無懼，可以假鳥之口吻大放厥辭，而不怕動輒得咎。

　　曹植的這三篇賦作，騷體色彩頗重，這不但是時尚的文學產物，另外一個原因，也是因為這種體裁非常適合抒發抑鬱落寞的情感。郭建勛《漢魏六朝騷體文學研究》說

> 當漢末的大動亂造成對以因循守規為特徵的經學思想模式的巨大衝擊，整個文壇為自由解放的思潮所激盪時，這種騷賦結合的作品越來越多，以騷句入賦逐漸成為一種時尚，如曹植的賦作，幾乎沒有完全不用騷體句的〔註40〕

〔註38〕廖國棟：《魏晉詠物賦研究》第六章，台北文史哲，1990年，頁228。

〔註39〕趙幼文：《曹植集校注》卷二，北京人民文學，1998年，頁240。

〔註40〕郭建勛：《漢魏六朝騷體文學研究》第一章，湖南教育，1997年，頁44。

以上三篇賦作，基本句型都受到楚辭騷體的影響很大，或是直接保留
騷體的句式，或是由它衍變而成。這主要是因爲楚騷體參差錯落的句
式，在應用上有更大的靈活度與自由度，在抒情與言志的時候，可以
更眞切貼近；「兮」字的穿插則適合渲染複雜哀悽、幽怨深沈的情感，
不僅抒解作者自身的苦悶，也容易引起他人的共鳴。曹植在這種楚騷
句式的創作中，一方面可以宣洩抑鬱落寞的情感，一方面也對現實世
界不平的對待作最嚴峻的對抗，消解面對窮途末路的絕苦心境。

第六節　理想自我的追尋旅程

（一）矛盾的神仙信仰

在曹植十一首完整的遊仙詩作中，皆以樂府詩體出現，此乃承漢
樂府之遺風。其中至少有一半類屬所謂的「遊仙正體」，全篇以客觀
筆調寫仙境，純粹幻遊、發揮想像，幾乎沒有個人詠懷寄託。如：〈升
天行〉、〈平陵東〉、〈桂之樹行〉、〈飛龍篇〉、〈驅車篇〉，皆展現逍遙
遊之心理，令人感受到輕鬆喜悅的仙遊之樂。而自屈原〈離騷〉、〈遠
遊〉以來，文人的遊仙詩作或深或淺皆有詠懷成分，遂蔚爲遊仙詩的
一種傳統，在曹植作品中如：〈五遊詠〉、〈遠遊〉、〈仙人篇〉、〈遊仙〉，
皆可看出詠懷說理貫穿於仙境意象之中。因此在曹植十一首遊仙詩
中，已呈現詠懷、隱逸、遊仙交錯疊出的氣氛。他的一些遊仙詩已漸
漸脫離漢樂府以追求列仙之趣的遊仙風格，而逐漸加重抒發個人情思
的內涵。正如龔斌所言：

> （曹植）語言飄逸，形象生動，以五言爲主，藝術性大大
> 超過漢代遊仙詩。從餐霞倒影、餌玉玄都逐漸變爲描繪塵
> 世、抒寫情懷，上界仙境漸退，人間意味日增。這是建安
> 時期遊仙發展變化的主要趨勢。〔註41〕

〔註41〕龔斌：〈論曹氏父子的遊仙詩〉，《南京大學學報·哲學社會科學》1985
　　　年，頁8。

總體而言，在曹植遊仙詩中主要仍以追求主觀的人格自在為主。當個人在現實生活中舉步維艱、有志難伸時，逐經營仙境「逍遙八紘外，遊目歷遐荒」〈五遊詠〉、「高高上際於眾外，下下乃窮極地天」〈桂之樹行〉，以寥廓的空間意象，神遊其中。然因其好讀書思辨的文人性格，對於道教方術、神仙家言，自有批判眼光；故於「辨道論」中，反覆說明神仙之事「經年累稔，終無一驗」；且他又是一個希求「名掛史筆，事列朝策」〈求通親親表〉的王侯人物。因此著眼現實人生的他，遁跡遺世之心是不可能存在；觀其思維，輾轉「虛無求列仙，松子久吾欺」〈贈白馬王彪〉的天命可疑與「逍遙八紘外，遊目歷荒遐」的託意遊仙之中。因此，曹操的遊仙詩往往在同一詩篇交織著時而嚮往仙境、時而寄意人世之矛盾情結，如〈五遊詠〉由篇首「九州不足步，願得凌雲翔」轉至篇末「服食享遐紀，延壽保無疆」，使得全篇的意和象不能充分融合的情形。又如〈升天行〉、〈飛龍篇〉，詩中透露著作者企慕外在的道教仙境，而少個人主觀人格表現。正如蕭馳所云：

> 在曹植的遊仙詩中，我們看到意和象未能充分融合，形式有時超出內容……像：「帶我瓊瑤佩，漱我流瀣漿。踟躕玩靈芝，徒倚弄華芳。服食享遐紀，延壽保無疆」（〈五遊詠〉）這使表們不禁想起早期山水詩中那種模山範水……山水、歷史、仙境都還沒有最終成為情感的直接形式。
>
> 曹植的遊仙詩中，詩人眼中只有秦女、河伯、韓終、王喬、羨門、玉女一流神仙，詩人想像中的視野是在天上，而且是「徘徊文昌殿，登陟太微堂……王子奉仙藥，羨門進奇方」那樣一種天上王侯氣派，卻並非真正遺世獨立的嚮往。
>
> 〔註42〕

這顯出的意義是曹植在語言經營，已突破前人而有個人風格。然於意境上，其形神並未完全契合。其在遊仙詩中，表現了欲寄遊仙境而又

〔註42〕蕭馳：《中國詩歌美學》，北京大學，1986年，頁172～173。

不能忘懷現世的矛盾情結。尋繹其因，與個人遭遇有關。遊仙詩作寫於曹植轉蓬飄泊的中晚期。當魏文帝、明帝在位之時，子建屢遭易號徙國：「黃初元年，離京就國（臨淄）；二年貶爵安鄉侯，改封甄城侯；三年立爲甄城王；四年徙封雍丘；太和元年徙封浚儀；二年復還雍丘；三年徙封東阿；六年改封陳王。六易其號，三遷其國，「連遇瘠土，衣食不繼」〈遷都賦序〉，「汲汲無歡，遂發疾薨」〈本傳〉。在這樣的生活背景中，曹植的作品風格自迥異於前期的風流自賞。曹植在這個時期的生命態度，徘徊於方將自釋而又感物傷懷的反覆迂迴中，更見其矛盾苦痛。我們檢視另一組時間相近的作品：在其作於黃初四年，與兄弟任城王彰、白馬王彪同朝京師，任城王暴薨，與白馬王同道還國時又爲有司所阻的悲憤交加之情緒下，所作的〈贈白馬王彪〉七首中，感受到作者對於人生價值體系分崩離解下強烈的悲憤吶喊：

> 謁帝承明廬，逝將歸舊疆。清晨發皇邑，日夕過首陽。伊洛廣且深，欲濟川無梁。汎舟越洪濤，怨彼東路長。顧瞻戀城闕，引領情內傷。（其一）
>
> 大谷何寥廓，山樹鬱蒼蒼。霖雨泥我塗，流潦浩縱橫。中逵絕無軌，改轍登高岡。修坂造雲日，我馬玄以黃。（其二）
>
> 玄黃猶能進，我思鬱以紓。鬱紓將何念，親愛在離居。本圖相與偕，中更不克俱。鴟梟鳴衡軛，豺狼當路衢。蒼蠅間白黑，讒巧令親疏。欲還絕無蹊，攬轡止踟躕。（其三）
>
> 踟躕亦何留，相思無終極。秋風發微涼，寒蟬鳴我側。原野何蕭條，白日忽西匿。歸鳥赴喬林，翩翩厲羽翼。孤獸走索羣，銜草不遑食。感物傷我懷，撫心長太息。（其四）
>
> 太息將何爲，天命與我違。奈何念同生，一往形不歸。孤魂翔故域，靈柩寄京師。存者忽復過，亡沒身自衰。人生處一世，去若朝露晞。年在桑榆間，影響不能追。自顧非金石，咄唶令心悲。（其五）
>
> 心悲動我神，存置莫復陳。丈夫志四海，萬里猶比鄰。恩愛苟不虧，在遠分日親。何必同衾幬，然後展殷勤。憂思成疾疢，無乃兒女仁。倉卒骨肉情，能不懷苦辛。（其六）

> 苦辛何慮思，天命信可疑。虛無求列仙，松子久吾欺。變
> 故在斯須，百年誰能持。離別永無會，執手將何時。王其
> 愛玉體，俱享黃髮期。收淚即長路，援筆從此辭。（其七）
> （頁 1147～1149）

通篇分為七首，採首尾蟬聯形式。以「顧瞻戀城闕，引領情內傷」作
為曠世相感的領題，通篇循環在寬慰與質疑的情感鏈中，層層揭示內
心沈痛複雜的情感。由「感物傷我懷，撫心長太息。太息將何為，天
命與我違」轉至「心悲動我神，棄置莫復陳。丈夫志四海，萬里猶比
鄰」，又再回至「倉卒骨肉情，能不懷苦辛，苦辛何慮思，天命信可
疑」。在轉轉反覆不能釋懷中，抒發了對曹丕迫害手足的滿腔悲憤，
同時又交織著詩人的哀傷恐懼，其對天命發出了最情緒化的否定之
辭，也撕毀所有的人生期望。

　　遊仙詩作與〈贈白馬王彪〉俱寫於曹植轉蓬飄泊的中晚期。我們
發現在曹植中晚期的作品中，始終表現著釋懷不得的矛盾苦痛。前者
以想像世界為主，企圖寄託遊仙紓解苦悶；而後者以現實世界為主，
直接傾訴內心的悲憤吶喊。正如張鈞莉所說：「寫作遊仙詩，並不代
表曹植崇信神仙之說；而〈贈白馬王彪〉七章，也不能夠說明他反遊
仙。」〔註43〕其以不同的表現方式，反映了在起伏人生中的苦悶心聲，
而這正是下面我們所要探討與揭示議題。

　　觀察曹植遊仙詩的意涵，不能以斷章摘句論其純粹列仙之趣，也
不必拘泥舊題強調係托意詠懷。因為語言本身有「隱蔽」與「開顯」
之雙向運動，有其可容詮釋的開放空間〔註44〕；故作品必需置於歷史
之中去觀察與詮釋，才能做到比較合理的解釋。

　　東漢末年在道教傳播的社會背景裡，產生了曹氏父子的遊仙之
作。由於文人看盡「人命如朝露」的亂世生活，覺醒到生命應由虛偽

〔註43〕張鈞莉：〈從遊仙詩看曹氏父子的性格與風格〉，《中外文學》，第二
　　　　十卷第 5 期，頁 117。
〔註44〕特里‧伊格爾頓：《當代文學理論導讀》，香港旭日，1987 年，頁 130。

束縛的生活，返回真實自由的生活，以及時把握短暫生命。當時人們「厭世不厭生」，他們希望在有生之年盡情享受，以增加生命的密度，於是道教生活興起於社會民間，正如劉大杰所云：

　　五經三史從前是必讀的，現在讀到老了，覺得沒有用處，生活無法維持，對於自己要解決的人生問題，也無法解決。懷疑苦悶之餘自然會向道士們請教了。於是道家的服食導養的養生術，佛家的厭苦現世超度彼界的觀念，交織著老莊的思想，浸漫著當日人們的心靈了。〔註45〕

詩人們陶醉於短暫的迷離幻境，使得這個階段的文學有著超然風味的浪漫情調，而遊仙詩成了魏晉時代最流行的詩歌題材。作為古代詩歌內容的一種，遊仙詩一直把描述仙源奇景、仙人長生看成該類詩的正格，然而曹植的遊仙詩卻常常借遊仙之名，行疏發鬱悶之實，與傳統的列仙之趣有別。

　　曹植後期屢受徙封，歷經漂泊困頓，但內心始終懷抱一線希望，也因他堅定的意志，不放棄建功立業的決心，導致他後期的失落與無奈；於是乃藉遊仙詩中的幻想，寄托美好理想，曹植的遊仙詩，數量居建安之冠。就內容來說，有些純粹幻遊，擴大了詩的想像空間；有些別有寄託，提昇了詩的意境與深度。就形式而說，他鋪陳排比，產生結構嚴謹的遊仙之作。所以遊仙詩可說是他渴求解脫的寄託。

　　現實生活的壓迫，使他幻想著能像神仙一樣遨遊仙境，以爭脫生活的桎梏，因此，他借助遊仙詩來享受自由的愉悅。請看這一首首次題名〈游仙〉的作品：

　　人生不滿百，戚戚少歡娛。意欲奮六翮，排霧凌紫虛。蟬蛻同松喬，翻跡登鼎湖。翱翔九天上，騁轡遠行遊。東觀扶桑曜，西臨弱水流。北極玄天渚，南翔陟丹丘。（頁1150）

人生短暫多愁煩，曹植後期已無歡愉，只希望藉由幻遊之樂來麻痺痛苦，尋求短暫的思想解脫，故較少祈求長生。此詩歷述翱翔的三度空

─────────────────────

〔註45〕劉大杰：《魏晉思想論》第五章〈魏晉時代的人生觀〉，台北里仁，1984年，頁118。

間，上天下地東南西北，完全的自由，沒有一般遊仙詩常見的祈福長生。並非他真的羨慕神仙境地，而是這個世界拋棄他、壓迫他，迫使他轉而以這些玄虛之境作為心靈的依託。

　　遊仙的內容，往往是曹植表述人生見解的材料依託。他的遊仙詩也有仙人生活的描述，不同的是，曹植鋪寫的目的常常是為了抒發感慨、陳述見解，絕非單純的描寫神仙生活。從〈仙人篇〉此篇來看陳思王的遊仙情懷：

> 仙人攬六著，對博太山隅。湘娥拊琴瑟，秦女吹笙竽。玉樽盈桂酒，河伯獻神魚。四海一何局，九州安所如。韓終與王喬，要我於天衢。萬里不足步，輕舉凌太虛。飛騰踰景雲，高風吹我軀。回駕觀紫微，與帝合靈符。閶闔自嵯峨，雙闕萬丈餘。玉樹扶道生，白虎挾門樞。驅風游四海，東過王母廬。俯觀五岳間，人生如寄居。潛光養羽翼，進趣且徐徐。不見昔軒轅，升龍出鼎湖。徘徊九天上，與爾長相須。（頁 1139）

現實世界中屢遭貶謫流放的曹植，在這裡享受到仙女、河伯的禮遇，可說前呼後擁，無往不利。然而在縱橫超脫之後，曹植卻在玉樹金闕間回首「俯觀五岳間」，不能忘情塵世。他俯觀五岳，看到的是「人生如寄居」，是「進趣且徐徐」。然而濟世不易，他便養晦待時，乘龍而出。朱乾評：「托意仙人，志在養晦待時，意必有聖人如軒轅者，然後出而應之。所謂達可行於天下，而後行之者也，較五遊、遠遊意更遠矣。」〔註46〕曹植從來未忘記他的理想抱負，徘徊九天，是在等待機會，經歷了各種磨難，曹植卻始終不忘理想，他把情感全都寄託在詩文中，以迷離的仙界來宣洩心中的抑鬱悲苦，寄託他的情懷。

　　曹植以仙界的逸樂無邊與世間的狹褊局促作對比，明示人生短暫，何必自尋煩惱。然而讒從天外來，禍從背後生，又豈是能躲避開？只好「潛光養羽翼，進趣且徐徐」了。仙境的鋪述，讓子建的感慨有

〔註46〕朱乾著：《樂府正義・卷十二》，引自《三曹資料彙編》，台北木鐸，1981 年，頁 202。

所依附，更能使人感受詩人的言外之意。除此以外，他也創作了雜言體的「遊仙詩」，將神仙世界描寫極爲瑰麗而美妙，來看〈桂之樹行〉：

> 桂之樹，桂之樹，桂生一何麗佳。揚朱華而翠葉，流芳布天涯。上有棲鸞，下有盤螭。桂之樹，得道之眞。人咸來會講仙，教爾服食日精。要道甚省不煩，淡泊無爲自然。乘蹻萬里之外，去留隨意所欲存。高高上際於眾外，下下乃窮極地天。（頁1134）

在朱華翠葉流芳、鸞鳳螭龍聚集的仙境，幻想與得道眞人講仙論道，服食日精的情形，眞是仙趣濃厚，充滿了濃厚的道家思想。其中「淡泊無爲自然」，似乎已完全看破塵世。曹植在現實生活中形同軟禁，才想脫離塵世，到神仙世界中去寄託苦悶的心靈，他有意模仿屈原的〈離騷〉、〈遠遊〉等名篇，藉乘龍升天，遠遊神仙，來寄託憂患與理想。

　　曹植的遊仙詩，並非眞的濾去塵滓，絕世脫俗，它只不過是曹植抒發心中鬱憤之情、追求身心自由的另一種表述形式。又如〈五遊詠〉：

> 九州不足步，願得凌雲翔。逍遙八紘外，游目歷遐荒。披我丹霞衣，襲我素霓裳。華蓋芳葳蕤，六龍仰天驤。曜靈未移景，倏忽造昊蒼。闔闔啓丹扉，雙闕曜朱光。徘徊文昌殿，登陟太微堂。上帝休西櫺，羣后集東廂。帶我瓊瑤佩，漱我沆瀣漿。踟蹰玩靈芝，徙倚弄華芳。王子奉仙藥，羨門進奇方。服食享遐紀，延壽保無疆。（頁1134）

詩中前兩句說明動機，次兩句展開行動，並描述仙界華服及仙物；「闔闔」四句則描述仙界富艷精工的建築仙景之堂奧。見到了仙人，並服食仙藥，最後以永保長壽無疆作結。這樣結構嚴整，極富想像，色彩華麗的遊仙作品，奠定了遊仙詩的文學地位。

　　朱乾云：「讀曹植〈五遊〉、〈遠遊篇〉，悲植以才高見忌，遭遇艱厄……法既峻切，過惡日聞，惴惴然朝不知夕。所謂『九州不足步，中州非吾家』，皆其憂患之詞也。至云服食享遐紀，延壽保無疆，則

其憂生之心爲已蹙矣。」﹝註47﹞陳祚明亦對〈五遊篇〉評曰:「此有託而言神仙者,觀『九州不足步』五字,其不得志於今之天下也審矣。無已,其遊仙乎?其源本於靈均。」﹝註48﹞朱陳二氏眞是子建的知音。此類游仙詩作,風格豪邁俊逸,無怪乎宋詞人秦觀評子建的詩風爲「長於豪逸」。﹝註49﹞

曹植執著於從政,雖飽受迫害仍堅定不移的性格,形成了曹植特殊的遊仙風格。不論他用著多麼豐富的辭藻,用心刻畫一幅想像中的美麗仙境,不論他在這個幻想的仙境中多麼自由順心,他的內心深處仍然眷戀著這個讓他悲苦的紛亂塵世。鬱悶痛苦的曹植借遊仙詩鳴不平、寄感慨,表達他對自由的渴望與追求,他眞的相信遁跡羽化,接引飛升嗎?曹植在〈贈白馬王彪·其七〉詩中說「虛無求列仙,松子久吾欺。變故在斯須,百年誰能持」,對長生不死之說,曹植是持否定態度,但晚期卻大量寫作遊仙詩,暢談升仙得道的樂趣。其轉換歷程與生命際遇相關:

1、建安時期:

曹植此時期掌控有主導權,正是意氣風發之時,其生命觀是積極,對於仙人及長生之道是不相信。他只相信「天地無終極,人命若朝霜」。〈送應氏·其二〉

2、黃初時期:

黃初年間,在曹丕的壓迫下,他藉由幻想自己是仙人能夠自由翱翔、御風飛行,來逃避現實。從〈仙人篇〉、〈游仙〉、〈升天行·其一〉、〈升天行·其二〉四篇看出子建此一時期的遊仙詩,只想藉此來解放被壓迫的憤懣。這四篇都沒有提到長生思想。〈仙人篇〉中「人生如

﹝註47﹞ 朱乾著:《樂府正義·卷十二》,引自《三曹資料彙編》,台北木鐸,1981年,頁202。
﹝註48﹞ 陳祚明:《采菽堂古詩選·卷五》,引自《三曹資料彙編》,台北木鐸,1981年,頁191。
﹝註49﹞ 秦觀:《淮海集·卷十一》,(台北中華,1965年),頁4。

寄居，潛光養羽翼，進趣且徐徐」看出曹植是藉由仙人的任意行遊，來紓解被限制的鬱悶，至終他仍回顧人世，藉由隱居來等待機會。〈游仙〉中「人生不滿百，歲歲少歡娛」是感嘆人生當中的不如意；〈升天行・其二〉中「回日使東馳」，是希望時間能從頭來過，能改變現狀。從以上詩句中發現，他只是想暫時逃避受壓抑的環境，嚮往的廣大空間，尋求心靈的解放。

3、太和時期：

太和年間，他的生命觀和建安、黃初年間的生命觀衝突。〈箜篌引〉中「盛時不再來，百年忽我遒。……先民誰不死？知命復何憂。」，他一方面想要豁達的看待生死，但一方面隨著時光流逝，年華的老去，他立功的機會就越渺茫。本以為曹叡即位會有轉機，但結果還是徹底失望；這時曹植尚未建功立業，在健康上已出現問題，體弱而多病，加上曹丕正值壯年駕崩的打擊，使他出現了和他在建安年間完全不同的想法。這一時期的遊仙詩有〈飛龍篇〉、〈桂之樹行〉、〈平陵東〉、〈五遊詠〉、〈遠遊篇〉、〈驅車篇〉。從這六篇中可以看出他希望能夠長生不老，且有提到仙藥。

由以上可知，在建安、黃初、太和三時期中，曹植心境的轉變，至終，他沒有辦法以豁達的心情看待人生，因此出現矛盾現象。究其原因，是因為他後期生活在毫無自由，飽受監控，看不到政治前途，而深感壓抑卻又無法跳脫；於是轉而把情感投向虛無縹緲的仙界，希望能藉此在精神上擺脫紛擾的塵世，暫時置身功名之外，以寄託其有志難伸的苦悶情懷，獲得精神解脫。但到了太和五、六年，面對著功業的未竟，隨著年華的老去，他是真的企求長生。

（二）希望與幻滅：〈洛神賦〉

〈洛神賦〉的主旨以洛神書寫曹植心中的女神形象。文章可分為幾個部分。賦前有小序，說明因宋玉書寫洛神而起的寫作動機，和時間、地點。後以「其辭曰」開啟下文。以下的正文共分六個段落，根

據洪順隆〈論〈洛神賦〉〉的分法爲〔註50〕：

第一段主要是從「余從京城」至「臣願聞之」，寫洛陽至洛水間形勢。當時舟車勞頓，於是在香草岸邊讓馬匹休息。作者在岸邊休息，忽然思緒飄遠，轉眼間似乎看見一相貌非凡之天女，引起車夫好奇。此處繼承賦體問答的方式，以曹植和御者的對答開啓他和洛神的邂逅。

第二段從「余告知曰」至「步踟躕於山隅」，主要描寫洛神的靜態形象。包括體態輕盈、容顏鮮明、身形美麗、青春華茂、肌膚明亮、髮鬐高聳、眼神清亮、唇紅齒自、腰部苗條、儀容安靜高尚、神情愉悅、行動飄忽、體態嫵媚。即使不施脂紛，仍舊亮麗出色；而她的衣著光鮮，首飾亮眼，翠玉和黃金襯托絕美外表；鞋子繡著精美花紋，和紗裙在山間透出幽蘭芳香。

第三段自「於是忽焉縱體」至「申禮防以自持」，寫洛神動態美。包括嬉戲於水中時，有彩旗、桂枝在左右遮蔭；當洛神露出纖細手臂採靈芝時，作者深深爲之吸引。作者苦無媒人，便用眼神、玉珮傳達愛意；洛神的「信脩」、「習禮」、「明詩」表現其謹守禮儀、修持甚佳。但作者擔心自己像神話故事中的鄭交甫一樣被欺騙，終以「收和顏而靜志，申禮防以自持」表明自己以禮自持。

第四段自「於是洛靈感焉」至「令我忘飧」，寫洛神動態美。洛神身上的神光若隱若現，欲去還迎，在香草間徘徊，悵然嘆息。繼而，眾神出現，或在水邊嬉戲，或在水中採珠。洛神由娥皇、女英、漢水女神等陪伴哀嘆牛郎織女的分離。洛神行動輕盈、目光苒動、舉止羞澀，充滿了愛悅心情。

第五段向「於是屏翳收風」至「悵神宵而蔽光」，描寫眾神準備護駕洛神離去，至洛神表示「寄心」而「消失」爲止。這兒作者大量堆疊神話典故，包括「馮夷鳴鼓，女媧清歌。文魚警策，六龍齊首」

〔註50〕洪順隆：《辭賦論叢》，台北文津，1990 年，頁 98～127。

等，意象神奇，洛神最終含情脈脈的回頭，讓作者恨人神不能如願相戀。洛神只講了幾句話，便銷聲匿跡，讓作者悵然不已。

第六段自「於是背下陵高」至「悵盤桓而不能去」，寫作者思洛神情景，悵然而歸。作者對於洛神念念不忘，但仍必須離開此地，繼續旅程。本賦從洛神現身開始，先描寫完美絕倫的外貌、禮節謹防的涵養，再寫兩人本來欲互贈信物，卻恨人神不能相戀，只能遺憾收場。以愛戀始，以悵惘終。雖篇幅不長，然情節張力十足，情感轉折明確，文字華美精鍊，被列為曹植「才高八斗」的的代表作之一。

中國文人，常利用文字書寫內心情感。葉嘉瑩曾說千古才人志士的基本心態是「永遠處於不甘的迫求之中，永遠處在求不得的悲哀之中」〔註51〕。文人失意時，或牢騷滿腹，或藉酒澆愁，或遠走他方，都是試圖擺脫負面情緒。詩經源遠流長的「比興」的傳統，成了詩人「以此物比彼物」的方式。早在屈原時期，就以「香草美人」寄託對於國家的情感。司馬遷也說：「屈平之作〈離騷〉，蓋怨自生也。」而曹植生在帝王之家，有著「戮力上國，流惠下民，建永世之業，流金石之功」之理想。但漢末的動亂，讓他無法一展長才，甚至被君王疏離。孤傲的外表下，我們看到的是曹植寂寞的靈魂。酗酒、闖禍讓他後來失去父親的寵愛，但曹植必中何嘗不想得到光榮的帝位，畏罪的曹植，並不能肆無忌憚的直抒胸臆，只能藉由較隱晦的方式鋪陳故事。

在這篇賦中，曹植提到他繞路，但卻未提原因，想必和政治挫折有關。雖然全文和政治無一涉，但洛神的完美，卻讓人想到曹植心中的美好夢想。曹植在「精移神駭，忽焉思散」的恍惚下，撞見洛神出現在夢幻朦朧之處，曹植為了追尋她，上幻境，深入探詢美好寶地，與洛神有著若即若離的情感。文章以實喻虛，具有高度象徵性。失去洛神的失落，全根植於無法改變現實的無奈，如同屈原的上下求索，同時也是詩人被迫成長的過程中，心中仍舊渴盼純真無邪的秘密花

〔註51〕葉嘉瑩：《漢魏六朝詩講錄》，河北教育，1997年，頁328。

園，使他可以逃離爾虞我詐。

　　曹植〈洛神賦〉，故事背景是洛水，洛神是洛水之神。曹植選擇把女神架在一個虛無縹緲的地方，洛神和人世阻隔，她出現於「巖之畔」、「步踟躕於山隅」。洛神的形貌「迫而察之，灼若芙蕖出淥波」，像是出水芙蓉一般聖潔。當她「采湍瀨之玄芝」時，曹植是多麼的怦然心動。氤氳渺茫的仙境，連戲水的神靈都是那麼玲瓏可愛。行吟澤畔的曹植，內心的寂寞汩汩而出，如同當年在江邊被漁父奉勸與世浮沈的屈原，也自然想要一親芳澤。洛神從頭到尾的行動皆在水域，護衛者也是「文魚」、「水禽」等；這裡的水，除了代表女性清新脫俗的高潔外，也是純愛與美的象徵。在曹植另一名賦〈靜思賦〉中，詩人同樣在山旁水邊流連，且賦中美女同樣是在山光水色中表現鮮妍卓特，這裡的水，便多了一份柔情與浪漫。

　　無論是宋玉〈神女賦〉中楚襄王在夢境與宋玉相會的情景，或是〈洛神賦〉中曹植對車夫的敘述，都呈現男性在夢中追求女神的情節。其追求女神過程為：「以倒敘法引導——夢境中男性與美女相遇——夢境的幻滅」〔註52〕。因此，其情節往往不存在於現實，主人翁不是做了一場夢，就是走近人煙稀少的地方以致於看到幻覺；當他醒來時，才回味方才的溫存。正因為是幻境，夢醒的文人就更感受到奇異的失落。

　　李文鈺則認為〔註53〕，〈洛神賦〉中詩人追求女神的情節，和中古神話中英雄出征的意義相仿。依據榮格的說法，追求洛神的創作，是「幻覺型」的模式，而作者是「正在發生的心理事件束手無策的旁觀者」。從京城到東藩，從熟悉到陌生，重要的是離開現在的熟悉生

〔註52〕廖芳瑩：〈宋玉《神女賦》、曹植《洛神賦》及濟慈《無情的美女》中中西男性理想自我追求模式設計下的女性形象與自我個體意識比較〉，Graduate Student Research Papers，第十五期，（台北：raduate Student Research Papers 出版部）頁38～51。

〔註53〕戴紹敏：〈論《洛神賦》的古典美及其傳承〉，《大同職業技術學院學報》第三期，頁42～44。

活，「背伊闕，越轘轅，經通谷，陵景山」，置身洛川的深淵中，而對心中的恐懼怯懦，尋找內心的救援者。洛神對曹植來說，是重大的考驗，他若能超越表象，直達理層，便能打開生命的死結。但最後「背下陵高」的東返，並「悵盤桓而不能去」，暗示曹植在洛神遠逝後仍舊困索，不得出口，他的苦悶得到短暫慰藉，卻非長久的掙脫。「女神書寫」對於文人來說，多半是現實失意後，找尋生命出口的一種方式，詩人上下求索，仍不得其門而入。女神的美貌、可望不可即的距離，反映人類渴望追求的理想和無法實現的強烈幻滅，難言之隱，刻骨之悲，在字裡行間流露出來。

　　〈洛神賦〉中塑造了兩位人物形象，一是美絕超世的洛水之神，一是在情思上與其互動的作者本人。面對風姿綽約的凌波仙子，便夢魂牽縈、心蕩神移。在篇首出現獨自「睹一麗人，於岩之畔」的個人世界，在其發出「爾有覿於彼者乎，彼何人斯，若此之艷也」的驚嘆後，全篇即展開動人的神交過程。在洛神美麗的召喚下，他多情地「托微波而通辭」「解玉珮以要之」，然終因文人之拘禮及懼靈之欺我，而猶豫狐疑、禮防自持。這樣的躊躇心態，表現了他以理自律的情操及因生活不遂而有的幻滅感。鄧仕樑曾就漢魏「閑邪」類作品有段論述：

> 明代何景明有七古〈明月篇〉，詩前有段長序云：「……漢魏作者，義關君臣朋友，辭必托諸夫婦，以宣鬱而達情焉，其旨遠矣。」何氏的論點，是有其根據的，事實上，我們讀曹植〈七哀〉、〈雜詩〉中「西北有織婦」、「南國有佳人」諸篇，很客易聯想到君臣之義……我們不宜把所有涉及愛情詩賦視作有寄託之作，但漢魏一些作者，深受漢代傳統洗禮，如漢人每用君臣之道解釋《楚辭》各篇。釋經更強調教化作用，則建安諸子所作，或以棄婦、或以高士為題材，都很難不使人相信是有所託喻的。〔註54〕

鄧氏並進一步認為「閑邪」諸賦與「神女」諸附有相通之處。這樣的

〔註54〕鄧仕樑：〈論建安以「閑邪」和「神女」為主題的兩組賦〉，香港大學「第二屆國際賦學術研討會」，1992年，頁14。

論點提供我們的思考曹植的〈洛神賦〉中各種可能的意涵。我們可以按傳統的說法說：「他此時的猶豫與悵惘，與其說是對愛的冷漠，不如說是政治生涯中憂患意識的折射。」〔註 55〕更可以較開闊的詮釋說：「洛神是理想的象徵，這理想可以是美的理想、愛的理想，也可能是事業的理想，生活的理想。可惜這些理想都和洛神一樣，是可望而不可及的，她給人留下的只是惋惜悵惘，冥思遐想。從這意義上說。我們認為曹植藉這篇賦以寄託自己的種種失意情懷，說它是苦悶的象徵，也是可以理解的。」〔註 56〕其實男女情愛與理想追求在「執著」的理念上是相同的，情志結合與寄託象徵時時可由曹植的作品中發現。詩人以男女情事來寄託其人生理想，這兩者並非純粹的喻體與本體關係，而是一體的展現。

東漢中葉以來，由於政經、社會的變動，助長了「士」自覺意識之增強。余英時認為士之個體自覺成了漢魏之際士大夫思想變遷之關鍵〔註 57〕。當時士族雖有感於儒家思想不足以繫國，然仍長期浸濡於禮教中而難脫禮之束縛；即如敢作敢為的曹操，仍不願冒大不諱行篡位之事。故士之自覺意識興起在漢末魏初，更顯出文人複雜糾葛的情結，也可看出新型儒者人格的蛻變。曹植本身在企慕儒道，卻又囿於曹魏法治的情形下，常身陷於理想與現實的矛盾中；使其一方面企慕儒家禮樂教化的人文社會，一方面又嚮往道家超脫自在的精神世界。因此我們在遊仙詩中，讀到了曹植幻遊世界的超然之美，卻也看到他不能全然忘懷對現世的關注與苦痛。其不自解脫而抑鬱反側的文士性格，不斷出現於作品之中。

〔註 55〕《歷代辭賦鑒賞辭典》，安徽文藝，1992 年，頁 330。
〔註 56〕張文勛：〈苦悶的象徵——洛神賦新議〉，《社會科學戰線》，1985 年第一期，頁 227。
〔註 57〕余英時：《中國知識階層史論（古代篇）》，台北聯經，1989 年，頁231。

第六章　正始詩人遊仙主題——
阮籍嵇康的明道與仙心

　　遊仙的目的不外乎擺脫世俗的羈絆獲得自由，或是超越時間的限制而獲長生。阮籍從日月的交替、時序的推移中感受著時光流逝，在流逝中濃縮著生命短暫的哀傷；在哀傷中導向遊仙，但更多的是，世道的險惡帶給詩人的生命感喟。

　　由於抒情主體「我」的不介入，阮籍遊仙描寫很少內在體驗性的具體仙境生活場面的鋪陳渲染，而更多的是神仙生活精神的呈現，給人一種清逸幽遠，遙不可及的感覺。如：

> 西方有佳人，皎若白日光。被服纖羅衣，左右佩雙璜。修
> 容耀姿美，順風振微芳。登高眺所思，舉袂當朝陽。寄顏
> 雲霄間，揮袖凌虛翔。飄飄恍惚中，流盼顧我傍。悅懌未
> 交接，晤言用感傷。〔註1〕〈詠懷十九〉（頁 280）

「佳人」與「我」是分屬於兩重世界。「佳人」不過是抒情主體「恍惚」「未交接」的「所思」存在，而不是抒情主體「生活」中可以相伴相隨的對象。

〔註1〕　陳伯君校注：《阮籍集校注》，北京中華，1987 年，阮籍作品皆引此書，僅於文後標頁碼，不另加註。

　　阮籍的遊仙始終存在一個矛盾。詩人嚮往遊仙，但「仙」及「仙境」始終獨立於詩人而存在，使詩人不但不能超越塵世而獲快樂自由，反而加劇了內心的痛苦。阮籍正是在這種矛盾與痛苦中宣洩著濃烈的生命情緒，他只是遠遠地站在現實的曠野上，一往情深地注視著那富有吸引力的理想之境；至終，自我情感也沒有融化在仙境中，而是深深地固守在自己內心。

　　以阮籍、嵇康為代表的竹林玄學核心精神是超越名教生死、擺脫情欲物累的自然人生，試圖在世務繽紛、生存危患的人生上，構建一個能夠安身立命、具有自足意識的逍遙自由的精神境界。阮籍〈詠懷詩〉多次表述了這種意願和追求：

> 誰言萬事艱，逍遙可終生。臨堂翳華樹，悠悠念無形。〈詠懷十九〉（頁 317）
>
> 保身念道真，寵耀焉足崇。〈詠懷四十二〉（頁 329）
>
> 咄嗟榮辱事，去來味道真。道真信可娛，清潔存精神。〈詠懷七十四〉（頁 389）

阮籍雖傾其全部心力去探尋追求，但終其一生，他沒有達到這一精神境界。他所描述的以「大人先生」式的理想人格為標誌的精神境界，最終只是孤懸在頭頂上的一種幻想，誠如任繼愈《中國哲學發展史》所分析的那樣：「阮籍探索的終點，也同時是他探索的起點，與其說他得到了什麼精神境界，毋寧說他只得到了一個孤懸的、毫無憑據的、痛苦不安的自我意識本身。」於是，情感宣洩的濃烈與仙境描寫的淡化，構成了阮籍遊仙描寫富有個性的審美特徵。

第一節　抒情自我的誕生

　　自傳的寫作，乃意味著自我告解（self-confession）、自我揭露（self-revelation）、自我發現（self-discovery）與自我身分認同（self-identity）等等重要的意義。透過這種靈魂追尋（soul-searching）的過程，自我遂由隱密沉默的壓抑深處浮升露現，獲得一個釋放，獲

得一種公開性的存在。並且世界定認知了自我與世界的關係，由此而得到一種安全與自由的保證，以解除心理上的危機。同時，在自傳寫作中，作者自我臨現的權威，完全透過他的聲音的力量，給予這種自我身分認同的追尋以絕對的支持保證。這個作者親臨的聲音，具有一種口說（speech）的即時效果，確保著故事的眞實與作者的眞誠，對於作者而言，則可使其壓抑隱藏的自我獲得發聲。在這個告白的聲音中，作者自我表露，自我報名，打破沉默，揭顯特立獨行與眾不同的自我，使梗在喉頭的結巴痛苦，終於得以吐露。正如一般所相信的：「只要你開口。你就擁有一個聲音；如果你不說話，你根本就沒有個性。」

　　所謂「自我」實則就是意識與想像力的一種創造，一種建構。這種論述，似乎瓦解了自傳的信用，但從更高的層次上來說，則是化簡爲繁，揭開了自傳書寫內在的複雜與深刻。現實人生的經歷是零亂無章的，當到達一個困境的極端時刻，人必須「尋找自己內在的身分」（a search for one's inner standing），澄清自我生命的蘊義時，只有在沉思中驀然回首之際，才能看清自我生命的內在跡線脈絡。如 Roy Pascal 就認爲自傳並不僅是揭現外在的事實與關係，而是作者提出自己的一種價值的定則。他必須建立一個理想的自我意象，作爲安排其他事物的藍圖。……他呈現一個內在的核心，一個顯現在外界的人格之下的自我，那才是他最珍貴的實在，因爲它給予他的生命以意義〔註2〕。這種自我追尋建構，有助於人在困境中何去何從的人生抉擇，塑造自我的生命意義。於是，因此所追尋建構的自我，是一個在混沌世事中顯影出來的更清晰的自我，也是人心目中自覺更眞實的自我。這個「內在的自我」（inner self），「心靈的意象」（mind image）較之「歷史的自我」（historical self）更爲眞實，虛構與發明引領我們走入更深邃的心域。當生命遭遇憂患，詩人在現實挫敗，失去外在世界的身分

〔註 2〕 Roy Pascal, *Design and Truth in Autobiography*. New York & London: Garland Publishing, p. 193.

認同之後，眞正的自我被扭曲蒙蔽，他必須追尋自我的內在身分，揭現隱藏的眞實完美的自我，將正確的生命版本，公諸於世。而強調自我發現反思，揭露自我內在品質與靈魂的自傳書寫模式，正符應自我文本的建構與慾望投注，拯救自我的意圖。由此觀之，〈詠懷〉開端自我揭露的自傳書寫，顯然是一饒有深意的自我建構。

（一）〈詠懷〉詩直面自我的書寫性

詩中說話人與詩人身份無從分辨，擬代手法的廢棄，敍事成分的被壓縮，贈答體的不復使用——皆指向一個趨向：由於詩人不再托寓爲他人，不再成爲敍述者，亦不再訴諸一個明確的受話人，他所面對的難道是主要是眞正的「自我」？雖然他亦未始不期待一「世遠莫見其面，覘文輒見其心」〔註3〕的後世「知音」。

這一種時時面對自我的傾向，嗣宗本人在詩中時有表白。〈詠懷其一〉曰：「徘徊將何見？憂思獨傷心」；其七曰：「徘徊空堂上，忉怛莫我知」；其十四曰：「多言焉所告，繁辭將訴誰？」；其三十七曰：「揮涕懷哀傷，辛酸誰語哉？」〔註4〕

阮詩此一頗具自語（inner soliloquy）的特質，古人已有體味。明人王船山論阮詩「託體之妙，或以自安，或以自悼，或標物外之旨，或寄疾邪之思」〔註5〕；清人陳祚明謂之「如白首狂夫，歌哭道中，輒向黃河亂流欲渡，彼自有傷心之故，不可爲他人言」〔註6〕。方東樹論《詠懷》發端〈夜中不能寐〉一篇爲「忽然傷心，然其固有所見而然，故自疑而問之。」〔註7〕今人之中，廖蔚卿對此說得最爲透徹：

〔註3〕 《文心雕龍・知音》，見詹鍈：《文心雕龍義證》，上海古籍，1999，下冊，頁1855。

〔註4〕 陳伯君校注：《阮籍集校注》，北京中華，1987年，頁210、232、264、318。

〔註5〕 《古詩評選》卷4，《船山全書》第14冊，長沙嶽麓，1996年，頁677。

〔註6〕 《采菽堂古詩選》卷8，頁9。

〔註7〕 《昭昧詹言》卷3，北京人民文學，1984年，頁83。

當時一般詩作，不論就其內容精神及語言形構而言，雖各
有流派，自成風格，但卻有一共同現象，即詩的主旨──
不論抒情言志──總是用顯明的方式表達；換言之，即在
指事比興中也必然明確展示作者之情志。而阮籍則不然，
詠懷詩大部分不將作者個人的意旨現示於讀者，他僅就耳
目所見，指事、造形、敘事、寫物，而不告示詩的主題；
他只製造一種詩境詩情，蘊孕一種自然及人生的感受，他
的藝術表現，是現代式的，它使人感受、詠味，如此而
已。……

魏、晉以後的詩人，雖在「緣情」的觀念下欲作詩以達到
「群」「怨」之目的，而所作之詩，亦必然在傳統意識下及
語文結構中明確的展示詩人個人之「志」或「情」；換言之，
使每一首詩都具備一完全明確的意旨。這，正是艾略特所
謂的詩的效用的社會性。阮籍詩以例外的反傳統的方式以
隱晦為特色：「厥旨淵放，歸趣難求。」可以說是完全反時
代的。〔註8〕

廖氏所謂「完全反時代的」，是對阮詩開創性的另一種表述。美國學
者康那瑞（Christopher Leigh Connery）曾以鄴下文人在南皮、玄武池、
銅雀臺、西園和陸機、潘岳等在平臺的聚首寫作，強調漢以來文學創
作多為「群體文學活動」〔註9〕。在此我們還可以想到金谷和蘭亭的
雅集和創作。但阮籍的〈詠懷〉恰恰與這一切形成對照。阮詩這一開
創性的本質，即標誌著中國詩最終脫離了公眾場合的表現和群體活動
傳統而進入個人書寫的新時代。高友工對此有如下的表述：

注意到弗萊以「佯作」（pretend）去描述抒情詩人與其假定
的聽眾（即弗萊以「抒情詩人通常佯作向自己交談或他人
交談」界定抒情詩──本文作者注）是重要的。換言之，「傳
達」（communication）至多是以「向詩人隱蔽去聽眾」來寫

〔註8〕廖蔚卿：《六朝文論》，臺北聯經，1978年，頁313、315。

〔註9〕Christopher Leigh Connery, *The Empire of the Text: Writing and
Authority in Early Imperial China*, pp. 159～165.

作抒情詩的藉口。更重要的是「聽眾的內在化」使得創作
活動本身得以自足。當然，當詩人以詩與朋友交談，詩的
確成為傳達的方式。然而，更為經常的是，他索性是同自
己交談，運用書寫文字作為工具去反省自己的經驗並創造
出一種獨白或「被偷聽到的言談」。在此意義上我使用「反
省的詩」（reflexive poetry）以區分將詩視作對聽眾傳達訊息
的「表現的詩」（expressive poetry）。誠然在「表現的詩」
裏，詩人亦可以內在地去呈現其心靈。但是，正如我所界
定的，「反省的詩」卻有一個不同的焦點，它以內在化和象
徵化作為其主要內容，而不顧及其公共功能〔註10〕。

高先生這段話原用以評價〈古詩十九首〉。然而，在〈古詩十九首〉
中，此自公共表現到書寫個人反省的轉變其實並未真正完成。這一組
頗具「抒情的戲劇性獨白」（dramatic monologue 區別於阮詩 soliloquy）
特徵的作品，本質上是一種「書面的交談」或「書面的聲音」。換言
之，它其實是一種兼具言語表達和書寫體驗性質、兼為耳朵聆聽和眼
睛閱讀的「雙重文類」。但是高氏的觀察問題的方法卻極具啟發性。
如果將高氏的分野下移，此一中國詩中自公眾性表演到書寫個人反省
之轉變，可以說真正完成於阮籍。阮籍的時代，也正是中國文學剛剛
完成了其文字載體紙簡替換的時代。紙材質輕便，空間不拘，促進了
隨意的書寫，發展了更私人化的寫作〔註11〕。嵇康「善書」，被張懷
瓘列為草書第二〔註12〕，草書是書於紙的。而嵇、阮亦確有傳咸〈紙
賦〉所謂「離群索居，鱗鴻附便，援筆飛書，寫情於萬里，精思於一
隅」〔註13〕的特徵。〈詠懷〉的大量用典，更是隨紙書興起的類書編

〔註10〕Yu-Kung Kao, "The Nineteen Old Poems and Aesthetics of Self-Reflection",
The Power of Culture: Studies in Chinese Cultural History, eds. Willard
J. Peterson, Andrew H. Plaks, and Ying-Shih Yu Hong Kong: The
Chinese University Press, 1994, p.82

〔註11〕查屏球：〈紙簡替代與漢魏晉初文風〉，《從游士到儒士——漢唐士風
與文風論稿》，頁 117～147。

〔註12〕〈書議〉，《歷代書法論文選》，上海古籍，1996 年，頁 147。

〔註13〕傅咸：〈紙賦〉，《全上古三代秦漢三國六朝文》第二冊，北京中華，

篡而引發的現象。

　　阮籍的〈詠懷〉則眞正直面個人的內在生命，此一向書寫個人反省的轉變，帶來詩歌質性的一系列創新。一個突出的變化是詩意的展開方式，不妨以〈詠懷詩〉中一首頗難解讀的第二十二首爲例：

　　　夏后乘靈輿，夸父爲鄧林。存亡從變化，日月有浮沉。鳳
　　　凰鳴參差，伶倫發其音。王子好簫管，世世相追尋。誰言
　　　不可見？青鳥明我心。〈詠懷二十二〉（頁287）

而阮籍此詩句與句之間的轉換和榫接，卻是方東樹所謂「意接而語不接」[註14]，即在詩人的意識流層次中進行的，如樂音之形跡入空，讀者非經反復閱讀無從破解。

　　故而，相對以往公共場合的表現傳統而言，阮籍〈詠懷〉呈現出一種詩人意識的直接性與文字表達的間接性的奇妙統一。所謂「詩人意識的直接性」是指詩人創作時不再假擬出一受話人，表達由此更取一種「自我參指」的方式而致。即所謂「脫去畦徑，超然物表，自起自止，旁若無人」[註15]。沈德潛以「反覆零亂，興寄無端，和愉哀怨，俶詭不羈」[註16]論阮詩，頗得體要。所謂「反覆零亂」是內心矛盾或「意識直接性」的體現，它本身即已指示出「言志」已無法概括中國詩歌，指示出「情」的勝出。由此可見，陳繹曾所謂「主意」其實不足概括阮詩，阮詩內容的本質其實該在情、意之間。其中「反覆」常常就出現在同一篇作品中，如其七十：

　　　有悲則有情，無悲亦無思。苟非嬰網罟，何必萬里畿。翔
　　　風拂重宵，慶雲招所晞。灰心寄枯宅，曷顧人閭姿。始得
　　　忘我難，爲知嘿自遺。〈詠懷七十〉（頁383）

詩由悲至之語起，由至悲至痛而求無悲無思。「灰心寄枯宅，曷顧人

　　　1958年，頁1752。
〔註14〕《昭昧詹言》，卷3，北京人民文學，1984年，頁94。
〔註15〕毛先舒：《詩辨坻》，富壽春校點：《清詩話續編》，上海古籍，1983
　　　年，上冊，頁29。
〔註16〕《說詩晬語》卷上，見《原詩、一瓢詩話、說詩晬語》，北京人民文
　　　學，1979年，頁201。

間姿」似可爲一解脫。然詩的最後兩句卻又以否定和反詰顛覆了這一題旨。如侯思孟所說，這裡出現了阮籍詩慣常的形式，以懷疑自我和問題作結，從而使此詩成爲鈴木修次所謂「整個系列中顯示矛盾情緒的突出例子」〔註17〕。

阮籍〈詠懷〉中充滿了這樣的自我論辯，詩中有如「誰」、「誰云」、「誰能」、「誰知」、「焉」、「焉敢」、「焉知」、「如何」、「豈爲」、「豈若」、「豈可」、「豈足」、「何許」、「何用」、「何爲」、「何時」、「曷顧」、「幾何」、「安可」、「安知」等等表示疑問的詞語，其數量之夥，恐爲屈子〈天問〉以來所僅見。如果說〈詠懷〉〈古詩十九首〉的抒情戲劇式獨白主要是發展了《詩經》中在對象前祈願、怨責或訴說的「予——汝」詩歌模式的話；阮籍〈詠懷〉則著重發揚了楚辭的心靈對話傳統。〈天問〉敘述是不斷地回答懸而未決的問題，〈詠懷〉〈天問〉則以不間斷的問語顛覆了敘述〔註18〕。阮詩亦如此，以不斷置問使以往詩歌中難以迴避的外在簡短敘述亦無從展開。然另一方面，無端問語卻在內在心理的層面上令詩勢夭矯連蜷，不再板直，並演示（別於敘述）了其內在探索的過程本身。

在此，阮氏在大道既隱之時，寫〈卜疑〉而卜問人生之道的嵇康一樣，代表了典午高壓政局下玄學轉向叩問個體生命自由的傾向。但阮籍比之嵇康，其眞我藏得更深，他是更內在的。他的「反覆零亂」、「自疑而問」、「歸趣難求」、「矛盾情緒」種種，其實皆因沉潛於更深的意識層次。法國哲學家柏格森（Henri Louis Bergson）下面的話或許有助於我們理解這一點：

> 倘若由自我與外在對象接觸的表層下去開掘，我們就透入
> 到有機的和生動的理智深層，我們將見證許多觀念的匯聚
> 或混合，它們在分離時似乎是作爲邏輯上矛盾的觀念相互

〔註17〕Donald Holzman, *Poetry and Politics: The Life and Works of Juan Chi*, p.170

〔註18〕蕭馳：〈兩種時間向度：中國史詩問題之比較文學思考〉，《中國抒情傳統》，臺北允晨，1999年，頁192。

排斥。在最奇異的夢幻裏，兩個相互疊壓的意象向我們同時顯示爲兩個人卻是一個人，在我們清醒時卻幾乎難以給予我們概念間交織的一個意念。〔註19〕

柏氏談到人類感覺、情感和意識中兩個方面：前者清晰、精確、卻非個人化；而後者則含混、不停地變化，並因語言在把捉時不能不使其社會化而無法表達。顯然，阮氏比以往詩人更接近後者，此即阮詩「在情、意之間」的本質，此「意」傾向爲一種深意識，而不僅僅是經意爲之的心思。因爲社會化的語言本身會破壞原生態的深層意識和情緒，只有反覆零亂的、時而矛盾的語言才能部分保存它們。

（二）「文學敘述」與「史傳記載」的矛盾：〈東平賦〉

《晉書·阮籍傳》有這麼一段出名的記載：

> 及文帝輔政，籍嘗從容言於帝曰：「籍平生曾游東平，樂其風土。」帝大悦，即拜東平相。籍乘驢到郡，壞府舍屏障，使内外相望，法令清簡，旬日而還。〔註20〕

現今流傳的阮籍文集中正有這麼一篇〈東平賦〉，此軼事甚至被記於現代《東平縣志》之中，作爲歷代參訪過東平的偉人之一而津津樂道。然而，《東平縣志》對其餘零星提及敝土的古代文獻皆照單全錄，唯恐失之靡遺；卻對完整記載東平風土的〈東平賦〉虛提一筆，而隻字不提其文字。其因爲何？《阮籍集校注》的校者陳伯君已敏銳的覺察到此懸疑：

> 今觀此賦，無一語道其風土有可樂者，反之，則極道其風土之惡，甚至謂『孰斯邦之可即』，可見籍當時對司馬昭之語，不過託辭求去，及抵東平，纔十餘日，則又失望而歸矣。」〔註21〕

誠然〈東平賦〉中極道風土之惡，無一字可應證史傳記載中阮籍「樂

〔註19〕*Time and Free Will: An Essay on the Immediate Data of Consciousness*, trans. F. L. Pogson (London: Geoge Allen & Unwin LTD, 1950), p.136.

〔註20〕《晉書》卷四十九列傳，台灣中華，1972 年，頁 2。

〔註21〕陳伯君校注：《阮籍集校注》，北京中華，1987 年，頁 1。

其風土」者，故亟力稱美鄉土的縣志著作，自然不願收錄此種作品。
然而，阮籍筆下東平的「風土之惡」，真的可以當作地理記錄照單全
收嗎？還是他早已投射了太多「主觀」色彩？史傳記載與文學敘述的
矛盾又該如何理解呢？是史傳失真？還是阮籍故作偽語託辭求去？
假作真時真亦假，阮籍在東平國的任官期間究竟看到了什麼？他透過
文字在千年後又讓我們見到了什麼？

在〈東平賦〉〔註22〕的開首，阮籍陳述了他的「世界觀」：

> 夫九州有方圓，九野有形勢，區域高下，物有其制：開之
> 則通，塞之則否；流之則行，壅之則止；崇之則成丘陵，
> 汙之則為藪澤；逶迆漫衍，繞以大壑。及至分之國邑，樹
> 之表物，四時儀其象，陰陽暢其氣，傍通迴蕩，有形有德，
> 雲升雷動，一叫一默；或由之安，乃用斯惑。

自《尚書・禹貢》「禹別九州」以來，「九州」就是中國全土的代稱。
傳統「大賦」的形式照例一開首要鋪敘其中心鄰外的地理位置〔註
23〕，阮籍作〈東平賦〉，一落筆卻不見東平，反而漫涵了整個天地。
《晉書》記載阮籍「或閉戶視書，累月不出；或登臨山水，經日忘歸。」
這樣一個好遊歷的旅人，其眼中的天地風光是處處不同，還是不同間
自有同處？阮籍在〈東平賦〉的開首提供了答案：九州雖大，地理高
下盡其萬變，然而「開之」、「塞之」、「流之」、「壅之」、「崇之」、「汙
之」的背後卻有一個隱而未顯的主體，那就是「自然」。自然者，天
地之「大道」。高低丘澤實表裡綿延，其實是一個通貫無盡的山河大
地。文行至此，阮籍用了「及至」一詞加入了人為的分劃。「分之國

〔註22〕陳伯君校注：《阮籍集校注》，北京中華，1987年，頁1～10。
〔註23〕賦之開首習慣首先鋪論敘述中心的地理位置，似乎可視為由京都大
　　　　賦以下的傳統。因為在此類賦中，鋪揚京都宮殿之遼闊奢華是首要
　　　　關鍵。而此種傳統逐漸流衍成一種習慣，甚至向其他文體滲透。及
　　　　至唐初王勃〈滕王閣序〉：「豫章故郡，洪都新府。星分翼軫，地接
　　　　衡廬。襟三江而帶五湖，控蠻荊而引甌越……」，雖為序作，仍然以
　　　　相仿手法開首。相較之下，阮籍〈東平賦〉的結構反而是一種奇異
　　　　的變例。

邑，樹之表物」並非不可，只要順應其自然的形勢，調和四時陰陽，順其「制」則得其「治」。「或用之安，乃用斯惑」一句，是整篇賦的論述核心。表明的是：順自然者昌，逆自然者亂。

接下來，阮籍的文字進入了一個令人迷惑的「跳躍」：

> 若觀夫隅隈之缺，幽荒之塗，汋漠之域，窮野之都，奇偉譎詭，不可勝圖。

阮籍的眼光突然從廣袤的天地進入了狹隘的「幽荒之塗」。迥異於上段清晰的論述，他沒有說明「幽荒之塗」坐落於天地何處，然後接下來，他的文字跳進了截然不同的兩個世界。

> 乃有徧遊之士，浩養之雅，陵驚飇，躡浮霄，清濁俱逝，吉凶相招。是以伶倫遊鳳于崑崙之陽，鄒子噓溫于黍谷之陰，伯高登降于尚季之上，羨門逍遙于三山之岑；上遨玄圃，下遊鄧林。鳳鳥自歌，翔鸞自舞，嘉穀蕃殖，匪我稷黍。

「乃有徧遊之士」的描述，對照史傳中喜愛遊歷的阮籍形象，很容易讓我們以為他在指稱自己，但他立刻一連用了四個神話或傳說中的悠遊形象，進而讓我們體悟到他已經飛躍進了他想像的世界。此種想像的跨躍，從屈原《離騷》上下求索以來已成為一個典型。然而，屈原的求索終究要回歸冰冷的現實，阮籍的飛躍亦不可能離開現實的塵土。「鳳鳥自歌，翔鸞自舞」的美好世界，就是阮籍徧觀的「幽荒之塗」嗎？不同於屈原於雲端的反覆追尋，阮籍的美好神遊只是乍現，一瞬間又跌回了塵土，而且重重跌在最黑暗污穢的一個角落：

> 其阨陋則有橫術之場，鹿豕之墟，匪修潔之攸麗，于穢累之所如。西則仰首阿甄，傍通戚蒲，桑間濮上，淫荒所廬。三晉縱橫，鄭衛紛敷，豪俊凌厲，徒屬留居。是以強禦橫于戶牖，怨毒奮于牀隅，仍鄉飲而作慝，豈待久而發諸。

「其阨陋」的「其」字，指稱的主詞令人玩味。若是承接上文看下，阮籍之意難不成是美好的神山，邊緣竟是「穢累之所如」的「鹿豕之墟」？接著更令人意外的，「東平」選在此時躍上檯面。從「西則仰

首阿甄，傍通戚蒲」以下，阮籍開始仔細地描述東平風土之惡。接著，文章的主軸開始環繞著東平的歷史及現今，不斷加強負面印象：

> 厥土惟中，劉王是聚。高危臨城，窮川帶宇。叔氏婚族，實在其湄，背險向水，垢污多私。是以其州閭鄙邑，莫言或非，殖情戾盧，以殖厥資。其土田則原壤蕪荒，樹藝失時，疇畝不辟，荊棘不治，流潢餘溏，洋溢麑之。由而紹俗，靡則靡觀，非夷罔式，導斯作殘。

阮籍從歷史上溯，東平一地是建安七子劉楨與王粲的故土。但現今居住於此地的人民卻是群聚垢汙，莫言是非。阮籍用了鏗鏘的連續數句來形容東平現況：「原壤蕪荒，樹藝失時，疇畝不辟，荊棘不治，流潢餘溏，洋溢麑之。」對照〈東平賦〉開首的「或由之安，乃用斯惑」，東平一地表現出的卻恰恰是相反的「蕪荒」、「失時」、「不治」，由此，阮籍下了極沉痛的數語來批評東平的不宜人居：

> 是以其唱和矜势，背理向姦，尚氣逐利，周畏惟愆。其居處壅翳蔽塞，窕邃弗章。倚以陵墓，帶以曲房。是以居之則心昏，言之則志哀。悸罔徒易，靡所窴懷。

「居之則心昏，言之則志哀」，東平風土究竟爲何如此無可救藥？阮籍未曾明言。然而，如果我們對照先前對「幽荒之塗」的描述，也許可以細細追問：地分九州，明明依從各地自然風土則無所謂高下，爲何東平卻獨獨成爲「沕漠之域」？阮籍深惡批評的究竟是東平的「自然風土」，還是後起的「人爲風俗」？對東平的不宜人居，阮籍似乎隱隱約約地推敲了原因：

> 東當三齊，西接鄒魯，長塗千里，受茲商旅，力間爲率，師使以輔，驕僕纖邑，于焉斯處。川澤捷徑，洞庭荊楚，遺風過焉，是徑是宇。

所謂「遺風過焉，是徑是宇」，描述的即是東平四通八達的地理位置。然而，便捷的川澤交通並沒有使其成爲廣偉的都城，反而使其淪爲地分九州後，州與州間模糊的「邊緣」。荊楚商客，或經過，或居留，東平對其只是一個暫時驛站，沒有人將其視爲安居樂業的「家土」。

因此居留於此地的，反而成爲豪強盜匪的樂園。阮籍敏銳的看到了這一點，而爲其沉痛不已。然而若進一步追問：阮籍爲何如此在意這些「幽荒之塗」？都城發展，一地繁華，向來犧牲的都是偏遠之地成爲「鹿豕之墟」，丘墓與醜陋都丟置於「邊緣」爲之遺忘。爲何阮籍偏在此地徘徊不能去？「徘徊將何見？憂思獨傷心」，阮籍究竟在「何處」徘徊？是「鳳鳥自歌，翔鸞自舞」的遙遠仙都，還是「垢汙多私，莫言或非」的現實人世？而阮籍文思騰湧間瞬刻的由天堂墜入地獄，代表的是否正是：天堂或地獄其實都在同一處邈遠的「幽荒之塗」？只是一處是想像，一處卻是現實。阮籍求相東平，原本希冀的是遠離政爭中心的美好天堂，卻實際蹈入了民生凋敝的現實風土？

然後，迥異於地理大賦從頭到尾的「扣題」，阮籍對東平的沉痛描繪嘎然而止，只在最後，他對東平的山河地理再度進行了眺望：

> 其外有濁河縈其潯，清濟盪其樊。其北有連岡，施靡崎嶇。山陵崔巍，雲電相干。長風振厲，蕭條大原。其南則浮汶湛湛，行潦成池。深林茂樹，蓊鬱參差，羣鳥翔天，百獸交馳。

此段眺望之所以重要，即因接下來阮籍將要進入長篇「屈原式」的想像求索，文體由「賦」而轉入「騷」。在後來的心靈想像裡，東平即將隱而不顯。因此，我們有必要探究究竟是如何的眺望，觸動了阮籍內心的悲懷騰躍，進而完全離於現實所見？「濁河」與「清濟」，是自古圍繞東平的兩大河脈，阮籍在此特別提出，有任何「舉世皆濁己獨清」的隱喻嗎？阮籍沒有深論，或許他正是故意不深論，以免落人口實。而更重要的是，批判現實風土的慷慨激昂即將遠遁，「雲電相干，長風振厲」，電光石火之間，阮籍的文思即將由現實的「蕭條大原」邁入心靈中的「幽荒之塗」。而「羣鳥翔天，百獸交馳」所呈現的驚恐與孤寂，如〈詠懷〉詩第十七首：

> 獨坐空堂上，誰可與歡者？出門臨永路，不見行車馬。登高望九州，悠悠分曠野。孤鳥西北飛，離獸東南下。日暮思親友，晤言用自寫。〈詠懷十七〉（頁274～275）

「出門臨永路，不見行車馬」，描繪的已不是現實川流不息的長路，而進入了阮籍心靈中痛苦無人確知的「空堂」。「登高望九州，悠悠分曠野」，九州邈遠，孤鳥西飛，離獸東下，驚動不能安居的自然，又多似「遺風過焉，是徑是宇」的東平？詩與賦間，類似的意象不斷出現，象徵的正是阮籍騷動孤寂的內心荒原。東平的荒漠，觸動了阮籍內心最沉痛隱微的一塊「邊緣」。而「日暮思親友」，卻「誰可與歡者」？不僅當世，百代之下皆難以情測，阮籍在當世「口不臧否人物」，詩賦間卻隱微又真實的吐露了層層的掙扎與躲藏。而當世既無知音，後世又窮邈未可知，唯一「歸依」似乎也只剩下「尚友古人」一途。阮籍在眺望東平的實際風土後，其文思正一轉而入對古哲人的追懷：

> 雖黔首之不淑兮，懍山澤之足彌。古哲人之攸貴兮，好政教之有儀。彼玄真之所寶兮，樂寂寞之無知。……《北門》悲於殷憂兮，《小弁》哀於獨誠。鷗端一而慕仁兮，何淳朴之靡逞；彼羽儀之感志兮，刣伊人之匪靈。

「古哲人之攸貴兮，好政教之有儀」，指的究竟是哪位古哲人？史傳如此記載阮籍志向的歸趨：

> 瑀子籍，才藻豔逸，而倜儻放蕩，行己寡欲，以莊周爲模則。《三國志·魏書·王粲傳》

> 籍容貌瑰傑，志氣宏放，傲然獨得，任性不羈，……博覽群籍，尤好莊老。《晉書·阮籍傳》

在魏晉之際，士人的思想受到多方的衝擊，本不能以一隅歸趨之。而嵇康阮籍雖常被後世視爲「越名教而任自然」的代表，阮籍亦作有〈大人先生傳〉極盡諷儒之能事。然而，若阮籍真能達莊周之消遙，則其詩賦不會如此痛苦纏繞。且其諷儒者，皆諷當世之腐儒及僞名教，並不相妨於其追慕古哲人之思。在〈詠懷〉詩第十五首：

> 昔年十四五，志尚好書詩。被褐懷珠玉，顏閔相與期。開軒臨四野，登高望所思。丘墓蔽山岡，萬代同一時。千秋萬歲後，榮名安所之？乃悟羨門子，噭噭今自嗤。〈詠懷十五〉（頁265～266）

阮籍自稱其年少時「志尙好書詩」，正表明其曾出入於儒家思想之中，甚至「顏閔相與期」。然而是什麼使其轉換到「乃悟羨門子，噭噭今自嗤」的遊仙追求呢？竟又是眺望到了「丘墓蔽山岡，萬代同一時」的「幽荒之塗」。「幽荒之塗」，在現實風土的關注流連外，似乎也象徵了阮籍心靈不確定的價值荒蕪。然而，現實的破滅並不代表內心深處的理想也一併消毀，只是壓抑住了不使其呈現。在阮籍的上古慕想中，道家的「寂寞無知」與儒家的「政教有儀」，並不相互衝突，甚至互爲表裡。對應到〈東平賦〉開首「或由之安，乃用斯惑」的論述，即是：若順應「自然風土」而行，則自然能達其「政教有儀」。且其〈樂論〉中徵引孔子「安上治民，莫善于禮；移風易俗，莫善于樂」之語 [註24]，又處處主張「使去風俗之偏習，歸聖王之大化」，又豈是堅反儒家禮樂教化者？漢隷東平國，其實就在今日山東省境內，東平離孔子誕生地曲阜更不到百里之遙。阮籍在遊歷東平之時，是否隱約感嘆離聖人之鄉如此近處，卻是「疇畝不辟，荊棘不治」？如此，則〈東平賦〉後段「重曰」：「雖琴瑟之畢存兮，豈聲曲之復舒」，琴瑟聲曲，對應〈樂論〉的描繪，感嘆的是否隱約即是離聖人之故里雖近，聖人之風卻早已邈而不存呢？

　　史傳的記載，將人一生拍板定案，置入歷史長河中，從此白紙黑字蓋棺論定。但是，長河流淌，歷代讀者的不同想像足以使得一位前代人物再度生生死死。又更何況，如果一開始的源頭形象就是如此模糊隱藏？當史傳記載與文學表白產生了衝突的矛盾，我們是選擇判一爲眞、一爲假，抑或隱藏的眞實就在這模糊的閃爍之間？

第二節　空間的困阸與突圍

　　鍾嶸《詩品》對阮詩有一著名的評語：「言在耳目之內，情寄八荒之表。」此語在後代幾乎成爲定評。「情寄八荒之表」，表達的是對

〔註24〕陳伯君校注：《阮籍集校注》，北京中華，1987 年，頁 77。

其意旨歸趣的束手無策，然而卻也無意中點出了阮籍詩的重要特色：
對「幽荒之塗」的自覺追尋。

「幽荒之塗」，同時是對實際地理空間的關注，是對繁華外荒野
漠地的一種拓尋；另一方面，也投射出阮籍心靈空間對現世價值的一
片否定荒蕪。而「現實空間」與「心靈空間」在阮籍詩賦中的呈顯，
常常相互交疊。阮籍常因當下所見所履之現實空間所侵逼刺激，逃無
可逃方一躍而入其心靈空間。在更多例子中，一個「空間指喻」更同
時可象徵現實空間與心靈空間，幾乎難以清楚劃分。此兩種空間的交
疊及相互投射，構築出阮籍文本空間的一片美麗朦朧。感人處在其「想
像」的無限橫越，難解處也在此兩種空間的界線不明。

阮籍詩賦中，充滿各種纏繞的空間意象，這些意象不斷重現，追
本溯源，最終都是同樣主旋律的一再復現。亦即：「迷途」與「突圍」，
「碰壁」與「折返」。如果，我們細細解析阮籍詩賦中每一個空間跳
躍的「縫隙」，也許，我們終究能明其重結千千的「歸趣」，我們將會
明白他究竟走到了何處去。

（一）「真」與「偽」的空間交疊：〈首陽山賦〉 [註25]

世稱阮籍遊宴於司馬氏的廳堂，《世說新語》曾載阮籍於權力核
心殿堂的一次表現：

> 阮籍遭母喪，在晉文王坐進酒肉。司隸何曾亦在坐，曰：「明
> 公方以孝治天下，而阮籍以重喪，顯於公坐飲酒食肉，宜
> 流之海外，以正風教。」文王曰：「嗣宗毀頓如此，君不能
> 共憂之，何謂？且有疾而飲酒食肉，固喪禮也！」籍飲噉
> 不輟，神色自若。《世說新語・任誕》

當眾嚴厲被參一本，且隨時有流放的危險。而阮籍「飲噉不輟，神色
自若」。在阮籍不動聲色的外表下，究竟有著什麼樣的心思湧動，在
當世似乎無人能探知。因此司馬昭曾有此一嘆：

> 「然天下之至慎者，其唯阮嗣宗乎！每與之言，言及玄遠，

〔註25〕陳伯君校注：《阮籍集校注》，北京中華，1987 年，頁 24～27。

而未嘗評論時事，臧否人物，可謂至慎乎！」《世說新語·
德行》

「言及玄遠」、「未嘗臧否人物」，是司馬昭對阮籍的評定。然而此評
是耶？非耶？沒有任何隱藏不需要「出口」，在一篇〈首陽山賦〉裡，
我們略略窺見了隱藏下的真實。在文學裡，阮籍以「僞」爲「眞」，
用一種「隱藏」表白了「眞實」。

　　事實上，〈首陽山賦〉正是爲臧否人物而來的，臧否的中心正是
被孔子盛讚爲求仁得仁的古賢人伯夷叔齊。從孔子以下，歷史給予伯
夷叔齊幾乎皆是一片頌讚之聲。而「口不評論時事，臧否人物」的阮
籍，對現世之人事皆保持冷觀的沉默，爲何獨獨對此兩位早已遠去的
古賢人提出了翻案的批評？

　　阮籍文風雖被稱爲「百代之下難以情測」，然而，其實其文字卻
自有貫串的脈絡，若擷取隻字片語即斷定其意指，其實常常以毫厘失
之千里。換言之，阮籍雖被當世目爲方外之人，卻仍行走在空間裡，
因空間的變換而起了心思的波湧。而阮籍對「空間」敏感的抒發，也
開啓了一扇令我們得以窺見其內心的窗口。〈首陽山賦〉開首有一段
極短的小序，阮籍在其中詳實紀錄了當下所處的地理空間：

　　正元元年秋，余尚爲中郎，在大將軍府，獨往南牆下北望
　　首陽山，作賦曰：……

「尚爲中郎」的口吻，透露了此篇賦是一段後來補記的創作。並非當
下立刻揮灑，而是事後補作。久遠後阮籍爲何仍選擇書寫此篇文章，
極爲耐人尋味。而壓抑住一段時間又迸發出來的力道，又似乎在追憶
的一片灰暗憂傷中反覆迴盪增强。「獨往南牆下北望首陽山」，短短一
句話，似乎就將創作此賦的動機輕描淡寫帶過。阮籍在東平之際，我
們曾疑惑爲何捨京都之繁華，獨獨關注此「幽荒之塗」？而如今其處
於城都，我們又欲追問：爲何離開了歌舞歡宴的廳堂，「獨往」一牆
下沉思？牆內，歌舞昇平；而隔於牆外，阮籍的眼光眺向了天邊，在
都城的東北角，矗立著一座遙遠的黯影，那是傳說伯夷叔齊餓死於斯

的首陽山。

然後，在與繁華一牆之隔的靜寂角落，阮籍開始了他的默默抒發：

在茲年之末歲兮，端旬首而重陰。風飄回以曲至兮，雨旋
轉而濕襟。

蟋蟀鳴于東房兮，鶗鴂號乎西林，時將暮而無儔兮，慮淒
愴而感心。

「末歲」與「重陰」，時光好像走到了盡頭，而「盡頭」是一片瀰漫
天地的灰暗雲靄。蟋蟀的鳴叫，又更加暗示著歲暮的來臨。在這一片
灰暗無可逃出的孤獨牆下，阮籍並非如廳堂筵席上的默默不語，相反
的，在時間與空間像似都走到「盡頭」之時，他滿腔累積的言辭傾瀉
而出。在〈詠懷〉詩第十四首：

開秋肇涼氣，蟋蟀鳴牀帷。感物懷殷憂，悄悄令心悲。多
言焉所告，繁辭將訴誰？〈詠懷十四〉（頁263～264）

是如此相似的氛圍，而「繁辭將訴誰」的叩問，也正對應著「時將暮
而無儔兮」的悲哀。這樣滿腔的壓抑，只為找不到一個知音可以抒發。
這裡的知音，也許並非指找不到可以過從的友朋。史記載阮籍一見嵇
康而讚賞之，過從甚密。然而，嵇康終究不掩其儁傑激昂，而被刑於
東市；阮籍卻徘徊在司馬氏的廳堂之上，口不言是非，兩人其實有著
迥異的人生選擇。歷史評價，偏袒嵇康而貶抑阮籍，認為阮籍佯狂以
全一己之命。然而，極少人探問阮籍為何做了這樣的人生選擇。「無
儔」即是「無類」，阮籍在當世，找不到一個可以遵循的理想處世典
範。竹林七賢，或歸順或被刑，一一做出了與他不同的選擇。而他尚
友古人，在〈東平賦〉裡找尋孔老兩位古聖賢為依歸。然而聖賢邈遠，
他在現世裡仍然鬱鬱堅持著一己之道路，沒有任何人為伴，也沒有任
何人能懂：

振沙衣而出門兮，纓委絕而靡尋。步徙倚以遙思兮，喟歎
息而微吟。

將修飭而欲往兮，眾齷齪而笑人。靜寂寞而獨立兮，亮孤
植而靡因。

> 懷分索之情一兮，穢羣僞之亂眞。信可寶而弗離兮，寧高
> 舉而自儐。

「穢羣僞之亂眞」，是對世道滿佈小人的絕望，也是令其不肯輕易臧
否人物，怕被抓住把柄隨意構陷的主因。而「寧高舉而自儐」，則是
仍然堅持一己之理想形象，以自己爲友伴。然而，就在這樣悲憤無所
憑依的傾訴後，阮籍不意抬起了頭，望見了首陽山：

> 聊仰首以廣頫兮，瞻首陽之岡岑。樹叢茂以傾倚兮，紛蕭
> 爽而揚音。

首陽山上林樹繁茂，而在風吹過之下似乎響起了一陣又一陣的迴音。
地理空間的轉換似乎也帶來心靈空間的另一重激盪。阮籍在悲傷一己
無偶，眺望首陽山之際，想起了伯夷叔齊兩位古賢人。這兩位賢人能
否如同〈東平賦〉中的孔老形象給予其安慰呢？似乎並不能，反而引
起了另一波的傷悲。阮籍隱微的解釋了原因：

> 下崎嶇而無薄兮，上洞徹而無依。鳳翔過而不集兮，鳴梟
> 羣而並栖。颺遙逝而遠去兮，二老窮而來歸。

「鳳」與「梟」，阮籍提出了兩重對比。如果根據「鳳兮鳳兮」的指
喻〔註26〕，可以把「鳳」理解爲阮籍心中的古聖人形象。「梟」則在
各種文學隱喻裡指的都是小人。然而「二老」，卻並不是這兩重形象
任何之一，而是遠於這兩重極端形象之外的第三人。「颺遙逝而遠去
兮」，文王已歿，無依無靠的伯夷叔齊唯有避居於首陽山。孔老已逝，
小人鳴鳴得意，阮籍只有憂傷的倚於一牆之下。「二老」，其實處在與
阮籍極相似的處境中，即是所謂「下崎嶇而無薄兮，上洞徹而無依」
的「獨立無依」。在此處，首陽山從實際空間化爲一重隱喻，不但化
指爲夷齊困苦堅持的形象，也暗暗呼應阮籍在世之「靜寂寞而獨立」。
然而，與一己處境相似的兩位古賢人，能否給予阮籍「同儔」的慰藉
呢？阮籍接著又推翻了這層撫慰，因爲夷齊的選擇也不是他所認同

〔註26〕《莊子・人間世》：「孔子適楚，楚狂接輿游其門曰：「鳳兮鳳兮，何
　　　如德之衰也！來世不可待，往世不可追也。」此爲耳熟能詳的典故，
　　　阮籍在此處化用其典，暗喻聖人典範已遠。

的：

> 實囚軋而處斯兮，焉暇豫而敢誹。嘉粟屏而不存兮，故甘
> 死而採薇。
> 彼背殷而從昌兮，投危敗而弗遲。此進而不合兮，又何稱
> 乎仁義。

「此進而不合兮，又何稱乎仁義」一句，常被後世認定爲阮籍譏諷夷
齊的重要證據。其實，阮籍指的並非是伯夷叔齊不仁不義。《論語・
述而》篇載：

> 子曰：「求仁而得仁，又何怨？」

阮籍並非要否定孔子此段讚許的評語，而把夷齊貶成沽名釣譽的小
人。他評論的其實是另一段史事。《史記・伯夷列傳》：

> 伯夷、叔齊聞西伯昌善養老，盍往歸焉。及至，西伯卒，
> 武王載木主，號爲文王，東伐紂。伯夷、叔齊叩馬而諫曰：
> 「父死不葬，爰及干戈，可謂孝乎？以臣弑君，可謂仁乎？」
> 左右欲兵之。太公曰：「此義人也。」扶而去之。

阮籍批評的是伯夷叔齊不應當勸阻武王，既然進而不合，勸誡亦無
用，又何必以仁以義規勸之呢？阮籍認爲夷齊此種作爲，於世無補，
反而淪爲後世沽名釣譽小人所津津樂道的形象。司馬氏之世，以仁義
自我標舉，然而卻舉世混亂莫有是非。阮籍感慨於此點，才對伯夷叔
齊的「敢誹」提出了不認同：

> 肆壽夭而弗豫兮，競毀譽以爲度。察前載之是云兮，何美
> 論之足慕。

《老子・第二章》：「天下皆知美之爲美，斯惡矣！」阮籍正是不認同
夷齊過度標舉自身高潔，反而成爲後世可利用的把柄。〈達莊論〉正
闡釋了此種思想：

> 潔己以尤世，修身以明夸者，誹謗之屬也。……是非之辭
> 著，則醇厚之情爍也。故至道之極，混一不分，同爲一體，
> 得失無聞……是非無所爭，故萬物反其所而得其情也。

此亦一是非，彼亦一是非，有眞方有僞，有是反生非，有美則有惡。

由是觀之，美論何足慕？高名皆是虛。阮籍不認同伯夷叔齊的，並非
否定其高潔品格，而是認爲其不該「焉暇豫而敢誹」。對應阮籍的作
爲，正是阮籍爲何選擇「口不臧否人物」的原因。除了不願讓小人逮
其把柄外，更重要的是阮籍看透了世俗眞與僞間的相依並存，及是與
非間的相剋相生。阮籍嚮往的，是上古涵融不失的「自然大道」：

> 苟道求之在細兮，焉子誕而多辭？且清虛以守神兮，豈慷
> 慨而言之。

在阮籍心中，誕而多辭不僅無益於世，反而有傷於渾淪素樸的大道。
面對世道紛亂，一己能做的似乎即是「清虛以守神」，回返可安身立
命之大道。道可道，非常道。言語只會增加更多是非，那又何必「慷
慨而言之」呢？

阮籍又完成了一次自我說解。然而阮籍一方面否定夷齊的「誕而
多辭」、「慷慨言之」，另一方面，自己卻仍是滿腹的「多言焉所告，
繁辭將訴誰」！否定了與自己相似處境的夷齊，也更讓自己顯得更加
孤寂無依。阮籍對夷齊的「臧否」，在賦的最終似乎以理圓滿做結。
然而在〈詠懷〉第九首裡，我們卻看出阮籍仍然在情中掙扎，並沒有
讓自己獲得寬慰：

> 步出上東門，北望首陽岑。下有采薇士，上有嘉樹林。良
> 辰在何許？凝霜沾衣衿。寒風振山崗，玄雲起重陰。鳴雁
> 飛南征，鶗鴂發哀音。素質遊商聲，悽愴傷我心。〈詠懷九〉
> （頁 240）

相似的背景，幾乎可以推斷因同事而發。而阮籍在詩裡不曾再對夷齊
提出任何批評，而只是直言「悽愴傷我心」。夷齊的形象無法給予其
可依歸的憑藉，對夷齊的臧否也無法使得其內心的「繁辭」得以平息，
而夷齊的下場同樣令其悲哀。在這樣多重的濃鬱裡，阮籍幾乎是找不
到出路。無論是幽荒的東平，還是繁華的洛陽城，不同的空間變換，
阮籍卻找不到一個安身立命之地。

首陽山的臧否並未到此爲止，就如同阮籍在賦小序中透露出念念

不忘的事後補記，在〈詠懷〉第三首裡，阮籍再度觸及了首陽山：

> 嘉樹下成蹊，東園桃與李。秋風吹飛藿，零落從此始。繁
> 華有憔悴，堂上生荊杞。驅馬舍之去，去上西山趾。一身
> 不自保，何況戀妻子！凝霜被野草，歲暮亦云已。〈詠懷三〉
> （頁216）

「繁華有憔悴，堂上生荊杞」，阮籍對一己所處之空間有極敏感之體認，也許在司馬氏繁華的廳堂上，他敏銳地看出了背後之勾心鬥角，還有朝代終將衰敗更替的歷史必然。「零落從此始」，阮籍的時光不停地走向歲暮，而想逃離這一切的他，似乎再也無法在「清虛守神」的大道中安頓自己。而他接著的動作竟然是「驅馬舍之去，去上西山趾」。西山是首陽山的別稱，而登西山的意味，則不得不讓人聯想到《史記·伯夷列傳》另一段記載：

> 武王已平殷亂，天下宗周，而伯夷、叔齊恥之，義不食周
> 粟，隱於首陽山，采薇而食之。及餓且死，作歌。其辭曰：
> 「登彼西山兮，采其薇矣。以暴易暴兮，不知其非矣。神
> 農、虞、夏忽焉沒兮，我安適歸矣？於嗟徂兮，命之衰矣！」
> 遂餓死於首陽山。

夷齊登西山而採薇，是其最後選擇的窮途末路。而阮籍在《首陽山賦》中否定了夷齊，卻在詩中仍不斷迴盪著「西山」的意象。這是否代表伯夷叔齊在其心中其實有著一定的重量呢？「去上西山趾」一句，極耐人尋味。「登彼西山」，意味的是否如同夷齊般尋找決絕的末路？求仁得仁，末路同時也是一重解脫的出口。而阮籍驅馬捨下一切，奔向西山，卻最終只停在了西山山腳下。他在決絕的出口前停住了，他傾慕夷齊之高潔情懷，卻無法認同其過激憤誹的處世哲學，因此也註定了他在人世仍然無依無憑。阮籍以一種「隱藏」的姿態，表面上批評了伯夷叔齊，其實反而迂迴的突顯了其「真實」對夷齊的嚮往。而這種情感上的嚮往又隨即被理智否定。阮籍在「情」與「理」之間掙扎，在「真」與「隱」間閃躲，不變的是其不斷追尋「歸依」。東平蠻荒，禮樂聖教無可追尋；首陽樹茂，卻也並非其可憑倚的嘉樹。阮籍在重

重空間裡找不到出口,他不斷地「突圍」,卻又不斷「折返」。在接下來的〈詠懷〉組詩裡,我們正看到他這樣的「流徙」反覆上演。

(二)「虛室」與「枯宅」的突圍隱喻:〈詠懷〉詩

整組〈詠懷詩〉中,其實構成了龐大的「空間隱喻」模式。每一處對空間的描寫,都同時可解讀成象徵「實際居處」與「心靈馳騁」。而這樣的隱喻更構成了一組不斷復現的模式。亦即:「突圍」與「折返」。在《晉書・阮籍傳》裡,記載著阮籍這樣一段行徑:

　　(籍)時率意獨駕,不由徑路,車迹所窮,輒慟哭而反。

在這段不到二十字的描述裡,卻正巧能精闢代表阮籍詩賦中一再綿延的「往」、「反」隱喻。阮籍在「現實空間」的不斷遊歷,象徵的是一種對未知「幽荒之塗」的拓荒,而地理疆域的不斷變動,也象徵了阮籍「心靈空間」的不斷流徙。每篇詩賦間高度的相似性,扣合史傳記載形成了這樣一種模式:

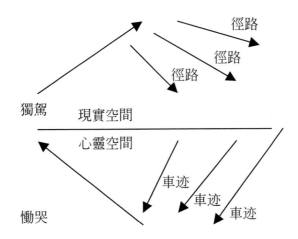

「率意獨駕」,指的是本於真實的自我,任心隨性從事自己所嚮往的追求。而「獨」一字,也點出了現世不見可以追索的依歸,亦無相追隨的友件。「駕」字呈顯了自我主宰的意志力量,即使佯狂行世,

內心仍是有一片外力無可侵陵的自我心靈空間。然而，這片心靈空間的綿延，又是建立在對現實空間的不斷探索，兩重空間相互交疊。阮籍的心靈空間不是堅定確切的；相對的，而是困惑變動的，表現在外在行為上就是不斷探索地理上未知的幽荒之塗。在幽荒之塗的未知裡，阮籍期待可以見著「鳳鳥自歌，翔鸞自舞」的理想世界。然而，一而再的失望又使得阮籍充滿灰暗絕望，因此，率意獨駕同時又呈現一種自我放逐、自我排遣的意圖。「突圍」同時是對現實的拓荒，也是心靈的逃躲。

「不由徑路」，點出的不僅僅是不走前人走過的路。事實上，阮籍恐怕是每條徑路都反覆徘徊過的，依違在儒與道之間，卻找不到一條可以安身的依歸。因此，「不由」指的是一種對自我主宰的暫時放棄，也正是一種自我放逐。然而，在這種刻意模糊意志的放逐中，又隱然帶有一絲終將見著理想之地的渴望。雖然歷經一次次失望，然而天地如此遼闊，說不定理想空間正坐落於無人所知的某處。本著這樣一絲不磨滅的期望，阮籍才繼續一次次對幽荒之塗的探索追尋。

然而，追尋與期望終究落空。「車迹所窮」，天地遼闊無邊無際，人力卻終究有無可橫越的盡頭。當輪陷泥濘，遍地荒蕪，行到了所不可不止之處，阮籍被迫停下車駕，停下自我放逐，一路馳騁的心靈空間嘎然而止，阮籍被迫面對無邊無際也無人的荒野，現實空間終究殘忍的再度擺置於其視線之前。兩重空間雖然在詩中交疊，但畢竟不曾互合為一。而阮籍的痛苦，則多半來自於覺察了此兩重空間中的「裂縫」。大醉六十日仍有需清醒面對的一天，想像的美好仙都終究無法完全取代現世的蕪穢荒野。他在無人荒野，車輪委地，他突然醒悟：一身孑然，天地間一己如此渺小，痛苦卻真實存在。「突圍」失敗，理智上的說服失卻效用，重重絕望襲來，他只能放聲慟哭。

「慟哭」後卻終究必須「折反」，回到無可逃躲的現實空間裡，繼續在人世間獨自徘徊。阮籍自我的心靈空間，其實正寄寓在現實空間中，在「往」與「反」間不斷徘徊，而終究脫不出這個遼闊的天地。

　　在〈詠懷〉組詩裡，正隱喻了這樣一次次試圖突圍卻失敗的「往」與「反」：

> 開秋肇涼氣，蟋蟀鳴床帷。感物懷殷憂，悄悄令心悲。多言焉所告，繁辭將訴誰。微風吹羅袂，明月耀清暉。晨雞鳴高樹，命駕起旋歸。〈詠懷十四〉（頁263～264）

在這首詩裡，往的過程是隱藏的，我們看到的是後半段的「車迹所窮」與「慟哭而反」。然而，從「明月耀清輝」到「晨雞鳴高樹」的時間移動中，我們看見這次的「突圍」費時曠日，且阮籍再度處於孤獨無處訴的荒原。荒原同時是外在的現實空間，也是痛苦的心靈空間之景象。而「命駕起旋歸」，則更明確的描述了「慟哭而反」中「反」的細節。雖然一再歷經「突圍」失敗的打擊，然而，至少自我可以「命駕」，可以自我選擇「歸返」，選擇停止盡頭處不斷綿延的荒蕪打擊。而在「旋歸」的奔馳中，又何嘗不再是一次心靈的重新放逐？

　　而在以下這首詩裡，阮籍似乎暫時找到了「棲止之處」：

> 驚風振四野，迴雲蔭堂隅。牀帷為誰設？几杖為誰扶？雖非明君子，豈闇桑與榆？世有此聾瞶，茫茫將焉如？翩翩從風飛，悠悠去故居。離麂玉山下，遺棄毀與譽。〈詠懷五十七〉（頁358）

這次，阮籍的依歸不是西山，而是玉山。在此山之下，阮籍似乎終於滿足了「遺棄毀與譽」的嚮往，而安頓了自身。然而玉山在何處呢？阮籍隻字未提，「翩翩從風飛」的「前往」過程卻透露了端倪：此山不座落在任何車迹可至之現實空間之中，而是需御風而行才能到達的想像空間。因此，這處神山終究仍是一場空無。而「遺棄」，也透露出必須藉由刻意之「忘」，才能達至此理想世界，而並非現世環境起了任何改變。此次的「突圍」，雖然沒有描寫「慟哭而反」的最終，然而結局亦昭然若揭了。

　　而在更多的詩作中，阮籍表現的其實更是「往」與「反」間的一種失落徘徊：

> 灼灼西頹日，餘光照我衣。迴風吹四壁，寒鳥相因依。周

周尚銜羽，蚩蚩亦念飢。如何當路子，磬折忘所歸！豈爲
夸與名，憔悴使心悲。寧與燕雀翔，不隨黃鵠飛。黃鵠遊
四海，中路將安歸？〈詠懷八〉（頁 235）

「黃鵠遊四海，中路將安歸？」，「將安歸」的強烈不安意識，使得阮籍寧願自毀其身，任誕其行，依違在司馬氏的權力殿堂之上；而不願自標其品行高潔，做一隻過高招忌的鵠鳥。「寧與燕雀翔，不隨黃鵠飛」，燕雀與黃鵠的並舉，顯現出黃鵠的特異高飛，與燕雀的自掩光芒。而若對照《莊子・逍遙遊》中的「大鵬」與「學鳩」〔註27〕，則可看出阮籍不得不掩飾其本有大鵬之質，而佯以學鳩的外貌欺世避禍。然而，在此種寧爲燕雀的表白後，「如何當路子，磬折忘所歸！」的感嘆仍是如此眞實的透顯出「求所歸」的企求。在阮籍所處之現實空間中，恐怕無論是做爲黃鵠或是燕雀，都無法求得眞正心之所安的依歸。因此，阮籍仍是窮其一生，不斷在「往」與「反」之間，踱步徘徊，窮盡其力突圍，卻找不到出口。

　　阮籍對於現實地理空間的疆界限制，似乎存在著一種敏銳的自覺。因此他不斷遊歷，不斷拓荒，竭力想拓荒。在拓荒的外顯行爲中，眞正隱藏的渴望是獲得心靈歸依。因而現實空間與心靈空間在〈詠懷詩〉中，常常是「交疊」難分其界線的，只是同樣表達出了阮籍「突圍」的渴望。阮籍詩之所以有如此強大的感染力量，不在其「歸趣」何處，而正在其無所「歸依」之痛苦徘徊，戚戚了多少感同身受的心靈。

　　「夫且不止，是之謂坐馳」〔註28〕：若內心痛苦始終無法平息，

〔註27〕《莊子・逍遙遊》：「北冥有魚，其名爲鯤。鯤之大，不知其幾千里也。化而爲鳥，其名爲鵬。鵬之背，不知其幾千里也。怒而飛，其翼若垂天之雲。……蜩與學鳩笑之曰：『我決起而飛，搶榆枋而止，時則不至而控於地而已矣，奚以之九萬里而南爲？』……」，頁 3～10。「大鵬」本爲正面之喻，「學鳩」爲負面象徵，然而阮籍此處卻化用此意，而提出對「鵠鳥」高飛之反思與疑惑。此種反思，與對夷齊形象之翻案亦極其相似。

〔註28〕「坐馳」，郭象注：「若夫不止於當，不會於極，此爲以應坐之日，

即使處在固定的廳堂空間上，其內心的心靈空間仍是不斷的綿延追尋，無法獲得寧靜的棲止。「坐馳」，指的是即使身處固定空間之中，心靈仍不斷馳騁無法止息。用此來描繪阮籍在現實空間與自我空間不斷的追尋，似乎再適當也不過了。

而莊子提出的「虛室生白」，本描繪出一種無所執著的自在超脫，在阮籍無法服膺現世價值的掙扎之下，反而幻化成另一種「空堂」的孤獨寂寞：

> 炎暑惟茲夏，三旬將欲移。芳樹垂綠葉，青雲自逶迤。四時更代謝，日月遞差馳。徘徊空堂上，忉怛莫我知。願睹卒歡好，不見悲別離。〈詠懷七〉（頁232～233）

> 獨坐空堂上，誰可與歡者？出門臨永路，不見行車馬。登高望九州，悠悠分曠野。孤鳥西北飛，離獸東南下。日暮思親友，晤言用自寫。〈詠懷十七〉（頁274～275）

虛室本是無所執、無所著。空堂卻是無處可歸、無處可依。空堂，同時是現實空間的無儔，亦是自我空間的荒蕪，阮籍在想像與現實中都不斷拓荒遼遠，然而無論邊界如何遼遠，都只是拓展了一重又一重的界線，終究是一片無法安居的荒原。無論世界如何遼遠，終究都是「空堂」的無限漫延，阮籍的孤獨寂寞無可隱藏，悲哀使其有時逕將一己之內心呼爲「枯宅」：

> 有悲則有情，無悲亦無思。苟非嬰網罟，何必萬里畿。翔風拂重霄，慶雲招所晞。灰心寄枯宅，曷顧人聞姿。始得忘我難，焉知嘿自遺。〈詠懷七十〉（頁383）

「灰心寄枯宅，曷顧人聞姿」，沒有任何知音可以理解阮籍心靈空間的荒蕪。而其終究無法達到超然的「忘我」，因此只能以「自遺」來放逐排遣這物可奈何的一切。「苟非嬰網罟，何必萬里畿？」，這一切

而馳騖不息也。」成玄英疏：「可謂形坐而心馳者也。」此對「坐馳」持貶意。而王叔岷引《淮南子》「是謂坐馳陸沈」高誘注：「坐行神化，疾於馳傳」，取正面意。《莊子校詮》，頁135。本文此處取郭成貶意。

在心靈空間中的徘徊追尋，都源自於現實空間的不斷進逼。兩重空間交疊影響，阮籍在其不能融合的「裂縫」中深深迷惑。阮籍在現實世界中遍尋不著理想國度，終究，現實空間與理想空間都在其詩賦中失融出一片虛蕪。「往」與「反」，終究都在一片「空堂」之上。兩者皆不見，阮籍陷入了心靈空間的不斷迷惑徘徊。阮籍的「文本迷宮」，不僅迷惑了後世所有想找到歸趣的人，也深深困住了他自己。

第三節　時間的流逝與掌握

　　在時間中，如果把人的一生縮短成一天，阮籍把自己的生命置放在哪一個時辰？如果把人的一生縮短成一年，阮籍又把自己的生命置放在哪一個季節？

　　這是〈詠懷〉詩中永恆的關注：

　　　生命辰安在？憂戚涕沾襟。高鳥翔山岡，燕雀棲下林。
　　　青雲蔽前庭，素琴淒我心。崇山有鳴鶴，豈可相追尋？

　　　〈詠懷四十七〉（頁 340）

如果把歷史長河也縮短成一日，那麼阮籍以為自己正身在何時？魏晉之交，依一千五百年後的現代看來，或許就像是唐代盛光將昇起前的黑暗。然而穗蛄不知春秋，蜉蝣活不過終朝，每個人都只能一步步渡過屬於自己的春夏秋，無法跨越，無法飛昇。阮籍看到了這些嗎？在時間的縱線上，他緩步徘徊，時而回首，時而前瞻，他在某些時辰與季節佇步良久。在季節的倒錯與快轉中，他不僅思考一己的生命，也看見了宇宙的永恆與零落。

　　「四時」與「永世」，看似衝突的兩種時間意識，卻不斷交錯迴旋在〈詠懷〉詩中。同時身兼理性哲學家身分與感性文學家身分的阮籍，繼承了《周易》與老莊以下的循環時間觀〔註29〕，卻又徘徊在《古詩十九首》以下的直線時間觀中，他的時間意識因此有什麼矛盾與幻

〔註29〕蕭馳：〈論阮籍《詠懷》對抒情傳統時觀之再造〉，《清華學報》三十八卷第四期，2008 年 12 月，頁 635。

化？又有什麼突破與獨一無二？他詩中的時辰與季節是如實所見，還是隱喻著他心情徘徊的高峰與低谷？而逝者如斯，阮籍詩中的時間是如長河般等速流動，還是忽而迅速奔到終點又忽而回返至上游？他是否憑著一己想像操縱了詩中的時間？

　　而終究，他又真正超越得了時間嗎？他的永世停在哪個季節？而他一直扣問的一己生命之辰，究竟有沒有最終的答案？

（一）兩種時間觀的擺盪：四時的流轉 VS 永世的荒蕪

　　時間之流轉，本無可捉摸無從感知，然而先民觀察以日月循環，寒暑更替，訂出了晨昏與四季。圓型循環的時間觀，是遠古最素樸的一種時間模型〔註30〕。

> 朝陽不再盛，白日忽西幽。去此若俯仰，如何似九秋。人生若塵露，天道邈悠悠。齊景升丘山，涕泗紛交流。孔聖臨長川，惜逝忽若浮。去者余不及，來者吾不留。願登太華山。上與松子遊。漁父知世患。乘流泛輕舟。〈詠懷三十二〉（頁310）

「人生若塵露，天道邈悠悠」，阮籍上溯歷史，這是齊景公與孔子都感嘆再三的古老課題。逝者如斯夫，不舍晝夜！時間從一個首尾相銜的圓變成一條一往不返的長河，阮籍佇立其中，不知自己該何去何從。「去者餘不及，來者吾不留」，他無法前進，也無法後退，徘徊在時間的軸線上，他只能被時間之流推波著行走。「前不見古人，後不見來者，念天地之悠悠，獨愴然而涕下。」後代的陳子昂把這種情懷陳述得更為明確。在時間之流中，每一個企圖停步的智者都是孤獨的，天地自悠悠，人命卻何茫茫！日升月落的宇宙規律，並無法詮解人世的零落與人情的憂傷。除了企慕神仙，阮籍找不到其他出口。神仙卻又是不可求的，在生命的亙古思索中，阮籍車迹已窮，處於荒涼的宇宙曠野，褪下了智者的外衣，他茫然發現自己已然失路。

〔註30〕王孝廉：〈永劫與回歸〉，收入《誠品閱讀》第十八期「人文藝術專題：時間」，1994年10月。

> 灼灼西穨日，餘光照我衣。迴風吹四壁，寒鳥相因依。周
> 周尚銜羽，蛩蛩亦念飢。如何當路子，磬折忘所歸？豈爲
> 夸譽名，憔悴使心悲。寧與燕雀翔，不隨黃鵠飛。黃鵠游
> 四海，中路將安歸？〈詠懷八〉（頁 235）

被服著落日最後的餘暉，阮籍再度提及「當路子」，他疑惑爲何他人
都不知生命之無常，渾然未覺明朝禍患，都不去尋找自己當「安歸」？
生命思索最終的歸宿該落於何處？傳統的立功立德立言在這個世代
卻又不可行，自我修持與權力羅網相比，正如翼大招風之黃鵠，終將
被網羅所制，無法獲得善終。「安歸」的問號一再反覆，成爲阮籍永
恆的失落。

從循環時間觀向直線時間觀靠攏，反映的是阮籍對人命的關懷，
以及對生命價值的思索。正是在此種扣問下，阮籍離開了日居月諸下
互久不變之常道，他的時間觀從宇宙生命進入一己生命，他短暫的年
命開始流動，且一去不返。他不再是悠然的智者，而成爲一個憂然的
平凡人，然而他又想爲有限在無限中找出答案。

阮籍對人情悲哀的無可排解，而當其在所有的自我辯解中都無法
獲得安頓，則往往在詩末訴求遊仙的超越。弔詭的是，阮籍往往又自
我否定了遊仙的答案，而只能在想像中渴望時間的停頓。爲何「遊仙」
在生死觀中是一道不可能的出口？阮籍如何步步在時間意識中將自
己推向絕路？

> 王子十五年，遊衍伊洛濱。朱顏茂春華，辯慧懷清眞。焉
> 見浮丘公，舉手謝時人？輕蕩易恍惚，飄颻棄其身。飛飛
> 鳴且翔，揮翼且酸辛。〈詠懷六十五〉（頁 371）

阮籍在此首裡刻意將時間停頓在了王子喬成仙之前，而花費筆墨來描
繪他的青春與聰慧。然而隨及筆鋒一轉：「焉見浮丘公，舉手謝時人？」
神話突然裂變。應當出現招引的神仙浮丘公，究竟出了什麼差錯未曾
出現？神話驟然的斷裂，阮籍思想也曾經自述其思想的裂變：

> 昔年十四五，志尚好書詩。被褐懷珠玉，顏閔相與期。
> 〈詠懷十五〉（頁 265～266）

因於世亂，他後來必須對自我的儒家信仰產生懷疑與屏棄，他必須面對人世的飄零與淪落，必須面對自我價值的荒蕪與生命的沒有出口。「輕蕩易恍惚，飄颻棄其身。飛飛鳴且翔，揮翼且酸辛。」看起來實在不似飛登後逍遙快樂之王子喬，反而更像是阮籍對一己之側寫。曾經太過年輕，而如今又太過蒼老，是否在此種悲哀意識下，令阮籍產生再度回到十五年這個時間點的渴望？如果能出現一個相與從遊的浮丘公，讓生命永遠停留與保有在最美好的一瞬，是不是就不會有後來的悲哀？這也許是阮籍一再關注王子喬神話的最深層原因吧。如果可以懸車在日落，如果可以回返夏季，也許阮籍從來不願做一個幻滅的預知者，智與不智，也許他寧願停留在不知。然而如同此詩中王子喬神話的破滅，阮籍對於自己的青春年華也只剩下悲慨與懊悔。逍遙未終宴，娛樂未終極，時光卻已然零落。他成為徹悟的智者，卻無法擺脫時光之枷鎖。他無法停止時間於尚未轉化零落的一刻，他終究無法成為王子喬，他的生命走向不得不開始零落的道路。「失路」與「安歸」，於此成為他永恆的騷動。

　　阮籍體會到了在世價值的虛無之後，伴隨的卻是心境上時間觀的陡然頹落。「永世」的崩毀，使得阮籍在生活中的「片刻」皆成荒蕪：

> 十日出暘谷，弭節馳萬里。經天耀四海，倏忽潛蒙氾。誰言焱焱久？遊沒何行俟。逝者豈長生，亦去荊與杞。千歲猶崇朝，一餐聊自已。是非得失間，焉足相識理。計利知術窮，哀情遽能止。〈詠懷五十二〉（頁 348）

> 夸談快憤懣，情慵發煩心。西北登不周，東南望鄧林。曠野彌九州，崇山抗高岑。一餐度萬世，千歲再浮沈。誰云玉石同？淚下不可禁。〈詠懷五十四〉（頁 351～352）

「千歲猶崇朝，一餐聊自已」、「一餐度萬世，千歲再浮沈」，千歲與一餐的對照，正如同萬代與一時的強烈對比。時間之長短裂變幻化，對於阮籍而言，生命意義若有其價值，一餐即勝過萬世；然而生命價值若僅是一場虛無，千歲也僅不過如同一朝，永世僅是一場浮浮沉沉的荒蕪。仙界長春，阮籍的永世卻永遠停頓在了冬季，他特殊擺盪與

裂變的時間觀，使得他如同一隻無名的翔鳥，無可依歸，在當世或永世都尋求不到知己。

（二）嘉時在今辰：珍攝當下

那麼，阮籍心中究竟是否存有另一個世界呢？這個「另一個世界」在某些方面與遊仙世界很相似，但卻絕不應混同於後者，因為它不是因采藥、行氣、修煉而永久地進入，而或許可經由藝術體驗短暫地一瞥驚鴻。如〈清思賦〉〔註31〕，此賦以下面的序文開始：

> 余以爲形之可見，非色之美；音之可聞，非聲之善。昔黃帝登仙于荊山之上，振咸池于南〔嶽〕之岡，鬼神其幽，而夔牙不聞其章。女娃耀榮于東海之濱，而翩翻于洪西之旁；林石之隕從，而瑤臺不照其光。是以微妙無形，寂寞無聽，然後乃可以睹窈窕而淑清。故白日麗光，則季后不步其容；鍾鼓闡鈴，則延子不揚其聲。

然而，在「微妙無形，寂寞無聽」之後出現的神女，卻是「開丹桂之琴瑟兮，聆崇陵之參差」和「綷眾采以相綏，色熠熠以流爛」。此正是「將欲全有，必返於無」〔註32〕。這個超越耳目感官的幻想世界原來如此富於樂音和色彩。侯思孟注意到《晉書》阮籍傳中「嗜酒能嘯，善彈琴，當其得意，忽忘形骸」〔註33〕表明了琴聲與神秘入神狀態的關聯。而此狀態中飄然而至的神女卻「首先是一位令人崇敬的樂人，琴師和歌者，然後才是期待中的戀人」。在描寫了神女的無比美麗之後，隨即敘寫此相遇體驗的不可久持：

> 觀悅懌而未靜兮，言未究而心悲。……瞻朝霞之相承兮，似美人之懷憂。采色雜以成文兮，忽離散而不留。若將言之未發兮，又氣變而飄浮。若垂髦而失鬠兮，飾未集而形消；目流盼而自別兮，心欲來而貌遠。

〔註31〕陳伯君：《阮籍集校注》，北京中華，1987年，頁35～38。
〔註32〕王弼：《老子道德經注》，第40章，樓宇烈校釋：《王弼集校釋》，北京中華，1980年，上冊，頁110。
〔註33〕《晉書》第五冊，卷49，頁1359。

倏爾之間美人就化入清晨的雲霞。與鋪陳詩人遇神女過程的賦不同，作為抒情詩的〈詠懷十九〉只著筆於這倏爾之間的變化：

> 西方有佳人，皎若白日光。被服纖羅衣，左右佩雙璜。脩容耀姿美，順風振微芳。登高眺所思，舉袂當朝陽。寄顏雲霄閒，揮袖凌虛翔。飄颻恍惚中，流眄顧我傍。悅懌未交接，晤言用感傷。〈詠懷十九〉（頁280）

這首詩從情景乃至文字上都與上引〈清思賦〉敘寫神女形消的一段相似。在此，神女之形是自有至無，而對詩人而言，卻是自「微妙無形，寂寞無聽」的「無」的世界，回到耳目感官的「有」的世界。只有經由藝術的「恬淡無欲」的「清思」即想像，詩人才能在飄颻恍惚中一窺殊色，一聆奇聲。陸機「課虛無以責有，叩寂寞而求音」〔註34〕，正謂此也。而本文要強調的是，這種審美藝術心理的體驗，對阮籍而言，又是超越生存苦痛、尋求美好和歡愉的進路。

阮籍在描寫恍惚中一睹神女之美的體驗時，其實已肯定了一種與遊仙傳統截然不同的生命價值：生命的意義並不在長久，而在於縱然不能久持的瞬間美好。這樣的意味，在〈詠懷七十一〉裡表現得殊為充分：

> 木槿榮丘墓，煌煌有光色。白日頹林中，翩翩零路側。蟋蟀吟戶牖，蟪蛄鳴荊棘。蜉蝣玩三朝，采采脩羽翼，衣裳為誰施？俛仰自收拭。生命幾何時？慷慨各努力。〈詠懷七十一〉（頁384～385）

蟋蟀在戶牖間吟，蟪蛄在荊棘裡唱，蜉蝣生命不過三日，卻不忘自我修持。生命縱然短暫，卻仍有各自光色。正如呂興昌所說：其「固然朝生暮死，至堪傷心，但它們並不因此便覺生氣索然地自我放棄，而是企圖在有生之時，將生命作最璀璨的綻放！」然而，神女之美只在「飄颻恍惚中」，而人與人間的猗靡之情也只在記憶中以不忘而長存。遺憾不盡和永難圓滿卻是人生的真實。明於此，阮籍〈詠懷三十

〔註34〕張少康集釋：《文賦集釋》（北京人民，2002年），頁89。

六〉能輕輕地抹去一縷惆悵：

> 誰言萬事艱？逍遙可終生。臨堂翳華樹，悠悠念無形。彷
> 徨思親友，倏忽復至冥。寄言東飛鳥，可用慰我情。〈詠懷
> 三十六〉（頁 317）

無須再感慨人生的艱難，假如當下就有寧靜的平常心，人本自可以逍
遙以往。詩人此刻就悠悠無念，心如華樹蔭涼裡午後庭院的空氣一樣
透明。時光隨樹影在思念中移步，這一切縱撩著輕愁、卻自能開釋。
寫類似的情懷，〈詠懷〉其三十七卻自傷感的一面著墨：

> 嘉時在今辰，零雨灑塵埃。臨路望所思，日夕復不來。人
> 情有感慨，蕩漾焉能排。揮涕懷哀傷，辛酸誰語哉！〈詠
> 懷三十七〉（頁 318）

嘉期良辰，忽逢零雨而美人不來，豈非人生永無圓滿、難免遺憾之寫
照？詩人寫到由此生出的感慨、哀傷和辛酸，然一切又如「零雨灑塵
埃」一般，並非沉重。嗣宗此兩章自平淡無奇處著筆，以天光雲影追
攝一時幽懷，令在在的閑愁亦自可品味，人生至此亦不寂寞。

第四節　群我意識的衝突與調和

（一）個體自覺

　　所謂的「個體自覺」，乃在於個體察覺自身存在的意義與價值。
就中國傳統的群我意識而言，思想家探討群體與個體的互動關係後，
便產生了兩種個體自覺的思考模式：其一是從群體的分位中，界定個
體的存在意義和價值。在這種模式下，思想家認為個體以其自身必然
在群體的倫理架構之中，無庸置疑，故先將自己在群體中的相對地位
加以確認，再思考相應此分位的一連串行為標準。因此，個體的自覺
來自於對群體的認同與信念，同時對群體的倫理信條，也拳拳服膺。
然而此自覺之特點，不在於個體是否能脫離群體的歸屬之外，反而是
能否對群體的客觀存在給予適當的詮釋，而且合理的將個體置於整個
群體的價值體系之中。儒家的倫理道德就是這種思想的體現，而兩漢

以來的名教之治，也是基於這種思維模式下的具體實踐。

其二，則是從個體的存在意義出發，回應群體的現存價值體系。回應的方式，不在於是否能符合群體的價值體系，反而是能否確立個體自我設定的主觀價值體系。然而，這種思維模式實未脫群體的認識範疇，其思考的出發點或許即是懷疑和否定現存的群體價值體系，以求個體的無限超越。但理論的歸結點，還是重在如何回應已然質疑或否定的社會，進而重建某種理想的群體價值或群我的互動境界。道家的棄聖絕智、小國寡民，乃至遨遊乎無何有之鄉、莽蕩之野，正是這種思維模式的體現，兩漢道家遺脈繼志述事，配合著對混亂時代的質疑與批評，將這種觀念發揮到了一定的程度〔註35〕。

阮籍的個體意識為何？這當然得從他對個體存在的自覺開始談起。如果這種談法無誤，可能得涉及幾個相關的問題，諸如阮籍的個體自覺為何？為何會產生個體的自覺？此個體的自覺有無發展或變化？他如何將此自覺實踐於具體的歷史表現之中？配合上述的兩種模式，我們認為阮籍充分地進行了不同的嘗試，從而界定了個體的意義，由此產生某些自覺思考，進而發展成系統的意識內涵。如果我們以上述的兩種模式作一判分，儒家標榜從群體的分位中，界定個體存在意義和價值的做法，乃是阮籍所採用的，而道家從個體的存在意義出發，回應群體的現有價值體系，也同樣是阮籍思想內涵的一部分。

阮籍的個體自覺乃經過一段痛苦掙扎，逐漸超脫於世的過程。有詩可證：

> 人生若塵露，天道邈悠悠。齊景升丘山，涕泗紛交流。孔聖臨長川，惜逝忽若浮。去者余不及，來者吾不留。願登太華山，上與松子遊。漁父知世患，乘流泛輕舟。〈詠懷三十二〉（頁310）

> 王業須良輔，建功俟英雄。元凱康哉美，多士頌聲隆。陰陽有舛錯，日月不常融。天時有否泰，人事多盈沖。園綺

遯南岳，伯陽隱西戎。保身念道真，寵耀焉足崇？人誰不
善始，鮮能克厥終。休哉上世士，萬載垂清風。〈詠懷四十
二〉（頁329）

從「王業須良輔，建功俟英雄。元凱康哉美，多士頌聲隆」到「園綺
遯南岳，伯陽隱西戎。保身念道真，寵耀焉足崇」，阮籍顯然經過一
番痛苦的掙扎，這個心理的轉換，源自於「陰陽有舛錯，日月不常融。
天時有否泰，人事多盈沖」的體會。而「齊景升丘山，涕泗紛交流。
孔聖臨長川，惜逝忽若浮」之語，更足以彰顯其嚮往事業之廣大，理
想之崇高的心情下，難免有「去者余不及，來者吾不留」之嘆，故無
奈地發出「願登太華山，上與松子遊。漁父知世患，乘流泛輕舟」的
感傷與悲鳴了。

這樣的過程，他不僅筆之於書，行之於文，也在現實生活上加以
實踐。史傳說他：

時率意獨駕，不由徑路，車跡所窮，輒痛哭而反。
嘗登廣武，觀楚漢戰處，歎曰：「時無英雄，使豎子成名！」
登武牢山，望京邑而歎，於是賦《豪傑》詩。
籍本有濟世志，屬魏晉之際，天下多故，名士少有全者，
籍由是不與世事，遂酣飲為常。《晉書》卷四十九，〈阮籍
傳〉

上述三段引文可知，阮籍在歷史的表現之上，其言行的確是受到時局
的變化，而產生了很大程度的調適，這是和他的著作表現可以相互搭
配的，另外，我們在《世說新語》中看到的阮籍，不管是違背禮教，
或者是輕俗蔑世之舉，或許都可以理解為對個體真精神的執著，以及
捍衛個體自我最高價值的決心。

阮籍表現在個體自覺的真精神上，可由其珍視自我的精神價值談
起。這個部分，我們可以從他的〈詠懷〉詩中，窺見一斑，譬如：

臨難不顧生，身死魂飛揚。豈為全軀士？效命爭疆場。忠
為百世榮，義使令名彰。垂聲謝後世，氣節故有常。〈詠懷
三十九〉（頁321）

> 人誰不設，貴使名全。大道夷敝，蹊徑爭先。玄黃塵垢，
> 紅紫光鮮。嗟我孔父，聖懿通玄。非義之榮，忽若塵煙。
> 雖無靈德，願潛於淵。〈詠懷六〉（頁 438）

上面兩段引文可以看出，阮籍在積極的求令名之背後，乃以忠義之心
爲之，是企望氣節有常，故能臨難不顧生，而使名聲流傳後世；另外，
在第二段引文之中，無論是「聖懿通玄」，或是「願潛於淵」，阮籍始
終堅持的都是「非義之榮，忽若塵煙」的原則，這就是阮籍個體自覺
的眞精神所在。這樣的眞精神，表現在立身處世之上，就是不能同流
合污，時刻懷抱著心中高遠的理想，

　　到了晚期，阮籍在《大人先生傳》中對名教世界深惡痛絕，也對
「自然」的體會漸深，所以一方面大肆抨擊禮法之士的危害，一方面
藉著對「隱者」、「薪者」的斥責和曉諭，袪除人們對「自然」的不同
程度誤解，從而塑造了一個全然創新的「大人先生」形象。茲如下文
所示：

> 昔者天地開闢，萬物並生；大者恬其性，細者靜其形；陰
> 藏其氣，陽發其精；害無所避，利無所爭；放之不失，收
> 之不盈。亡不爲天，存不爲壽；福無所得，禍無所咎。各
> 從其命，以度相守。明者不以智勝，闇者不以愚敗；弱者
> 不以迫畏，強者不以力盡。蓋無君而庶物定，無臣而萬事
> 理，保身修性，不違其紀。惟茲若然，故能長久。〈大人先
> 生傳〉（頁 169）

引文中所謂「各從其命，以度相守」大概是阮籍想要強調的觀念，在
此觀念之中，以往群體的價值感不再是個體遵循的絕對標準。這裡的
「命」是指大自然生成變化的規律，而「度」則是個體從大自然的生
成變化中體會出來的應世之道，具體的作爲則是「明者不以智勝，闇
者不以愚敗：弱者不以迫畏，強者不以力盡」。在這種理想的境界之
下，傳統群體下的君臣分位便屬多餘，個體因而可以得到存在的眞正
價值，故曰「蓋無君而庶物定，無臣而萬事理，保身修性，不違其紀。
惟茲若然，故能長久」。因此，阮籍在撰寫《大人先生傳》時，已經

脫離了群體的束縛，放棄了君臣分位的倫理性思考，在這種狀況之下，傳統中維繫群體倫理秩序的道德規範、階級意識、名份歸屬，都化為煙雲，阮籍認為唯有如此，方可臻於理想的境界。

（二）氣的追求

劉勰說：「阮籍使氣以命詩。」指出了阮籍詩歌重「氣」的美學追求。阮詩雖隱晦曲折，但卻具有與建安風骨一脈相承的慷慨任氣之特點。阮籍生逢亂世，壯志難酬的悲慨之氣鬱積胸際，不吐不快。但他不可能像建安詩人那樣剛健直切鮮明，只能用曲折迂回的方式表達；故而，阮籍之「氣」，不同於孟子所言之「養氣」，而可以說是一種「積氣」，是一種長期地、被動地鬱積而成的情緒。它表現為一種深重的慨歎與悲憂的意氣，其內涵是飽經人生憂患的。

一「氣」之化作為連續性整體性和動態性的自然觀，說明了「有意識地堅持那種把精神和物質綜合為一個整體的思維方式」〔註36〕突出了阮籍元氣說的觀點，可以落實的講漢代氣化宇宙論，但其背景仍然「涵著宇宙生生不息之動源」，這是不折不扣的「道無在而無所不在，既超越而亦內在」的道家玄學〔註37〕。

以一氣之化的「存有連續性」為基礎，阮籍透過大人、至人內在的精神體現而為至道至德的自然世界：

> 故至道之極，混一不分，同為一體，得失無聞。使至德之要，無外而已。大均淳固，不貳其紀。清淨寂寞，空豁以俟。善惡莫之分，是非無所爭。故萬物反其所而得其情也。
> 〈達莊論〉（頁 150）

這就是大人先生透過神貴之道所保證的「無是非之別，無善惡之異，故天下被其澤而萬物所以熾也」的真實理境。和老子王弼「始制有名，亦將知止」的落實於形名俱有的實存名教空間不同，這裡已無名教禮

〔註36〕杜維明：〈存有的連續性：中國人的自然觀〉，頁 37～39。
〔註37〕牟宗三：〈道家之圓教與圓善〉，《圓善論》，台北學生，1985 年，頁 294。

法世界容身的餘地，而是「無君而庶物定，無臣而萬事理」，體現爲「無外而已」的大人神貴精神的內在烏托邦，精神的淨土。

　　阮籍曾與道士交遊，並拜道士爲師。《世說新語・棲逸第十八》云：

> 阮步兵嘯，聞數百步。蘇門山中，忽有眞人，樵伐者咸共傳說。阮籍往觀，見其人擁膝巖側，籍登嶺就之，箕踞相對。籍商略終古，上陳黃、農玄寂之道，下考三代盛德之美以問之，仡然不應。復敍有爲之教、棲神導氣之術以觀之，彼猶如前，凝矚不轉。籍因對之長嘯。良久，乃笑曰：「可更作。」籍復嘯。意盡，退，還半嶺許，聞上哂然有聲，如數部鼓吹，林谷傳響，顧看，迺向人嘯也。

孫登爲魏晉之間最爲著名的道士之一，《晉書・孫登傳》載其「好讀《易》」，直接將「眞人」目孫登。《太平廣記》卷九引《神仙傳》，說孫登爲神仙，能死而復生。神仙之說自不可信，然可以肯定孫登是當時著名的道士。迄今有人仍然認爲此孫登即是開創道教重要學術流派「重玄之道」的祖師〔註38〕。阮籍與道士交往甚密，其情可見一斑。

　　故阮籍也重視長生修行。道教承繼了《莊子・齊物論》的「天地與我並生，萬物與我爲一」思想，提出「身道互保」的行爲取向。道教講究順應自然，與道同體，實現生命存在的永恆。道門中人十分重視修煉，靈活運用各種吐納、導引、服食等各種養生方法，以達延長生命乃至長生不死的目的。《晉書・嵇康傳》載「籍嘗於蘇門山遇孫登，與商略終古及棲神導氣之術」；阮詩中也有「采藥無旋返」之句。丹藥和吐納引導，正是道家兩大長生法門。早在兩漢時期，仲長統在《樂志論》中就說「安神閨房，思老氏之玄虛；呼吸精和，求至人之仿佛。」根據他的理論，成仙的最簡單的辦法就是練習吐納。而在葛洪的《抱朴子》中則云：「服藥雖爲長生之本，若能兼行氣者，其益甚速；若不能得藥，但行氣而盡其理者，亦得數百歲。」〔註39〕阮籍

〔註38〕卿希泰主編《中國道教史》第一卷，台北中華，1997年，第297頁。

〔註39〕湯用彤：《湯用彤學術論文集》，北京中華，1983年，頁415。

雖然不像嵇康那樣服藥，但所謂「棲神導氣之術」亦與道教長生術不無關係。

而阮籍的宇宙發生、毀滅論最為突越前人之處是對「神」這個傳統概念在宇宙天地、人事運行中的地位與作用的論述。他說：

> 時不若歲，歲不若天，天不若道，道不若神。神者，自然之根也。〈大人先生傳〉（頁185）

在《達莊論》一文中，阮籍對「神」的作用有這樣的解釋：

> 人生天地之中，體自然之形者，陰陽之積氣也，性者，五行之正性也，情者，遊魂之變欲也，神者，天地之所以馭者也。〈達莊論〉（頁140）

這種超越有限物質世界的境界，《靈寶無量度人上品妙經》有類似描述：

> 浩浩九劫，太乙玉房，道為氣母，龍漢延康。眇眇億劫，混沌之中，上為色界，下無輪淵。……天上天下，無幽無冥，無形無影，無極無窮。〔註40〕

阮籍對保「神」、「養性延壽，與自然齊光」的思想是個人的解脫。其中不乏突越前人之處。《晉書》所載阮籍訪孫登，阮向孫求教關於「棲神導氣之術」的方法，驗之以《大人先生傳》「精神專一用意平」，再看《太平經》所論「無精神則死，有精神則生。常合即為一，可以常存也」，以及經中其他記述關於修煉思想的篇章，即可見出阮籍思想中對道教修煉因素即「守一」之法是略懂一二。

與此相對，阮籍所追求的絕非生理的享樂，而是憧憬著達到一個自由的、審美的境界。《達莊論》說：「人生天地之中，體自然之形。身者，陰陽之積氣也。性者，百行之正性也。情者，遊魂之變欲也。神者，天地之所以馭者也。」馮友蘭在《中國哲學史新編》評價說：「這是企圖證明，人在實質上，是同天地萬物為一體的……人的精神就是天地的主宰……神是宇宙最高的主宰，同時也就是人的精神。」享樂並非詩人的終極目標，無拘無束的自由才是吸引詩人心靈的磁場。他希望像莊子所說的那樣，完全做到虛靜淡泊，寂寞無為，使自

〔註40〕正統道藏：卷三，台北藝文，1977年。

己的身心無拘無礙，眞正達到體道逍遙。

　　阮籍的人生大半都處於失意與抑鬱之中。面對志向懷抱的落空、理想的破滅、憂愁與驚恐的逼迫之下，進退不得，找不到出路。然而阮籍純眞的感情、曠達的胸懷，卻在作品中一一呈現。如同廖蔚卿先生在《中古詩人研究》一書中，對阮籍作品的評論：「使人感到詩情是純眞的，那個人的哀嘆之音是悽然響在我們耳中了，那遺世放達的胸襟也使人企羨了，但那高潔──詩人的孤傲的人生，卻又顯得那般無力與戰敗，且蒙上晦澀幽秘的光。」〔註41〕

　　「魏、晉嬗替之際，爲反司馬氏諸名士之首領」〔註42〕的嵇康，不可能無憾於陸沉。然如廖蔚卿所論，時代的變化已使他不能如孔融和禰衡那樣作匹夫的抗憤，而只能在政治上取「『不屑不潔』的不取精神」，並「要求獨與天地精神往來以成其邁遠之狂狷的情操」〔註43〕。要補充的僅僅是，由於嵇康對道教的宗教熱忱，且對老莊同樣基於個人獨異生命而持有的「存在式」信仰〔註44〕，生當「大道沉淪」之際的叔夜，其人格本質其實體現了何晏、王弼之後玄學中另一種儒道思想的會通；嵇康之取莊，方不限於其憤世嫉俗的社會批判精神，而能進而契悟其返歸自然之道。本節試從三方面論之：

　　嵇康首先創造了「恬和淵淡的超越之境」：

　　　息徒蘭圃，秣馬華山。流磻平皋，垂綸長川。目送歸鴻，手揮五弦。俯仰自得，遊心太玄。嘉彼釣叟，得魚忘筌。郢人逝矣，誰可盡言。〔註45〕〈四言贈兄秀才入軍詩其十四〉（頁15）

〔註41〕廖蔚卿：《中古詩人研究·論兩晉詩人》，台北里仁，2005年，頁130。
〔註42〕陳寅恪：〈書世說新語文學類鍾會撰四本論始畢條後〉，《金明館叢稿初編》，頁54。
〔註43〕廖蔚卿：〈論魏晉明士的狂與癡〉，《漢魏六朝文學論集》，頁151。
〔註44〕謝大寧：《歷史的嵇康與玄學的嵇康──從玄學史看嵇康思想的兩個側面》，台北文史哲，1997年，頁99～115。
〔註45〕崔富章注譯：《新譯嵇中散集》，台北三民，1998年，嵇康作品皆引此書，僅於文後標頁碼，不另加註。

「目送歸鴻，手揮五絃」或許是中國詩歌裡所出現過的人在天地之間一個最美的姿勢：當鴻陣嘹唳著自天穹下緩緩掠過，詩人凝睇間驀然會意，手指亦不自主地自琴絃上掠過——這是以音樂的心靈去感悟天、人之間諧和的律動。在詩人的送目和歸鴻之間，是一片無狀無象的空明，是心靈放開，任鴻自去歸、人自去揮絃的自由空間。此虛靈的空間是玄學對藝術的最大贈與，是心靈作逍遙之遊的無限境域，故而以下詩人「俯仰自得，遊心太玄」，躍入大自然的節奏裡去，以感受其中難言的「大音」。末四句以「釣叟」上接「垂綸」，又以「釣叟」引出「魚」、「筌」，從「忘筌」引出「誰可盡言」，暗示這晴明中恍然的憬悟，即是相隔異代、釣於濮水的莊子之道。但「郢人逝矣」一句上接釣於濮水的莊子，又扣住贈答的題目，同時寫出因公穆遠去而無以訴說的惆悵。

　　內在的恬和與精神的寧靜確爲此詩基調：「息徒」、「秣馬」、「流磻」和「垂綸」，都是離開目的的行爲，亦不計較時間流逝的悠閒；而「蘭圃」、「華山」、「平皋」和「長川」，則皆是美好而令人心曠意遠的所在。生命中的一切焦慮、追逐和驚鶩之心都在此放鬆下來，而獨獨享受著此生命的光陰本身。

　　再者，藉「養生」契入的莊子「至樂」，如戴璉璋所論，漢人的氣化宇宙論實爲嵇康養生思想的基礎〔註46〕。嵇氏謂：「浩浩太素，陽曜陰凝，二儀陶化，人倫肇興。厥初冥昧，不慮不營」〈太師箴〉，又謂：「夫元氣陶鑠，眾生稟焉」〈明膽論〉。養生之道在守氣，使神氣「遊」於天地之氣，即「含光內視，凝神復璞，棲心於玄冥之崖，含氣於莫大之涘」〈答難養生論〉。而氣之在人，一爲與「養形」相關的「血氣」，一爲與怡神相關的「和氣」〔註47〕。前者爲方士輩所重，

〔註46〕戴璉璋：《玄智、玄理與文化發展》，台北中央研究院，2002 年，頁136～137。
〔註47〕林朝成：《魏晉玄學的自然觀與自然美學的研究》，台灣大學哲學研究所博士論文，1992 年，頁23。

後者則爲專意心齋、坐忘的精神淨化過程的莊子所重〔註48〕。而嵇康
亦尤重後者，曰：「精神之於形骸，猶國之有君也。神躁於中，而形
喪於外，猶昏於上，國亂於下也。」〈養生論〉這裡亦見出其養生思
想中莊學的淵源。爲怡神，須滅名利、除喜怒、去聲色、絕滋味和神
慮消散，其功夫在「智用則收之以恬，性動則糾之以和……然後神以
默醇，體以和成，去累除害，與彼更生」。〈答難養生論〉此一神以默
醇的恬和生命境界，也就是心無措乎是非、越名任心的道德境界：

> 夫氣靜神虛者，心不存乎矜尚；體亮心達者，情不繫乎所
> 欲。矜尚不存乎心，故能越名教而任自然，情不繫於所欲，
> 故能審貴賤而通物情。〈釋私論〉（頁297）

可知養生和道德境界皆在靜氣怡神，正是身、心一體。由於「氣」已
涉及宇宙與人的統一性問題，如牟宗三所言，養生在此遂契入「玄理
妙境」：

> 清虛靜泰，少私寡慾。知名位之傷德，故忽而不營，非欲
> 而彊禁也；識厚味之害性，故棄而弗顧，非貪而後抑也；
> 外物以累心，不存神氣，以醇白獨著，曠然無憂患，寂然
> 無思慮，又守之以一，養之以和，和理日濟，同乎大順。〈養
> 生論〉（頁181）

「同乎大順」一語明示：人盡可通過以醇白獨著的靜氣怡神去開啓融
溶於大化流衍的空靈境域，正是《莊子・天道》所謂「夫虛靜恬淡、
寂寞無爲者，萬物之本也」。〔註49〕養生在此不僅能企「至樂」，而「至
樂」本即「玄理妙境」，故養生亦爲契入終極玄理新進路。

　　最終是，藉「論樂」體悟的莊學「心齋」。對於嵇康而言，「逍遙
於天地之間」的理想，即體現爲廣莫之野裡一「被髮行歌」、「永嘯長
吟」、鼓琴操縵的隱者。其〈琴賦〉也在敘寫了顛波奔突的激流之上，
「托峻嶽之崇崗」、「含天地之醇和」、「吸日月之休光」而生的了悟之

〔註48〕李豐楙：〈嵇康養生思想之研究〉，《靜宜文理學院學報》第二期，1979
　　　年6月，頁53～55。
〔註49〕郭慶藩輯：《莊子集釋》，《諸子集成》第三冊，頁205。

後，出現了遁世之士的形象：

> 于是遁世之士，榮期、綺季之儔，乃相與登飛梁，越幽壑，
> 援瓊枝，陟峻崿；以遊乎其下。周旋永望，邈若凌飛。邪
> 睨崑崙，俯闞海湄。指蒼梧之迢遞，臨迴江之威夷。悟時
> 俗之多累，仰箕山之餘輝。羨斯嶽之弘敞，心慷慨以忘歸。
> 情舒放而遠覽，接軒轅之遺音。慕老童於騩隅，欽泰容之
> 高吟。顧茲梧而興慮，思假物以託心。乃斲孫枝，準量所
> 任，至人攄思，制爲雅琴。〈琴賦〉（頁109）

嵇康以生命爲樂曲，音樂因此爲其「求諸身」以體悟莊子的另一進路。
所謂「以大和爲至樂」，包括了藉由音樂「遊心太玄」、「遊心太象」，
即神遊於疏朗而曠遠的天人相契的境域。以音樂體悟莊子之道，此中
意頗玄妙。因爲莊子〈齊物論〉論衝破依恃，踏入無待的逍遙境，即
以舜創的樂器簫籟之音設譬；莊子〈天運〉論求道經歷的境界，亦以
黃帝張咸池之樂於洞庭之野，北門始聞之懼，復聞之怠，卒聞之而惑，
惑故愚喻之。今人吳光明更以爲「莊書就是人生釋意、人生經驗的演
奏」，而讀者須藉類似聆樂一般的經驗自心窮深處去響應，「這響應深
化生命，摸觸天籟，與萬有之母的大自然的韻律一起脈動。」〔註50〕
故以下即從「養生」「音樂」「境界」三方面試圖建構出嵇康的自我形
象。

第五節　形神相親、表裡俱濟──嵇康之養生思維

嵇康試圖推演人心感受的歷程性和修養以臻內心的平和，無非是
爲了要爲個體存在尋企一有效安頓於現實的途徑，即透過對自我的意
識探索追尋個己精神境界，余敦康說：

> 自我意識是一個主體範疇，主體如果不以某個客體爲依
> 據，是無法成立的，所以自我意識不能停留於自身，而必
> 須趨向於客體。精神境界是主客合一的產物，自我意識經

〔註50〕吳光明：《莊子》，台北東大，1992年，頁83～84。

過一番求索，終於找到了某個客體而安息於其中，這就是
精神境界。〔註51〕

嵇康所尋找到的「客體」，就是老莊思想中的自然概念，從中汲取「和」
的觀念，作為精神境界的終極歸趨。關於嵇康的自然觀，前人已多有
研究，如湯一介以為嵇康所謂「自然」，乃指有規律、和諧的統一體，
萬物皆覆涵於其中〔註52〕；曾春海從人心的角度探入，以為任自然即
是「因順吾人大公無私的心，那就是源於宇宙大道，與『道』渾然同
體，無主客對立無是非分化，好惡判然的虛靜道心」〔註53〕；周大興
從自然生命的視角，認為是一種生活方式與態度。

　　嵇康思想中的自然之內容，乃是指平淡和樂的自然生命。以自然
而然無繫不累的方式與態度，以養此一自然而來之生命。培養此種形
神相濟、既不傷生也不縱欲的「自然生命」乃成為嵇康超越名教世界
的最終目的〔註54〕。

　　當天道自然落在人的立場上言，成了一種平淡和樂的自然生命，
會追求情欲，會產生私心；但也能抉擇辨理，修神安身，引導個體安
於適度的欲求中，不過度傷生縱欲，回歸「和心足於內」的自然觀念，
這即是嵇康在自我意識中以老莊思想為「客體」，所通悟的精神境界。

　　如果說嵇康之「養生理論」，有著養形理論與養神理論之區分的
話〔註55〕，那麼，嵇康之「養生實踐」，亦可有養形實踐與養神實踐
之判別。就養形實踐而言，採藥、服食可以說是養命養性、益生厚身
之具體代表；而從養神實踐來看，彈琴、娛心則可視為導養神氣、宣
和情志之典型行為。兩者一外一內、一形一神，後者固是屬於導養得

〔註51〕余敦康：《魏晉玄學史》，頁310。

〔註52〕湯一介：《郭象與魏晉玄學》，頁49。

〔註53〕曾春海：《竹林玄學的典範──嵇康》，頁68。

〔註54〕周大興：〈越名教而任自然──嵇康《釋私論》的道德超越論〉，《鵝
湖月刊》第17卷第5期，1991年11月，頁34。

〔註55〕李豐楙：〈嵇康養生思想之研究〉，《靜宜文理學報》第2期，1979年
6月，頁56～61；曾春海：《嵇康的精神世界》，鄭州中州古籍，2009
年，頁91～111。

理之事，前者亦不失爲輔養以通之業，兩者皆是嵇康所衷心認可的養生之道。以下，擬從採藥、服食之養形實踐入手，來分析嵇康縱氣於大化流行，養身於天地自然，講究自然和諧的養生活動。

（一）自然和諧─嵇康之養生理想

對於當時許多魏晉名士而言，採藥與服食，他們日常生活中的重要事情。王瑤考察魏晉風度之源，即明白指出：「所以不只是詩文，整個魏晉名士的生活都和藥有不可分離的關係。過去一向爲封建士大夫所景羨的那種所謂飄然的高逸風格，簡傲的名士派頭，所謂『魏晉風度』，不營物務，棲心玄遠，都可以在這裡找到了他們一部分的根源。」〔註56〕也就是說，採藥與服食之於魏晉文人的意義，不僅是一種抽象的養生理論而已，它更是具體的生活實踐。而對嵇康而言，採藥與服食，除了基本的養生功效之外，它還具備這樣的核心價值：即期望經由採藥、服食的修煉活動，來與天地自然之間進行和諧互動，並進而達成體道、得道的人生理想，以及羽化成仙的終極目標。嵇康〈遊仙詩〉云：

> 遙望山上松，隆谷鬱青蔥。自遇一何高，獨立迥無雙。願想遊其下，蹊路絕不通。王喬棄我去，乘雲駕六龍。飄颻戲玄圃，黃老路相逢。授我自然道，曠若發童蒙。採藥鍾山隅，服食改姿容。蟬蛻棄穢累，結交家梧桐。臨觴奏九韶，雅歌何邕邕。長與俗人別，誰能覩其蹤。（頁38）

嵇康這首作品，雖曰「遊仙」但其內容，並非僅是無奈心態下聊以自我慰藉的幻想，而是具有更爲積極的意義：即充分展現自己心中的理想生活與終極關懷。

由於詩中的「自然道」一詞，是解讀全詩旨意極爲關鍵的核心概念，若專從養生之思維視角而言，嵇康文集中所謂的自然，似乎可以分爲四種概念來討論：即「自然之性」、「自然之理」、「自然之道」與「自然之命」。

〔註56〕王瑤：〈文人與藥〉，《中古文學史論》，頁164。

　　所謂的「自然之性」，指的是人與生俱來的自然本性。嵇康〈難自然好學論〉云：

> 夫民之性，好安而惡危，好逸而惡勞，故不擾則其願得，不逼則其志從。洪荒之世，大朴未虧，君無文於上，民無競於下。物全理順，莫不自得。飽則安寢，饑則求食，怡然鼓腹，不知爲至德之世也。
> 難曰：夫口之於甘苦，身之於痛癢，感物而動，應事而作，不須學而後能，不待借而後有，此必然之理，吾所不易也。
> （頁 109）

人們的天生之性，是飽則安寢、饑則求食，至於口之於甘苦、身之於痛癢，亦屬感物而動、應事而作的本能。以上所述，皆是人類先天就存在的自然本性，故不學而能、不借而有。

　　不過，嵇康所謂的自然之性，固然是以從欲爲歡，但並不意味著就可以毫無節制的放縱，它還必須與「養眞要素」相互聯繫，〈答難養生論〉云：

> 夫嗜欲雖出於人，而非道之正。猶木之有蝎，雖木之所生，而非木之所宜也。故蝎盛則木朽，欲勝則身枯。然則欲與生不並久，名與身不俱存，略可知矣。而世未之悟，以順欲爲得生，雖有厚生之情，而不識生生之理。故動之死地也。（頁 198）

嵇康顯然認爲：感而思室、飢而求食這種「性動者，遇物而當，足則無餘」的自然之性，不僅應該而且也必須順應著生生之理這種「自然之理」的脈絡而行，〈答難養生論〉云：

> 難曰：感而思室，飢而求食，自然之理也。誠哉是言！今不使不室不食，但欲令室食得理耳。夫不慮而欲，性之動也；識而後感，智之用也。性動者，遇物而當，足則無餘；智用者，從感而求，倦而不已。故世之所患，禍之所由，常在於智用，不在於性動。（頁 206）

可見，自然之性必須順著自然之至理而動，如此，才不會逐物而害性，或是因爲勤欲而賤生。

關於「自然之道」的修煉工夫，嵇康有很明確的說明，其〈養生論〉云：

> 善養生者則不然矣，清虛靜泰，少私寡欲。知名位之傷德，故忽而不營，非欲而彊禁也；識厚味之害性，故棄而弗顧，非貪而後抑也。外物以累心，不存神氣，以醇白獨著。曠然無憂患，寂然無思慮。又守之以一，養之以和，和理日濟，同乎大順。然後蒸以靈芝，潤以醴泉，晞以朝陽，綏以五弦，無爲自得，體妙心玄，忘歡而後樂足，遺生而後身存。若此以往，庶可與羨門比壽，王喬爭年，何爲其無有哉！（頁 181）

前文提過，嵇康的養生思維乃屬形神兼養之說，此處所論亦然。引文從「清虛靜泰」到「同乎大順」，屬於守之以一、養之以和的養神思維。而蒸以靈芝、潤以醴泉、晞以朝陽等行爲，則爲養形思想的具體展現。

依據上述的說明，我們可以將「自然之性」、「自然之理」與「自然之道」彼此之間的關係，簡化成一個有關養生修煉的遞進歷程：以「自然之性」爲基礎質性，配合「自然之理」的益生原則，進行符合「人」的「自然之道」標準的修道、體道工夫，進而冀望能夠達到「仙」的「自然之道」的終極理想。然而，從「自然之性」、「自然之理」到「人」的「自然之道」的遞進歷程，固然是屬於盡人事即可爲、可成的部分；但是，從「人」的「自然之道」到「仙」的「自然之道」這個遞進歷程，依照嵇康的說法，卻必須有著「自然之命」的配合，才有可能成功。因此我們可以這麼說：「自然之命」的有無，實爲「仙」的「自然之道」能否完成的決定因素，這顯然是屬於聽天命才可爲、可成的部分。故就「人」之「自然之道」的修煉而言，只要有志者盡其所能地努力修道、體道，基本上事皆可成；然而，從「仙」之「自然之道」的悟道、得道境界來看，若是始終缺乏「自然之命」的賦予與限定，那麼，無論修道之人再如何認眞地盡人事，最後依然還是得要聽從天命的安排與結果。

　　根據以上的說明，我們可以對嵇康〈遊仙詩〉中的「自然道」作一界定：詩中黃、老所授的自然道，顯然指的就是「仙」的「自然之道」。此詩從「遙望山上松」至「蹊路絕不通」，寫的即是：作者在「人」的「自然之道」中的修煉場域，它是處在人跡罕至的深山之中。而詩於此則是表現出：一種對於遺世獨立之隱逸高人形象的追求與嚮往。而從「王喬棄我去」以下，抒發的則是作者從「人」的「自然之道」昇華、超越至「仙」的「自然之道」的轉變。

　　首先，是一個奇特的仙緣。作者遇到了仙人王喬，王喬帶著詩人遨遊於玄圃仙境。然而此時的詩人，雖有「仙緣」而無「仙命」，故他只能靠著仙人的提攜才能進入仙鄉，而缺乏自己獨立遊於仙山的能力。

　　其次，第二個奇妙的仙緣繼之而來。詩人遇到了黃、老兩位神人，他們大方地授予作者「自然之道」，也就是如何成為「仙」的「自然之道」。這對於積極想要從「人」的「自然之道」修行為「仙」的「自然之道」的詩人而言，無疑是極大的恩賜。而且，這亦象徵了作者有著絕佳的機會可以得到「仙命」，也就是所謂的「自然之命」。

　　再者，詩人依照黃老所授的「自然之道」進行修煉。不僅有「曠若發童蒙」的思想啟發，亦隨著形神兼濟的努力修養，逐漸「蟬蛻棄穢累」，從「人」的「自然之道」昇華、超越至「仙」的「自然之道」，而終於成為仙人之一員。

　　最後，作者成仙之後，結交仙友於仙鄉之上。他除了繼續進行「仙」的「自然之道」的修行之外，亦與眾仙人們和樂地生活於仙境之中，並遠離世間俗人的干擾。

　　不過，此詩除了可以具體展示嵇康有關「自然之道」的遞進思路外；還有一點亦相當值得討論，即詩中的「採藥鍾山隅，服食改姿容」兩句，它提醒了我們：採藥與服食之於嵇康，不僅是一種表現於詩歌之中的理想抒發而已，它更可以是一種日常生活當中的具體實踐。也就是說，身處塵世之中的嵇康，顯然想要藉由「採藥鍾山」之採藥動作與服食行為，來完成其人生理想中「改變姿容」的養生期待與冀望。

（二）「採藥鍾山隅，服食改姿容」——嵇康之養生實踐

泊然無感，而體氣平和。又呼吸吐納，服食養身；使形神相親，表裡俱濟也。〈養生論〉（頁 171）

豈若流泉甘醴，瓊蕊玉英。金丹石菌，紫芝黃精。皆眾靈含英，獨發奇生。貞香難歇，和氣充盈。澡雪五臟，疏徹開明。吮之者體輕。又練骸易氣，染骨柔筋。滌垢澤穢，志凌青雲。〈答難養生論〉（頁 219）

故神農曰：上藥養命，中藥養性者，誠知性命之理，因輔養以通也。……然後蒸以靈芝，潤以醴泉，晞以朝陽，綏以五弦。無為自得，體妙心玄。〈養生論〉（頁 172～181）

嵇康對服食所產生的神奇功效從以下詩例可知：「滄海澡五臟，變化忽若神，姮娥進妙藥，毛羽翕光新。」又「思與王喬，乘雲遊八極。凌厲五岳，忽行萬億。授我神藥，自生羽翼。呼吸太和，練形易色。歌以言之，思行遊八極。」，「徘徊鍾山，息駕於層城。上蔭華蓋，下採若英。受道王母，遂升紫庭。逍遙天衢，千載長生。歌以言之，徘徊於層城。」

　　導引即是一種利用呼吸的導養工夫〔註57〕，嵇康云：「泊然無感，而體氣和平。」是因為他認為心的寧靜，與氣的平和有關；他利用「呼吸吐吶」的方式，調節體內之氣，使氣能達和諧平靜。葛兆光云：

「導」與「引」，實際上是一種呼吸健身與體操健身法，現代科學證明，它的確有促進腸胃消化，加強門脈的循環，增進肝臟功能，加速廢氣排除，使血液所需的養分循環得以補充的功能及強健四肢的效用，特別是它將心理衛生與生理衛生聯繫起來，揭示了人的健康與精神之間的辯證關係，使古代中國人很早就意識到了心理狀況與生理狀況的關聯，從而注意了心理在醫療保健上意義。〔註58〕

可見中國古代很早就意識到這種呼吸方法，不僅可以健身，使體內的

〔註57〕鄭志明：〈道教生死觀——「不死」的養生〉，《歷史月刊》第 139 期，1999 年 8 月，頁 55～56。
〔註58〕葛兆光：《道教與中國文化》，台灣東華，1989 年，頁 17。

氣清明，而且使精神愉快爽朗，自然有強健體魄的功效。故傅勤家說：
「據道教所說，人體內之氣與宇宙之氣相往來而不絕，即得長命。故
有吐故呐新及鍊氣鍊丹之工夫。又以氣爲神，體內五臟，亦各有神往
來，故欲長壽，當直觀此神，與之同體故。」〔註59〕導引的記載，最
早可溯自莊子。《莊子・刻意》云：

> 吹呴呼吸，吐故納新，能經鳥申，爲壽而已矣，此導引之
> 士，養形之人，彭祖壽考者之所好也。〔註60〕

嵇康又有「食氣」說，所謂的「食氣」，是指餐食天地日月的精氣。〈琴
賦〉云：「餐沆瀣兮帶朝霞，眇翩翩兮薄天遊。」這裡即是描述食氣
後飄邈悠然的樣子，同仙人的境界一般。既然人的精神受之於天，形
體受之於地，神仙爲特受異氣之人，就必須重視「氣」的導養。《太
平經》云：「神者乘氣而行，故人有其則有神，有神則有氣，神去則
氣絕，氣亡則神輿。故無神亦無死，無氣亦死。」又云：「天地之道
所以能長且久者，以其守氣而不絕也。故天專以氣爲吉凶也，萬物象
之，無氣則終死也。」由此可見，「氣」長存於體內的重要性。

> 世人不察，惟五穀是見，聲色是耽，目惑玄黃，耳務淫哇；
> 滋味煎其府藏，醴醪煮其腸胃，香芳腐其骨髓，喜怒悖其
> 正氣，思慮銷其精神，哀樂殃其平粹。夫以蕞爾之軀，攻
> 之者非一途；易竭之身，而外內受敵，身非木石，其能久
> 乎？〈養生論〉（頁176）

服食有強健體魄的功效，使形體能常守精氣於內；導引食氣則有助於
體內的精氣清明，使氣調節順暢，而辟穀則使人免於人爲之物的戕
害，使性情歸於自然。因此神仙之道，可說是藉由外在的修爲，提升
內在的精神境界。是以詩例證之：

> 絕智棄學，遊心於玄默。絕聖棄學，遊心於玄默。遇過而
> 悔，當不自得。垂釣一壑，所樂一國。被髮行歌，和者四
> 塞。歌以言之，遊心於玄默。〈代秋胡歌詩其五〉（頁53）

〔註59〕傅勤家：《中國道教史》，台灣商務，1980年，頁104。
〔註60〕陳鼓應註譯：《莊子今註今譯》，台灣商務，1975年，頁432。

> 思與王喬，乘雲遊八極。思與王喬，乘雲遊八極。凌屬五
> 岳，忽行萬億。授我神藥，自生羽翼。呼吸太和，練形易
> 色。歌以言之，思行遊八極。〈代秋胡歌詩其六〉（頁 54）
> 徘徊鍾山，息駕於層城。徘徊鍾山，息駕於層城。上蔭華
> 蓋，下采若英。受道王母，遂升紫庭。逍遙天衢，千載長
> 生。歌以言之，徘徊於層城。〈代秋胡歌詩其七〉（頁 55）

假若我們將這三首組詩，視爲是嵇康的一種人生理想之追求過程，或
是終極關懷之體現歷程的話；那麼這三首依照順序，即可理出一種從
「遊心玄默，企慕隱逸」過度到「思與王喬，雲遊八極」，再由「思
與王喬，雲遊八極」發展到「徘徊鍾山，息駕層城」這樣的演變結構。
其中，「遊心玄默，企慕隱逸」強調的是「垂釣一壑，所樂一國」、「被
髮行歌，和者四塞」這樣的隱逸之樂。這種觀點在嵇康集中並不陌生，
以最能代表嵇康心志的〈幽憤詩〉爲例，即提到「託好老莊，賤物貴
身，志在守樸，養素全眞」、「采薇山阿，散髮巖岫，永嘯長吟，頤性
養壽」這樣的概念，此正與「遊心玄默，企慕隱逸」之思想相通。

　　不過，既然隱者與仙者是鄰居，那麼從「遊心玄默，企慕隱逸」
的隱者，再往上翻一層次，進階到「思與王喬，雲遊八極」的神仙追
隨者，進而修煉成仙，「逍遙天衢，千載長生」於「鍾山」、「層城」
這樣的人生境界，對於嵇康而言，顯然有著極大的吸引力。而此種演
化進程，與前文分析嵇康〈遊仙詩〉時所說「從人的自然之道昇華、
超越至仙的自然之道」的發展歷程，實有著相通之處。

　　至於「授我神藥，自生羽翼，呼吸太和，練形易色」四句，與前
引嵇康〈遊仙詩〉之「採藥鍾山隅，服食改姿容」兩句，亦可彼此參
看、相互印證。它如實寫出了嵇康意欲透過服食、養氣之修煉工夫，
達到「逍遙天衢，千載長生」之願望。除此之外還有：

> 琴詩自樂，遠遊可珍。含道獨往，棄智遺身。寂乎無累，
> 何求於人？長寄靈岳，怡志養神。〈四言贈兄秀才入軍詩其
> 十七〉（頁 18）

嵇康於詩中認爲遠遊可珍，而其重視的具體內涵，除了琴詩之樂外，

還有含道獨往、寂乎無累這種怡志養神之精神修養，將「目送歸鴻，
手揮五絃」、「俯仰自得，遊心太玄」之說明相互參看，即可看出嵇康
所嚮往的，乃是一種不願因服御而陷於勞形苦心，只求肆志而能縱心
無悔的理想生活。而這種理想生活的核心關懷之一，則是藉由自我與
自然之山水美景的和諧互動，來領略美感欣趣，以及一種心與道合，
身體與自然融爲一體的微妙體悟。

　　上引「琴詩自樂，遠遊可珍。」嵇康之遊，雖然不盡然都是因爲
採藥服食之事而起，但是我們卻可以這樣說：當他意欲進行採藥服食
之事時，多數都會展開一場遊的旅程。而在這遊的歷程當中，靈藥、
仙丹是否眞的能採集到姑且不論，但其身、其心，必定會因遊於天地
自然之間而有所感、有所悟，這時就不免會帶出養神的修煉活動。「長
寄靈岳，怡志養神」或許正如實透露出：嵇康在採藥養形之餘，亦在
遊的旅程之中，體會、領悟到怡志養神之樂。而這樣的養神修煉，亦
頗爲符合嵇康自己的自然思想：以「自然之性」爲質地，順「自然之
理」而體悟，最後成就「人」之「自然之道」與「仙」之「自然之道」
的終極境界。

　　上述以採藥、服食爲線索，意圖探究嵇康的養生活動。嵇康基於
天地萬物與人類可以同氣共感的原理，因而認爲，人若能長期服食某
物，則可藉由物質之間的屬性傳達原理，來變化己身之體質，進而達
到養生、長生，甚至成仙之理想。故嵇康相當熱衷於採藥活動與服食
行爲，他不僅有理論上的探討，亦有日常生活中的具體實踐，其詩云：
「採藥鍾山隅，服食改姿容。」這也正反映出嵇康之養生，雖然在理
論上相當重視養神之工夫，但在具體的實踐上，對於養形亦展現出極
大的興趣。因此對於嵇康自身的價值理想而言，正如前文所說，養生
之於嵇康，不僅是一種心理的思維或文中的理論而已，它更是一種具
體的生活行爲與身體實踐。不過特別值得注意的是，嵇康這種透過採
藥於天地自然之中，進而服食在身體之內的養生方式，本身就已經隱
含中國傳統縱氣於大化流行、養身於天地自然之天人合一思維。至於

嵇康上山採藥、服食的終極目標，則是希望他的養生求道歷程，能夠在原本增壽、延年的基礎之上，再經由某種仙緣的觸發、引動，使其能夠有機會提昇、轉化至長生不死的神仙境界。而這點，可能也是我們在考察嵇康的採藥、服食活動之際，所不能忽略的。

第六節　音樂與養生的琯合與實踐

《莊子‧人間世》說：

> 回曰：「敢問心齋。」仲尼曰：「若一志，無聽之以耳而聽之以心，無聽之以心而聽之以氣！耳止於聽，心止于符。氣也者，虛而待物者也。唯道集虛。虛者，心齋也。」〔註61〕

若從「心象」的角度去理解，莊子「心齋」實際表述了心象的三種境界：「聽之以耳」時為具體的聲音表像所局限，停留在感官層面，是悅耳階段；「聽之以心」馳騁心的想像作用，激發聽者內心的萬般情感，局限在個體內心小宇宙，是悅情階段；「聽之以氣」內心與宇宙之生氣共存、共鳴，精神最為自由和愉悅，達到天人合一的境界，是為道之境。莊子關於「心齋」的論述雖然是探討得道的途徑，但無疑對後代樂象理論具有極大的啟發作用，在提倡精神自由的魏晉南北朝時代更加看重心在音樂欣賞中的作用，以莊子為師的嵇康深受天籟、心齋思想的影響。

嵇康雖然沒有明確提出心象有不同的階段，但從他的相關論述中可以分析得出這樣的結論。在嵇康心中，音樂可以有不同的境界。淺層的心象只是情緒的生理反應；深層的心象是引發了欣賞者自身潛藏的情感體驗，在想像和情感的作用下的心理反應，心象與音聲達到高度契合一致。最高境界是進入天道的境界，融入了欣賞者的生命體驗，進入神化之境。

要了解嵇康的音樂功能論之前，有必要先來確認嵇康為音樂內容

〔註61〕陳鼓應註譯：《莊子今註今譯》，台灣商務，1975年，頁129。

做的定義和詮釋。且看他在〈聲無哀樂論〉言道：

> 批把、箏、笛，間促而聲高，變眾而節數，旦高聲御數節，
> 故使形躁而志越。猶鈴鐸警耳，而鐘鼓駭心，故『聞鼓鼙
> 之音，則思將帥之臣』，蓋以聲音有大小，故動人有猛靜也。
> 琴瑟之體，間遼而音埤，變希而聲清，以埤音御希變，不
> 虛心靜聽，則不盡清和之極，是以體靜而心閒也。夫曲度
> 不同，亦猶殊器之音耳。齊楚之曲，多重，故情一；變妙，
> 故思專；姣弄之音，挹眾聲之美，會五音之和，其體贍而
> 用博，故心役於眾理；五音會；故歡放而欲愜。然皆以單、
> 復、高、埤、善、惡為體，而人情以躁、靜、專、散為應。
> 譬猶遊觀於都肆，則目濫而情放；留察於曲度，則思靜而
> 容端。此為聲音之體，盡於舒疾，情之應聲，亦止於躁靜
> 耳。（頁 129）

嵇康以自然之和為音樂的本質出發，以音樂承自然之道而來，故音樂
不含哀樂情感，而是自然的表現以「單、復、高、埤、善、惡為體」，
包含音樂的節奏快慢、音調高低、響度強弱等，有「批把、箏、笛，
間促而聲高，變眾而節數」、「琴瑟之體，間遼而音埤，變希而聲清」，
各類樂器擁有各自的音樂特色，給人的感受也不盡相同；但不管如
何，音樂引發人的是或躁、或靜、或專、或散的反應。由嵇康此段論
述可看出，在否定音樂具有哀樂之情的前提論調下，必須為音樂的內
容以及音樂給人的感受另尋一立足點，就是不涉喜怒哀樂情感，與自
然和諧的曲調，〈聲論〉中言「且聲音雖有猛靜，各有一和，和之所
感，莫不自發。」內心感受平和之氣，由個人出發，至於整個社會風
氣都得到薰陶，是嵇康音樂美學的所企求的境界。

　　古人透過音樂以養生的觀念，在魏晉以前的樂論文獻中早已可
見。從人之身體（包括心靈）受音樂之影響而產生不同的反應，明白
地指出音樂所具有的多重功能，雖然這些觀點並不是成篇的理論，而
是散見於諸樂論中，然如果細密地梳理、比對其中的異同，其實在零
星散見的資料中，可以發現古人心目中潛藏的認知。因此，即就先秦

兩漢的樂論文獻中論及音樂與人之身體（包括心靈）與養生相關連者來看，可見之重點大約如下：

（一）音樂養生的理論基礎

1、音樂與形體的關係，包括：

（1）聲音與體氣的關係。在《荀子‧樂論》、《禮記‧樂記》與《呂氏春秋‧音初》皆可見「聲氣感應」的觀點，「聲」、「音」對人的體氣可以產生直接的影響，影響所及，非但可感動人之善心而產生道德行為，甚至還可以影響國家之治亂〔註62〕。

（2）五音與五臟、五德、五情的關係。在《呂氏春秋》十二紀首有角音配脾，徵音配肺，商音配肝，羽音配腎的記載；而《史記‧樂書》中記載五音（宮、商、角、徵、羽）與五臟（脾、肺、肝、心、腎），甚至與五德（聖、義、仁、禮、智）的對應之說〔註63〕。而《黃帝內經素問》亦有「宮、商、角、徵、羽」五音分別相應於「脾、肺、肝、心、腎」五臟及對應「憂、悲、怒、喜、恐」等五種情緒反應的說法〔註64〕。《靈樞經》〈五音五味〉及〈邪客〉亦可見五音與人之身體部位相對應之說〔註65〕，這一系列的說法都不脫離漢代的「天人感應」說的範圍。

（3）音樂與嗜欲的關係。如《呂氏春秋‧大樂》論及務樂之道，必節嗜欲〔註66〕。

〔註62〕 荀況：《荀子集解》，卷十四，〈樂論篇〉第二十，臺灣中華，1981年；鄭玄注：《禮記鄭注‧樂記》，臺灣中華，1981年；呂不韋：《呂氏春秋》，〈季夏紀〉卷第六〈音初〉，臺灣中華，1981年。

〔註63〕 司馬遷：《史記》卷二十四〈八書〉第二〈樂〉，臺灣中華，1981，頁23。

〔註64〕 （唐）王冰次注：（宋）林億等校正：《黃帝內經素問》，收錄於《景印文淵閣四庫全書》，（清）紀昀等總纂：臺灣商務印書館編審委員會主編，子三九；733，臺灣商務，1983～1986。

〔註65〕 （唐）王冰注：（宋）史崧校正、音釋：《靈樞經》卷十〈五音五味〉第六十六、卷十〈邪客〉第七十皆有論述。

〔註66〕 《呂氏春秋》，〈季夏紀〉卷第五〈大樂〉，頁3。

（4）樂舞對容貌的影響。如《荀子‧樂論》提出透過樂舞之嫻習可使人之容貌端莊，舉止從容〔註67〕

（5）音聲與耳聽的關係。如《呂氏春秋‧適音》、《淮南子‧精神訓》提及音聲之適中與人耳相容的關係〔註68〕。

2、音樂與精神的關係，包括：

（1）音樂與志意的關係。如《荀子‧樂論》提出雅頌之聲可使人志意寬廣〔註69〕。

（2）音樂與情緒的關係。如《荀子‧樂論》指出不同的音聲或樂舞會對人的情緒產生直接的影響，因此，君子耳不聽淫聲；而《淮南子‧原道訓》提出人會受樂曲的影響，而產生悲喜相轉之情，使人的精神淫亂〔註70〕。

3、音樂與養生的關係，包括：

（1）音樂有宣鬱導滯，舒達筋骨的作用。如《呂氏春秋‧古樂》記載古之陶唐氏作樂舞，使人民鬱閼滯著之氣獲得宣洩，而筋骨舒達〔註71〕，或以為此即後世的「導引術」，為道教的道士所傳承〔註72〕。

（2）音樂能使人耳目聰明，血脈流通，體氣和平，而達到成就道德人格與移風易俗的目的。如《荀子‧樂論》指出「樂」可使人「耳目聰明，血氣和平」〔註73〕；《史記‧樂書》指出音樂能使人之血脈動蕩，精神通流而和正心，五音可直接影響人的情性，且成就道德人格的特質〔註74〕；《漢書‧律曆志》則提出作樂的目的在於滌蕩人之

〔註67〕《荀子集解》，卷十四，〈樂論篇〉第二十，頁1。
〔註68〕《呂氏春秋》，〈仲夏季〉卷第五〈適音〉，頁6。
〔註69〕《荀子集解》，卷十四，〈樂論篇〉第二十，頁1。
〔註70〕《荀子集解》，卷十四，〈樂論篇〉第二十，頁2。
〔註71〕《呂氏春秋》，〈仲夏季〉卷第五〈古樂〉，頁8。
〔註72〕胡孚琛、呂錫琛：《道學通論：道家‧道教‧以學》，北京社會科學，1999年，頁375。
〔註73〕《荀子集解》，卷十四，〈樂論篇〉第二十，頁3。
〔註74〕司馬遷：《史記》卷二十四〈八書〉第二〈樂〉，臺灣中華，1981年，頁33。

邪意，保全人之純正本性，以達到移風易俗的目的〔註75〕。

上述樂論中涉及音樂對人之身體（包括心靈）與養生關連之觀點，雖然從現代醫學或音樂學的觀點來看，不一定能夠得到現代知識的印證（如五音六律與五臟六腑的對應關係），然而，古人肯定音樂對人之身心靈有直接影響，同時，音樂也是移風易俗的載體，則是有其深遠的文化意義。而值得思考的是，這些樂論中的音樂究竟是甚麼音樂呢？甚麼音樂能對人之身體（包括心靈）與養生產生如此的影響呢？這裡顯然不能以現代音樂給予人的認知與感受來解釋。

所幸的是，古代文人藝術之首——古琴，這項唯一在文獻中被提出來作為養生之用的中國樂器，至今仍保留在現代文化中傳承。因此透過古琴音樂的體認，非但可以解讀古人對音樂與人之身心靈或養生相關的觀點，同時，也可以為嵇康「綏五絃以養生」的音樂養生觀提供重要的線索。見諸在桓譚《新論·琴道》第八記載：

> 竇公年百八十歲，兩目皆盲。文帝奇之，問曰：「何因至此？」
> 對曰：「臣年十三失明，父母哀其不及眾技，教鼓琴，臣導
> 引無所服餌。〔註76〕

竇公撫琴以益性命，這段記載後來即為嵇康所汲取，見諸其〈答難養生論〉：

> 竇公無所服御而致百八十，豈非鼓琴和其心哉？此亦養神
> 之一徵也。……以大和為至樂，則榮華不足顧也。以恬澹
> 為至味，則酒色不足欽也。……有主於中，以內樂外，雖
> 無鐘鼓，樂已具矣。……故順天和以自然……〈答難養生
> 論〉（頁 212～231）

嵇康對撫琴操縵以養生提出更進一步的觀點。竇公之所以無所服御而致百八十，乃因鼓琴以「和心」、「養神」，以「大和」為至樂之故。這則論述透露出嵇康從其親身撫琴操縵的體認中發現「綏五絃以養

〔註75〕班固：《漢書》卷二十二〈志〉第一〈律曆〉，臺灣中華，1981 年，頁 2。
〔註76〕桓譚：《新論》，臺灣中華，1981 年，頁 11。

生」的價值。然而既言「長生」，嵇康的音樂養生觀是否有可能也受道教的影響呢？從歷代文獻的記載來看，嵇康是一名道教信徒，因此，在其生活中融入道教的理念，使其對音樂與養生之間的思維別有會心，應該有可能，然嵇康如何採擷道教的觀點以形成其音樂養生觀呢？其與道教的原意是否又同中有異，而有別出新義之處呢？

　　魏晉以前的道教文獻主要是以東漢後期流傳至今的《太平經》為主，《太平經》的樂論也是在嵇康以前唯一可見記載道教音樂觀的經典〔註77〕。因此《太平經》一書是瞭解嵇康的音樂觀是否與道教思想有關的重要著作。基本上《太平經》一書共有一百七十卷，其中卷五十〈諸樂古文是非訣第七十七〉、卷一百十三〈樂怒邪凶訣第一百九十一〉、卷一百十五至一百十六〈某訣第二百四〉、卷一百三十七至一百五十三〈壬部不分卷〉〔註78〕中皆有成篇的樂論。這些早期的道教樂論對今人瞭解道教的音樂思想可以提供不少的助益，然而遺憾的是，這些樂論中並未詳細地記載漢代的道教音樂究竟是如何進行，因此無法探討音樂的特色。而則特就〈樂怒邪凶訣〉與〈某訣〉中談及音樂養生觀的內容與嵇康所論者作一比較：

1、聲氣感應

　　《太平經・諸樂古文是非訣》提出音樂（五聲、八音、十二律）可以感通天下之「聲音」，化動天地之氣。因此古代之聖賢透過音樂以感知天地之間物類之情性，且調和陰陽之氣，以定四時五行之理：

> 諸樂者，所以通聲音，化動六方八極之氣。……故古者聖賢，調樂所以感物類，和陰陽，定四時五行。（卷五十〈諸樂古文是非訣〉第七十七）（頁183）

《太平經》對音樂的角色與功能的說法，顯然是在「聲氣感應」的前提下而產生。然與《荀子・樂論》、《禮記・樂記》與《呂氏春秋・音

〔註77〕蔡仲德：《中國音樂美學史》台北藍燈，1993年，頁488。

〔註78〕王明編：《太平經合校》，北京中華，1997年，頁 183、586、629、701。

初》的「聲氣感應」的觀點是從「聲」、「音」對人的體氣產生直接的影響而切入，並不相同。另外，在〈樂怒卻兇訣〉中則更將音樂與五行結合，指出音樂對人之五臟六腑的健康會產生影響，如：

> 是故樂而得大角、上角之音者，青帝大喜，則仁道德出，
> 凡物樂生，青帝出遊，肝氣爲其無病，肝神精出見。……
> 「故上角音得，則以化上也；中角音得，則以化中也；下
> 角音得，則以化下也。而得之以化。南方徵之音，大小中
> 悉和，則物悉樂長也。……故得黃氣宮音之和，亦宮音之
> 善者亦悉來也，惡者悉消去。得商音之和，亦商音善者悉
> 來也，惡者悉消去。得羽音之和，羽音善者悉來也，惡者
> 悉去。眞人自詳思其要意，所致述效本行也。所以不悉究
> 竟說五方者，謂其大深。（卷一百十三〈樂怒吉兇訣〉第一
> 百九十一）（頁 587～588）

這段引文以「大角」（義同「上角」）爲例，「大角」即十二律中之「太簇」，屬角調調式，在五行中屬木行，配應四時中的孟春，孟春律中太簇；配應東方的神帝—青帝；配應五常（五德）之仁德；配應五臟之肝臟，當「太簇」音相應的角調式演奏時，能使東方的青帝大悅，產生仁德之道，萬物因此而化生，且青帝出宮遊觀，能使人的肝臟氣脈無病，肝之神精（人體五臟神之一）出現。

《太平經·樂怒卻兇訣》中將音樂與五行、五臟六腑的健康環環相扣，則與《呂氏春秋》十二紀首、《史記·樂書》、《黃帝內經素問》、《靈樞經》〈五味五音〉〈邪客〉的說法一致。同時在《太平經·某訣》亦可見，五音被視爲「各有所引動，或引天，或引地，或引日月星辰，或引四時五行，或引山川，或引人民萬物」等，這些觀點乃是傳承自先秦兩漢以來的陰陽五行說與氣化宇宙觀。

至於這些關連性的觀念如何類比結合呢？參閱戰國中晚期的著作如《周易·乾卦·文言》有「同聲相應，同氣相求」之說〔註79〕。

〔註79〕王弼、韓康伯注，（唐）孔穎達等正義：《十三經注疏周易》，台北藝文，1985 年，頁 15。

爾後，《呂氏春秋‧應同》有「類固相召，氣同則合，聲比則應，鼓宮而宮動，鼓角而角動」〔註80〕，《春秋繁露‧同類相動》有「諸調琴瑟而錯之，鼓其宮則他宮應之，鼓其商則他商應之。五音比而自鳴，非有神，其數然也」、「琴瑟報彈其宮，他宮自鳴而應之，此物之以類動者也」〔註81〕等，皆是在天人感應的思維下產生的觀點，這種「聲氣感應」說乃是建立在自然界的質料元素——「同」質相感的基礎上。而嵇康也在這個思維下提出「同聲相應，同氣相求」的觀點：

> 夫同聲相應，同氣相求，自然之分也。音不和，則比弦不動；聲同，則雖遠相應。此事雖著，而猶莫或識。〈答釋難宅無吉凶攝生論〉（頁 440～441）

嵇康的觀點若與前述《荀子‧樂論》與《禮記‧樂記》的「聲氣感應」說相比較，如荀子謂「凡姦聲感人，而逆氣應之；逆氣成象，而亂生焉。正聲感人，而順氣應之，順氣成象，而治生焉」，乃是針對音樂與人之體氣相互感應，可以影響社會之治亂而說；《禮記》謂「凡姦聲感人，而逆氣應之；逆氣成象，而淫樂興焉。正聲感人，而順氣應之；順氣成象，而和樂興焉」，則指出「聲氣感應」的關係會直接影響人心對「淫樂」與「和樂」的創作〔註82〕。顯然，彼此的觀點並不相同，《荀子‧樂論》與《禮記‧樂記》的「聲氣感應」說是在儒家樂教教化的前提下所提出的觀點；而嵇康的觀點則屬於漢代以來的天人感應說這一個系列。

事實上，嵇康所謂「同聲相應，同氣相求」的說法，即是引自《周易‧乾卦文言傳》。這裡，只能說嵇康與《太平經‧樂怒卻兇訣》的觀點是在一個共同的學術氛圍下具有共同的特色，但還不能因此來論證嵇康的音樂觀直接受到道教的影響。

〔註80〕《呂氏春秋‧應同》卷十三，臺灣中華，1981 年，頁 4。
〔註81〕董仲舒：《春秋繁露》卷十三〈同類相動〉第五十七，臺灣中華，1981年，頁 3～4。
〔註82〕郁沅、倪進：《感應美學》，北京文化藝術，2001 年，頁 404。

2、音樂養生

其次，再從《太平經‧樂怒卲凶訣》的樂論中提及音樂養生的觀點來看：

> 樂小具小得其意者，以樂人；中具中得其意者，以樂治；
> 上具上得其意者，以樂天地。得樂人法者，人爲其悅喜；
> 得樂治法者，治爲其平安；得樂天地法者，天地爲其和，
> 天地和，則凡物爲之無病，羣神爲之常喜，無有怒時也。（卷
> 一百十三〈樂怒吉兇訣〉第一百九十一）（頁586）

這段論述從音樂（包括：五聲、八音、十二律等）具有「樂人」、「樂治」、「樂天地」的功能，來談音樂能使天地諧和、和樂，萬物自然無病；《太平經》的這個觀點顯然是立於氣化宇宙觀下的「聲氣感應」說而提出。相較之下，嵇康的音樂養生觀並未從廣義的音樂（包括：五聲、八音、十二律等）來說，而只提出「綏以五絃」，亦即撫琴操縵有養生的功能。因此不能說嵇康的音樂養生觀是直承《太平經》的觀點而來。

然而，若根據其他記載來看，如《琴書大全》載先秦兩漢時期傳說中的神隱之士，如涓子、琴高、寇先；道士如周亮及道教創始人張道陵、淮南王劉孜〔註83〕等。魏晉南北朝時期的道士琴人如葛洪與陶宏景等，都是兼擅養生之術，這些零星的記載說明道教重養生，同時道士也從撫琴操縵中得到眞趣。因此，古琴有可能在道士的養生觀中扮演著重要的角色。

依此來看桓譚《新論‧琴道》與嵇康〈答難養生論〉中「竇公」撫琴以養生的記載，有可能即是得自道教養生觀的說法。而事實上，對道士的修行生活而言，音樂本是不可或缺的要素，因爲樂可以「調氣息、和陰陽」。而在曾與嵇康往來的道士，如孫登即是擅於彈琴的

〔註83〕蔣克謙輯：《琴書大全》，收錄於《琴曲集成》第五冊，文化部文學藝術研究院音樂研究所；北京古琴研究會編，北京中華，1980年，頁308、334～336。

道士，他在郡北山上掘土穴獨自隱居修煉，夏則編草爲裳，冬則披髮自覆，好讀《易》，撫一弦琴，曾令嵇康嘆服〔註84〕。

　　而嵇康既擷取道教的說法作爲其養生之術，自然道教的音樂養生觀也可能爲其所汲取，尤其是撫琴操縵以養生。因此參閱嵇康〈琴賦〉一文可見，嵇康從其親身體驗中提出琴樂扮演著養「和」以導氣的角色，透過撫琴操縵以養「和」，可使人之身心靈與大自然默契妙會〔註85〕，這與道教由音樂使陰陽之氣交感合和，以承天順地之教的理想有相似之處。

　　不同的是，道教的音樂養生觀是從音樂使天地陰陽之氣調和，來看天地萬物之所以能生之故，然而，嵇康的觀點卻不只是範宥在宇宙間陰陽之氣的調和上，而是更重視音樂直接對人的神氣與體氣的影響。嵇康關注的是，如何讓人之神氣與體氣達到「和諧」的境界，以使身心靈平衡，以成就養生的目的。

　　因此，嵇康藉撫琴操縵以使身心靈的不自由與自我束縛解脫，見諸〈琴賦〉一文有謂「導養神氣，宣和情志」，何以撫琴可以作爲導養神氣的工夫呢？基本上，嵇康論養生兼顧形神二者，有謂「君子知形恃神以立，神須形以存」〈養生論〉，因此，在神氣方面，他所追求的理想是「與世無營，神氣晏如」〈幽憤詩〉，「恬愉無遌，而神氣條達」〈答難養生論〉、「外物以累心不存，神氣以醇白獨著」〈養生論〉。養神的前題是要保有「與世無營」、「恬愉」及棄累心之外物的心境，再結合琴樂平和的特質，才能使神氣導養獲致其效。

　　而一旦精神自在無掛礙，全身之體氣自然平和，而有「泊然無感，而體氣和平」〈養生論〉、「和氣充盈」〈答難養生論〉的身體感；換言之，當人在神氣與體氣皆平和自如的情境下，才能使和氣充塞體內，

〔註84〕 李昉等奉敕撰：《太平廣記》，收錄於《景印文淵閣四庫全書》，紀昀等總纂（臺灣商務，1983～1986 年），頁 1043～1052。

〔註85〕 李美燕：〈嵇康《琴賦》中「和」的美學意涵析論〉。《藝術評論》，2009 年，第 19 期，頁 189～207。

體內血氣循環通暢，而達到養生的功能，這也就是和氣與和聲相應，會通並濟以成就生命之美。所以，在嵇康文中可見：

> 和心足於內，和氣見於外〈聲無哀樂論〉（頁286）

> ……，感之以太和，導其神氣，養而就之，迎其情性，致而明之，使心與理相順，氣與聲相應，合乎會通，以濟其美。〈聲無哀樂論〉（頁286）

> 泊然無感，而體氣和平，又呼吸吐納，服食養身；使形神相親，表裏俱濟也。〈養生論〉（頁171）

> 守之以一，養之以和。和理日濟，同乎大順。〈養生論〉（頁181）

而「古琴」在嵇康的音樂養生觀裡，即是扮演著「宣和養氣」，亦即導「和」以養生的角色，此外，再參見嵇康的〈答二郭詩三首〉之二：

> 豈若翔區外，飡瓊漱朝霞。遺物棄鄙累，逍遙遊太和。結友集靈岳，彈琴登清歌。有能從我者，古人何足多。（頁71）

嵇康在「遺物棄鄙累，逍遙遊太和」的生命境界中，結集同好，彈琴且高歌，由音樂之「和」陶染人之身心靈，進而使生命與大自然妙契為一，這也就是嵇康的音樂養生觀的高明面。如前所述，先秦兩漢以來的樂論談及音樂對人的身體與養生影響者有不少的面向，然而，只有嵇康提出透過撫琴操縵以觀照人之身心靈的變化，而體認琴樂對人的神氣與體氣能產生平和的作用，可使人之生命與天地大自然妙契為一〔註86〕。

因此，嵇康由「綏以五絃」，而使人之「神氣」、「體氣」與「天地陰陽之氣」交相感應，達到「任自然以託身，並天地而不朽」的境界。其音樂養生觀的妙諦雖有可能得自道教以音樂作為與天地陰陽之氣交感之說的啟發，然而，嵇康的音樂養生觀實已超越漢代陰陽五行與氣化宇宙論之下的格局，而別開新義。

〔註86〕李美燕：〈嵇康《琴賦》中「和」的美學意涵析論〉。《藝術評論》，2009年，第19期，頁189～207。

（二）音樂養生的具體實踐

嵇康的音樂養生理論，主要有四方面：

1、音樂的來源

> 夫天地合德，萬物資生。寒暑代往，五行以成章爲五色，
> 發爲五音。音聲之作，其猶臭味在於天地之間。其善與不
> 善，雖遭濁亂，其體自若，而無變也。〈聲無哀樂論〉

關於音樂來源，嵇康取材漢代以來流行的陰陽五行思想，結合荀子「物
質天」的客觀性，作爲形上理論。

> 律呂分四時之氣耳，時至而氣動，律應而灰移。

並以《呂氏春秋》宇宙圖式的概念，強調音樂的客觀存在，作爲樂、
我分離的主要依據。

2、聲、心邏輯

> 和聲無象，而哀心有主。〈聲無哀樂論〉

> 氣者，聲之元也；神者，生之制也。《淮南子・原道訓》

> 五聲有善惡，此物之自然也。至於愛與不愛，喜與不喜，
> 人情之變，統物之理，唯止於此。然皆無豫於內，待物而
> 成耳。至夫哀樂，自以事會，先遘於心，但因和聲，以自
> 顯發。〈聲無哀樂論〉

> 夫載哀者聞歌聲而泣，載樂者見哭者而笑。哀可樂，笑可
> 哀者，載使然也。《淮南子・齊俗訓》

聲、心二元的思想，主要得自《淮南子》。以名家的「名」、「實」辨
異方式，強調哀樂屬我、聲音屬彼的觀念。

3、「節制」觀

> 夫音聲和比，人情所不能已者也。是以古人知情不可放，
> 故抑其所遁；知欲不可絕，故自以爲致。〈聲無哀樂論〉

> 夫樂者，樂也，人情之所必不免也。故人不能無樂，樂則
> 必發於聲音，形於動靜；而人之道，聲音動靜、性術之變
> 盡是矣。故人不能不樂，樂則不能無形，形而不爲道，則
> 不能無亂。《荀子・論樂》

不虛心靜聽，則不盡清和之極。〈聲無哀樂論〉

夫載哀者聞歌聲而泣，載樂者見哭者而笑。哀可樂，笑可哀者，載使然也，是故貴虛。《淮南子・齊俗訓》

由引文可整理出兩個概念，一爲「節制」，二爲「貴虛」。音樂是「人情所不能已者」，故爲免流於縱欲，就不能無「導」，此導非《淮南子》的「口不盡味，樂不極音」而是強調「貴虛」，說明音樂之所以好，之所以壞，都取決於「一心」。故節制在「心」而不在「樂」，因此心必須「貴虛」才能在與相物接時不至因爲情緒與欲念，而使音樂欣賞流於放縱一途。

4、「和」的概念

故樂者，審一以定和者也。《荀子・論樂》

聲音和比，感人之最深者也。〈聲無哀樂論〉

「和心足於內，和氣見於外；故歌以敘志，以宣情；……播之以八音，感之以太和；導之以神氣，養而就之；……使心與理相順，氣與聲相應；合乎會通，以濟其美」。〈聲無哀樂論〉

夫政象樂，樂從和，和從平。聲以和樂，律以平聲。……聲應相保曰和，細大不逾曰平。……夫有和平之聲則有繁殖之財。《國語・周語下》

樂有歌舞，……哀樂不失，乃能協於天地之性，是以長久。《左傳・昭公二十五年》

「和」是嵇康音樂養生觀的最終境界。嵇康「和」的思想兼採儒家的「美善相樂」，而道家的「中純實而反乎情」；及《淮南子》的「平和」，而對伶州鳩、子產等亦有所繼承。嵇康的「和」是內外兼修，既要求內心的「虛」，也要求外在養生的「具」，而「琴德最優」、「鼓琴以和其心」便在藉「樂」達「和」。不論「和」是指音樂上的和諧，或是生理上的平和，早在嵇康之前，藉「樂」達「心」、「氣」協調的思想便已存在了。因此，在音樂養生的前提下，若聲有哀樂，則音樂養生

之說便無法成立，因爲音樂本身即爲使人情緒波動的原因之一。可見〈聲無哀樂論〉對前人的音樂養生思想多所繼承。

而如何落實「音樂養生」的具體實踐，可由「心無措乎是非」來看：

1、「和聲無象，哀心有主」

〈聲無哀樂論〉第一段的主旨在「和聲無象，哀心有主」。言心有哀樂，則聲有哀樂，心無哀樂，則聲無哀樂。

> 音聲之作，其猶臭味在於天地之間。其善與不善，雖遭濁亂，其體自若，而無變也。〈聲無哀樂論〉（頁 247）

「自若，而無變也」開宗明義便把音樂超然於「聲無哀樂」之外。以下展開的論述，全是針對「哀樂」來說，聲、情關係在此段便結束。而音樂既超然，則哀樂之情從何而來？

> 夫哀心藏於內，欲和聲而後發；和聲無象，而哀心有主。夫以有主之哀心，因乎無象之和聲而後發，其所覺悟，唯哀而已。豈復知「吹萬不同，而使其自己」哉。〈聲無哀樂論〉（頁 248）

哀樂由心之用意在強調「自己」使然，因此亡國之音是否爲亡國之音、鄭聲是否淫侈，審國風能否知盛衰等問題，皆不在音樂，而在人心。「心無措乎是非」的論點與方法，於是導入了「聲無哀樂」的討論。

〈聲無哀樂論〉第二段是第一段的舉例說明，在「心有主」的基礎上說明「不謂哀樂發於聲音，如愛憎之生於賢愚也。」的理由。所謂「無預於內，待物而成」，嵇康認爲人原本不具思齊的心理，見賢思齊，是因爲拿自己與賢者比較的緣故，反之亦然，這種心理反應倚賴著特定對象與比較行爲；但哀樂的發生，不一定需要透過比較，也沒有特定的對象，因此嵇康說這種情緒是「先遘於心，但因和聲，以自顯發」的。但這種情緒可因和聲而發，也可以不因和聲而發，任何時、地、物都有可能引發人類不同的情緒反應，故嵇康稱此情緒反應爲「無常」。

　　音樂確能「感人心」，但心卻往往應之以「無常」，故欲透過音樂感動「和心」發為「和氣」，便需先透過對「無常」的撥遮，這個撥遮的功夫，便是「心無措乎是非」。

　　故〈聲無哀樂論〉第三段便提出了「音聲有自然之和，而無係於人情」的說法。在第二段中嵇康以人心為主，此段則改由音樂出發，強調音樂的自然之和，恰與人心的無常形成強烈對比。試圖由正反兩面否定論難者的立場，但此段卻似乎出現了問題。

　　「哀樂之情，必形于聲音」是此段論述的假設，秦客認為聲音自當有哀樂，但闇者不能識之，只有像鍾子期這一類人，能正確分辨聲音所含的感情。音樂固有自然之和的本質，但此自然之和卻不是淚水、汗水一般的自然物質。此例引發的最大問題是：音樂是否為自然物質？音樂若為自然物質，則「自然之和」便不具任何超越意義，若音樂不為自然物質，便等於同意了秦客「聲音自當有哀樂，但闇者不能識之」的看法。於是「自然之和」成為聲音是否為自然物質的討論，聲、情關係成為「聲無哀樂」的主角，而嵇康於首段將音樂超然的用意亦被模糊掉了。但這豈是「聲無哀樂」的用意？牟宗三雖在首段點出「和聲當身之純美」的價值，但後來卻在聲、情關係上，否定了整個〈聲無哀樂論〉，影響所及，連曾春海在其評論〈聲無哀樂論〉時，都以聲、情關係為開場白：

> 中國自古以來，常將藝術，特別是音樂，與人主觀的情感聯繫在一起。……嵇康首先針對儒家視音樂為表現哀樂的觀點，明確的提出「聲無哀樂」這一辯題。〔註87〕

聲、情關係或許是個值得探討的問題，但從首段的立意可知，嵇康提出「聲無哀樂」是為強調「心」的作用，而不在重新定義聲、情關係。故為避免以錯誤的觀點，討論嵇康錯誤的定義，自當不能以聲、情關係全然的否定「聲無哀樂」的價值。

　　〈聲無哀樂論〉第四段，嵇康開始以「聲無哀樂」檢視傳說中的

〔註87〕曾春海：《竹林玄學的典範——嵇康》，台北萬卷樓，2000年，頁200。

音樂神話，並一一加以反駁。其結論爲「心之與聲，明爲二物」。但因前段之故，以致用音樂爲自然物質觀點來看，此段無疑擴大了之前的錯誤，但試看嵇康此段的結論：

> 然則心之與聲，明爲二物。二物之誠然，則求情者不留觀
> 於形貌，揆心者不借聽於聲音也。〈聲無哀樂論〉（頁 269）

楊祖漢的一段話正好可爲此結論作註解：

> 「心無措乎是非」就是不執著任何特定的標準或立場，更
> 不可把任何特定的標準或立場絕對化。〔註88〕

兩者的意義是相通的，嵇康的用意，在於透過化解觀點與立場的絕對性，突顯自我意識在審美過程中的影響力，也因爲觀點與立場的建構與絕對化，都與自我意識有關，才使「心無措乎是非」的理論與功夫得藉以發揮。這樣的詮釋，符合嵇康的邏輯方法，亦與「聲無哀樂」的立意緊密結合。

2、「和之所感，莫不自發」

　　第五段擴大了第三段的錯誤。然嵇康在結論時堅定的態度，則顯露了他「過激」的人格特質：

> 聲之與心，殊塗異軌，不相經緯，焉得染太和於歡感、綴
> 虛名於哀樂哉？〈聲無哀樂論〉（頁 277）

「聲無哀樂」在躁靜、哀樂問題上恐怕是無解的，而嵇康略顯激動的口吻，應是「強辯」多於「詭辯」。然推究嵇康論述的重心，仍不脫離突顯「心」之作用的企圖。

　　第六段謂「和之所感，莫不自發」：

> 理弦高堂，而歡感並用者，直至和之發滯導情，故令外物
> 所感，得自盡耳。……其所以會之，皆自有由，……聽和
> 聲而流涕者，斯非和之所感，莫不自發也？〈聲無哀樂論〉
> （頁 280～281）

哀樂情緒是「無常」，而自然之和則爲「有常」，無常與有常原本不同，

〔註88〕楊祖漢：〈從嵇康的自然到郭象的獨化〉，《中國哲學史》，空中大學，1995 年，頁 648。

於是有了「聲無哀樂」的看法。嵇康突顯了音樂的不變，與對應之情的萬變，所以在第七段近一步說明透過「無常」認識音樂，無法達到「至和」的境界。以此說認識「聲無哀樂」並不困難，然而此說卻存在一個極大問題：前面說嵇康提出「聲無哀樂」是爲強調「心」的作用，但心在這裡卻成爲無常，是無法達到「至和」的關鍵，這樣不是矛盾了嗎？

參看第〈聲無哀樂論〉第八段，對「心」尚有著這麼一段敘述：

> 和心足於內，和氣見於外；故歌以敘志，儛以宣情；……播之以八音，感之以太和；導其神氣，養而就之；迎其性情，致而明之；使心與理相順，氣與聲相應；合乎會通，以濟其美。〈聲無哀樂論〉（頁 286）

心在這裡成爲「和心」，但是哀樂情緒與「和心」的關係，嵇康卻沒有近一步的說明，不過唐君毅將之分爲兩層次的看法，正好爲嵇康做了最好的注解。「和聲」感「和心」非單向作用，而是交互作用。聲音本具「自然之和」，然非「和心」無以體會；而「和心」本爲人所本有，可賴「和聲」予以感發，兩者是相輔相成的「共濟」關係。

由自我修養推展至「移風易俗」，嵇康更強調此「心」的作用，音樂雖可感人心志，但心志卻易隨音樂恣意而不能自己。嵇康認爲先王用樂，及放鄭聲之意正在克制這樣的弊病：

> 夫聲音和比，人情所不能已者也。是以古人知情不可放，故抑其所遁；知欲之不可絕，故自以爲致。故爲可奉之禮，致可導之樂。……若夫鄭聲，是聲音之致妙。妙音感人，由美色惑志……自非致人，孰能御之？先王恐天下流而不反，故具其八音，……使樂而不淫。由大羹不和，不極勻藥之味也。……心感於和，風俗壹成，……淫之與正同乎心，雅鄭之體，亦足以觀矣。〈聲無哀樂論〉（頁 287～288）

以這一段引文，比較「心無錯乎是非」的原文：

> 夫稱君子者，心無措乎是非，而行不違乎道者也。何以言之？夫氣淨神虛者，心不存乎矜尚；體亮心達者，情不繫

乎所欲。〈釋私論〉（頁 297～298）

「知情不可放，故抑其所遁；知欲之不可絕，故自以爲致。」不正是「情不繫乎所欲」；而「淫之與正同乎心，雅鄭之體，亦足以觀」不正爲「心不存乎矜尙」嗎？「無措乎是非」之心便是「和心」。和心與和聲「互濟」，完成音樂養生的理論基礎與實踐方法。

以此結論觀察〈答難養生論〉及〈琴賦〉中有關音樂與養生的諸條引文：

> 實公無所服御，而至百八十，豈非鼓琴和其心哉？〈答難養生論〉（頁 212）

> 余少好音聲，長而習之。以爲物有盛衰，而此無變；滋味有厭，而此不倦。可以導養神氣，宣和情志，處窮獨而不悶者，莫近於聲音也。若平和者聽之，則怡養悅愉，淑穆玄眞；恬虛樂古，棄世遺身。〈琴賦〉（頁 104）（頁 123）

由上述第二條引文可知，嵇康認爲音樂對人的作用，是有層次的，最初僅使人處窮獨而不悶，再者引發宣和情志，最終能導養神氣，其關鍵則在於心是否「無措乎是非」；而由第一、三條引文則知，符合養生的音樂必須是「聲無哀樂」的音樂，若音樂自有喜怒，何得謂「和」？而人心受哀樂之樂的引導，則或哀或樂，永遠達不到平和的境界。〈聲無哀樂論〉以音樂之「常」爲「鼓琴和其心」提供了理論的依據。荀子的音樂養生觀亦著重於心，二者有何異同？

> 凡姦聲感人而逆氣應之，逆氣成象而亂生焉；正聲感人而順氣應之，順氣成象而治生焉。唱和有應，善惡相象，故君子愼其所去就也。《荀子·樂論》

荀子認爲音樂本身便有正、姦的區別，其好壞決定了對養生的助益或傷害，故人應「愼其所去就」；而嵇康則以爲聲音之體「自若，而無變」，本身不具任何先決條件，其好壞取決於人心是否執著於是非。嵇康的說法，使人的因素由被動變成主動，整體自覺便是「心無措乎是非」的自覺。

從〈養生論〉看「聲無哀樂」，則養生成爲音樂欣賞的前提，必

先使「心無措乎是非」，音樂才得以「怡養悅愉，淑穆玄眞；恬虛樂古，棄世遺身」，「和聲」在這個前提下才有感發「和心」的可能；而以〈聲無哀樂論〉看養生觀，透過對心緒「無常」撥遮，使「自然之和」能感發「和心」，音樂便成爲養生不可或缺的工具。嵇康舉竇公爲例，特別強調竇公是「無所服御」的，意味若具備「和心」具備，縱無所服御，也能透過音樂達到養生的功效。

第七節　恬和淵淡的精神境界

　　嵇康試圖推演人心感受的歷程性和修養以臻內心的平和，無非是爲了要爲個體存在尋企一有效安頓於現實的途徑，即透過對自我的意識探索追尋個己精神境界，余敦康說：

> 自我意識是一個主體範疇，主體如果不以某個客體爲依據，是無法成立的，所以自我意識不能停留於自身，而必須趨向於客體。精神境界是主客合一的產物，自我意識經過一番求索，終於找到了某個客體而安息於其中，這就是精神境界。〔註89〕

嵇康所尋找到的「客體」，就是老莊思想中的自然概念，從中汲取「和」的觀念，作爲精神境界的終極歸趨。關於嵇康的自然觀，前人已多有研究，如湯一介以爲嵇康所謂「自然」，乃指有規律、和諧的統一體，萬物皆覆涵於其中〔註90〕；曾春海從人心的角度探入，以爲任自然即是「因順吾人大公無私的心，那就是源於宇宙大道，與『道』渾然同體，無主客對立無是非分化，好惡判然的虛靜道心」〔註91〕；周大興從自然生命的視角，認爲是一種生活方式與態度。

　　嵇康思想中的自然之內容，乃是指平淡和樂的自然生命。以自然而然無繫不累的方式與態度，以養此一自然而來之生命。培養此種形

〔註89〕余敦康：《魏晉玄學史》，北京大學，2004年，頁310。
〔註90〕湯一介：《郭象與魏晉玄學》，台北谷風，1987年，頁49。
〔註91〕曾春海：《竹林玄學的典範——嵇康》，台北萬卷樓，2000年，頁68。

神相濟、既不傷生也不縱欲的「自然生命」乃成爲嵇康超越名教世界的最終目的〔註92〕。

（一）「沖靜自然，淵淡體道」——與山水共遊的生命情調

　　嵇康對現實俗務、虛僞禮法有著深深的厭惡，他嚮往純樸恬淡、閑適自得的生活。也就是順著其「越名任心」、「見素抱樸，內不愧於心，外不負俗」的人生抉擇而來，是一種不受禮義約束的自然眞心。「眞者，所以受於天也，自然不可易也。故聖人法天貴眞，不拘於俗。」《莊子・漁父》如此「法天貴眞」的本性，成爲生活之準則、詩文之內核，而使詩文中呈現出自由閑適的情懷與物我爲一的精神，使「身心得到暫時的超脫與昇華的生命情調再現於筆端。」〔註93〕

　　在〈與山巨源絕交書〉中他說他喜歡遊山澤、觀鳥魚、抱琴行吟、弋釣草野，對那些人情世俗的雜事他都無法忍受，所以他總是遠離人群、擁抱自然。在他許多的詩中則會發現，對於自然有著深深的眷戀，並且反應一種審美的心境。

　　　　南淩長阜，北屬清渠。仰落驚鴻，俯引淵魚，盤遊於田，
　　　　其樂只且。〈兄秀才公穆入軍贈詩其十〉（頁13）

　　　　輕車迅邁，息彼長林。春木載榮，布葉垂陰。〈兄秀才公穆
　　　　入軍贈詩其十二〉（頁14）

　　　　浩浩洪流，帶我邦畿；萋萋綠林，奮榮揚暉。魚龍瀺灂，
　　　　山鳥群飛。駕言遊之，日夕忘歸。〈兄秀才公穆入軍贈詩其
　　　　十三〉（頁15）

這些景物的描寫，寫來清清淡淡，沒有艱澀的字眼，也沒有華美的詞句，與他所追求的恬淡生活一般，樸實無華。呈現在人眼前的是一個原原本本的景象，這個景象，不是小庭小院，一園一景，而是一個看

〔註92〕周大興：〈越名教而任自然——嵇康《釋私論》的道德超越論〉《鵝
　　　　湖月刊》第17卷第5期（1991年11月），頁34。
〔註93〕皮元珍：《嵇康論》，湖南人民，2000年3月，頁265。

不盡盡頭的廣大天地。所以阜是長阜、林是長林，仰見天空山鳥群飛，俯看流水魚龍悠游，俯仰之間，山鳥與魚龍都遠去不見蹤影了。從宏觀的視角展現了宏觀的境界，如此遼闊的世界，人的心胸何嘗不會跟著敞放開來，所以他將心中那久結纏綿的憤悱壘塊，化成嘯聲，向天地傾訴出所有的悶氣。

> 習習谷風，吹我素琴。咬咬黃鳥，顧儔弄音。感寤馳情，思我所欽。心之憂矣，永嘯長吟。〈兄秀才公穆入軍贈詩其十二〉（頁 13）

> 泆泆白雲，順風而回；淵淵綠水，盈坎而頹。乘流遙邁，息躬蘭隈。杖策答諸，納之素懷。長嘯清原，惟以告哀。〈四言詩其七〉（頁 91）

面對輕飄的白雲，深邃的綠水，如此悠然的環境，忍不住引起詩人向大自然傾吐那不被俗人所理解的懷抱。最後以一聲長嘯，劃過寂靜的原野，以傾洩自己的哀傷。嘯，對鬱結的心胸是一種解放，但有時嘯也是心境曠放的表現。如〈四言詩之一〉：「淡淡流水，淪胥而逝，汎汎柏舟，載浮載滯。微嘯清風，鼓檝容裔。」不管是一吐心中鬱悶，或是心曠神怡的表現，長嘯時那份滿腔的真情，都是對自然天地的一種回應。

嵇康寫景的自然詩，讓人感受到大地中欣欣向榮，蓬勃發展的生命力，以及恬靜純美，充滿喜悅的無盡樂趣。這些欣欣向榮的景象，讓嵇康「日夕忘歸」、「其樂只且」暢遊於原野之中，或者「感寤馳情」、「納之素懷」傾洩自己所有的懷抱。當嵇康悉心感受和領悟大自然所賜予無限的真純和淨美時，生命獲得無比的自由與樂趣，呈現人與自然交融渾合的審美意境。

有些即以「自然」一詞，直接指向此境界：

> 流俗難寤，逐物不還。至人遠鑒，歸之自然。萬物為一，四海同宅。與彼共之，予何所惜。〈兄秀才公穆入軍贈詩其十八〉（頁 18）

多念世間人，夙駕咸驅馳。沖靜得自然，榮華何足爲。〈述
志詩其一〉（頁32）

蕭蕭苓風，分生江湄。卻背華林，俯沂丹坻。含陽吐英，
履霜不衰。嗟我殊觀，百卉俱腓。心之憂矣，孰識玄機。〈四
言詩其五〉（頁90）

此首詩呈現兩種景象，一是飄著苓香，樹林繁茂，花朵開放的紅色小
洲；一是百草都已乾枯凋零的景觀。大自然是非常奧妙，同樣是在秋
殺的季節裡，卻呈現欣欣向榮與死寂蕭條如此極端對比的景象。在大
自然的世界裡，充滿許多的可能，它蘊含著生，亦蘊含著死；它蘊含
著隆盛，亦蘊含著衰敗。生、死、隆盛、衰敗並不是一種絕對的法則，
而是一種自然而然的流轉，大自然在生、死、隆盛、衰敗有著四時的
輪替，有著生生不息的力量。以此反觀人的自身，若要超脫生、死、
隆盛、衰敗，則須體現大自然中「道」的妙理，以達精神與天地共遊
的逍遙境界。

　　於登山臨水之際，體悟到自然無爲的境界，亦是體悟到美的最高
界，故對山水景物的欣賞，目的不在其本身，而是在於領略其中的妙
趣，將審美的意識提昇到對天地之道的體悟。所以人與自然不是相對
的而是相融的，也就是王國維所言的「無我之境」。如嵇康〈四言詩
十一首之一〉：

　　淡淡流水，淪胥而逝；汎汎柏舟，載浮載滯。微嘯清風，
　　鼓檝容裔。放櫂投竿，優游卒歲。（頁87）

淡淡的流水，相率流淌而去，飄流於水面上的柏舟，隨著流水，半浮
半沉走走停停。輕輕地吹出長嘯，讓嘯聲隨著清風飛揚，然後放掉槳
兒投下釣竿，優游閑適地度過歲月。如此逍遙自在的情景，清新淡遠
的意境，沒有直接表露或抒發某種情感思想，而是如實地白描出汎舟
垂釣的自然之景，但卻通過這些客觀的描寫，表達出詩人的思想、情
感。如前所述，「垂釣」不只是一種休閒的行爲，而是含有追求自適
自得、自性自然的意義，而「微嘯」則是對天地的一種回應。而這些

行為與動作，對於嵇康來說，並不是一種刻意的行為，是面對山水景物所引發的一種自然而然。人與自然融為一體，即是一種「無我之境」的優美。

從嵇康的詩中可以發現，嵇康除了深受老莊之學的影響外，對道教的神仙思想亦有嚮往。如「含道獨往，棄智遺身。寂乎無累，何求於人？長寄靈丘，怡志養神。」不但追求老莊的自然之道，拋棄智慮把自身遺忘，且希望永久寄住靈丘仙山，調養精神延年益壽。謝大寧在《歷史的嵇康與玄學的嵇康》一書中提到，「嵇康在完成老莊之學真正回歸的同時，揚棄了道教作為一個神格性宗教的路向，而轉成以人格實踐為主的人文性宗教，從而嵇康也將這一由道教轉來的宗教意識，創造性地賦予老莊之學。這樣一個玄學的嵇康，他所強調的是自然是具體的人格實踐，以求一自在自足的主體自身。這一實踐境界，嵇康名之曰「自然」」〔註94〕。而這個自然境界，並非偶然得來，須經一番修養工夫才能達到此一境界。

羅宗強所言：「嵇康的意義，就在於他把莊子的理想人生境界人間化了，把它從純哲學的境界，變為一種實有的境界，把它從道的境界，變成詩的境界。」〔註95〕當此人格實踐於生活上時，正是嵇康所嚮往的淡泊樸野，悠閑自得的生活。而其慕好天地萬物自然美的無限心懷，以及「沖靜得自然」、「淵淡體至道」與道相契融和的深度，可說是此一精神境界的見證。

（二）「手揮五弦，遊心太玄」──自然與音樂的融和

嵇康不僅追求超世獨步與自然結合的人格理想，對於音樂，也推崇一種超越現實哀樂、與道合一的精神美。「故嵇康在音聲的探求上，一如其養生論，也是超形質而重精神，企圖在音聲自然形質的背後，探尋音聲承自天地自然的超形質本體。」〔註96〕而音聲的本體，嵇康

〔註94〕謝大寧：《歷史的嵇康與玄學的嵇康》，台北文史哲，1997年，頁114。
〔註95〕羅宗強：《玄學與魏晉士人心態》，台北文史哲，1992年，頁112。
〔註96〕徐麗珍：《嵇康的音樂美學》，台北華泰，1997年，頁28。

認爲是承自天地自然的「和」：

　　「音聲有自然之和」

　　「五味萬殊，而大同於美；曲變雖眾，亦大同於和。」

　　「聲音雖有猛靜，猛靜各有一和」

　　「聲音以平和爲體」〈聲無哀樂論〉（頁286、292、294、294）

嵇康在〈聲無哀樂論〉中提到「夫天地合德，萬物資生。寒暑代往，五行以成。故章爲五色，發爲五音。」認爲音聲是出於天地自然而來的。而天地自然之間雖「五才存體，各有所生」〈明膽論〉但仍要「相須以合德」，所以有其和諧之所在。既然音聲出於天地，必然有此特性，自當歸趨宇宙的大和，故以「和」爲樂的本體。

　　在嵇康的養生論中，「和」亦是所追求的理想。文中提及「養之以和」、「體氣和平」、「性氣自和」、「神以默醇，體以和成」，然後達到「以大和爲至樂」的境界。這種「和」超出了由名利、欲望的追求所產生的愛憎、憂喜，並隨順天地自然，無爲自得、與道悠遊。此與「無關於哀樂」、「以和平爲體」的樂有相通之處。欲將人的身心修養復歸於本體，引至和諧自然的境界，通於太和的樂，具有導養的作用，〈養生論〉認爲養生的方法：「蒸以靈芝，潤以醴泉，晞以朝陽，綏以五絃，無爲自得。」把音樂與服食並列作爲養生的一個方面。再如〈琴賦〉的序中亦提到：「可以導養神氣，宣和情至，處窮獨而不悶者，莫近於音聲也。」嵇康認爲音樂本體的「和」是無關哀樂，超越哀樂的，所以經由音樂的導養，可以使人超出種種情感的束縛，超出有限功利的追求，而達到精神上的無限與自由。這種無限與自由，就是「至和」、「太和」、自然無爲、道的境界。在嵇康的詩中，就有多處呈現出音樂與自然之道融和的詩句：

　　琴詩自樂，遠遊可珍。含道獨往，棄智遺身。〈兄秀才公穆
　　入軍贈詩其十七〉（頁18）

　　遺物棄鄙累，逍遙遊太和。結友集靈岳，彈琴登清歌。〈答
　　二郭其二〉（頁71）

操縵清商，遊心大象。〈四言詩其三〉（頁 88）

徘徊戲靈岳，彈琴詠泰眞。〈五言詩其三〉（頁 99）

在和諧的樂音中，拋棄智慮遺忘自身，遺棄外物和世俗的牽累，歌詠宇宙本體的浩浩元氣，逍遙太和、游心大象，用整個身心去體會與道合冥的最高境界。「此種幽微深邈的意境，將主觀的意與客觀之境融爲一體，不僅是老莊思想的極致，也是六朝藝術精神的表徵。」〔註97〕

這種超越具象，展現精神之和的音樂境界，也就是一種道的境界。而人要達到此一境界，莊子認爲必須泯滅物我界線，心齋坐忘，才能歸返自然與道爲一。在嵇康的詩中「目送歸鴻，手揮五弦。俯仰自得，遊心太玄。」可說達到了此種境界。第一、二兩句的描寫拉長了視覺與聽覺上的空間與時間意識，引向無遠弗屆的開闊心境。琴的音樂特色主要是線性的，是一種聲音層面、聽覺上的線型運動。其旋律若斷若續、若有若無，虛實相間的聲音效果產生聽覺上的空間表現，而此種表現正反映出更高層面的空間意識，這種意識即是對「道」體驗的反映〔註98〕。在虛實之間，證入虛空，領悟道的無限與廣漠。「手揮五弦」所代表的就是這種悠遠的意境。在琴聲所引領的情境之下，「目送歸鴻」的行爲則有了不可言傳的意蘊，王士禎《古於夫亭雜錄》稱其「妙在象外」。當視覺展向遙遠的天際，所關注到的焦點不是一個定點不動的物體，而是展翅飛行的鴻鳥，隨著鴻鳥的移動，除了感受到空間的逐漸開闊外，也意識到了時間的流動，因爲任何一個動作的指向，必須經過時間來完成。所以「目送歸鴻」雖然直接刺激人的空間感知，但其實已把空間沒入時間的洪流之中。這種時間意識同樣地在「手揮五弦」中也可以感受得到。前已提到琴的音樂特色是線性的，是一種聽覺上的線型運動，那種悠長的意味，正是建立在時間流動上的聲音藝術。所以「目送歸鴻，手揮五弦」不但拉長了視

〔註97〕張蕙慧：《嵇康音樂美學思想探究》，台北文津，1997 年，頁 88。

〔註98〕葉明媚：《古琴音樂藝術》，台灣商務，1991 年，頁 18。

覺與聽覺上的空間，也使人沒入了時間之中。

　　這種境界不再是以個人的角度來觀看時間與空間，而是從宇宙的宏觀角度來審視時空，將生命回歸宇宙的永恆之中，使生命與自然、琴聲融爲一體。而音樂爲何能證入時空，可藉由曾田力在《音樂生命的沉醉》中的一段話加以解釋：

> 音樂上的時間能改變節奏的韻律，空間能改變旋律的形態。就是說音樂可以因時間和空間而獲得人化了的存在形態。這樣，音樂就包括了屬於這個世界的基本範疇的時間和空間。時間空間是世界的本體構成，是宇宙的本體構成，同時也是人活動的本體構成。換言之，人類的精神借助音樂完成了自己的超越，因爲音樂可以還原爲和諧的音律和節奏的韻律，空間爲和諧所吸收，時間爲韻律所吸收，這樣一來音樂就是在自由的內部吸收並保存著時間空間的一種現象，人類的精神在承受這種音樂的時候，自然就會超越時空，在這個意義上，世界就包括在音樂裡面，音樂就以這樣的時空顯示了世界也顯示了自己。〔註99〕

音樂的時空不是一種具象的存在，它無法目視，只能以聽覺感受。如何聆聽音樂，才能借由音樂超越自己、淨化自己、完成自己，這就回到前面所論述的「無聽之以耳而聽之以心，無聽之以心而聽之以氣！」《莊子‧人間世》，「使心與理相順，氣與聲相應；合乎會通，以濟其美。」〈聲無哀樂論〉消除音樂對象與審美主體的對立情況，而產生一種融於一氣的和諧關係，如此才能領悟到所謂的「天籟」、「和聲」。

　　人如何能契入於道？人如何能逍遙自在？莊子言：「心齋坐忘」，而「心齋坐忘」的前提，必須先不心齋坐忘。也就是說必須先有執著的過程，才能談放下。當人逍遙自在時，無物不逍遙自在，所以當人尚未入道之前，物物皆不逍遙。也就是有此不逍遙，才會有所謂的「心齋坐忘」。所以人尚未入道之前，琴技也尚未入道，就如庖丁解牛，尚未悟道之前，與一般庖丁的技術無異；但經每次解牛每次的用心思

〔註99〕曾田力：《音樂生命的沉醉》，北京大學，1994年，頁173。

考,終於技術出神入化而契於道。從技術的訓練當中,可以刺激道的
思考;從道的思考當中,可以輔助技術的精進,所以技術,與悟道是
同時進行並互相扶持以精進的。這也就是爲什麼嵇康認爲琴樂有「導
養神氣,宣和情志」的養生功能。

由莊子「天籟」與「技進於道」的思想與嵇康「和聲」與琴技養
生的思想相比擬之後,則可以發現,嵇康所追求的音樂之美,是落實
在主體境界的實踐上,唯有透過主體的實踐,才能使心與音樂的自然
和諧相結合。

皮元珍在《嵇康論》中,對於嵇康的詩有一段如此的論述:

> 嵇康的詩作,寫景狀物,獨標眞素,不以富麗精工爲宗,
> 而以清麗淡遠見長。正如《莊子·天地》所說的那樣:「夫
> 虛靜、恬淡、寂寞無爲者,天地之平,而道德之至。」因
> 而,嵇康筆下的景物明淨淡雅,生機勃勃,以此顯露出他
> 文如其人的「清峻」個性。……嵇康有著神清氣爽、特立
> 獨行、不爲物累、高雅脫俗的氣質風度。這襟懷、這氣魄,
> 便使他詩文語言清峻淡遠的神韻油然而生,並與其美的人
> 格相輝映。藝術的境界,既讓心靈和宇宙淨化,又使心靈
> 和宇宙深化。〔註100〕

嵇康的詩作,在其藝術形式上呈現出空靈虛靜的美學風貌,在思想內
容上則表現出其清遠峻切的個性。在其詩中可見對友誼的熱情,對理
想生活的想望,對宇宙俯仰觀照中,體現藝術心靈與自然意象的相結
合。嵇康在文學的世界以及自然的山水裡,突破現實有限的空間,而
得到更爲自由的闡揚,使生命在那個黑暗的時代能猶如明月的光輝照
亮幽暗的夜,讓生命從污濁的現實中達到審美的境界。

〈四言詩十一首其一〉亦出現了此恬和淵淡的超越之境:

> 淡淡流水,淪胥而逝,汎汎柏舟,載浮載滯。微嘯清風,
> 鼓檝容裔,放櫂投竿,優游卒歲。(頁87)

這是又一個閑逸,甚至慵懶的情景:水在流,卻以「淡淡」和「逝」

〔註100〕皮元珍:《嵇康論》,湖南人民,2000年,頁294。

寫其不競不迫，信其所之；舟在漂，卻以「汎汎」和「載浮載滯」寫
其無所歸向，任流而往；人在「鼓枻」，卻以「微嘯」、「容裔」、「放
櫂」和「投竿」展現其蕭散和無所用心。此處的淡淡之水、汎汎之舟
和優游之人，惟以郭象注《莊子・外物》「心有天遊」句中「遊」字
的兩個字「不係」解之〔註 101〕，才最為得體。在淡淡的水、汎汎的
舟、清清的風、微微的嘯詠，和優游從容的投竿之間，有一疏朗的空
間，無可言說的韻律蕩漾其中。而投竿垂釣裡，並無狂喜，卻曠然無
憂，「優游卒歲」，任憑生命在逝水一樣的時光裡延續。類似的意境又
見於以下諸篇：

> 藻氾蘭沚，和聲激朗。操縵清商，游心大象。傾昧修身，
> 惠音遺響。鍾期不存，我志誰賞。〈四言詩其三〉（頁 88）

> 斂弦散思，游釣九淵。重流千仞，或餌者懸。猗與莊老，
> 棲遲永年。寔惟龍化，蕩志浩然。〈四言詩其四〉（頁 89）

> 泆泆白雲，順風而回。淵淵綠水，盈坎而頹。乘流遙邁，
> 自躬蘭隈，杖策答諸，納之素懷。長嘯清原，惟以告哀。〈四
> 言詩其七〉（頁 90）

這三首詩皆寫到水畔一處幽美的所在：「藻氾」、「蘭沚」、「九淵」、「重
流」，以及乘流而至的「蘭隈」。嵇康這些四言詩自《詩經》、《楚辭》
徵用大量成句，他該記得：「俟（氾）」、「沚」在〈秦風・蒹葭〉中是
「道阻且右」的伊人之所在；在曹植〈雜詩・南國有佳人〉中是美人
孤獨之所居；而「洲」在《九歌・湘夫人》中則是採芳以遺遠的地方。
現在這些過往令情思縈繞的所在變成了精神的憩園，因為水又是人親
近「道」的地方，「淡淡流水，淪胥而逝」，「淵淵綠水，盈坎而頹」
云云，不正隱寓了《老子》論道所謂「吾不知其名，強字之曰道，強
為之名曰大，大曰逝」，「譬道之在天下，猶川谷之於江海」嗎？正如
美國學者艾蘭（Sarah Allan）所說：「在《老子》和《莊子》中，『道』
觀念不僅以溪流及其水道為模式，而且也以水自身及其種種表現形式

〔註 101〕陳鼓應註譯：《莊子今註今譯》，台灣商務，1975 年，頁 129。

為模式。」〔註 102〕正是在以老、莊為師的哲人兼詩人的嵇康這裡，中國文化詩意的玄思和玄化的詩意完全會通在一起。

　　總的說來詩的情調是恬和而非歡快，第一篇中雖然也有「激朗」的樂聲，並終以「鍾期不存」的感嘆，但都應化解於「游心大象」和「傾昧修身」夷曠超然的氛圍中。第三篇是答友詩，結句的「惟以告哀」應與友人贈詩的內容有關。然「洗洗白雲」和「淵淵綠水」寫盡一片「素懷」，以「長嘯清原」而「告哀」，哀是淡淡的，因為嘯「一音足以究清和之極」。〔註 103〕第二篇中以「斂弦」、「散思」、「游釣」、和「棲遲」已寫出一派散淡的生命狀態。而「寔惟龍化」更以《莊子·天運》的典故將此從莊老之道的人生歸為「合而成體，散而成章，乘雲氣而養陰陽」〔註 104〕。

　　這三篇中詩中說話人在此精神憩園裏「操縵」、「斂弦」、「長嘯」和「游釣」。音樂和垂釣都是任時間延宕而盡情享受生命。藉由音樂，說話人「游心」於「大象」，即「入於寥天一」〔註 105〕，「精神四達並游，無所不極，上際於天，下蟠於地」〔註 106〕，暢遊於天人相契的無限境域。或由垂釣，說話人引喻出《莊子》中〈刻意〉、〈秋水〉、〈田子方〉、〈漁父〉諸篇就藪澤、處閑曠，彰顯無為的釣叟：「其釣莫釣，非持其釣而有釣者也。」〔註 107〕而對「大道」的了悟，又是在濡染於江湖之水的日常經驗中自在地完成的〔註 108〕。

〔註 102〕Sarah Allan, *The Way of Water and Sprouts of Virtue* (Albany: State University of New York Press, 1997), p. 67.
〔註 103〕桓玄：〈與袁宜都書論嘯〉，《全晉文》卷 119（《全上古三代秦漢三國六朝文》第三冊），頁 2142。
〔註 104〕陳鼓應註譯：《莊子今註今譯》，台灣商務，1975 年，頁 129。
〔註 105〕陳鼓應註譯：《莊子今註今譯》，台灣商務，1975 年，頁 126。
〔註 106〕陳鼓應註譯：《莊子今註今譯》，台灣商務，1975 年，頁 241。
〔註 107〕陳鼓應註譯：《莊子今註今譯》，台灣商務，1975 年，頁 314。
〔註 108〕Kirill Ole Thompson, "What Is the Reason of Failure or Success? The Fishman's Song Goes Deep into the River': Fishman in the *Zhuangzi*", in *Wandering at Ease in the Zhuangzi*, ed. Roger T. Ames (Albany: State University of New York, 1998), pp. 15～34.

　　這些作品在意象、取境、情調和題旨上非常相似。首先，這些詩的情調是優游平和而舒緩從容。此處既無悲愁，亦無狂喜、歡快，而只有夷曠與恬和。其次，這些詩篇都凸現了代表詩人自我的說話人在此疏朗、曠遠而寧靜的天地間一個「姿勢」——垂釣、撫琴，或嘯詠，這些「姿勢」皆彰顯生命的意義並非任何追逐，而只是「息」、「游」或逍遙，自在地任時間延宕去盡情享受生命本身。詩從題旨到文字間處處透顯莊、老的人生之道。這種「姿勢」，是自玄學才性派對區別於「德性我」、「認知我」的「情意我」（aesthetic self）玩賞、品鑒態度中生出，是對「情意我」反身的自我觀賞。〔註 109〕復次，這些詩的焦點都落在「息」、「游」或逍遙的那一片伸向虛靈的空間。這已不是遊仙的那個凌駕於人間之上的世界，而是平向的、一片幽靜或曠遠的山水，常常是在能體認老莊之道的水畔。其中的意象以「平皋」、「長川」、「清風」、「淡淡流水」、「汎汎柏舟」、「泆泆白雲」、「淵淵綠水」、「習習谷風」等等，烘托出散淡、疏朗、安詳的氛圍。倘以嵇詩的語言說，則是「朱紫雖玄黃，太素貴無色。淵淡體至道，色化同消息」。此以「淵淡」體認的「至道」，即心與大化流衍融溶合一的無限空靈境域。

〔註109〕勞思光：《新編中國哲學史》，台北三民，1996 年，頁 146。

第七章 太康詩人遊仙主題──
陸機郭璞的理性與眞情

　　陸機的詩，寄寓在邀遊中的情感，常是隨物而感興，但卻隱然存在某些共通性。最常出現的是「傷時悼逝」之情。它們或臨川而興，或見塋墓而生，也或者因林木而發；其次則是「遊子思歸」之情。不過，當詩人描述景物時，情感卻沒有放得很濃，因而還能呈現景物自身的美感。如果從空間的選取來看，除了由吳赴洛途中所作的詩，是沿途觸目而發之外，都具有某種典範的意味。如寫山，即寫太山、梁甫；寫水，則是黃河、大川；寫都城，則爲長安、洛陽；都是最具代表性的空間形象。而北闕山陵的丘墓，亦和「葬於郭北，北首，求諸幽之道」的喪葬習俗相應。至於林渚、幽谷的敘寫，則是運用並置的意象群，努力塑造出──種典型的特質，如「春林」的「和風」、「柔條」、「鳴鳩」、「倉庚」。這些詩文中的意象書寫，正透露出陸機個性中「志在功業」「步履典範」的人格特質〔註1〕。

〔註1〕 林文月：《中古文學論叢・陸機的擬古詩》，台北大安，1989 年，頁158。

第一節　志在功業、步趨典範

（一）生命的隱喻空間：〈羽扇賦〉

　　陸機〈羽扇賦〉是一篇獨特的象喻性文本。這篇賦隱喻了陸機的現實遭遇及其相應環境下產生的文化心態、政治意圖。它的形式結構隱喻了南北文化的隔閡，而賦中的章華台是陸機士族心態的托喻文本，陸機借饒有趣味的結尾隱晦地吐露了自己的政治意圖。但在西晉門閥制度下，陸機的政治理想終究無法得到實現。

　　陸機〈羽扇賦〉，錄之如下：〔註2〕

　　　　昔楚襄王會於章臺之上，山西與河右諸侯在焉，大夫宋玉唐勒侍，皆操白鶴之羽以為扇，諸侯掩麈尾而笑，襄王不悅，宋玉趨而進曰：「敢問諸侯何笑」，「昔者武王玄覽，造扇於前，而五明安眾，庶繁於後，各有託於方圓，盡受則於箑甫，舍茲器而不用，顧奚取於鳥羽」，宋玉曰：「夫創始者恆樸，而飭終者必研，是故烹飪起於熱石，玉輅基於椎輪，安眾方而氣散，五明圓而風煩，未若茲羽之為麗，固體俊而用鮮。彼凌霄之偉鳥，播鮮輝之輕藹，隱九皋以鳳鳴，游芳田而龍見，醜靈龜而遠期，超長年而久眄。累懷璧於美羽，挫千歲乎一箭。委曲體以受制，奏雙翅而為扇。則其布翮也，差洪細、秩長短、稠不逼、稀不簡，於是鏤巨獸之齒，裁奇木之幹。憲靈樸於造化，審貞則而妙觀。移圓根於正體，因天秩乎舊貫。鳥不能別其是非，人莫敢分其真贗。翩姍姍以微振，風飄飄以垂婉。妙自然以為言，故不積而能散。其執手也安，其應物也誠，其招風也利，其播氣也平。混貴賤而一節，風無往而不清。」諸侯曰：「善。」宋玉遂言曰：「伊茲羽之駿敏，似南箕之啟扉，垂皓曜之奕奕，含鮮風之微微，襄王仰而拊節，諸侯伏而引非，皆委麈尾於楚庭，執鳥羽而言歸，屬唐勒而為

〔註2〕張溥：《漢魏六朝百三名家集》，台中松柏，1964年，陸機作品皆引此書，僅於文後標頁碼，不另加註。

之辭曰：「伊鮮禽之令羽，夫何翩翩與眇眇，反寒暑於一掌
之末，迴八風乎六翮之杪。」

太康十年，陸機兄弟經過十年的潛心苦讀，決定北附洛陽，投奔當時
的西晉朝廷。儘管此時他們的身份是亡國之臣，但兄弟二人的士族情
結卻並無衰減。與東吳故舊的贈答，對父祖勳業的緬懷和對江東故土
的眷戀，構成了陸機詩賦創作的主要題材。他的文學從內到外滲透著
貴族情調，具有典型的貴遊性質。這篇〈羽扇賦〉所展現的已經不僅
僅限於個人的才華，而是巧妙地把政治抱負、文化心態、個人情性隱
喻其中。

南北隔閡在陸機及其周圍東南士族群體的唱和文字中表現得十
分強烈。一方面，陸機自矜於家族的榮耀，耽溺在江東首望的士族情
結中，「初陸機兄弟志氣高爽，自以吳之名家，初入洛，不推中國人
士」《晉書·張華傳》，對於中原著姓的奚落嘲諷每每反唇相譏；另一
方面，由於戰勝者心理上的優越感，中土閥閱很難從內心去眞正接受
江東士族群體。「貉奴」、「輕險」等是北方士族用來形容南人時常用
的字眼。所以，陸機此賦從形式上來說，其實便暗含了三組對立關係：
五明扇、安眾扇與羽扇的對立；山西河右諸侯與宋玉、唐勒的對立；
北方聖君舜帝、周武王與楚襄王的對立。這三條對立關係又可以「南
北隔閡」以概之。

爲了能更清楚地展現這種對立，茲列表如下：

北　　方	南　　方
舜、周武王	楚王
五明扇、安眾扇	羽扇
山西河右諸侯	宋玉、唐勒

上表所反映的對立關係是客觀存在，它基於兩方面原因：1.中原
著姓以戰勝者的姿態無視戰敗者的士族地位，小覷江東文化的特殊價
值，甚至惡意詆毀東南士族的祖輩。2.陸機性格過於張揚，以亡國之
身北附洛陽，卻不知收斂，高調行事，露才揚己，自然會招致不滿和

詆毀，甚至是嫉妒陷害。《晉書‧陸機傳》〔註3〕中記錄了兩個非常著名的故事：

> 詣王濟，濟指羊酪謂機曰：「卿吳中何以敵此？」答云：「千里蓴羹，未下鹽豉。」時人以爲名對。
> 張華薦之諸公。范陽盧志於眾中問機曰：「陸遜、陸抗於君近遠？」機曰：「如君於盧毓、盧珽。」志默然。既起，雲謂機曰：「殊邦遐遠，容不相悉，何至於此。」機曰：「我祖父名播四海，寧不知邪？」

第一條材料中的王濟出身顯赫的太原王氏，他認爲吳中沒有可與中原羊酪相媲美的美味，陸機則反唇相譏，以故鄉千里湖的蓴菜羹勿須著鹽，便滋味爽口爲回應。第二則材料中的盧志公然於人前不避陸機父祖名諱，這在世習儒術的陸機看來自然不能容忍，陸機也以其人之道還治其人之身。可見，雖然以前朝舊臣的身份出仕敵國，但北上後的陸機卻「未嘗一日低顏色」，總是高調地回應來自中原世家大族對於家門聲望的質疑。他借〈羽扇賦〉中的三重對立關係將南北當時的隔閡隱喻其中，頗費才思。這種文化上的隔閡醞釀了陸機北上後的複雜心態：一方面他想建功立業，以紹複家聲，故先後依附賈謐、趙王倫、成都王穎等勢力集團；另一方面，陸氏兄弟始終未能釋然自己的江東首望身份，內心的士族情結反倒在中土著姓的猜忌、嫉恨、陷害過程中被激蕩日新。

然而聯繫陸機北上後的心態及其行爲，結合上文對於〈羽扇賦〉中出現的對立關係來看，華容縣章華台更符合陸機當時的心境。因爲，楚靈王不惜花費大量人工物力來修建章華台，不僅僅是爲了滿足個人的悠遊放縱的欲望，更重要地是要炫耀國家財富，與其僭越問鼎的行爲是一致的。所以，「章華台之會」成爲了南方勢力擴張、北方勢力緊縮的一個政治隱喻，在此處兼具了政治與文化的雙重內涵。它

〔註3〕 唐房玄齡撰、楊家駱編：《新校本晉書並附編六種》，台北鼎文，1976年，第二冊列傳第二十四，頁1472～1473。

象徵著以楚國爲代表的南方文化欲與中原文明相抗衡的趨勢，至少在陸機心裡，楚靈王執政時期的楚國是具備這種抗衡的潛質的。

　　陸機此賦以章華台之會作爲對問發生的場景。表面看僅僅是爲「羽扇」正名，實則借之以暗喻的是東南名門的士族心態。首先，章華台建造於楚國中興之時，陸機借之以表家族昔日的昌盛繁榮。「詠世德之駿烈，詠先人之清芬」是陸機詩賦創作的慣常題材。「我公承軌，高風肅邁。明德繼體，徽音奕世」〈吳大司馬陸公誄〉勝讚祖輩的德行勳業，「伊我公之秀武，思無幽而弗昶。形鮮烈而懷霜，澤溫惠乎挾纊。收希世之洪捷，固山谷而爲量」〈祖德賦〉，盛讚東吳人才之盛等，都體現出陸機對於自己家族乃至整個東南士族群體的矜尙。其次，結合陸機北上後的處境來看，他用楚靈王在章華台宴會諸侯的事典，其用意蓋在於向司馬政權及其僚屬表明，亡國的東吳士人在政治事功、軍事、文化等方面的造詣絲毫不輸於戰勝國的中原士族。陸雲曾寫信給陸典：「吳國初祚，雄俊尤盛，今日雖衰，未皆下華夏也。」〈與陸典書〉這的確是當時的實情。西晉由於特殊的政治體制，一等高門如琅琊王氏、潁川荀氏、太原王氏等不需要憑藉才華進階仕途，他們追求的是身名俱泰的生活體驗，耽於清談以邀風雅，作風極其奢侈糜爛，很少有擅長文學者。當時北方文壇盛稱的「三張兩潘一左」，沒有一位出自累世公卿的世家大族；與之形成強烈對照的是，北上的江東士族群體人才輩出。二陸兄弟自不待言，張翰因夢吳中蓴羹，命駕而返，頗有淡泊瀟灑的名士風度。正是基於這樣的現實，陸機借助章華台之會的政治內涵向中土著姓表明，江東文脈不獨特盛於昔日，於今未曾衰絕。所以，「章華台」實際從今昔兩個方面隱喻了陸機的士族心態。

　　而陸機〈羽扇賦〉的結尾十分特別。「襄王仰而拊節，諸侯伏而引非。皆委塵尾於楚庭，執鳥羽而言歸」，將這樣一個場面刻畫作爲賦的尾聲，可算作陸機的獨創，顯然是別附深衷。但問題是，五明、安眾二扇在中原人心中的正統地位相當穩固，一方面它是堯舜武周以

來創業垂統的執政脈絡的一個縮影；另一方面，五明扇、安眾扇規矩方圓，體現著禮法尊嚴，而羽扇形制不整，在北方士族眼中不能和五明、安眾二扇媲美，顧之無益。而陸機分別從鳥羽之靈、羽扇構造之奇和功用之備三個角度進行渲染，層層推進，著力突出羽扇的自然殊姿，長短合度，粗細均勻和稠密適中，複將巨齒奇木以佐其鮮麗之質，更能表現羽扇內秀外美兼而有之的特性。從實用的角度來看，「其執手也安，其應物也誠，其招風也利，其播氣也平」，羽扇所納之風不像安眾扇、五明扇那樣或失於散、或過於煩，而是以習習清風，爲人驅除溽熱；同時，由於毛羽的潔白和形制的奇特，亦可以娛人眼目。通過這樣一番審慎嚴密且妙語連珠的論辯，便足以得出羽扇勝於五明、安眾扇的結論。

但陸機並未滿足於此，他欲借北人之道以還北人之身。賦中山西河右諸侯手揮的麈尾，是當時北方清談盛行的一個象徵。手持「麈尾」耽於清談的山西河右諸侯卻沒有注意到羽扇的自然淑姿，反倒是不以清談爲是的陸機借宋玉之口指出了羽扇勝於五明、安眾二扇的實質在於它的「自然」。表現在兩點：一方面在製作工藝上，羽扇依自然鳥羽之形狀而造，盡可能地保留鳥羽天然之姿；相比之下，五明扇、安眾扇規矩方圓，是以徹底改變、征服自然爲代價創造出來的，只能睹其人工，未能察其物美，故略輸羽扇一籌；另一方面，在實際功用上，五明扇招風過散，安眾扇引風太煩，不敵羽扇「反寒暑於一掌之末，迴八風乎六翮之杪」的妙用，其所致之風氣息平和，清靜自然，遠勝過五明、安眾二扇。這樣以來，便形成了一個強烈的反諷。陸機借「麈尾」「自然」的對倒，既維護了羽扇及其所代表的江東士族的尊嚴，又戳穿了北地士族虛僞猥瑣的內心。

結合以上的分析，它隱喻著陸機兩個方面的政治期待：1.借表彰羽扇之機回應中土士族的挑釁和惡意的貶損；2.羽扇其實已經成了江東文化的象徵，它內修外美的形制和解暑納涼的價值正是江東俊彥的才性的寫照。他們期待見重朝廷，消除地域隔閡，以合作者的姿態效

力新朝。應該指出，「立功揚名」仍然是西晉大多數士子的人生夙願，只是險惡的政治環境，致使他們不能向建安文人那樣以高亢激昂的姿態去抒發胸中的這種抱負罷了。陸機眼中的「羽扇」已經不再單純地作爲地方風物而存在，〈羽扇賦〉也並非僅僅爲了向中原士族描摹一種新奇的事物，作爲江東文化的縮影，它所承擔的還有東吳士族的鄉土情結和政治抱負。

（二）功名路上的南方意識

不同的空間場景，可視作詩人所設定的不同符碼，透過這些符碼的書寫，可以進一步閱讀詩人的心靈世界。

陸機詩中最具代表性的空間書寫是「志業空間」，這是他的本色所在。建功立業，聲聞久遠，一直是他的人生指引，所以他積極的參與，這些空間中的身影，就清晰地勾繪出陸機的人生安頓。

表一、陸機詩中的志業空間〔註4〕

類　別		名　稱	相關詩句
志業空間	行役	山谷	靜言幽谷底，長嘯高山岑。〈猛虎行〉
		幽朔城	北遊幽朔城，涼野多險難。〈苦寒行〉
		承明亭	南歸憩永安，北邁頓承明。〈於承明作與弟士龍〉
	居職	承華（門）	羈旅遠遊宦，託身承華側。〈赴洛其二〉 昔與二三子，游息承華南。〈贈馮文羆〉 適值時來運，與子遊承華。〈祖道畢雍孫劉邊仲潘正叔〉 弛厥負擔，振纓承華。〈皇太子宴玄圃宣猷堂有令賦詩〉 遵彼承華，其容灼灼。〈贈馮文羆遷斥丘令二章〉 思媚皇儲，高步承華。〈答賈長淵七章〉
		崇賢（門）	在昔蒙嘉運，矯跡入崇賢。〈吳王郎中時從梁陳作〉 執笏崇賢殿，振纓曾城阿。〈祖道畢雍孫劉邊仲潘正叔〉
		梁陳	夙駕尋清軌，遠遊越梁陳。〈吳王郎中時從梁陳作〉

〔註4〕 李清筠：《時空情境的自我影像──以阮籍、陸機、陶淵明詩爲例》，台北文津，2000年，頁57。

	建禮門	朝遊遊層城，夕息旋直廬。〈贈尚書郎顧彥先〉
	祕閣	潔身躋祕閣，祕閣峻且玄。〈答張士然〉 升降祕閣，我服載暉。〈答賈長淵九章〉
征戰	陰山	驅馬陟陰山，山高馬不前。〈飲馬長城窟行〉
	川湄	昔我西征，扼腕川湄。〈贈弟士龍五章〉

　　由空間書寫的類型來看，比較多篇幅是集中在居職地點的描繪。這和陸機的仕宦生涯，有必然的相關。陸機入洛前，主要的志業表現，是領父軍征西陵，這個經驗被記錄在〈贈弟士龍〉詩中。然而吳國大勢已去，陸機只能「扼腕川湄」。入洛之後，陸機先是被太傅楊駿辟爲祭酒，但可能因爲時間不長，所以詩中沒有提及。楊駿被誅後，陸機受徵爲太子洗馬，這是他功業之途的開始，所以他態度積極，亦不時流露出自豪的神氣。

　　陸機出任太子洗馬一職，前後約三年時間，這段時日的活動，被具體寫入承華（門）、崇賢（門）這兩個空間的描繪中。承華、崇賢均是太子宮門，因而在詩中借代爲太子宮。陸詩中提及承華的次數最多，描述也最詳，彙整起來，就不難讀出陸機的心期。首先他說明了自己的遊宦背景，然後他強調自己是「髦俊」、「多士」，故自幽遐處被延召，得以與諸人共事。入太子宮後。他「居陪華幄」、「出從朱輪」，既有「振纓」之高，又有「撫劍」之豪。這些描述都顯示他的高度認同，因此他以「盡祇肅」來自我要求。至於「崇賢」的敘寫，和「承華」並無不同。

　　三年後，吳王晏出鎮淮南，陸機拜爲郎中令，從而南行，也就是〈吳王郎中時從梁陳作〉所說的「改服就藩臣」。這段時間可能是職務並無太大的發揮空間，所以詩中也只有以「遠遊越梁陳」一句輕輕帶過。不到二年的時間，陸機又北返任尚書中郎，這就是詩中出現「直廬」、「祕閣」等空間的緣故了。所謂直廬。即是直宿之廬，《文選》五臣注引《漢官儀》的說法，謂尚書直更於建禮門，所以表格在空間名稱上就直接以「建禮門」標示，以揭示其尚書中郎的身分。至於祕

閣，則分指「尙書省」和「秘書省」。陸機任尙書郎二年後，又出補著作郎，〈答張士然〉詩中所謂的「秘閣」，即是著作郎居職的「秘書省」。任事秘閣時，他勤於事務，「終期理文案，薄暮不遑眠」可看出他的敬業；而在大雨淫肆，漫流成災後，他的〈贈尙書郎顧彥先〉詩，流露出對桑梓百姓的關心。這就說明了陸機的建功立業，不是全然著眼於自身的聲名、成就，對於家國百姓，他是有強烈使命感的。那麼他又如何而能不敬、不肅、不動呢？《晉書》本傳說他「伏膺儒術，非禮不動」，對照這些描述應可獲得驗證。

　　只要任官，就不免有銜命出使的情形，因而行役也就成了志業空間的另一種面相。表中的前兩首由於是擬作，所敍寫的內容多有承襲前人之處，故而不一定要落實的看。雖然事不必有，但卻無礙於陸機將自己行役的經驗放入，而映射出他對行役一事的態度。無論是否爲實際經驗，三首詩共同呈現了行役的「苦辛」。不僅路途遙遠，同時還充滿著危機，爲了掌握時效，餐風露宿更是尋常景象。在兩首樂府中陸機極力鋪論陳艱辛慘愴的情狀，猛虎、野雀、堅冰、零露，無一不令人心驚，然而卻仍有一批批「遠徂征」的「行役人」往來途中，爲的是什麼？這種空間書寫的手法，讓我們間接體會到及時建功的內驅動力是如何的強大，故能克服這種艱辛，完成「時命」。

　　至於征戰空間，這同樣是一首樂府的擬作，因而我們不將焦點置於特定地點的指陳上，而是著眼於他對戰場空間書寫的側重，和其中所透露的意向。《晉書》本傳載有陸機臨難被收時所說的一段話：「自吳朝傾覆，吾兄弟宗族，蒙國重恩，入侍幃幄，出剖符竹。」足見他文武具全，確有領兵征伐之才。川湄之敗，是大勢的難挽。入洛之後，才能漸顯，成都王輔政時，命陸機參大將軍軍事，以亡國南人之身而獲此重任，確實不易，雖不免遭忌受讒，但也說明了他才能的特出。由〈飲馬長城窟行〉中，我們知道，陸機是深體征戰之苦。「無停軌」、「屢徂遷」的移防中，含藏了多少戰士的苦辛，「冬來秋未反」，說的是時間的久長，「去家以邈綿」，說的是空間的阻隔，那麼爲何要戰呢？

因為「險狁未夷」、「勁虜猶在」，家國安危堪虞，縱令知道有可能「微軀捐」也不回轉。這是一個人對家國的承擔，他的義無反顧正說明了他的認同。這首詩的最後又將征戰沙場的價值，拉回到自我人生的期許，所謂「將遵甘陳跡，收功單于旃。振旅勞歸士，受爵藁街傳」，指向的仍是建功揚名的人生目標。

雖然陸機的目光始終駐留在人世，他也很努力的讓實踐理想的熱情，來平撫胸中的怨懷，但遇到一些特殊的情境時，久抑的情懷仍不免淡淡浮出，表現為欲適空間，傳達了生命底層的另一種聲音。而那個空間，就是「南方」——故鄉。

對於故鄉，陸機始終縈懷不忘。他羈留北地力求表現，除了因為自我的期許，為家族勢力奠基亦是身為士族子弟的他不可旁貸的責任，此外，當亦也有向北人展示南人才具的用意在〔註5〕。從這點來看，陸機的思鄉情懷，有時會化做一股動力，鼓舞他奮勵進取。〈贈從兄車騎〉詩中，他對親人道出了「辛苦誰為心」的宦遊悲情，這種種的辛苦，是糅雜多重感懷，外人極難明白，或許只有背景同源的親人才能領會。「歸塗」之「艱」，除了客觀環境的限制外，也和主觀的選擇有關。「怨慕」二字說的貼切，「不能歸」是「怨」，「欲歸」是「慕」，二者的相糅，正是陸機心中兩個聲音的對話。

在陸機的詩文中，「南方」係指與中原山川遙隔的水土之鄉一吳國，而「吳實龍飛」、「惟南有金」，他始終以東吳世胄之後裔為榮。然而吳臨亡滅，難見欲建「跨州越郡」的功業，政治權力邊陲的故鄉卻不是適宜有志者居留的地方。事業功名的嚮往，遂令「南方」徒然成為陸機後半生精神上一種既甜美又悲辛的浪漫情愫所繫之地；事實上，他的行跡一直與心願背道而馳。於是，故鄉乃成為詩人日夜懸念的美麗的地理空間；「南」字便也成為既美麗又哀愁的字彙，反覆地出現在其詩章裡。

〔註5〕 唐長孺：〈士族的形成和升降〉，《魏晉南北朝史論拾遺》，北京中華，2011年。

　　陸機二十九歲時與弟雲及顧榮入洛，其「與弟清河雲詩十章」序曰：「余弱年夙孤，與弟士龍銜卹喪庭，續忝末緒，會逼王命，墨絰即戎，時並縈髮，悼心告別。」可知陸氏兄弟之北上洛陽，乃逼於王命，非出自本意，有其不得已之苦衷。當時有「赴洛道中二首」其一：

> 總轡登長路，嗚咽辭密親。借問子何之？世網嬰我身。
> 永歎遵北渚，遺思結南津。行行遂已遠，野途曠無人。
> 山澤紛紆餘，林薄杳阡眠。虎嘯深谷底，雞鳴高樹巔。
> 哀風中夜流，孤獸更我前。悲情觸物感，沈思鬱纏綿。
> 佇立望故鄉，顧影悽自憐。（頁 1962）

篇首四句顯示辭別親人心懷悲悽踏上長途之旨。此詩三句以下全在寫離家思鄉的愁緒。自吳地赴洛陽，是由東南而西北行，所渡之水殆指長江而言，故稱「永歎遵北渚，遺思結南津」。對「逼於王命」離鄉別親北上的陸機而言，渡江而北即意味具體的離開本根之所在；但身雖離而心留戀，即所謂心思鬱結於江水的南津──吳郡華亭，寫出當時處境的無可奈何。其後的十句，藉沿途見聞的景象，以充滿寂寞、悲哀、不安、恐懼的多種感情，道出詩人去家漸行漸遠，前赴曾經是吳國仇敵之地一晉京的心境。對二十九歲的陸機言之，一種前途未卜的緊張感，亦可能成為增加他對於自己生長之地更為依戀不忍離開的因素；所以詩末「佇立望故鄉，顧影悽自憐」，從江水的北岸南望，向故鄉投以最後一瞥，自然難免於淒涼孤獨之嘆息了。

　　至於「赴太子洗馬時作詩」蓋為陸機至洛陽後二年，即三十一歲徵為太子洗馬時所作。不過，全篇仍在追敘自吳赴洛所見之景物與所興之情緒，與「赴洛道中作二首」之一極近似，可以合讀印證：

> 希世無高符。營道無烈心。靖端肅有命。假檝越江潭。親友贈予邁。揮淚廣川陰。撫膺解攜手。永歎結遺音。無迹有所匿。寂寞聲必沈。肆目眇不及。緬然若雙潛。南望泣玄渚。北邁涉長林。谷風拂脩薄。油雲翳高岑。疊疊孤獸騁。嚶嚶思鳥吟。感物戀堂室。離思一何深。佇立慨我歎。寤寐涕盈衿。惜無懷歸志。辛苦誰為心。（頁 1961～1962）

起首二句道盡了亡國遺臣的悲哀。三句以下是追憶當初去鄉別親友、北上赴洛陽的情景。其情其景，與前引「赴洛道中作二首」之一完全一致。「南望泣玄渚，北邁涉長林」即類前詩中的「永歎遵北渚，遺思結南津」，都在寫既渡江之後，眷戀回顧南方吳國的悲苦心情，故二詩中所出現的兩個「南」字，所指的地理空間皆是其故鄉—吳郡華亭。至於末二句「惜無懷歸志，辛苦誰爲心」，則是指己身既已仕晉，乃不得有懷歸之自由，此種羈旅辛苦之心，誰堪任之？於是亡國者無奈之情迴盪其間矣。

這種身嬰世網、遠遊宦而有家歸不得的悲嘆，遂構成陸機入洛後許多詩文的主調。對於「南方」的不斷回顧，一者固然是思鄉思親情切，再者也呈現出南人北上之際的地域觀念。

大約在入洛數年後，陸氏兄弟加入了賈謐的文學集團「二十四友」。贈詩第四章中稱「南吳伊何，僭號稱王」，陸機答詩云：

> 爰茲有魏。即宮天邑。吳實龍飛。劉亦岳立。干戈載揚。
> 俎豆載戢。民勞師興。國玩凱入。〈答賈謐〉（頁 1955）

贈詩以「僭號」抑之，機答以三國鼎立之史實，並以「吳實龍飛」抗之，頗見針鋒相對，不以亡國遺臣屈居人下之傲骨。至於贈詩末章，潘岳代賈謐頌讚陸機個人的才華之餘，仍不免於地域之見，以「在南稱柑，度北則橙。崇子鋒穎，不頹不崩」勉之。此係沿用淮南子：「江南橘，樹之江北而化爲橙」典故，陸機以南人北上仕晉，故引木以爲誠。對此，陸機答詩則云：

> 惟漢有木，曾不踰境。惟南有金，萬邦作詠。民之胥好，
> 狷狂屬聖。儀刑在昔，予聞子命。〈答賈謐〉（頁 1956）

毛詩「大賂南金」。木度北而變質，故不可以踰境，惟金百鍊而不銷，故萬邦作詠。贈詩誠之以木，答詩自勗以金，來往之間，頗見攻守。這種對於自己根源之土地的肯定與懸念，復又以父祖爲吳國重臣，乃成爲陸機以身爲亡國遺臣赴中原，而始終以南方爲榮，並且形諸篇章爲基調的原因所在。

　　永寧元年陸機四十一歲時，趙王倫失勢見殺，陸機幸賴吳王晏、成都王穎救理而倖免於死。有一首「園葵詩」以象徵筆調言及其事：

種葵北園中，葵生鬱萋萋。朝榮東北傾，夕穎西南晞。零露垂鮮澤，朗月耀其輝。時逝柔風戢，歲暮商焱飛。曾雲無溫液，嚴霜有凝威。幸蒙高墉德，玄景蔭素蕤。豐條並春盛，落葉後秋衰。慶彼晚彫福，忘此孤生悲。（頁1956）

被移植於北園中的葵，居然萋萋鬱成。顯然首二句是作者自況：以南方之士而移居來北，但朝夕霜露，節候變故，時往事易，如葵之在北園；陸機處北士，亦不免於周遭政治風暴的侵襲。詩中道盡了亂世死裡逃生的悲辛與恐懼，雖云當時許多士人亦捲入此政治危機與恐怖中，而以陸機特殊的出身背景，其漂泊不安，或者有更深一層的感慨。

　　其後，因感恩而入成都王穎幕下，獲見重而參大將軍軍事。事實上，陸機入中原之後，以此時期爲最得志，但以吳人仕晉而統帥二十餘萬大軍，麾下的中原人士心有不甘是可以預料，在眾人的讒言之下，成都王穎終於大怒，使牽秀收殺陸機。陸機脫去戎服，著白帢，從容赴死，對牽秀曰：「自吳朝傾覆，吾兄弟宗族蒙國重恩，入侍帷幄，出剖符竹。成都命吾以重任，辭不獲已。今日受誅，豈非命也！」又嘆道：「華亭鶴唳，豈可復聞乎！」遂遇害於軍中，時年四十三，正是生命如日中天之壯歲。

　　陸機以一介南士北上，在權勢的沟湧潮流中浮況飄盪，他詩章裡的「南方」，終究只能停留於文字上的懸念，遇害軍中之際乃恍然慨嘆：「華亭鶴唳，豈可復聞乎！」陸機非不敏悟，但對於功名事業，畢竟多一份眷戀；南方之故鄉雖寤寐不忘，究非成大功立大業之場所，致留居中原，身陷權力爭鬥之中心，終於遇害他鄉。如此看來，命運還是自我抉擇的結果，並非全不可抗拒的超然巨大力量。

　　這樣一個十足人間化的人，寫起遊仙經歷時，當然是不雜憂思。從他敘寫內容可以發現，那不過是人間宴樂的仙境版，熱熱鬧鬧的像一場場嘉年華會。和鋪寫自然情景，選用典型物象並置的手法相同，

陸機的遊仙詩，則邀來各路神仙：王子、韓眾、瑤臺女、湘川娥、太容、洪崖，都是當時仙說的代表性人物，他們齊聚於崑崙的曾城，然後再輕舉高颺至日浴處的湯谷，這些描述都非常的典型，但也因而失掉了個人化的獨特之美。熱鬧豐繁令人目不暇給，但呈現出來的內容，卻非常的普遍，缺乏個人獨具的視野，聯繫他「束身奉古」的創作傾向來看，則呈現了一貫的特質。如在〈前緩聲歌〉詩末，歡慶悅樂的餘音未歇，陸機頓時由仙境返回人世，高唱「垂慶惠皇家」。他的功業之心，在此仍然可以窺探而得。

第二節　緣情綺靡、以理制情

陸機經歷過護國保衛之戰，經歷過父兄相繼死亡，對於生死的悲切，感受似乎特別強烈，其詩文中不乏以死為主題的作品。如〈歎逝賦〉云：

> 伊天地之運流，紛升降而相襲。日望空以駿驅，節循虛而警立。嗟人生之短期，孰長年之能執！時飄忽其不再，老晼晚其將及。怨瓊藻之無徵，恨朝霞之難挹。望崵谷以企予，惜此景之屢戢。悲夫，川閱水以成川，水滔滔而日度，世閱人而為世，人冉冉而行暮。人何世而弗新，世何人之能故。（頁 1891）

又〈大暮賦·序〉：

> 夫死生是得失之大者，故樂莫甚焉，哀莫深焉。使死而有知乎，安知其不知生？如遂無知耶，又何生之足戀？（頁 1893）

「生死」是人生一件大事，生不足樂，死亦不足憂。假使死而有知，又哪裡知死不如生呢？若死後無知，又何足戀生呢？陸機試圖以「理性思考」來消釋對生的依戀，對死的恐懼。

（一）傷逝視角下的遊仙之情

詩人受到外界事物的刺激而興起各種情感，進而為文創作，或是為了作詩而寓情於景，此乃文學創作的動機，同時也是方法。「陸氏

在國破家亡之後，不敢大膽地抒寫哀痛之思而是從天道中尋找寄託，試圖以理性排遣感情」〔註6〕，因此詩歌中表露的情感總是含蓄而蘊藉，而陸機其實是趁機歡唱高歌卻更深入的道出人生塞促：

> 逝矣經天日，悲哉帶地川。寸陰無停晷，尺波豈徒旋？年往信勁矢，時來亮急弦。遠期鮮克及，盈數固希全。容華夙夜零，體澤坐自捐。茲物苟難停，吾壽安得延。俛仰逝將過，倏忽幾何間。慷慨亦焉訴，天道良自然。但恨功名薄，竹帛無所宣。迨及歲末暮，長歌乘我閒。（頁1943）

詩人以太陽、河流、箭矢等意象起首，比喻匆匆時光的一往不返，容顏體態隨著時光漫漫衰老，細數過去但感悲哀。「前之去者，俯仰已過；後之來者，倏忽幾何！此乃天道之常，夫復何恨！所恨者冉冉老至，功名不利耳。」唯有趁著有生之年放聲高歌、聊以自慰，「當陸機的個體功名失落後，他選擇了用天道自然『遷逝』來消弭痛苦，卻促發了他強烈的生命意識。」〔註7〕

　　由於詩人顛簸的際遇、飄泊無依的人生，使其面對時空中的自然景物時，往往生發短暫不可得的傷感情緒，同時也藉此抒發對於宇宙天地的探問。隨著韶光過往的美好，徒剩的只有傷悲；陸機因景而生的歎逝之情，善於體察自然界中的景色事物，明瞭其與時遷化的特色，使得自然界中的萬象不再僅是客觀的存在之物，反而成爲詩人寄寓並抒發當下心境的象徵。與此同時更顯現出一種對於宇宙生命意識的體悟，讓身處不同時空的人們可以有共鳴交感的機會：

> 在人情與自然物象的牽引激盪中完成詩歌的創造表現，而詩歌借助山水景物所架構出的美感世界能再度激發讀者的想像、讓讀者再度經驗詩人所描繪的意境，進而體悟人生萬物的存在的本質意義。〔註8〕

〔註6〕　錢志熙：《魏晉詩歌藝術原論》（修訂本），北京大學，2005年，頁207。

〔註7〕　李劍清：〈陸機的天道疏離感〉，《洛陽師範學院學報》，2007年第三期，頁82～84。

〔註8〕　蔡英俊：《比興、物色與情景交融》，台北大安，1986年，頁236。

陸機擅於將自然之景化為典雅意象入詩，藉以表明美好時光終會成為過往雲煙，自然景物會隨著季節不斷輪替更迭，人的存在與時間卻不可能重新來過，經由今昔對比的過程中，除了感嘆時空的推移之外，更多的是思考生命出處可能，遊仙是其中的一種方式。

　　魏晉是玄學蓬勃發展的時期，談玄論道的清談風氣蔚為潮流，文人為了能於高壓險惡的社會環境中生存，紛紛以老、莊等道家學說作為逃避現實與安頓心靈的手段和方式，連帶使得詩歌在創作上也染上了求仙隱遁的風氣，因此「魏晉是遊仙詩創作勃興和遊仙精神高揚的時代」〔註9〕，遊仙詩堪為反映魏晉時期特有氛圍之表徵，王國瓔於此有過闡述：

> 悲哀歲月易逝，慨嘆生命無常，是魏、晉詩人吟詠求仙意
> 圖的情感根據。但是他們對神仙的企幕，對長生的嚮往，
> 並不局限於希求自然長生命的延長，以抗拒死亡的威脅；
> 更重要的是，企圖寄懷於超越時空、無往而不自得的神仙
> 境界，以使從人生的苦悶中逃離出來，逍遙遊心於塵外，
> 得到大解脫。因此，魏、晉詩篇中求仙的吟詠，可說始終
> 不離老、莊思想的範疇，是一種對個人生命存在的自覺，
> 也是一種追求心靈逍遙自適的表露。〔註10〕

建安時期曹氏父子是首先以遊仙作為詩題的開創者，有不少遊歷仙境冀求逍遙之作；至正始時期嵇、阮二人寄託懷抱於遊仙詩中，開變體之先河。而西晉文人則擅將矛盾的仕隱心態融攝於傳統遊仙題材中〔註11〕，呈顯出當時特殊的文人處境，使此時的遊仙詩不再只是單純之翱翔仙境；「除了直接以人間名山勝地為仙境所在之外，西晉遊仙詩也常呈現仙景和人間山水合流的現象」〔註12〕，展露出仙境人間化的特色，為遊仙詩增添了人性血肉的現實氣息，不再只是虛無飄渺的

〔註 9〕 張宏：《秦漢魏晉遊仙詩的淵源流變略論・中文摘要》，北京宗教文
　　　　 化，2009 年，頁 3。
〔註10〕 王國瓔：《中國山水詩研究》，北京中華，2007 年，頁 65。
〔註11〕 王文進：《仕隱與中國文學——六朝篇》，台灣書店，1999 年，頁 75。
〔註12〕 張鈞莉：《六朝遊仙詩研究》，台北花木蘭文化，2008 年，頁 111。

幻想之作。

　　縱觀陸機的出身背景與畢生作爲，可算標準傳統的儒家之士，雖曾言「求僊鮮克僊，太虛不可凌」此等否定求仙之說，卻也是當時談玄論道的能手，寫過幾首浪漫飄逸的遊仙詩賦。其辭賦中〈列僊賦〉、〈凌霄賦〉皆爲超然逍遙、不爲羈累的遊仙之作；樂府雖有〈駕言出北闕行〉的理性寫實，卻也有〈前緩聲歌〉、〈東武吟行〉等求仙神遊之詩；除可視爲單純模擬古題樂府之作，亦能反應詩人企求生命不爲桎梏束縛的心境。而〈東武吟行〉即是蘊含傷逝意味的遊仙之作：

> 投跡短世間，高步長升闈。濯髮冒雲冠，洗身被羽衣。饑
> 從韓眾餐，寒就佚女棲。（頁 1947）

郝立權認爲「此詩蓋歎榮樂之難常，託爲神仙，以寄其意也。」〔註13〕雖只簡短的六句，卻充分表現詩人欲求長生逍遙的心情。首句點題說明希望成仙的原因，人生在世猶如白駒過隙般短暫，故應大步邁向長生不死之門；囿於現實時空而興生命短暫之感，往往是歷代創作遊仙詩的重要動機〔註14〕。接著以四句對偶敘述求仙的過程，沐浴淨身後戴雲帽穿羽衣，隨韓眾服食藥餌、跟隨神女棲息瑤臺。詩中並未有過多的情思曲折，單純抒發因人生蹇促、盛衰無常而起的尋仙之想，感歎生命苦短而起的遊仙詩作；配以作者命運多舛的人生際遇，更能領略詩中欲從現世解脫的傷逝之感。

　　魏晉文人盛行以求仙論道來緩解現實生活之桎梏，而飲酒饗宴更是六朝文人不可或缺的生活模式，「因爲飲酒是爲了增加生命的密度，是爲了享樂，所以漢末以來，酒色遊宴是尋常連稱的。」〔註15〕因此飲酒不但具有深層的文化內涵，也成爲了當時熱門的創作題材。

〔註13〕陸機著郝立權注：《陸士衡詩注》卷二，頁 33～34。收於《魏晉五家詩注》，台北世界，2009 年。

〔註14〕李豐楙：〈六朝道教與遊仙詩的發展〉，收於《憂與遊：六朝隋唐遊仙詩論文集》，台北學生，1996 年，頁 27。

〔註15〕王瑤：〈文人與酒〉，收於《中古文學史論》，北京大學，2008 年，頁 126。

誠如古詩十九首所言:「服食求神仙,多爲藥所誤。不如飲美酒,被服紈與素。」藉酒澆愁畢竟較貼近於日常生活;三國時的曹操即言:「對酒當歌,人生幾何」、「何以解憂,唯有杜康」酒精可以讓人從現實生活中的苦悶,獲得暫時的解脫與寬慰。然而一個時代的飲酒風氣越盛,可能意味背後有越強大的生存壓力,迫使人們產生逃避的心態。陸機身處的西晉即爲君主昏庸、政局黑暗的時期,因此「晉人多言飲酒有至於沈醉者,此未必意眞在於酒。蓋時方艱難,人各懼禍,惟託於醉,可以粗遠世故。」﹝註16﹞正始時期的阮籍、嵇康等人飲酒是爲了避禍以全身,而陸機的樂府舊題〈飲酒樂〉則承繼了建安風格:

飲酒須飲多,人生能幾何?百年須受樂,莫厭管弦歌。(頁1949)

主旨雖與曹操〈短歌行〉相同,皆因人生苦短而興飲酒作樂之意,然曹詩以天下蒼生爲己任:而陸詩格局和篇幅相對較小,短短四句說理意味濃厚,勸說之餘也抒發人生的愁苦憂悶。無論是遊仙還是飲酒,俱爲文人從現實壓力中暫時逃離的手段,亦反映出當時沈重的社會現實壓力,陸機遊仙與飲酒詩中說理成分濃厚,而在議論同時,「以理抒情」更成爲其特色。古題樂府〈秋胡行〉敘述的本爲秋胡戲妻之事﹝註17﹞,詩人不循原意反而透過單純的說理感歎人生與命運:

道雖一致,塗有萬端。吉凶紛藹,休咎之源。人鮮知命,命未易觀。生亦何惜,功名所歎。(頁1941)

天道自然雖有一定的規律,但人事變化卻是萬般多舛,吉凶禍福彼此互倚相生,人生在世不僅天命難知,個人的命運亦無法掌握。對陸機而言,生命的最終價值根基於名垂青史之上,因此最後依舊以其慣用的功名觀作結。全詩先對比自然天道與個人命運,再抒發人生苦短而功業難成的鬱悶傷逝之情,議論天理命運的背後蘊涵著詩人獨自的哀

﹝註16﹞ 葉夢得:《石林詩話》,卷下,收於〔清〕何文煥輯:《歷代詩話》,頁434～435。

﹝註17﹞ 葛洪:《西京雜記・兩秋胡曾參毛遂》,台北廣文,1981年,卷六,頁77。

歡。由上述幾首遊仙、飲酒與說理詩中觀察,均可從詩人的創作動機,也就是對現實生活的不滿與憂慮,感受到人生窘迫而壯志未酬的傷感:因此在遊仙、飲酒乃至說理的過程中,並未能真正感受到詩人的灑脫自在,反而益加突顯了內心的不甘與焦灼。

　　詩人雖常藉由對天道的論述與闡發,試圖消釋在人生際遇上的各種起伏劫難,卻始終未能臻至瀟灑之境,坦然豁達的接受宇宙循環之理,因此詩中仍透露著哀愁憂慮之情。在〈與弟清河雲〉十章中多抒對弟雲的思念,而其第七首卻充斥著悲觀哀傷的氛圍,亦可從中見到陸機對於現實人生的失望與落寞:

> 天步多艱,性命難誓。常懼隕斃,孤魂殊裔。存不阜物,
> 沒不增壤。
> 生若朝風,死猶絕景。視彼浮游,方之僑客。眷此黃廬,
> 譬之斃宅。
> 匪身是客,亮會伊惜。其惜伊何,言紆其思。其思伊何,
> 悲彼曠載。(頁1957)

全篇幾乎以說理方式構成,就此抒發對於天道多舛之艱辛,以及思念手足之心意。國家運勢多難如同個人際遇之蹇促,接連以孤魂、朝風、浮游、僑客等意象說明生命的短暫孤獨與飄泊無依,死後身軀復歸黃土無須眷戀;然而現今最掛念的還是自己別離數載的手足至親。通過議論天道和談論生死,表達對現實的失望和生命的憂恐,在生死轉瞬之間的世道;心中惦記著親弟的相思之情,使得虛浮短暫人生有了可以寄託盼望之對象,綿長的手足之情在歲月悄然無聲流淌中更顯可貴,以說理方式強化了情感表達。詩人藉由遊仙飲酒的過程配以說理解悟天道,在在揭示詩人欲從現實生活之壓迫與焦慮中解放的心境,王枚說:

> 生命的憂患感和遷逝之悲在好作玄思的晉人那裡提昇到對宇宙自然之道的探尋。晉人所關注的是人的本質存在,以及生命如何找到更有效的存在方式,所以晉人鄙視對世俗悲歡的過分關懷,而是將自我生命融入宇宙造化的精神之

中，尋獲回歸的至樂，他們在詩中所詠唱的也是這種心情。
〔註18〕

然而遊仙終有歸返之際、酒醉亦有醒轉之時，如同生命存在於天道循環中的輪轉，當詩人從歡樂的詩境中回到現實，即須繼續面對當下與未來的困境磨難，然其探究宇宙真理的精神，卻也爲消釋生命憂患與遷逝之悲提供了對應之道，反映出西晉文人特有的性格與詩歌風格。

（二）挽歌中的死亡議題

吳承學〈漢魏六朝挽歌考論〉指出：「部份文人所作的挽歌，在形式上，雖然也屬於樂府，但可能逐漸脫離與音樂的密切關係，在內容上則逐漸遠離或虛化挽歌原來的應用功能，成爲寄託自己情思的體式。它們不是對於某一特定死者的哀挽，而是對於整個人生與命運的嘆息。」〔註19〕

人的一生是從出生到死亡的過程，海德格說：「死亡所意指的結束意味著的不是此在的存在到頭，而是這一存在者的一種向終結存在。」〔註20〕當人來到世上的同時即被拋進時間之流中，在所處時空中存在著，無時無刻都向死亡的終結前行。死亡意味著永遠的失去與別離，既然人都難免一死，對於亡者的安頓和生者的撫慰，便成爲重要的課題。陸機云：「夫死生是得失之大者，故樂莫甚焉，哀莫深焉。」坦承無諱的表達對生的執著以及死的恐懼，最爲濃烈而直接的歡逝情感，當屬對於已故親友的追憶緬懷，「儒家所注重的是如何安頓生者的情感和表示對死者的悼念，其所循的徑路是以理性地表達人之情感的禮儀來宣洩喪亡的哀傷。」〔註21〕而挽歌則爲專門抒發對亡者哀挽之意的詩體。

〔註18〕王玫：《六朝山水詩史》，天津人民，1996年，頁294。
〔註19〕王利器：《顏氏家訓集解》，（北京：中華書局，1993年），頁65。
〔註20〕馬丁‧海德格著、王慶節、陳嘉映譯：《存在與時間》，（台北：桂冠圖書公司，1994年），頁332。
〔註21〕康韻梅：《中國古代死亡觀之探究》，（台北：台大出版社，1994年），頁229。

　　挽歌在中國行之久矣，早在春秋時期即作爲送葬的歌曲，具有強列的實用性；到了漢代則有〈蒿里〉等樂府古辭傳世，表達對人生短促跟死者訣別的哀嘆。而至以悲爲美的魏晉時期，更是盛行寫作挽歌的階段，於創作型態上亦有所轉變。繆襲首先以〈挽歌〉爲題名，而「挽歌詩之創作發展到太康時期，已不再是純粹的『悼往告哀』，而是透過『挽歌』這一與死亡有關的詩題來抒發己意，表達自己對死亡的看法，對生命本身意義的關注與對死亡之時的曠達態度，表現出此一時期文人生命意識的自覺。」〔註22〕陸機以挽歌爲題的樂府雖只三首，一般亦多認爲乃模擬前人之仿作，然若由體制與內容上詳加探究，實爲西晉太康時期的重要代表。第一首：

> 卜擇考休貞，嘉命咸在茲。鳳駕警徒御，結轡頓重基。龍帿被廣柳，前驅矯輕旗。殯宮何嘈嘈，哀響沸中闈。中闈且勿喧，聽我薤露詩。死生各異倫，祖載當有時。舍爵兩楹位，啓殯進靈轜。飲餞觴莫舉，出宿歸無期。帷衽曠遺影，棟宇與子辭。周親咸犇湊，友朋自遠來。翼翼飛輕軒，駸駸策素騏。案轡遵長薄，送子長夜臺。呼子子不聞，泣子子不知。歎息重襯側，念我疇昔時。三秋猶足收，萬世安可思。殉沒身易亡，殺子非所能。含言言哽咽，揮涕涕流離。（頁 1942）

此詩大致可分爲三個部分，開篇極力描摹出殯前後的情景作爲背景，先從經過占卜選定的墓地開始寫起，莊嚴肅穆的送葬隊伍一早就出發在山道上前進，畫著龍的幃幔蓋在棺蓋上；領路者舉著死者姓名的幡旗走在前頭，不論靈堂內外都傳出家屬悲慟的哭泣聲。接著開始進入正文，繼續描述喪禮的行進，營造出哀淒的氛圍場面；最後則以第二人稱對話的方式，欲呼喚死者卻不得回應，讓人更加直接而強烈感受生死訣別的悲傷，以生者寫死者之情倍感哀淒。接著又將視角轉換到第三人稱，從旁觀者角度敘寫：

〔註22〕檀晶：《西晉太康詩歌研究》，（北京：中國社會科學出版社，2009 年），頁 192。

> 流離親友思，惆悵神不泰。素驂佇轜軒，玄駟騖飛蓋。哀
> 鳴興殯宮，迴遲悲野外。魂輿寂無響，但見冠與帶。備物
> 象平生，長旌誰為旆。悲風徽行軌，傾雲結流靄。振策指
> 靈丘，駕言從此逝。（頁 1942）

第二首以「流離」接續前首。望著死者的衣冠之車卻不得再見其人，只有風的悲鳴伴著送葬隊伍，通過送葬途中的耳目感官，使人深切體會永無再見之日的哀痛，經由對送葬過程景物的描寫，渲染死亡的哀淒氛圍。最後一首則突破慣例，以第一人稱「我」代死者立言，顏之推：「挽歌辭者，或云古者〈虞殯〉之歌，或云出自田橫之客，皆為生者悼往告哀之意。陸平原多為死人自歎之言，詩格既無此例，又乖製作本意。」[註23]突破挽歌以往專為死者哀悼的體制，反而代死者立言，先敘述墳墓坐落之處的情景，再以死者口吻親自展開孤獨而哀傷的歎息：

> 重阜何崔嵬，玄廬竄其間。磅礴立四極，穹隆放蒼天。側
> 聽陰溝涌，臥觀天井懸。廣宵何寥廓，大暮安可晨。人往
> 有返歲，我行無歸年。昔居四民宅，今託萬鬼鄰。昔為七
> 尺軀，今成灰與塵。金玉素所佩，鴻毛今不振。豐肌饗螻
> 蟻，妍姿永夷泯。壽堂延魑魅，虛無自相賓。螻蟻爾何怨，
> 魑魅我何親。拊心痛荼毒，永歎莫為陳。（頁 1943）

墓地隱身於群山疊巘間，仿效蒼天與大地的形式，四周下垂中間隆起；在墓中既可聽見江河奔流之聲，也能仰望黑夜中的星斗，獨自一人的漫漫長夜再也等不到早晨的來臨。人都有返家歸鄉之時，而我卻再無回去機會，從前住在屋子裡，如今只能與鬼為鄰，昔日七尺之軀現今只剩黃土。如此「生者與死者的敘述角度轉換使得對死亡的體悟有著更強的普遍意義。」[註24]以親自娓娓道來的方式，突顯今昔對

[註23] 王利器集解：《顏氏家訓集解》（增補本），北京中華，2010 年，頁 285。

[註24] 王力：〈從《挽歌》看陸機的死亡觀〉，《陰山學刊》第 22 卷第 6 期，2009 年 12 月，頁 38～42。

比之間的天人永隔，也訴說死者無盡孤獨哀凄之意。

　　陸機將以往哀悼死者的挽歌轉化爲自挽，把自己對於死亡的深切感受鎔鑄於詩歌當中，使其不僅具有哀挽亡者的性質，更呈顯出作者面對死亡的觀感與體悟，「自挽是一個活著的自我對死去的自我的哀悼與祭奠，是現在的自我對於將來的自我的紀念，這在身分上與時間上都具有某種荒誕性。」〔註25〕詩人不僅在文體上有所創新，更在詩中藉由對話的方式，突顯出對生的依戀和對死的畏懼。而至東晉陶淵明的〈擬挽歌辭三首〉就不再爲死者代言，更直接地表達自己對於死亡的看法：「有生必有死，早終非命促」、「死去何所道，託體同山河」有別於陸機對死亡的憂恐跟焦慮，以達觀知命的態度面對人生終點，並進一步擺脫形式題材上限制，開展出挽歌的新風貌。

　　陸機對死亡的關注終點即是「死亡」本身，對死亡的探究並未觸及更遠的時空，因此他的詩文裡，活體生命的虛幻形式——靈魂，昇華形式——神仙，都未能成爲他對於生命的期待。陸機筆下的「死亡」並不牽涉靈魂的問題，即便是假託死者之言敘墳中感受的言語，也並非靈魂的泣訴，反倒像是在講述另一種生命狀態與感受。三首詩中雖出現了「鬼」、「魑魅」等詞，但其意識卻相當的淡薄，而很少有其內涵上的指向性，他將死亡視爲生命的終結，卻並不是靈魂出現的開始。

　　陸機對死亡的態度是傾向於無神論，他以理性的眼光看待死亡，又以感性的心靈測度死亡。面對死亡他困惑而無奈，「死生各異倫，祖載當有時」、「三秋猶足收，萬世安可思」、「殉沒身易亡，救子非所能」；但他清醒地看到死亡帶來的阻隔，「魂輿寂無響，但見冠與帶」；而詩（三）中寫到的死者安寢之狀尤爲動人心魄，「昔居四民宅，今託萬鬼鄰」、「壽堂延魑魅，虛無自相賓」，這是生者對死者處境的描述和想像，但也可視爲死者自身的感受，這巨大的孤獨感分明不僅屬於死者，也是生者對死亡的一種思索。

〔註25〕吳承學：〈漢魏六朝俛歌考論〉，《文學評論》第三期，2002 年，頁59～68。

　　對於個體生命死亡的「必朽」迫使人們，或是鼓勵人們追尋精神上的「不朽」，這種對於不朽的追求被極致放大時，則成為一般人熟悉的三不朽：立德、立功、立言。大多數人們在生命必朽的覺悟與精神不朽的渴望之間徘徊，一種精緻的構思保證了人人皆得以不朽：喪葬儀式。儀式中死亡衝擊與集體追思二者結合，保證了自我生命將存在於群體記憶之中。儀式的延續保證了個人不朽得以暫時性地存在，儘管這個「暫時」在時間浪潮下迅速消解。

　　對「生」的眷戀一直是前兩首挽歌的主題。諷刺的是，陸機卻在最後以理性全盤推翻了對死亡世界的完美想像，更對生命不朽的追求潑了一盆大大的冷水。看穿了鋪蓋死亡恐懼而編織出來的謊言，所謂死後世界、聲名不朽，不過僅是生者逃避正視死亡而尋求的庇護與安慰，對於死者而言根本不具有任何意義。值得注意的是，挽歌中「大暮安可晨」對於死後世界的否定，體驗到人人僅有「一生」的思想模式，也恰巧反應在當時的道教經典《太平經》中：〔註26〕

> 夫人死者乃盡滅，盡成灰土，將不復見。今人居天地之間，從天地開闢以來，人人各一生，不得再生也。《太平經合校》卷90

> 生為有生氣，見天地日月星宿之明，亡死者當復知有天明時乎？窈冥之中，何有明時？《太平經合校》卷114

《太平經》中強調人僅有「一生」的觀念，固然旨在為了符合經中的教義宗旨，為了鼓勵人們追求長生、延長生命，不得不強烈地描繪死亡的恐怖以增加人們的行動力。但是我們也不能排斥，人僅有「一生」而無死後生活的世界觀，並非少數階層或宗教的獨佔想法，更可能是在魏晉人中具有強烈的普遍性。一種漸漸異於漢人的死亡觀在社會脈絡中蠢蠢欲動，陸機〈挽歌〉與《太平經》不過僅是在不同程度上反映出時代的流行思維。總而言之，對於生命肉體的朽壞消逝「妍姿永夷泯」，與死亡不可知的恐怖「虛無自相賓」，固然是墓主所面對（或

―――――――――――――――――
〔註26〕王明：《太平經合校》上，（北京中華，1997年）。

是陸機所想像）的死後狀況，但對於死亡深層的恐懼並不是挽歌中所哀歎的重點；在面對死亡的瞬間，生前一切努力全然成爲泡影。死亡的荒謬重挫並消解了理性思維，死亡帶來的全然平等也意味著否定了生前的所有作爲，理解到生死的「眞實」卻又無力改變現狀，甚至看著後人不斷地重複前人腳步，才是整篇挽歌死者自嘆中的深度哀歎。

　　細就〈挽歌詩〉三首，陸機對死亡描寫既深刻又顯得哀痛，他對死亡應是恐懼，但卻又一再寫作，甚至自挽。害怕之餘，卻又不斷地面對、書寫，乍看之下似乎有些矛盾。但陸機這樣的「嘆逝」，事實上，除了是在抒發一己情感的哀傷及對死亡的悲慟，並回應當時魏晉文人所崇尚的悲劇美之外；更重要的其實是一種對人生、對本體的察覺〔註27〕，也就是一種對人性的自覺與自我發現。

　　因此，在形式上，它打破了傳統，而改以「自挽自悼」來詠嘆人生。在思想上，其間更蘊含著魏晉文人對生死的通脫思想，除了生之外，更可以正視到「死亡」的主題。誠如李澤厚所言：「在表面看來似乎是如此頹廢、悲觀、消極的感嘆中，深藏著的恰恰是它的反面，是對人生、生命、命運、生活的強烈的欲求和留戀。」〔註28〕，身處魏晉這樣動盪不安時代下的陸機，他挽歌詩不僅是對死亡恐懼的單純排遣，背後應代表著當時文人對生命的堅持與清醒審視。

第三節　自我形象、存在書寫

　　對歷史人物事件的評價，可以看出陸機的認同傾向，但現實環境卻仍然縈繞在陸機的身遭及心靈。這樣內外不一致的處境，形成陸機面對歷史時，對自我存在的思索。這種自我面臨歷史的思索，在陸機的詩作中，表現出來的就是「愧對古今」的心理爲難，以及「爲樂及時」的呼喚。

〔註27〕李清筠：《時空情境的自我影像——以阮籍、陸機、陶淵明詩爲例》，台北文津，2000 年，頁 57。

〔註28〕李澤厚：《美學三書——美的歷程》，安徽文藝，1999 年，頁 93。

（一）標竿不著、竹帛無宣

陸機面對歷史時的思索，所體會到的兩種爲難，是「標竿的不著」，以及「竹帛的無宣」。所謂標竿不著，是說詩人在歷史中尋求立身標竿的願望之落空；而竹帛無宣，則是詩人在對歷史的思索中，所總結出使身名流穆的功業追求，在現世生活中實現之不易。

在〈猛虎行〉中，陸機發出了「眷我耿介懷，俯仰愧古今」的喟嘆。藉由陸機所作〈猛虎行〉及古樂府中〈猛虎行〉互爲文本的對照，即可以判斷出陸機愧對古今的心理層面，乃是因爲陸機既明知古代聖賢道理，但自己又無法將這樣的理想具體履行，所以產生了面對歷史的爲難之感。現先將陸機所作〈猛虎行〉摘錄於下：

> 渴不飲盜泉水，熱不息惡木陰。惡木豈無枝，志士多苦心。
> 整駕肅時命，杖策將遠尋。飢食猛虎窟，寒棲野雀林。（頁
> 1951）

「渴不飲盜泉水」至「寒棲野雀林」八句，是自〈古猛虎行〉詩句演繹而來。現將〈古猛虎行〉錄於下：

> 飢不從猛虎食，暮不從野雀棲。野雀安無巢，遊子爲誰驕。
> 〈樂府相和歌辭・平調曲・猛虎行〉

經由陸機詩作及〈古猛虎行〉詩意的對照，即可以看出陸機矛盾的心理。

首先，「不飲盜泉」、「不息惡木」的典故，據郝立權所注乃是：

> 尸子曰：「孔子至於勝母，暮矣，而不宿。過於盜泉，渴矣，
> 而不飲，惡其名也。」
> 管子曰：「夫士懷耿介之心，不陰惡木之枝，惡木尚能恥之，
> 況與惡人同處。」〔註29〕

所以「不飲盜泉」、「不息惡木」是「志士」的高潔心志表現。但是，這樣的志士之心卻在與古樂府原詩意對照之後產生了矛盾。原來在古樂府詩意中的「不從猛虎食」、「不從野雀棲」的堅持，在陸機詩作中

〔註29〕郝立權：《陸士衡詩注》，台北藝文，1976年，頁7。

卻已不得見，而造成這種堅持消失的原因是因爲「整駕」及「杖策遠尋」。故古時聖賢教誨仍在，但面對辛苦的生活，不得不違背原本的堅持，這就是陸機詩作中，之所以發出「愧對古今」喟嘆的原因。

　　造成陸機在面對歷史時，所產生的爲難之感，是出自時間推移所造成時空環境變化，故而迫使詩人不得不放棄部分堅持。但這樣堅持的放棄，有時也造成詩人在面對歷史時的矛盾心理。但事實上，過去歷史時間內所存在的，有時也讓詩人倍感失望。因爲詩人從歷史時間推移中所體會到的人事遷換，仍然會令詩人感到失去判斷的準的，〈君子行〉中的詩句即是如此，其曰：

　　　　掇蜂滅天道，拾塵惑孔顏。逐臣尚何有，棄友焉足歎。（頁
　　　　1943）

詩句中的「掇蜂」、「拾塵」指的是歷史上的不理性事件。這樣的不理性存在，在陸機眼中，一是使天道遭到消滅，一是造成聖賢亦感到迷惑。這樣的事件，迫使陸機冀求自歷史獲取立身標竿的希望強烈地失落。「掇蜂」事見《說苑》，其言曰：

　　　　王國君前母子伯奇，後母子伯封，兄弟相愛。後母欲其子
　　　　爲太子，言王曰：「伯奇愛妾。」王上臺視之。後母取蜂除
　　　　其毒而置衣領之中，往過伯奇，奇往就袖中掇蜂。王見，
　　　　讓伯奇，伯奇出，使者視袖中有死蜂，使者白王。王見蜂
　　　　追之，已自投河中。〔註30〕

故「掇蜂」事件，所指涉的含意即是，眞理的泯滅。這樣眞理不顯的事件，在歷史中亦曾眞實地存在。故而，當詩人希冀思索歷史，以歷史中的眞理作爲立身標竿參考時，面對這樣眞理泯滅的事件，就益發感到傷感。

　　另外，「拾塵」事見《呂氏春秋》，其言曰：

　　　　孔子窮於陳蔡之間，藜羹不糝，七日不嘗粒。晝寢。顏回
　　　　索米得而來爨之，幾熟。孔子望見顏回，攫其甌中而飯之。

〔註30〕郝立權：《陸士衡詩注》，台北藝文，1976年，頁8。

少選間食熟，謁孔子而進食。孔子起曰：「今者夢見先君，
食絜，故饋。」顏回對曰：「不可。嚮者煤炱入甑中，棄食
不祥，回攫而飯之。」孔子笑曰：「所信者目矣，目猶不可
信，所恃者心矣，而心猶不足恃。」弟子記之。知人固不
易，夫孔子所以知人難也。〔註31〕

孔子是歷史上的聖賢，由「拾塵」事件記載，則聖賢亦可能遭到蒙蔽。
此處，詩人在尋求歷史人物為標竿時，也因為聖賢受蒙蔽的可能，故
而對歷史的信任之不可能，就成為「撥蜂」事件之後的另一事端。

　　經由上述分析，得見詩人時有藉由歷史時間書寫，來寄託內心的
真正判準。但在這裡卻也看到，在歷史時間中存在的事件，同樣曾造
成詩人的混淆。陸機是一個具歷史思考深度的人，當他經由歷史事件
分析之後，所歸納出的是天道之不存，以及聖賢亦遭到迷惑；則歷史、
古今對他來說，均失去了作為憑藉的可能。這是經由對詩人思考歷史
時的分析所能見出的，詩人感受之矛盾及為難，由矛盾及為難的呈
現，見出詩人尋求歷史價值之不易。由歷史價值之不易尋求，故詩人
本身在歷史時間中的座標，亦不易有彰著的作為及表現。在歷史時間
中的推移，之不易有所作為，則儒家價值中建功立業的歷史認同，也
就成為詩人另一項愧對古今的緣由。

　　「竹帛無宣」這是詩人面對儒家的時間價值時，所產生的愧對歷
史的感懷。因陸機自歷史時間裡所建立的價值觀，另外有一部份是期
勉人追求功名。所以，在陸機俛仰古今之時，古人在這一方面的呼聲，
也為他所吸取。如〈月重輪行〉中所言即是，其言曰：

古人揚聲，敷聞九服，身名流何穆。既自才難，既嘉運，
亦易怨。俛仰行老，存沒將何觀，志士慷慨獨長歎，獨長
歎。（頁 1943）

詩句中的「九服」，據郝立權注曰：

周禮職方氏：辨九服之邦國，方千里曰王畿，其外方五百
里曰侯服，又其外方五百里曰甸服，又其外方五百里曰男

─────────────

〔註31〕郝立權：《陸士衡詩注》，台北藝文，1976 年，頁 8。

> 服，又其外五百里曰采服，又其外五百里曰衛服，又其外
> 五百里曰蠻服，又其外五百里曰夷服，又其外五百里曰鎮
> 服，又其外五百里曰藩服。〔註32〕

所以，所謂「九服」，是用來指空間幅員的遼闊，這裡是指古人聲名流佈範圍的廣大。當詩人以古人的事蹟作爲自己的目標時，心中卻只感到「慷慨」、「長歎」，這是在尋求古人的標竿後在對照自己的處境時，所得出的歷史喟嘆。

在另一首〈吳王郎中時從梁陳作〉詩中，也發出同樣的聲音：

> 感物多遠念，慷慨懷古人。（頁1962）

懷想古人之後所興發出的「慷慨」，是今昔時空轉換所造成的拉踞。而古人事蹟之所以能成爲詩人仰歎的對象，還因爲歷史典籍的記載，故而才有了令詩人感嘆、憑藉的依循。

然而，詩人面對這樣的事實，在對照自己的處境之後，還發出了另一種不宣竹帛的感嘆。這是詩人感嘆自己不如古人之處。在〈長歌行〉及〈秋胡行〉中的詩句即是，其曰：

> 但恨功名薄，竹帛無所宣。迨及歲未暮，長歌承我閑。〈長
> 歌行〉（頁1943）
>
> 人鮮知命，命未易觀。生亦何惜，功名所歎。〈秋胡行〉（頁
> 1941）

這樣的感嘆是因爲功名無著、竹帛無宣。所以，可見陸機對功名的追求，是來自於對歷史的歸納。

但這樣歸納結果，卻也成爲他在面對歷史時間時的另一種感慨情緒。將對於古人的認同轉化爲對自己的期許之後，時間卻成爲最無法跨越的限制，這就是在陸機的部分詩中，所發出「行年將老」的感嘆。這種對於自己年歲將暮，如同〈月重輪〉中「俛仰行老，存沒將何觀」的慨嘆一般，對於此生的無所作爲，生發出哀傷的情緒。如〈日重光〉及〈猛虎行〉中的部分詩句所言即是，其曰：

〔註32〕郝立權：《陸士衡詩注》，台北藝文，1976年，頁30。

> 日重光，惟命有分可營。日重光，但惆悵才志。日重光，
> 身沒之後無遺名。〈日重光〉（頁 1952）
>
> 日歸功未建，時往歲載陰。崇雲臨岸駭，鳴條隨風吟。〈猛
> 虎行〉（頁 1951）

在目標的追尋中，時間的能否掌控是對人最大的考驗。由陸機這些詩
句中看來，面對時間流逝所發出的感嘆最主要的是時間感的催逼。時
往成歲、春去秋回，年年歲歲的積累，最後構成時間對人的最大限制
──年壽的有限。所以，在詩人追求目標的過程中，年壽時間的限制
也就令其耿耿於懷。這有時化為立名及時的召喚，即勉人利用有限的
時間，立名及時，以下詩句所言，即是這種召喚的呈現：

> 遨遊出西城，按轡循都邑。逝物隨節改，時風肅且熠。
> 遷化有常然，盛衰自相襲。靡靡年時改，冉冉老已及。
> 行矣勉良圖，使爾脩名立。〈遨遊出西城〉（頁 1966）
>
> 高談一何綺，蔚若朝霞爛。人生無幾何，為樂常苦晏。
> 譬彼伺晨鳥，揚聲當及旦。曷為恒憂苦，守此貧與賤。
> 〈擬今日良宴會〉（頁 1963）

〈遨遊出西城〉中以外物遷化對照人的年歲，最後再提出立名的主
張；而〈擬今日良宴會〉則是藉由鳥的形象來疾呼揚聲及時，進而勉
勵人當及時追求目標。

陸機詩作中鳥的形象，有著極為豐富的含意，並且，隨著詩人的
各種不同的情感表現，亦產生了多樣的變化。換言之，陸機詩作中的
鳥，與其個人的情感抒發有著非常密切的關係。陸機以鳥入詩，首先
是藝術性的遊賞，以下詩句即是：

> 龍舟浮鷁首，羽旗垂藻葩。乘風宣飛景，逍遙戲中波。〈櫂
> 歌行〉（頁 1946）

在詩句中，詩人以個人的遊賞情形與鳥的閒適姿態作對映。「龍舟」
是指詩人乘船遊河，「羽旗」是指鳥形象的華麗，「乘風」指詩人遊河
心情的快逸，「逍遙」指鳥在水中嬉戲的歡悅。所以，在詩句中，詩
人的心情與鳥的形象是一交相呼應的情況。是詩人的筆墨賦予鳥以逍

遙、遊賞的情感象徵。這種藝術心情的表現，有時還表達爲詩人的嚮往之情：

> 投跡短世間，高步長生闈。濯髮冒雲冠，浣身被羽衣。
> 〈東武吟行〉（頁 1947）

詩句中「羽衣」即是以鳥羽爲衣，人一旦披上了鳥羽，就可以如同鳥一般地飛翔。所以，詩人此處對身穿羽衣的嚮往，即表示了詩人對飛翔的羨慕之意。鳥的飛翔，較之於人類，具有跨越空間限制的可能，這樣的可能，所負載的時間含意，則是對時間的飛越，減低時間對人所造成的限制。故而，以詩人對身披羽衣的嚮往，可以見出詩人希望自己能像鳥一般，擁有一對可供飛翔的翅膀，跨越時間對他的限制。

除上所述，在陸機的詩作中，以鳥的形象入詩，有更多的比例是指向對功名的追求。如：

> 非德莫勤，非道莫弘。垂翼東畿，耀穎名邦。綿綿洪統，
> 非爾孰崇。〈贈弟士龍十首其五〉（頁 1957）

全詩原意在稱讚其弟士龍，詩句中的「垂翼」即是指鳥的形象，「東畿」及「名邦」均是指詩人過去的故土——吳地，而「耀穎」即是揚聲的意思。詩句是說陸士龍過去在吳地時的美名廣傳，所以，在陸機詩中的鳥，亦有了功業成就的成分。

關於陸機以鳥的形象，寄託追求功業的昂揚之心，以下詩句即可證：

> 隆想彌年月，長嘯入飛飆。引領望天末，譬彼向陽翹。
> 〈擬蘭若生朝陽〉（頁 1964）

詩中的「翹」即是鳥羽的意思。在此詩句中的鳥，是一奮發上進的昂揚形象。但詩人實際落實功名的追求，其實是離開南方故土到北方求仕之時。但詩人身在北方，意欲落實其揚聲之音時，這樣的聲響卻多數指向不得志之音。如：

> 朗月照閒房，蟋蟀吟戶庭。翻翻歸雁集，嘒嘒寒蟬鳴。疇
> 昔同宴友，翰飛戾高冥。〈擬明月皎夜光〉（頁 1965）
> 昔與二三子，游息承華南。拊翼同枝條，翻飛各異尋。〈贈

馮文羆〉（頁 1958）

昔我逮茲，時惟下僚。及子棲遲，同林異條。〈答賈長淵十一章其八〉（頁 1956）

在昔蒙嘉運，矯迹入崇賢。假翼鳴鳳條，濯足升龍淵。〈吳王郎中時從梁陳作〉（頁 1962）

嗟我人斯，戢翼江潭。有命集止，翻飛自南。〈贈馮文羆遷斥丘令其三〉（頁 1955）

〈擬明月皎夜光〉及〈贈馮文羆〉中的鳥形象，是以今昔對比來表現詩人與友朋關係的轉變。〈答賈長淵十一章〉及〈吳王郎中時從梁陳作〉是指詩人身仕晉朝時的情形，在詩句中「同林異條」、「假翼」，均代表詩人不得自主的處境，以「嘉惠」來概括當時處境，不過是作為昇平粉飾的用途。如〈贈馮文羆遷斥丘令〉中所示，之所以有「戢翼」、「翻飛」，是因為「有命」之故。詩人宦場生活既如此不如意，所謂揚聲之鳥，所揚的也僅僅是悲苦之音；故而由揚聲之鳥，得以見出詩人在北方官場中的宦逐生涯。這樣的生涯，常藉由時間在推移中的今、昔之無法交通，來說明自己在宦場中境遇之不得志。

　　正因為揚聲之鳥所揚之聲的變調，思歸之鳥的形象才顯得極為鮮明。以鳥的形象指向詩人本身思歸、懷鄉的心懷，首先是因為外在鳥類的刺激。由於鳥類的歸返及合時，而觸發了詩人悲傷之心。以下詩句即可以用來說明：

蕙草饒淑氣，時鳥多好音。翩翩鳴鳩羽，喈喈倉庚音。〈悲哉行〉（頁 1948）

鳴鳩拂羽相尋，倉庚喈喈弄音。〈董桃行〉（頁 1950）

白日既沒明燈輝，夜禽赴林匹鳥棲。雙鳩關關宿河湄，憂來感物涕不晞。〈燕歌行〉（頁 1950～1951）

這些詩句中的鳥，均是以一幸福狀態存在著，如〈悲哉行〉中的「鳴鳩」、「倉庚」均是在合宜的季節出現，故曰「時鳥」；而〈燕歌行〉中的「夜禽」及「雙鳩」，也都是在適合的地方裡出現。而這樣幸福

的存在，所引發詩人感受，是更加地感覺到自己的孤單及不幸。

　　接著，有一類鳥的形象，是一種不幸福的存在。這樣的形象爲詩人所用，是與自己心中的悲苦作呼應。以下所列詩句即是：

> 良人遊不歸，偏棲獨隻翼。空房來悲風，中夜起歎息。〈擬
> 青青河畔草〉
>
> 三荊歡同株，四鳥悲異林。樂會良自古，悼別豈獨今。〈豫
> 章行〉
>
> 音徽日夜離，緬邈若飛沈。王鮪懷河岫，晨風思北林。〈擬
> 行行重行行〉
>
> 疊疊孤獸騁，嚶嚶思鳥吟。感物戀堂室，離思一何深。〈赴
> 洛其一〉
>
> 孤獸思故藪，離鳥悲舊林。斯言豈虛作，思鳥有悲音。〈贈
> 從兄車騎〉
>
> （頁 1963～1964）（頁 1944）（頁 1963）（頁 1961～1962）
> （頁 1960）

在這些詩句中的「獨隻翼」、「晨風」、「思鳥」、「離鳥」均是孤單、淒涼的形象，藉由鳥的形象托寓自己的內心情感。這種情感的主要指向，也就是思歸之心。欲歸之處，自然應是在過去時間內的南方故鄉。

　　正因爲詩人有著如此強烈的思歸之心，所以，當以鳥的形象來表現自己心中嚮往時，強烈地指向的是歸鄉的嚮往：

> 仰瞻陵宵鳥，羨爾歸飛翼。〈赴洛其二〉（頁 1962）
>
> 思爲河曲鳥，雙游澧水湄。〈擬東城一何高〉（頁 1964～1965）
>
> 思駕歸鴻羽，比翼雙飛翰。〈擬西北有高樓〉（頁 1965）
>
> 懷往歡絕端，悼來憂成緒。感別慘舒翮，思歸樂遵渚。〈於
> 承明作與弟士龍〉（頁 1959）
>
> 願假歸鴻翼，翻飛游江汜。〈爲顧彥先贈婦其一〉（頁 1960）

因爲鳥翼的飛翔，具備穿越空間距離的可能，在時間上的含意，是縮減這種限制的可能性。所以，當詩人提出對鳥的羨慕之情時，是意圖

藉由鳥展翅飛翔，由此寄託詩人對歸飛故土的希望之切。

經由以上的分析，對於陸機詩作中的功名追求之心，可以作此解釋：功名的追求，是詩人歸納歷史價值所然，針對歷史時間所得出的結論。但這樣的價值取向具體落實到實踐時，所受到的最大限制卻也來自於時間，年壽時間即是為詩人所感受的限制。由歷史時間所歸納的「追求標竿」及「宣於竹帛」既不可得，詩人對現在時間的另一種掌握的方法，就是「為樂及時」的人生態度。

（二）「為樂及時」的生命態度

在陸機詩作中，部份作品表現出為樂及時的人生態度。但「為樂及時」在詩作中所訴說的，不是消極、頹靡的生活態度，反倒可以聽出一縷戀棧人生的樂調和積極的人生意義。誠如李澤厚所言：

> 在「死生亦大矣，豈不痛哉」後面的，是「群籟雖參差，適我無非新」，企圖在大自然的懷抱中去尋找人生的慰藉和哲理的安息。其間正如正始名士的不拘禮法，太康、永嘉的「撫枕不能寐，振衣獨長想」（陸機）、「何期百煉剛，化為繞指柔」（劉琨）的政治悲憤，都有一定的具體積極內容。正由於有這種內容，便使所謂「人的覺醒」沒有流於頹廢消沉；正由於有人的覺醒，才使這種內容具備美學深度。《十九首》、建安風骨、正始之音直到陶淵明的自挽歌，對人生、生死的悲傷並不使人心衰氣喪，相反，獲得的恰好是一種具有一定深度的積極感情，原因就在這裡。〔註33〕

基於這樣的認識，當我們面對陸機詩作中的為樂作品時，應該試著從詩作中去抽釋出陸機心中的積極情感，才不枉詩人本身所具備的歷史深度思考。歷史的深度及長度構成詩人知覺中廣大的時間意識，所以他能藉由歷史書寫，來表達心中的真正認同。但現實人生體驗卻又讓他深覺人生飄忽之感，這使得他的作品中，亦出現了同一時代的共同樂音，即「為樂及時」的呼喚。

〔註33〕李澤厚：《美的歷程》，收於《美學三書》，安徽文藝，1999 年，頁 94。

　　爲樂及時的呼聲常是伴隨著人生飄忽之感，所以在詩歌中，詩人常加入飲酒來作爲詩作的內容。在其所作〈短歌行〉中，人生飄忽、爲樂及時、飲酒悲歌諸種主題，同時具備在一首詩中，傳達詩人深而廣的感情內涵。現將全詩錄於下：

> 置酒高堂，悲歌臨觴。人壽幾何，逝如朝霜。時無重至，
> 華不再揚。蘋以春暉，蘭以秋芳。來日苦短，去日苦長。
> 今我不樂，蟋蟀在房。樂以會興，悲以別章。豈曰無感，
> 憂爲子忘。我酒既旨，我肴既臧。短歌有詠，長夜無荒。（頁
> 1941）

在這首詩中，詩人揭示了對酒悲歌、人壽短暫、暫時忘憂的內心情感。魏武帝曹操亦有〈短歌行〉，經由兩詩的對照，得以看出陸機的部分詩句是演繹自曹操而來，然兩詩間的情感意識迥然不同。曹操詩中的時間意識，可看出其人的雄心；而在陸機詩中，看到的卻是一個哀傷、不安的抒情主體。簡言之，兩詩最大不同處，是在面對時間時的態度不同。現再將曹操詩作錄於下，以便於以下針對兩詩作分析：

> 對酒當歌，人生幾何。譬如朝露，去日苦多。
> 慨當以慷，憂思難忘。何以解憂，唯有杜康。
> 青青子衿，悠悠我心。但爲君故，沈吟至今。
> 呦呦鹿鳴，食野之苹。我有嘉賓，鼓瑟吹笙。
> 明明如月，何時可掇。憂從中來，不可斷絕。
> 越陌度阡，枉用相存。契闊談讌，心念舊恩。
> 月明星稀，烏鵲南飛。繞樹三匝，何枝可依。
> 山不厭高，海不厭深。周公吐哺，天下歸心。曹操〈短歌
> 行〉

在曹操這首詩中，主要表達一種求才之心，而求才目的，正爲能實現自己的雄心，這就是詩句中的「周公吐哺，天下歸心」。在追求自我理想之時，所謂時間感的催逼，在曹操的詩中是不存在的，就「對酒當歌，人生幾何？譬如朝露，去日苦多。」四句而言，時間短暫如朝露是針對已逝的時間而言，當放眼於現在的當下時間，從詩作中並未

看出詩中主體過度地耽溺於哀傷的漩渦中。由詩中主體面對時間的態度來看，對於心中的「憂思」，是以眼前的杜康作爲解憂良方。而時間感的「苦短」，亦僅指過去的時間，對於無限的將來時間所生發出的「憂」，則是唯恐如不可掇的「明月」，而不是茫茫不知如何的無頭緒感。基於這樣的時間意識，曹操詩作所振發出的，是積極地把握住當下以及籌畫將來。這正是李澤厚所言：

> 既然人的個體感性存在是真實的生成而非幻影，從而如何可以賦予個體所佔有的短促的生存以密集的意義，如何在這稍縱即逝的短暫人生和感性現實本身中贏得永恆和不朽，這才是應該努力追求的存在課題。〔註34〕

這就是詩中所揭示的取樂的方式，一爲飲酒（唯有杜康），一爲音樂（鼓瑟吹笙）。飲酒所代表的是積極把握住現在的態度，音樂所代表的是求賢、求才的積極立業之心。由曹操的詩句中所體會到的時間感受，其時間密度極高，所謂閒愁及等閒虛度，是不可能在其詩作中存在的。儘管時間有限，他仍繼續在有限時間內作最大努力，務必讓時間密度壓縮至最小限度，以超越有限的時間。

再以曹操另一首詩爲例，探討在其詩作中所表現出的相同態度感受：

> 神龜雖壽，猶有竟時。騰蛇乘霧，終爲土灰。老驥伏櫪，志在千里。烈士暮年，壯心不已。盈縮之期，不但在天。養怡之福，可得永年。幸甚至哉，歌以詠志。曹操〈步出夏門行其五〉

雖明知時間存在中的一切終歸有竟，仍要在自己暮年之時，一任熾熱烈心，往行千里。絕不虛度人生，即便是怡養天年的暮年亦然，這就是一代梟雄時間意識的呈現。

再回到陸機〈短歌行〉。自「置酒高堂」至「去日苦長」十句，是演繹自曹詩的「對酒當歌」至「去日苦多」四句，由這些詩句，可

〔註34〕李澤厚：《華夏美學》，收於《美學三書》，安徽文藝，1999 年，頁269。

明顯看出兩人面對時間態度的不同。

　　在陸機的時間感受，對酒之所以「悲歌」，是因爲面對有限時間的限制，也就是年壽的限制。簡言之，陸機從時間推移中，將視線移至生命時間的終站，而這樣的時間觀念，更是直線式進行方式，故曰「時無重至」。陸機表明的是，面對這種時間流逝現象，他無力作任何改變，但立足其中，卻又感到憂慮不已。而這樣的時間之「感」，暫時遺忘在與友朋宴飲取樂之中。然而在詠歌時，詩人也僅能冀求盡可能地把握長夜時間。所以，時間意識中的現在、過去及未來三段明顯承接的觀念，在陸機詩中呈現，看不出積極奮進的人生態度。過去時間的感受是「苦長」，未來時間是「苦短」；「苦短」表示時間感的催逼，令詩人感到在將來時間內難有作爲；「苦長」則表示詩人過去個人經歷的痛苦；而詩人的現在時間，是藉詠歌以忘憂，而不包含積極意義。

　　關於魏晉人人生態度的美學意義，宗白華有言如此：

> 這唯美的人生態度還表現於兩點，一是把玩「現在」，在刹
> 那的現量的生活裡，求極量的豐富和充實，不爲著將來或
> 過去而放棄現在價值底體味和創造；……二則美的價值是
> 寄於過程底本身，不在於外在的目的，所謂「無所爲而爲」
> 的態度。〔註35〕

把玩現在是當時人的人生態度，所以，飲酒目的也是爲了把握現在。這就使得時間的流逝能暫且停留在當下一刻，有助詩人們達成掌握時間的目的。即面對時間長流裡無限的未來及已逝的過去，只要能把握住現在，那麼就擁有了刹那即是永恆的價值。這就是飲酒的樂趣所在。關於飲酒之風所以興盛，王瑤有言如此：

> 爲什麼飲酒之風到漢末特別盛起來了呢？……是在於對生
> 命的強烈的留戀，和對於死亡會突然來臨的恐懼。這和《古
> 詩十九首》以及建安以來的許多詩篇中所表現的時光飄忽

〔註35〕宗白華：〈論世說新語和晉人的美〉，《美學的散步》，台北洪範，1981年，年頁 87。

和人生短促的思想，是一致的。……因爲他們更失去了對長壽的希冀，所以對現刻的生命就更覺得熱戀和寶貴。放棄了祈求生命的長度，便不能不要求增加生命的密度。〔註36〕

故而，飲酒目的一是爲了取樂，一是爲了把握當下現在，達到與短暫片刻時間的冥合。所以，酒在詩歌中出現，才會和及時爲樂的情感結合。陸機〈短歌行〉經由「置酒高堂」可知其寫作的時間是指向當下，故在其詩作中，以「酒」來指向面對當下的時間。在陸機詩作中，提及酒的還有以下詩句：

良會罄美服，對酒宴同聲。〈駕言出北闕行〉

置酒高堂，宴友生。激朗笛，彈哀箏。取樂今日，盡歡情。
〈順東西門行〉

戚戚多滯念，置酒宴所歡。方駕振飛轡，遠遊入長安。〈擬青青陵上柏〉

葡萄四時芳醇，琉璃千鍾舊賓。夜飲舞遲銷燭，朝醒弦促催人。〈飲酒樂〉

湛露何冉冉，思君隨歲晚。對食不能食，臨觴不能飲。〈爲周夫人贈車騎〉

（頁 1947）（頁 1952）（頁 1964）（頁 1950）（頁 1961）

上列詩句中，〈駕言出北闕行〉、〈順東西門行〉、〈擬青青陵上柏〉、〈飲酒樂〉中的酒，都是用在飲宴用途，這正符合上述所言，對當時所處現在時間的掌握。儘管當時心境悲苦，藉由酒的宴樂，賦予愉悅的生活態度。

而音樂在詩歌中的出現，就必然是一群體飲宴場合，藉由音樂進行，達成和諧、融洽氣氛。如曹操〈短歌行〉，爲的是求賢目的，所以原來音樂中的「和」，提供曹操用作協調的用途，進而作爲求賢才的召喚。

〔註36〕王瑤：〈文人與酒〉，《中古文學史論》，北京商務，2011 年，頁 166
～167。

　　但是在陸機詩作中，卻未必符合。誠如其〈短歌行〉中的「置酒高堂」、「悲歌臨觴」，酒和音樂雖然仍是用作飲宴取樂用途，但經由上述得知詩中的抒情主體並非眞正的歡樂，而仍有一份欲言不得、難解的心理鬱結。陸機對酒時，高歌時僅能是悲歌，音樂總是帶著哀傷的音調。如：

　　桑樞戒，蟋蟀鳴。我今不樂，歲聿征。迨未暮，及世平。
　　置酒高堂，宴友生。激朗笛，彈哀箏。取樂今日，盡歡情。
　　〈順東西門行〉（頁 1951～1952）

面對時間流逝，儘管詩人心中尚有不平，亦暫且與友生飲宴，但此時的樂音，卻是出自哀箏。這樣的「取樂」絕非是詩人心中眞正的「樂」，而是明顯地指向「哀」的音調，而「哀」正是詩人個人主體的心理投射。在詩人筆下的樂音，以哀聲入響的還有：

　　閒夜撫鳴琴，惠音清且悲。長歌赴促節，哀響逐高徽。
　　一唱萬夫歎，再唱梁塵飛。思爲河曲鳥，雙游灃水湄。〈擬東城一何高〉

　　佳人撫琴瑟，纖手清且閒。芳氣隨風結，哀響馥若蘭。
　　玉容誰能顧，傾城在一彈。佇立望日昃，躑躅再三歎。〈擬西北有高樓〉

　　閒夜命歡友，置酒迎風館。齊僮梁甫吟，秦娥張女彈。
　　哀音繞棟宇，遺響入雲漢。四座咸同志，羽觴不可算。〈擬今日良宴會〉

　　馥馥芳袖揮，泠泠纖指彈。悲歌吐清響，雅舞播幽蘭。〈日出東南隅行〉

　　殯宮何嘈嘈，哀響沸中闈。中闈且勿喧，聽我薤露詩。〈挽歌其一〉

　　（頁 1964～1965）（頁 1965）（頁 1963）（頁 1942）（頁 1942）

經由以上詩句呈現，音樂目的已不在達成「和」的作用，而是用來投射其心中的哀傷情感。酒和音樂在飲宴詩作中同時出現時，詩人以酒來表明把握現在；然而所謂調和功用，在陸機詩作中已是喪失。因爲

他的樂音總是帶著個人情感所投射出的哀傷，足見詩人本身並未融入當時所處場合之中。

當他經過一連串追索，最後將具體人生追求落實於當下的爲樂及時，還是不可免去那股始終伴隨在他心中的哀傷、悲歡之感。當他冀求經由取樂來達到把握現在，依然無法使自己融入當時情境，其孤立形象一如在其他詩作中，代表他無可逃脫於現在時間，但在其中又總是感到無奈無力之情緒感受。

海德格（Martin Heidegger）在〈詩人何爲〉中說：「在貧困時代裏作爲詩人意味著：吟唱著去摸索遠逝諸神之蹤跡」，在他看來，「詩人能在世界黑夜的時代裡道說神聖。」〔註37〕相較於海德格賦予詩人的神聖性，沃克特（Derek Walcoltt）認爲他只是一個隱士：「……而且我相信年輕的藝術家就像一個隱者，一個獨處以靜思的隱士。詩人所爲何事，如此而已。愈能全心投入隔絕自我以成就優秀手藝的詩人，愈能有所作爲，愈值得尊敬。」〔註38〕海德格期許詩人的是「全人類的歷史使命」〔註39〕，沃克特的年輕藝術家則是一位獨處的隱士，但無論是在貧困的時代裡追頌諸神，或在喧囂世局中保持靜思，詩人都與他的時代，或他所感受到的時代間存在著對比，甚至處於對立。

席勒（Friedrich Schiller）論人時劃分的二種傾向：「抽象可在人的身上分辨出持久不變的和經常變化的兩種狀態，那持久不變的，稱爲人的人格；那變化的，稱爲人的狀態。」〔註40〕「儘管人格保持恒

〔註37〕廖棟樑：《靈均餘影：古代楚辭學論集》（台北里仁，2008 年），頁363。
〔註38〕德瑞克・沃克特著；奚密編譯：《海的聖像學──德瑞克・沃克特詩選》（台北市政府文化局，2001 年），頁 114。
〔註39〕廖棟樑：《靈均餘影：古代楚辭學論集》（台北里仁，2008 年），頁363。
〔註40〕弗里德里希・席勒（Friedrich Schiller）著；馮至、范大燦譯：《審美教育書簡》（臺北淑馨，1989 年），頁 53～54。

定，狀態卻在改變；儘管狀態在改變。人格保持恒定。」〔註41〕席勒言：「……因爲變化必須以一個保持恒定的東西爲根據。……當我們說花開花謝時，我們是把花當作在這種變化中保持不變的東西，我們彷彿賦予花以一種人格，那開與謝的兩種狀態在其中顯示出自己。」〔註42〕因此，在理念上，當我們以「郭璞作品」整體爲背景而欲求索其「自我」或情感結構時，從〈遊仙詩〉、〈江賦〉到〈山海經圖贊〉等題材多樣的作品，便可視爲「自我」的多種狀態，如同仙境、隱逸或生命抉擇的象徵一樣，面貌各異，卻同樣根源於對立關係中的拉鋸與交流。

當人生面臨風雨催折、現實磨礪之時，人們尋求的精神出口是什麼？詩人們的答案當然是詩。詩人們或沈醉於聲色旖旎，或徜徉山巓水濱；或遨遊物我觀照，或者遁入歷史陳跡；詩的世界，因此有了衣香鬢影的繁花簇開、湖光山色的瀲灩掩映；有著顯微鏡下明察秋毫的清晰，也有著遲遲行邁中旅人沈重的印記。但不管如何，這些都是在現實生活中足資攀採的柔條枝椏，枝椏再高再遠，乘著想像的翅膀即可到達枝頭。但有一種詩，卻是超越現實的藩籬、高過翅膀的承載、遠過耳目之所及，是要凌虛乘空，碧落黃泉，飛過人間極端而到達彼岸天堂，那就是以超現實爲題材與表現手法的遊仙詩。

第四節　現實中的異道分離

郭璞「文敏而優擢」〔註43〕，最具代表性者爲遊仙詩十九首。

> 璞撰前後筮驗六十餘事，名爲《洞林》，又鈔京、費諸家之要最，更撰爲《新林》十篇、《卜韻》一篇。註釋《爾雅》，

〔註41〕弗里德里希・席勒（Friedrich Schiller）著；馮至、范大燦譯：《審美教育書簡》（臺北淑馨，1989 年），頁 54。

〔註42〕弗里德里希・席勒著；馮至、范大燦譯：《審美教育書簡》（臺北淑馨，1989 年），頁 55。

〔註43〕劉勰著；王更生注譯：《文心雕龍讀本》（台北文史哲，1991 年），下冊卷九〈時序〉，頁 272。

別爲《音義》、《圖譜》。又註《三蒼》、《方言》、《穆天子傳》、《山海經》及《楚辭》、《子虛上林賦》數十萬言，皆傳於世。所作詩、賦、誄、頌亦數萬言。（頁 2238）〔註44〕

郭璞創作〈遊仙詩〉，乃四十歲之後的南遷之作，始於晉明帝太寧元年，終於太寧二年五月〔註45〕。選擇〈遊仙詩〉作爲命題，除特殊的文化修養、愛好亦有特殊的處境，郭璞於此時潛心治學。長於辭賦、好古文奇字，並擅陰陽五行之術，傳曾受教於郭公，見載〈郭璞傳〉：

璞好經術，博學有高才，而訥於言論，辭賦爲中興之冠。好古文奇字，妙於陰陽算曆。有郭公者，客居河東，精於卜筮，璞從之受業。公以青囊中書九卷與之，繇是遂洞五行天文、卜筮之術，攘災轉禍，通致無方，雖京房、管輅不能過也。（頁 2233）

郭璞先後經歷了劉淵稱帝、八王之亂、永嘉之禍。中原失陷後，西晉敗亡，胸懷著愛國的赤誠，寫下「其辭甚偉，爲世所稱」的〈江賦〉，激起君臣百姓上下一心。後被晉元帝任命爲著作佐郎，數年後升爲尚書郎。郭璞晚年因母喪去職，不滿一年王敦將其任爲參軍。但郭璞不贊同王敦的謀逆，欲假天意以阻止，於是占得：「無成。」王敦不悅，乃讓郭璞卜其壽命。郭璞：「思向卦，明公起事，禍必不久。若住武昌，壽不可測。」如此王敦便由之前的猜忌轉爲怨怒，憤而殺害郭璞，郭璞死時年僅四十九。平息王敦亂後，朝廷後追封爲弘農太守。〔註46〕

連鎮標云：

如果說個人仕途的偃蹇是促使郭璞創作遊仙詩的內在原因，那麼社會環境的險惡，則是導致其創作遊仙詩的外部動力。〔註47〕

〔註44〕張溥：《漢魏六朝百三名家集》（文津，1979），郭璞散文皆引此書，僅於文後標頁碼，不另加註。逯欽立：《先秦漢魏晉南北朝詩》（木鐸，1988），郭璞詩作皆引於此，僅於詩後標頁碼，不另加註。
〔註45〕連鎮標：《郭璞研究》（上海三聯，2002年），頁 22。
〔註46〕連鎮標：《郭璞研究》（上海三聯，2002年），頁 1～8。
〔註47〕連鎮標：《郭璞研究》（上海三聯，2002年），頁 202～203。

郭璞處於亂世，內憂外患不斷，力主改革弊政，卻不爲上位者所採納，隨後，又捲入了內部鬥爭。對現實喪失了信心，從而將心靈寄託於神仙世界的追求。以遊仙爲題材，展現自己的理想、抒發不滿與憤慨。除此之外，在拙作《郭璞遊仙詩研究》〔註48〕：遊仙詩中表達隱逸之情，郭璞爲開風氣者。郭璞認爲，隱士是通過服食、養氣、煉形等，爲修煉成仙的途徑。所居多在「雲深不知處」的絕境，是通往仙界的橋樑。是故描寫隱士的逍遙隱逸，不僅擴大了遊仙詩的範圍，更豐富了內容。〔註49〕

　　然而詩人抒情言志的動機及目的何在？弗萊（Northrop Frye）在其〈接近抒情詩〉（Approaching the Lyric）文中說道：

> 抒情詩的非持續性意味著詩縈繞著一個特殊的、通常爲儀式化的場景；而這些場景常常是人生中窒滯、困頓的瞬刻（block point）。然而，這些富挫折感的瞬間卻是沈思的，而非沮喪的焦點，並因此似乎成爲了通向另一經驗世界之入口。……那是一個魔幻而神秘的世界，是一個我們若想保持正常清醒人的身份則須迅即離開的世界。（故而，如馬拉美和里爾克所說），抒情詩的終極和目的乃是讚美。他們並非是從任何成規化的宗教背景講這一番話，他們並非談論著一個預設的天國，而是一個我們可以偶爾涉足的人間樂園，如同聖杯城堡，一個倘若我們提出正確的問題即能爲自己帶來生命的樂園。

當代學者蕭馳分析這段話時認爲：

> 弗萊這段話指出了抒情詩內容的兩個因素：人生中的困頓時刻和通向精神樂園之門。而後者如果不是對現實的逃避而具有社會倫理承擔或形而上意義時，也就成爲抒情詩中之超越體驗（transcendental experience）。它是人生困頓中突然開啓另一精神世界之門的瞬間。〔註50〕

〔註48〕陳子梅：《郭璞遊仙詩研究》，高雄師範大學國文所碩士論文，2006年。
〔註49〕連鎮標：《郭璞研究》（上海三聯，2002年），頁217～222。
〔註50〕蕭馳：《中國抒情傳統》（台北允晨，1999年），頁42。

由此看來，抒情詩人的終極目的，是藉由對自我的探索衝破人生中蹇滯、困頓的時刻，並將有限生命擴充，通往另一經驗世界。

故以下就「現實中的異道分離」「流亡中的存在消逝」「幻遊中的自我追尋」三部分探討作者如何憑藉超越現實的題材與表現手法，呈現內心的境界，並透過此遊歷超現實的經驗，進行自我本質的追尋與探索，最終是否在此追尋過程中，超越生命本身的困頓滯蹇，覓得安身立命的永恆棲止。

從治道與險路的對比，到在分歧的異道上明辨自我的歸趨，「道路」的譬喻漸次延展，詩人的自我影像也在其中逐步深化、流轉。如同譬喻學家所說，人的認知與思考本質上便是譬喻性的，人我對立的現實固然是屈原困苦的來源，但在另一方面，他正是藉著「異道」的譬喻或觀點，塑造了身處濁世的自我形象。對懷抱著此種設想的詩人而言，異道情境縱使難以忍受，卻也是無可擺脫的，因爲他已植根於此。

（一）人格儒道的衝突

在拙作《郭璞遊仙詩研究》〔註51〕認爲其學術涵養有儒家思想、道家思想、道教思想、神話學思想四個方面。儒家思想充溢著強烈而深重的憂國憂民，表現出儒家素來提倡的治國方略以及理想的社會藍圖，且重視道德修養。而《連鎮標·郭璞研究》〔註52〕中，曾將魏晉玄學風氣歸納成幾個特點：

(1)「物稟異氣，出於自然」的宇宙觀
(2) 崇尚虛無的哲學觀
(3) 順其自然、無爲而治的政治觀
(4) 泯滅是非、萬物合一的認識論
(5) 變化無方、難以理測的不可知論

〔註51〕陳子梅：《郭璞遊仙詩研究》，高雄師範大學國文所碩士論文，2006 年。
〔註52〕連鎮標：《郭璞研究》（上海三聯，2002 年），頁 217～222。

（6）逍遙盡性，樂天傲世的理想人生

（7）重己貴生的養生之道。

所以，在〈郭璞傳〉中就提到：

> （郭璞）性輕易，不修威儀，嗜酒好色，時或過度。著作郎干寶常誡之曰：「此非適性之道也。」璞曰：「吾所受有本限，用之恒恐不得盡，卿乃憂酒色之爲患乎？」（頁2236）

郭璞之所以如此，除了受魏晉士人風度影響之外，更主要是藉此解脫由於仕途偃蹇而造成的巨大的精神痛苦，這無疑是對壓迫摧殘的社會所做的一種反抗。而根據《連鎮標・郭璞研究》一書中，郭璞與道教有非常濃厚的聯繫，如篤厚的道教信仰，瀰漫於易卜、堪輿實踐的道教色彩。然而神話思想則具體展現在他對《山海經》作注的態度上。神話思想對於其遊仙詩有極大的啓發。

綜上所述，郭璞的人格是一種矛盾人格，表現爲他實現個體價值的形式是道家的，而追求個體價值的內涵是儒家的。據《晉書・郭璞傳》記載，他「好經術」，自小儒、道兼修。西晉末年，國家覆亡，社會動盪，黑暗的社會現實使他的人格向道家靠攏，以心靈的超越暫時擺脫國破家亡的痛苦。「惠懷之際，河東先擾」，避亂東南，路途多磨難，道教的方術既可以獲取生活所需的資給，又能以神秘的面紗保全身家性命，不失爲流寓途中躲避禍患的護身符。在他富有傳奇色彩的一生中，蘊含著儒、道兩股文化潛流的分支與交匯。他吸取了道家超脫思想的精髓，以類似道教中人的生存現狀立身安命，而儒家文化作爲一種內在的人格，始終影響著他在人生關鍵時刻的選擇。這種人格上的矛盾反映在他的作品中，就是〈遊仙詩〉在題材和風格上的多樣性。

（二）身分認同的矛盾

西晉末，他占筮得知北方將淪落於異族之下，於是悄悄往東南避禍。史傳由此開始記載他對政治活動的參與。到達廬江郡後，太守胡孟康認爲江淮局勢安定，不思南渡。郭璞替他占了一卦曰「敗」。孟

康不信，郭璞匆忙離去。僅數旬後，廬江陷落。過江之後，郭璞被宣城太守殷佑起為參軍，因城外出現一怪物而占卜，結果與掌管祭祀的巫師所言相同。後來殷佑遷為石頭督護，郭璞跟隨他來到石頭，又以占驗周圍郡縣異象準確靈驗而知名。王導十分看重讓他做參軍，在此期間成功地為王導消除了一次靈異的災害。當時晉元帝司馬睿根基不穩固，王導讓他占筮，成功地預言了元帝登基的符瑞，從而受到重視。

之後，郭璞由於他的文學作品《江賦》被廣為稱讚，《南郊賦》也深受皇帝喜愛，而被命為著作佐郎。因當時陰陽錯繆，刑獄繁興，他上疏請求寬減刑獄。其後又因太陽上顯現黑氣，上疏請求皇帝應就天象所做的提示，再次注意減輕刑罰。永昌元年皇孫出生，郭璞上疏以天災異象為由，再一次請求減輕刑獄，大赦天下，整肅吏治，奏納。

其後，他因母憂去職。還不到一年被王敦起用為記事參軍。明帝即位後，因星相有異，借此上疏請求改年號，大赦天下。在王敦欲起兵叛亂時，溫嶠、庾亮讓他占筮，郭璞說：「大吉。」而王敦也讓郭璞占卜起兵的吉凶，郭璞占卜後說：「無成。」王敦懷疑他勸溫嶠、庾亮起兵討伐自己，於是又讓他占卜自己的壽命，郭璞回說：「思向卦，明公起事必禍不久。若住武昌，壽不可測。」王敦大怒，因而將他殺了，死時 49 歲。王敦之亂平後，被追贈為弘農太守。

從郭璞的政治經歷我們可以看出，他對政治活動的參與大多體現在占筮之中，使用兩漢時期的天人感應，擔任的官職多擁有兵權的人的參軍，如殷佑、王導、王敦，還有著作佐郎、尚書郎一類的郎官。這兩類官職均有一特點，就是與幕主或皇帝很接近，於是郭璞就利用這種便利，以占筮和天人感應為工具，施行政治理想，實踐他的政治抱負。因此照道理說，就魏晉時期「士」的社會身份而言，郭璞應當是屬於這一群體的。他具備了士的知識學養，並能在學術圈子中得到讚賞。他頻頻參與政治活動，抱著一種積極入世的態度參與東晉政權的建立，這一點也與士的基本精神面貌相符，應該說他是高度認同自己身處的這一群體。並在文化生活及社會實踐中，積極地參與這一群

體的活動，對於他以及傳統士人而言這主要表現在政治活動上，以期望能取得預期的社會身份的認同。

　　但是問題恰好就出在這裡。郭璞自己認同這種具有使命感的士人的身份，但別人卻不這麼認爲。史載他「既好卜筮，縉紳多笑之」，赫然將他者的目光揭示出來。他們認爲郭璞既然喜好卜筮，那麼自然不能與自己列爲同一群體中，他只能是一個方士或者術士。如上文所述，郭璞對政治活動的參與全部是以占筮或天人感應爲工具。上至王朝的定都、年號的選擇、戰爭的發動與否，下至親朋之間的相命、擇墓，他人需要他的意見的時候，並不是眞正在詢問他本人對事件的看法，而是在詢問一個茫茫不可知的天命。《晉書》卷八十八「孝友傳」中載郭璞遇到琅邪莘人顏含，想替他占筮，但顏含卻說：「年在天，位在人，修己而天不與者，命也；守道而人不知者，性也。自有性命，無勞蓍龜。」拒絕了他。書中稱讚顏含「雅重行實，抑絕浮僞如此。」〔註53〕這件事可生動地說明了一般士人對郭璞的看法。正是因爲如此，他人不會賦予他更多的期望，終其一生他都只好以高才而屈居低位，這就是他「身分認同上的矛盾」。

（三）仙思玄想的變奏

　　郭璞《遊仙詩》在其繪聲繪色的神人仙境描寫背後潛藏著他對宇宙、社會、人生的沉思。他追求精神超越所達到的仙境也正是莊子的至人神人之境。在詩中對道家之旨的直接發揮。如〈遊仙詩其八〉：

　　　暘谷吐靈曜，扶桑森千丈。朱霞升東山，朝日何晃朗。
　　　迴風流曲櫺，幽室發逸響。悠然心永懷，眇爾自遐想。
　　　仰思舉雲翼，延首矯玉掌。嘯傲遺世羅，縱情在獨往。
　　　明道雖若昧，其中有妙象。希賢宜勵德，羨魚當結網。（頁
　　　866）

在旭日東升、霞光方丈的壯麗場景中，詩人凝神頓悟，進人了物我兩忘的「明道」境界。這是借助山林勝境以悟道的典型情景。或在詩中

〔註53〕李昉等著：《太平廣記》卷十三，（北京中華，1961年），頁95。

表現出對隱逸情趣和仙界生活的無限嚮往，如〈遊仙詩其三〉：

> 翡翠戲蘭苕，容色更相鮮。綠蘿結高林，蒙籠蓋一山。
> 中有冥寂士，靜嘯撫清絃。放情凌霄外，嚼蕊挹飛泉。
> 赤松臨上游，駕鴻乘紫煙。左把浮丘袖，右拍洪崖肩。
> 借問蜉蝣輩，寧知龜鶴年。（頁 865）

通過描寫隱士棲息山林、與仙爲伍，表達了對清閒適意生活的企慕。而作爲道教信奉者的郭璞也表達出對神仙世界的信仰。〈遊仙詩其六〉云：

> 雜縣寓魯門，風暖將爲災。吞舟湧海底，高浪駕蓬萊。神
> 仙排雲出，但見金銀臺。陵陽挹丹溜，容成揮玉杯。姮娥
> 揚妙音，洪崖領其頤。升降隨長煙，飄颻戲九垓。奇齡邁
> 五龍，千歲方嬰孩。燕昭無靈氣，漢武非仙才。（頁 866）

這是一幅群仙嬉遊圖。其中出場的神仙有陵陽子明、容成公、嫦娥、張洪崖等，他們都是古代神話中著名的仙人，後來皆成爲道教徒所崇奉的仙眞。詩人把這些仙人巧妙地安排在傳說中的海中蓬萊仙島上，讓他們各顯神通，各獻其技，演出了一場盛況空前的群仙嬉戲劇，使人感到神仙生活之逍遙快樂，從而也流露出自己對神仙世界的傾慕與追求。

因此，詩人在以游仙爲主調的詠唱中，「仙」與「玄」的二重變奏是其主旋律。追求隱逸、渴望超脫的玄學精神風貌爲其遊仙提供了馳騁想像的廣闊空間；仰慕仙人，企求永生，追求自由，滲透著詩人對生命倫理和社會倫理的玄思。湯用彤說：「漢代之齊家治國，期在太平，而複爲魏晉之逍遙遊放，其風流得意也。故其時之思想中心不在社會而在個人，不在環境而在內心，不在形質而在精神。於是魏晉人生觀之境界，其追求爲玄遠之絕對，而遺資生之相對，從哲理說，所在意欲探求玄遠之世界，脫離塵世之苦海，探得生存之奧秘。」〔註54〕郭璞《遊仙詩》的玄理意象所表達的意蘊正體現了湯先生所說的

〔註54〕湯用彤：《理學佛學玄學》，（北京大學，1991 年），頁 198。

「新型」，可以說詩人援「玄」入詩，使對社會的批判富於哲理化，也更加深刻化了。〈遊仙詩其五〉曰：

> 逸翮思拂霄，迅足羨遠游。清源無增瀾，安得運吞舟。
> 珪璋雖特達，明月難闇投。潛穎怨青陽，陵苕哀素秋。
> 悲來惻丹心，零淚緣纓流。（頁 865）

詩人用辯證的觀點就人才發揮效用的主觀與客觀因素，就制約、扼殺人才的諸種因素而發議論。雙翅矯健思欲拂掠雲霄，雙足迅捷希望遠遊他方，然而，清水無瀾，怎容得下吞舟之大魚遨遊？珪璋、明月是人間至寶，怎麼能暗投於這污濁的世道？位卑的賢者如同「潛穎」一樣得不到春日陽光的知遇；身居顯達之位者，又恰似「陵苕」容易招致秋霜的肅殺。詩人感慨的不是傳統的「士不遇」感，而是對社會現實的沉重悲歎！人世多艱，壯志難騁，怎麼能不使人心懷慘惻，淚流緣纓？這首通篇發議論的詩中，詩人熔鑄玄理意象的情感何其深沉！這一意象所蘊含的詩人對社會黑暗現實的批判多麼深刻！

　　詩人把生命意識的覺醒與玄道之悟結合起來，使遊仙的理想成爲其精神上復歸於玄覽，以求縱身於大化，與天地合一的玄學精神境界的外化，遊仙詩因之也就成爲詩人寄託玄理的藝術載體，而玄理的融入又使郭璞《遊仙詩》顯示出一種較高的精神境界，體現出對於生命意義和理想人生較爲深刻的哲學思考。

（四）對於神仙世界的認同與追求

　　郭璞對於神仙世界是獨立於人間之外的眞實存在，和人通過修煉可以成仙，持完全肯定的態度。

　　晉武帝太康二年《穆天子傳》的出土，激起了人們對於神仙世界的嚮往。而郭璞更是與這一出土文獻結下了不解之緣：他不但是第一個爲這一出土文獻作注的學者〔註55〕，而且也是首先將其中材料用於《山海經》研究的人。這足以說明他對於《穆天子傳》的熟悉程度和

〔註55〕鄭傑文：《關於〈穆天子傳〉出土、整理、流傳諸問題的考辨》，《古籍整理研究論叢》，山東大學出版社，1991 年。

巨大興趣。

他在《山海經注敘》中針對前代學者對於這些故事歷史真實性的質疑和保留態度特別指出：

> 案《史記》說穆王得盜驪、騄耳、驊騮之驥，使造父御之，以西巡守，見西王母，樂而忘歸，亦與《竹書》同。《左傳》曰：「穆王欲肆其心，使天下皆有車轍馬跡焉。」（頁 2183）

> 《竹書》所載，則是其事也。而譙周之徒，足為通識瑰儒，而雅不平此，驗之《史考》，以著其妄。司馬遷敘《大宛傳》亦云：「自張騫使大夏之後，窮河源，惡睹所謂崑崙者乎？至《禹本紀》、《山海經》所有怪物，余不敢言也。」不亦悲乎！若《竹書》不潛出於千載，以作徵於今日者，則《山海》之言，其幾乎廢矣！（頁 2183）

郭璞不遺餘力地證明西王母和穆天子神奇故事的歷史真實性，目的在於為他的宗教信仰提供根據，其真實性不容置疑。

郭璞肯定了神仙世界的存在，但這個神仙世界究竟在何處，具體是什麼樣子，郭璞在《山海經注》中對這個問題給出了答案：

> （蓬萊山在海中，）上有仙人宮室，皆以金玉為之，鳥獸盡白，望之如雲，在渤海中也。〔註56〕

這就是郭璞心目中地處渤海仙山蓬萊山上的神仙世界。說明郭璞對於神仙實有，人間之外存在著一個獨立的神仙世界的充分肯定。肯定神仙世界是真實的存在，必然會強化人們對於神仙道教的信仰，進一步喚起對於神仙世界的嚮往和追求，為成為神仙而投入修煉。

除此之外，他的《山海經》注和圖贊通過大量的具體例證說明通過修煉即可成仙。如《南山經》堂庭之山水玉注：「水玉，今水精也。相如《上林賦》曰：水玉磊砢。赤松子所服；見《列仙傳》。」再如《西山經》太華之山，郭璞引《詩含神霧》注：「……上有明星玉女，持玉漿，得上服之，即成仙。」〔註57〕

〔註56〕袁珂：《山海經校注》，（台北里仁，1910年），頁325。
〔註57〕袁珂：《山海經校注》引郭璞注，（台北里仁，1910年），頁2、22。

　　郭璞的圖贊主要涉及吐納、辟穀和服食等，其中尤以服食爲最多。在以上所引的三條圖贊中就有服食水玉（即水晶）、玉漿（即玉液，仙人飲用的飲料）和橁樹。《山海經圖贊・水玉》：「水玉沐浴，潛映洞淵。赤松是服，靈蛻乘煙。吐納六氣，升降九天。」《山海經圖贊・太華山》：「華嶽靈峻，削成四方。爰有神女，是挹玉漿。其誰遊之，龍駕雲裳。」《山海經圖贊・橁木》：「橁爲靈樹，爰生若木。重根增駕，流光旁燭。食之靈化，榮名仙錄。」這些都充分肯定了通過養生方術的修煉即可成爲神仙。

　　如果說郭璞對於神仙道教的思想認同主要反映在他的《山海經》敘、注和圖贊等學術著作中，那麼，對於神仙世界的嚮往和追求以及所進行的方術修煉則主要反映在他的《流寓賦》、《傲客》和《遊仙詩》等詩賦作品中。

　　《遊仙詩》之十「璇臺冠崑嶺」在描寫崑崙山仙人居處的神奇和美麗以及與神仙同遊的自由和快樂時，有兩句詩特別值得注意：「尋仙萬餘日，今乃見子喬。」所謂「尋仙」就是追求神仙世界，也就是爲了達到羽化升天、在神仙世界與神仙同遊的目的而進行的不斷的學道修煉活動。也就是說，郭璞不但具有如前所說的對於神仙道教的思想認同，而且將他的信仰付諸實踐，參與了求仙修煉的宗教活動。而這種求仙修煉活動持續的時間很長，達「萬餘日」，即三十餘年之久。

　　即使在流寓洛陽之際寫有《流寓賦》：

　　　陟函谷之高關，壯斯勢之險固。過王成之丘墟，想穀洛之
　　　合鬭。惡王靈之壅流，奇子喬之輕舉！（頁2175）

郭璞對於兩種不同主張所反映的不同人生道路和理想的「惡」、「奇」，十分清楚地表現出他所嚮往的人生道路正是太子晉的「遠遊」、「輕舉」之路，亦即遠離塵世，執著于神仙道教的信仰和對神仙世界的追求。顯然，郭璞對於太子晉的人生理想和信仰的嘉許和讚美，實際上也是對於自己從青少年時代即已開始信仰神仙道教的肯定。

　　再看另一篇賦《客傲》：

若乃莊周偃寒於漆園，老萊婆娑於林窟，嚴平澄漠於廛肆，梅貞隱淪乎市卒，梁生吟嘯而矯迹，焦先渾沌而槁杌，阮公昏酣而賣傲，翟叟遜形以倏忽。吾不幾韻於數賢，故寂然玩此員策與智骨。（頁 2187）

郭璞所列的八位賢者，身份上雖有神仙、隱士和一般名士之別，但在人生價值取向上卻完全相同：超越世俗，擺脫煩惱，嚮往心靈的自由和快樂。而這些恰恰正是神仙道教所追求的理想境界，也是快樂神仙的基本特徵。這就是說，郭璞心目中的「賢者」，既不是為民立德的聖人孔子及其後學，也不是功勳卓著、名垂青史的文臣武將，而僅僅是出世遠遊，追求心靈自由和生活快樂的神仙。而在作爲綱領的〈遊仙詩其一〉：

京華游俠窟，山林隱遯棲。朱門何足榮，未若託蓬萊。
臨源挹清波，陵岡掇丹荑。靈谿可潛盤，安事登雲梯。
漆園有傲吏，萊氏有逸妻。進則保龍見，退爲觸藩羝。
高蹈風塵外，長揖謝夷齊。（頁 865）

第一層是說走山林隱逸之路，第二層表明自己與入世觀念徹底決裂。郭璞以「長揖謝夷齊」來表示決心是頗富深意的：特別點出從拜別他們而開始「高蹈風塵外」的歷程，正是表明自己與入世處俗的觀念徹底決裂，也看出了自我的人生趨向選擇。

第五節　流亡中的自我辯證

（一）歸屬感的失落

流亡成爲現實，故國成了夢，遠逝的自由亦隨風而逝。隨著現實與意願的路向倒轉，流亡展現出另一個面向，在這面新鏡裡，孤寂的旅者於放途上茫然無助，遠行不再是自拔於迷霧的坦途，而是愈趨困惑的歷程。詩人在流寓洛陽之際寫有《流寓賦》：

陟函谷之高關，壯斯勢之險固。過王成之丘墟，想穀洛之合鬭。惡王靈之壅流，奇子喬之輕舉！（頁 2175）

對於故鄉的懷舊情感有助於探討「人與家園」之間的連結，讓人們理解歸屬感對於主體的重要性：人與家園、生存環境之間的關係並非只是地圖上的座標或予取予求的資源而已，它具有保存、呼喚人與生存環境之間情感及經驗的力量，更指向人們的「歸屬感」。環境心理學家指出此種歸屬感即是一種「地緣情結」：

> 地緣情結（place attachment）指的是人們對某特定的地方存有根的感覺。如要加以說明，則請想一想住家（house）和家（home）之間的不同。地緣中心態度是屬於個人的、高評價的，甚至可以被視爲一種精神或宗教性的。……地緣經驗是相當個人的，每一個人的經驗都不相同。許多關於「故鄉」的檢視都是相當現象學的（phenomenological），亦即，基於個人對其經驗的主觀描述，因此和引領行爲科學的經驗主義有所衝突。〔註58〕

被迫離開這個具有原初意義的歸屬之地，有意無意展開了一場遠行。然而強烈的歸屬感總是召喚著無家可歸的詩人，引起了詩人一連串的徘徊行動與矛盾情結。畢恆達認爲這樣的狀態形成緊密的辯證關係：

> 從現象學的觀點探索家的意義以及無家可歸（homelessness）狀態的本質，如自我／他者、公共／私密、秩序／混亂、家／旅行、休息／移動、安全／危險、熟悉／陌生等之辯證關係。〔註59〕

於是詩人便在這樣不穩定的辯證關係中游移不定，並表現在詩中就是一種浸潤著強烈的生命悲劇意識以及生命悲劇給詩人帶來的焦慮和痛苦。如以下詩作：

> 六龍安可頓，運流有代謝。時變感人思，已秋復顧夏。
> 淮海變微禽，吾生獨不化。雖欲騰丹谿，雲螭非我駕。
> 愧無魯陽德，迴日向三舍。臨川哀年邁，撫心獨悲吒。

〔註58〕貝爾（Paul A. Bell）等著：聶筱秋、胡中凡譯：《環境心理學》（台北：桂冠出版社，2003年），頁60。

〔註59〕畢恆達：〈家的意義〉，《應用心理研究》第八期（2000年），頁55～147。

〈遊仙詩其四〉（頁 865）

逸翮思拂霄，迅足羨遠游。清源無增瀾，安得運吞舟。

珪璋雖特達，明月難闇投。潛穎怨清陽，陵苕哀素秋。

悲來惻丹心，零淚緣纓流。〈遊仙詩其五〉（頁 865）

晦朔如循環，月盈已復魄。蓐收清西陸，朱羲將由白。

寒露拂陵苕，女蘿辭松柏。蕣榮不終朝，蜉蝣豈見夕。

圓丘有奇草，鍾山出靈液。王孫列八珍，安期鍊五石。

長揖當途人，去來山林客。〈遊仙詩其七〉（頁 866）

在一篇以「遊仙」為主題的詩歌中竟有如此多的關於光陰流逝，時序代謝的描寫，詩人感悟時間突出的不是時間的靜止和漫長，而是時間的不可逆轉的飛速流逝。詩中所用的一連串充滿動感的詞語，如「安可頓」、「運流」、「時變」、「已秋」、「循環」、「盈」、「見魄」、「清西陸」、「將由白」等就可明顯看出。通過這些描寫，抽象的時間被充分形象化，使人彷彿看到川流不息的「時間」巨流一去不復返的無情圖景。更令人焦慮不安的是，在時間巨輪的驅使下晦朔循環，時序代謝，陵苕女蘿的凋零枯萎和蕣榮蜉蝣的朝生暮謝，萬物無不走向衰敗和死亡，這些都充分表現了詩人對於生命有限性的焦慮。

然而嚮往和追求自由是生命的本性，但現實社會的各式各樣的威脅、制約和壓迫常常使人的活動空間變得十分狹小，甚者導致流離遷徙、居無定所。對此詩人有形象的比喻：「清源無增瀾，安得運吞舟？」人所處的現實困境如同吞舟之魚在淺水中無法游動；又或藉潛穎與陵苕，表達不管是貧富窮達，或是卑微顯赫，人都要面對現實困境，接受塵世束縛，而其中所造成的感覺使人終日心焦憂慮，反覆思索沉吟。

流亡所帶來的最大挑戰，也許是如何在一個遠離自身的地方，重新成為自己，當異道情境所帶來的苦楚與渴望，在流放的長路上趨於模糊，原先那個與黨人折衝，或於幻境求索的自我已不再清晰，那麼他會是誰、該怎麼做？圍繞著流亡的主軸，新生活稀微地成形了。

在晉室南遷之後，郭璞因《江賦》被廣為稱讚，《南郊賦》也深

受皇帝喜愛，而被命爲著作佐郎。他上疏請求寬減刑獄，大赦天下，整肅吏治，種種建議都被皇帝所採納。他頻頻參與政治活動，抱著一種積極入世的態度參與東晉政權的建立，並在文化生活及社會實踐中，積極地參與這一群體的活動，以期望能取得預期的社會身份的認同。但在前節「現實中的異道分離」可知這樣的努力並未獲得認同，於是詩人放眼神話世界，力圖憑藉超自然的神奇力量來改變人生悲劇性命運：

> 晦朔如循環，月盈已復魄。蓐收清西陸，朱羲將由白。
> 寒露拂陵苕，女蘿辭松柏。蕣榮不終朝，蜉蝣豈見夕。
> 圓丘有奇草，鍾山出靈液。王孫列八珍，安期鍊五石。
> 長揖當途人，去來山林客。〈遊仙詩其七〉（頁866）

詩人不但承認神仙的存在，而且認爲通過服食修煉，人也可以成爲神仙，而這兩點恰恰正是神仙道教的基本教義〔註60〕。這就是說，詩人完全認同神仙思想，並且充分肯定了學道修仙之路才是克服生命有限性和生命不自由感，使人擺脫悲劇性命運的途徑。在此基礎上，詩人在最後兩句中明確表達了告別仕途，走山林隱逸學道修仙之路的決心。其中，最後一句中的「山林客」正是通過山林隱逸學道修仙之意。因爲魏晉時代修仙多從山林隱逸開始，有「爲道者必入山林」〔註61〕和「古代傳說的神仙，大多是神化了的隱士，而隱士也就是未神化的神仙」之說〔註62〕，所以人們習慣上便以山林隱逸代表學道修仙。

　　流亡者在空茫杳冥中找到了最後的身分與歸屬，雖然烈焰過後，可能只有一點灰燼餘下，重獲平靜的海面上漂著不可辨識的浮沫，但對他而言，漫漫長路到此爲止，再也無往無適的旅人放下南針、地圖，在同一時刻，譬喻的架構師收起了各式佈置，紛繁的鏡象超出視線所及的範圍，在遙遠的彼端模糊。

〔註60〕趙沛霖：《關於郭璞的神仙道教信仰》，《中州學刊》2011年第5期。
〔註61〕王明：《抱朴子內篇集釋》，北京：中華書局1985年，頁187。
〔註62〕胡孚琛：《魏晉神仙道教》，北京：人民出版社1989年版，頁66。

對郭璞來說，藉由虛擬仙境的遨遊，展露個人欲由俗務解脫的情懷。第一首可以說是整組詩的自序：

> 京華游俠窟，山林隱遯棲。朱門何足榮？未若託蓬萊。
> 臨源挹清波，陵崗掇丹荑。靈谿可潛盤，安事登雲梯。
> 漆園有傲吏，萊氏有逸妻。進則保龍見，退爲觸藩羝。
> 高蹈風塵外，長揖謝夷齊。〈遊仙詩其一〉（頁 865）

一開始提出「京華」、「山林」；「朱門」、「蓬萊」的對比，即從人世間的仕途紛擾聯繫到蓬萊仙境清逸，援引莊子和萊氏妻的典故，已經可以看出詩人的傾向，末二句表明自己的抉擇：「高蹈風塵外，長揖謝夷齊」，決定追求仙隱的生活而不營求出仕。這組詩是一場想像之旅，藉由四方遨遊尋找自己的定位或是思考未來的方向。

（二）抒情與見證

詩人在進行創作時，或發憤抒情削減憂思，又或者「自我救贖」。於詩人之存在感如此薄弱情境下，「書寫」成了唯一的可以「標示自己仍然存在」的方式，透過憂愁的大量抒發、流亡經驗的訴說、不斷與過去對話的過程中創生出其獨有氛圍，且惟有此氛圍解救詩人於身心危慄之際。「自我形象」不斷的在作品中出現，或部分或流轉甚者變形，這些都與魏晉「個體自覺意識覺醒」密切相關。

建安士人關注的是「個體生命的價值」，把濟世弘道的志願與個人建功立業的理想結合在一起。「建安詩人是注重現實的，但不是實用主義者，而是理想主義者，因爲他們最大的願望是追求生命活動的永恆價值。可由於亂世百廢待興這個特定的背景，使他們執著地認爲，功業之建立是垂名不朽的最大保證」。〔註63〕可以發現此時的遊仙作品所體現出來的「人的覺醒」是建立在儒家君子型理想人生之上的自我價值覺醒，而「對不朽的追求，正是闊大的流變感和覺醒了的個人意識相融合的結晶，是一種對於個人價值的最大限度的追求」。

〔註63〕錢志熙：《唐前生命觀和文學生命主題》北京：東方出版社 1997 年，
　　　頁 219。

〔註64〕然而玄學的出現是個體覺醒思潮的一種理性思索。從嵇阮遊仙詩可以得出「他們以宇宙的最高本體作爲追求的目標，希望自我與本體合而爲一，得到某種精神境界，用來安身立命，與苦難的現實相對抗。他們追求的本體就是自然。」〔註65〕也正如劉小楓所指出：「『覺醒』不在醒悟到生命享樂不可偷換，今生極樂不可排除，感性沉湎不可推移，而在道德性向自然性的轉移。從價值生存形態返回本然生存狀態才構成了這場『人的覺醒』的實質。」〔註66〕重新估定儒家的倫理價值，恢復本眞自我，他們將「自我」轉化爲形而上精神性的存在。

　　嵇康被殺，阮籍終身如臨深淵，如履薄冰，這證明具有玄學品格、與道一體的人生觀與現實環境有著很大的矛盾；於是東晉士人受郭象「內聖外王」影響，找到了一種現實的思路：「以即世爲出世。」王鐘陵對郭璞遊仙詩可謂是一語中的：

> 隱逸正是一種可以脫開一些世網的現實途徑，而遊仙則是對殘酷現實和短促之浮生的想像，因而也是虛幻的解脫。隱逸與遊仙的結合，乃現實中一定程度的脫開和想像中盡情舒展的結合。這樣一種結合，正是當時社會中士人爲自己構造的一個既有現實成分又更有精神性成分的生存空間。這個生存空間比之於大範圍的社會空間有兩個區別：一是相對安全一些，二是能讓自己眞實的個性以一種精神的方式得到較多的體現。這兩點正好是構成對一個『眞我』的保存。〔註67〕

這種即世爲出世的人生價值觀調和了正始玄風下理想人格和現實人格的矛盾，從而獲得身心的和諧，且又深契於老莊玄學的逍遙放達、超凡脫俗的人生態度。

　　詩人在反覆書寫過程中，不斷的自我辯證與檢視，甚者試著調和

〔註64〕王鐘陵：《中國中古詩歌史》北京：人民出版社，2005年，頁76。
〔註65〕任繼愈：《中國哲學發展史・魏晉南北朝卷》，北京：人民出版社，1988年，頁164。
〔註66〕劉小楓：《拯救與逍遙》，上海：三聯出版社，2001年，頁76。
〔註67〕王鐘陵：《中國中古詩歌史》，北京：人民出版社，2005年，頁327。

自我與所處的空間調和；從書寫與敘述角度來說，詩不只有抒情言志的作用，更具有解決人生難題的力量。至少在詩人所處的時代與地域環境中，面對著人生的困頓，詩人選擇了以詩來作爲回應世界的方式，同時也透過陳述、書寫，取得另一種存在的方式。

　　而遊仙詩人的想像之遊與一般旅行並不完全相同，旅行從現代文學的定義上來說：

> 旅行之所以與「流放」、「流浪」、「流離」或「移居遷徙」不同便在於旅行者終究將回到原先所出發離去的「家」。「家」的存在與回歸是旅行的觀念得以成立的前提；「家」也是旅行者得以衡量整個旅行過程的「得」與「失」的秤頭。旅行因此形成一往一返的圓形結構，旅行的回歸點即出發點，兩者既相同又重複，又在相同重複中產生差異。〔註68〕

然詩人的遊歷方式並沒有回歸其魂牽夢縈的「家」，其出發點亦非回歸點，雖然如此，但離開「家」而生的空間轉換，及過程中衡量得與失，加上透過流亡想像的遊歷經驗，不斷與環境及過去的自己對話而對生命產生的洗禮，則是雷同的一點；故詩人之遊歷仍具有「旅行的意義」。

　　此種遊歷方式即是賦體所繼承的「遊觀」之知覺方式，鄭毓瑜從賦體的研究中發現賦體中具有「遊觀」的知覺方式，而遊仙文學就是承襲此中較爲抽象的飛天遠遊及仙境想像，以「遊觀」方式觀察景物，而筆觸更加鋪陳：

> 統合起來說，其實就是一系列不同的「遊觀」方式，彼此模擬與修正的迭代過程。既是「遊觀」，一方面當然要有時空雙軸構設的遊處景觀，一方面又必然會有行遊觀覽的「我」，才得以具實體現此一世界。於是，所謂「時空意識」，在「神於物遊」的織綜下，成爲「我」在其中的經緯網路時間、空間不再是客觀的事實，反倒成爲自我安身立命的

〔註68〕胡錦媛主編：《台灣當代旅行文選》（台北：二魚文化事業，2004年），頁8～9。

實存場域了。〔註69〕

鄭氏認爲「遊觀」組成有二，一爲主體之「我」，一則爲時空網絡所形成的生活場域，兩者交織成篇，透過身體的遊動與主體之主觀經驗形成意義豐富的空間旅行。郭璞遊仙詩之遊觀較賦體之遊觀多了濃厚的宗教意味，同時也多了情與景之間互相投射、交織的文學空間。

　　仙境的飄然美好是「遊仙」詩的主題之一，故詩中不乏仙境的描述。例如：

> 暘谷吐靈曜，扶桑森千丈。朱霞升東山，朝日何晃朗。
> 迴風流曲櫺，幽室發逸響。悠然心永懷，眇爾自遐想。
> 仰思舉雲翼，延首矯玉掌。嘯傲遺世羅，縱情在獨往。
> 明道雖若昧，其中有妙象。希賢宜勵德，羨魚當結網。
> 〈遊仙詩其八〉（頁866）

全詩描述一個可以「縱情獨往」的絕妙世界，自旭日東昇開始，「朝日何晃朗」，大地變得明亮耀眼。迴風吹過曲折的窗櫺，幽靜的室宇也發出了清逸的響音。「仰思」、「延首」、「悠然」、「嘯傲」，鋪敍出盤旋其中的懷想之態。仙境中並非全爲寂然清冷的珍草奇石而已，仙人之可以爲侶、爲友，也是仙境可遊之主要因素。郭璞在詩中提到一些仙境中人，隱約含高節修爲的形象。例如：

> 青谿千餘仞，中有一道士。雲生梁棟間，風出窗戶裏。
> 借問此何誰，云是鬼谷子。翹迹企潁陽，臨河思洗耳。
> 閶闔西南來，潛波渙鱗起。靈妃顧我笑，粲然啓玉齒。
> 蹇修時不存，要之將誰使。〈遊仙詩其二〉（頁865）
>
> 翡翠戲蘭苕，容色更相鮮。綠蘿結高林，蒙籠蓋一山。
> 中有冥寂士，靜嘯撫清絃。放情凌霄外，嚼蕊挹飛泉。
> 赤松臨上游，駕鴻乘紫煙。左把浮丘袖，右拍洪崖肩。
> 借問蜉蝣輩，寧知龜鶴年。〈遊仙詩其三〉（頁865）

〔註69〕鄭毓瑜：〈賦體中「遊觀」的型態及其所展現的時空意識——以天子游獵賦、思玄賦、西征賦爲主的討論〉，《第三屆國際辭賦學學術研討會論文集》（1996年12月），頁411～412。

二詩中的主角都居住在高山深處,與雲和風為伴。冥寂士「嚼蕊挹飛泉」,不食人間煙火,且與赤松子、浮丘公、洪崖先生等人逍遙為伍,不知人間是何年,儼然為一超然世外、不涉世事之隱士形象。值得注意的是鬼谷子,其「翹跡企穎陽,臨河思洗耳」,這裡運用許由典故,說明其自塵世的仕宦紛擾中逃離出來,進而得以享受這一切隱居山林的美好。我們可以看出,郭璞所欽羨的不是天生長住山林的仙人,而是經過一番內心掙扎的抉擇,由入世轉至出世的隱者。這也呈顯了他現實坎壈、欲遊化成仙的意圖。

自我展現了它的生發、流轉、消逝,那是情感在不同經驗與條件下的多種變形,從人世的異道情境到流亡者的蒼蒼荒徑。但若所有情境一同在眼前呈現,誰才是他的自我?當生存的蘊涵網不斷遷化,我到底是什麼、該怎麼做,如果每一天我都變得更不認識自己?一切既定的印象、已知的路程,都一次次地被拋回了大海,拋回了這迷茫的時刻。

郭璞藉由文學作品書寫敘述,試圖尋找一個具有形上意義的歸居,一種最原初意義的庇護所,因此不斷朝向生命初始與終結之處提問,以達到流亡中對自我的檢視與辯證。這可看為詩人尋找另一個更遠初居所的過程,或者是另一種「回歸」。士人在面臨人生困境之時,無論是服膺儒家「以史為鑑」,從歷史中記取教訓、學習前人經驗的原則;或是遵循道家「自然為美」,與天地萬物為伍、揚棄人文禮制的方式,最終目的都是追尋自我在宇宙間的定位。而郭璞就是在「現實中的異道分離」「流亡中的自我辯證」,不斷試著追尋、拼湊自我的形象。

第六節　幻遊中自我的完成

幻遊的世界立基在這條相對於異道情境,經過多番改移、純化的道路上,它不再分歧、不再充滿異道而行的眾人,它唯一的旅者是一個意圖拋開包袱,因此沒有過去的人。眼前只有一條漫漫長路,只為

一個目的，那就是上下求索。縱使許多人物與處所成爲了這趟旅途中的目標，他的追求卻不像是爲了特定的對象，更像是爲了尋找一個自我理想的單純映象——「一種神聖之源的追尋」。

（一）樂園的崩壞：企聖與毀聖

詩人尋遊的方向與路徑皆有其指向，多爲「向上」的「遠方」，因此具有「超凡入聖」的特質，最鮮明的追求對象即是「崑崙」「蓬萊」。

古代神話中，「崑崙」「蓬萊」一直是神聖性十分強烈的聖山，因此不必爲地理上的實指，可作爲神聖空間的象徵。再加上對於世界中心的「向上」登臨，使此行具有濃厚的信仰情操：

> 這「仰望一俯首」的姿態，蘊藏著某種信仰的情操。崑崙是至上感——「帝」在人間的都城，是上界神靈在下界的落腳處，即超自然感靈在人間匯聚之所……崑崙境域乃天地人神交遍、聖凡接壤的通道與門檻，可謂是既座落人間復超越凡俗的「天地之中」的永恆聖地。〔註70〕

> 朱門何足榮，未若託蓬萊。〈遊仙詩其一〉（頁865）

> 呑舟涌海底，高浪駕蓬萊。〈遊仙詩其六〉（頁866）

> 東海猶蹄涔，崑崙螻蟻堆。〈遊仙詩其九〉（頁866）

> 璇臺冠崑嶺，西海濱招搖。〈遊仙詩其十〉（頁866）

詩人之所以要回歸神民相生的存在之源，以進行一趟企聖之旅，是爲了讓「神話的刹那」便成「眼前的刹那」〔註71〕。永恆回歸爲的是破解線性時間的羈絆，不斷反覆回歸神話與宗教的初民原型，獲取存在需求的原生「能量」；透過重覆追尋、永恆回歸，進行生命的更新，以抗衡外在之時空迫阨。

〔註70〕駱水玉：〈聖域與沃土——《山海經》中的樂土神話〉，《漢學研究》第17卷第1期（1999年6月），頁168。

〔註71〕伊利亞德（Mircea Eliade）著，楊儒賓譯：《宇宙與歷史——永恆回歸的神話・第二章時間的再生》（台北聯經，2000年），頁68。

　　然神聖之源樂園沃土之性質往往一體兩面：神聖／禁忌。其中，
禁忌之磨難可由詩人總在回歸途中屢屢挫折上發現。而此挫折顯示於
企聖的途中又返回世俗，如詩人經常於奮力登天盛容之際因郢都的牽
絆而墮回凡俗，故禁忌之挫折亦意謂永恆回歸的眞相，形成：俗→聖
→俗→聖不斷循環的圓形回歸圈。基於此種由聖再返俗交替之際，去
聖、毀聖也成爲必要的手段，如此才有「犯禁」，才有新生的可能。
同樣肇始於神話世界中神聖樂園的失去，歐麗娟對樂園之失去有其詮
說：

> 樂園的失去並不等於樂園的崩潰，因爲「失樂園」所要呈
> 現的是昔日具體實存過的幸福情境，以及在失落之後追想
> 戀慕的懷舊心情；而「樂園的崩潰」所著重強調的，則是
> 樂園從內部毀壞的過程，乃至於對樂園之存在從根本處產
> 生懷疑或徹底的否定，兩者的性質迥然有別，分類上根本
> 不容混淆。〔註72〕

歐氏極力說明樂園之「失去」與樂園之「崩潰」兩者之差異，而郭璞
作品恰恰分別展現樂園的兩種樣貌：詩人除在《山海經圖贊》說明神
仙世界的眞實不容懷疑，而在多首遊仙詩作中，更表達出仙境的美好
與慕棲：

> 暘谷吐靈曜，扶桑森千丈。朱霞升東山，朝日何晃朗。
> 迴風流曲欞，幽室發逸響。悠然心永懷，眇爾自遐想。
> 仰思舉雲翼，延首矯玉掌。嘯傲遺世羅，縱情在獨往。
> 明道雖若昧，其中有妙象。希賢宜勵德，羨魚當結網。
> 〈遊仙詩其八〉（頁 866）

自旭日東昇開始，「朝日何晃朗」，大地變得明亮耀眼。迴風吹過曲折
的窗欞，幽靜的室宇也發出了清逸的響音。「仰思」、「延首」、「悠然」、
「嘯傲」，鋪敘出盤旋其中的懷想之態。仙境中並非全爲珍草奇石而
已，仙人之可以爲侶、爲友如：

〔註72〕歐麗娟：〈唐詩裡的「失樂園」──追憶中的開元盛世〉，《漢學研究》
　　　34 期（1999 年），頁 220。

> 翡翠戲蘭苕，容色更相鮮。綠蘿結高林，蒙籠蓋一山。
> 中有冥寂士，靜嘯撫清絃。放情凌霄外，嚼蕊把飛泉。
> 赤松臨上游，駕鴻乘紫煙。左把浮丘袖，右拍洪崖肩。
> 借問蜉蝣輩，寧知龜鶴年。〈遊仙詩其三〉（頁 865）

種種美麗的懷想，即是「失樂園」情懷下的產物。而詩人那些具有「詠懷」特質的詩篇則指向樂園的崩壞，故又重新意識到現實的景況，他在〈答賈九州愁詩〉中寫道：

> 顧瞻中宇，一朝分崩。天網既紊，浮鯢橫騰。運首北眷，
> 邈哉華恆。雖欲凌猋，矯翮靡登。俯懼潛機，仰慮飛矰。
> 惟其嶺哀，難辛備嘗。庶睎河清，混焉未澄。

詩中流露出他對晉室傾覆的痛心，對中原淪陷的耿耿眷念，以及志圖恢復的深切希望。渡江南來以後，他又贈詩執政大臣王導，期望他「懷遠以文，濟難以略」，輔佐東晉朝廷「方恢神邑，天衢再廓」。凡此皆可說明郭璞並非忘懷世情。其〈遊仙詩其五〉就是這種激憤不平的心理自白，清人陳祚明說它是「傷時不足展才，悔出世之不早」的憤世之作。

> 逸翮思拂霄，迅足羨遠游。清源無增瀾，安得運吞舟？
> 珪璋雖特達，明月難闇投。潛穎怨清陽，陵苕哀素秋。
> 悲來惻丹心，零淚緣纓流。〈遊仙詩其五〉（頁 865）

此二者則分別顯示企聖及毀聖的過程，郭璞聚集此二種樂園特質強力說明著樂園存在的不容否定與重要性。

（二）人神之間的交流置換

　　除企聖毀聖雙線進行之外，詩人企圖要打破聖與俗的分界，回到當初人神共存的美好時代。神仙的生活是逍遙無拘、多彩多姿的，郭璞筆下具體描繪了他們的行止容貌與居處景象，傳達出仙人入於仙景中的多元樣貌。

　　「靈妃顧我笑，粲然啓玉齒」〈遊仙詩其二〉（頁 865～866）

　　「赤松臨上遊，駕鴻乘紫煙。左把浮丘袖，右拍洪崖肩」〈遊仙詩其三〉

「陵陽挹丹溜，容成揮玉杯。姮娥揚妙音，洪崖領其頤」〈遊仙詩其六〉

由上可知：在郭璞的筆下則將仙凡關係做了番調整，可發現仙人的聚會充滿著人性化色彩，進食揮杯交觴，賞樂頷頤和曲，彷若人間宴樂。於是仙凡交遊之際，變得容易與親切。詩人在喧鬧穿行，繽紛飛動的舞衣或戲服使他的身影難以辨識，鳴響的歌樂唱詞或也遮蓋了他自顧自的嘆息，一個穩定、清晰的敘述者淡去了，他的行跡與歷史線索亦隨之模糊，眼前是一場「沒有背景」的神秘筵席，星散的華衣、歌謠、願望與表情共同構成了一個複雜的新世界。

許又方說道：「既然詩人把零散的神話做了關聯性工作，那麼他就像古代的史官一樣，在整理史料成爲具有因果關係的歷史敘述時，悄然將自身的理念灌注到他所記錄的材料中，神話也因而沾染了詩人特殊的情感與意識。換言之，神話本身可能原只是『潛意識』的，唯當詩人整理它、將之系統化，甚至變成自身創作的材料時，它就不再只是自身原來的意指，而是詩人象徵系統中的一環，是詩作整體意義結構中的重要元素。相對的，當詩人運用神話時，多少也承襲了神話中遠古的人類心靈意涵，或受其間的『集體潛意識』所引導、啓發，因而豐富了他詩歌的意象。」〔註73〕

往昔的自我正日漸淡去，取而代之的是一對隨著舞步流轉的雙眼、在紛繁歌樂中轉換身世的心靈。超越性的誕生是源自一場神、人的交流置換，在這段交流置換中，「超出自我」與往昔自我的崩解是同一回事。要尋覓一種新的表達、新的感知，在進一步分裂的世界重建主體性。

（三）感官的超然性

往昔自我的崩解或超越，帶來了主體的轉變。他所有的只是一種純淨的感官，就像當人專注地撫觸劍身，或乍然嗅入飄散的芬芳，他

〔註73〕許又方：〈神話與自傷──論屈原《九歌》中的個人情懷〉，《興大中文學報》2008 年第二十三期，頁 269。

只是那一刻，事物突然顯現，回憶或任何糾結的心事尚未受其觸動的時刻。這由泯除自我所產生的感官性，使一切無比清晰、不再是境隨心遷的幻象，但當撫觸劍身的手只專注於冰涼，也正是感官的鮮明懸置了內在心緒。而感官的超然性就奠定在「方術的修煉」上，以〈遊仙詩其九〉〈遊仙詩其三〉為例說明：

> 採藥遊名山，將以救年頹。呼吸玉滋液，妙氣盈胸懷。
> 登仙撫龍駟，迅駕乘奔雷。鱗裳逐電曜，雲蓋隨風迴。
> 手頓羲和轡，足蹈閶闔開。東海猶蹄涔，崑崙螻蟻堆。
> 遐邈冥茫中，俯視令人哀。〈遊仙詩其九〉（頁 866）

「採藥遊名山，將以救年頹。呼吸玉滋液，妙氣盈胸懷」這四句詩所寫的不是一般世俗的日常生活，而是道教信仰者的方術修煉。其中「採藥遊名山，將以救年頹」是為了達到長生不老而服食仙丹妙藥的概括。「呼吸玉滋液」中的「呼吸」，是一種有著特定要求的行氣功法修煉，這種功法要求修煉者「澄心絕慮，調息令勻，寂然常照，勿使昏散……靜極而噓，如春沼魚；動極而噏，如百蟲蟄。氤氳開闔，其妙無窮」〔註74〕。而「妙氣盈胸懷」是說服食丹藥、行氣和服煉津液等等功法之後所取得的非同尋常的效果：修煉者產生了「妙氣」充盈胸懷的飄飄欲仙的神奇之感。

陶弘景指出：「唾者，漱為醴泉，聚為玉漿，流為華池，散為精汋，降為甘露。故曰為華池中有醴泉，漱而咽之，漑藏全身，流利百脈，化養萬神，肢節毛髮，宗之而生也。」〔註75〕《上清黃庭內景經‧口為章第三》對此也有具體說明〔註76〕。由此不難看出，結合行氣服煉津液之後，詩人產生「妙氣」充盈胸懷的神奇之感並非虛詞，而是方術修煉效果的真實體驗。

〔註74〕陳虛白：《規中指南》，《道藏精華錄》，（浙江古籍，1989年），下冊，頁7。

〔註75〕陶弘景：《養性延命錄》，《道藏精華錄》，上冊，頁2。

〔註76〕務成子：《上清黃庭內景經‧口為章》注，《道藏精華錄》，下冊，頁7。

　　詩歌在寫方術修煉及其所取得的飄飄欲仙的神奇效果之後，緊接著出現的隨風駕龍，乘雷逐電，直奔天庭的神奇圖畫，這正是詩人通過方術修煉誘發了宗教存想，在「幻視」中所見的神仙世界以及「自己與神靈融為一體」的寫照。在實際生活中，郭璞相信存想致神，《山海經圖贊》：「水玉沐浴，潛映洞淵。赤松是服，靈蛻乘煙。吐納六氣，升降九天。」說的正是赤松子通過服食、行氣等方術修煉而舉身飛升成仙的「事實」。

　　道教文獻關於方術修煉與存想「幻視」之間關係的記載：

> 入室東向，叩齒三十二通……仰咒曰：「洞淵幽關，上參三元，玄氣鬱勃，飛霞紫雲……乘空駕靈，遊宴玉晨，攜提景皇，結友真仙。」思洞淵畢，還東向，叩齒九通，咽氣九過，三洞畢矣！子能行之，真神見形，玉女可使，玉童見靈，三元下降，以丹輿綠來迎兆身，上昇太清。〔註77〕

《存思‧紫書存思九天真女法》：

> 思畢，心拜真女四拜，叩齒二十四通，仰祝曰：「天真廻慶，遊宴紫天。敷陳納靈，合運無間……思微立感，上窺神真。流精陶注，玉華降身。萬慶無量，長種福田。」畢，仰引氣二十四咽止。如此，真女感悅，神妃含歡，上列玉帝，奉兆玉名……面發金容，體映玉光，神妃交接，身對靈真，克乘飛蓋，遊宴紫庭。〔註78〕

將以上兩則資料與《遊仙詩》第九首加以比較，可以明顯看出兩則道教文獻除了多出「仰咒」、「仰祝」等文字之外，其他與《遊仙詩》第九首的內容基本相同，都是由兩部分構成：一部分是方術修煉，一部分是存想「幻視」所見的神仙世界。關於這兩部分之間的關係，即方術修煉誘發了關於神仙世界的存想，在兩則散文體的道教文獻中表述

〔註77〕張君房輯：《雲笈七籤》（台北商務，1967 年），第 2 冊，卷 43〈存思部〉，頁 300～301。

〔註78〕張君房輯：《雲笈七籤》（台北商務，1967 年），第 2 冊，卷 44〈存思部〉，頁 317。

得十分明確。

第三首全詩如下：

翡翠戲蘭苕，容色更相鮮。綠蘿結高林，蒙籠蓋一山。中
有冥寂士，靜嘯撫清弦。放情淩霄外，嚼蕊挹飛泉。赤松
臨上游，駕鴻乘紫煙。左挹浮丘袖，右拍洪崖肩。借問蜉
蝣輩，寧知龜鶴年。〈遊仙詩其三〉（頁 865）

「中有冥寂士」，「冥寂」二字出自《三洞經教部・三洞並序》：「《洞
神》之教，以教主寶君爲跡，以冥寂玄通元無上玉虛之氣爲本。」而
「神寶君住太清境」〔註79〕，這說明「《洞神》之教」即《洞神》經
（道教「三洞」經之一）所規定的學道修煉內容是屬於以升入太清境
爲目標的階次〔註80〕。「飄然淩太清，眇爾景長滅」「翹首望太清，朝
雲無增景」。這些詩句十分清楚地表明瞭郭璞修仙的具體目標。

「靜嘯撫清弦」。這句是寫方術修煉的具體內容：與第九首中所
寫的服食丹藥、行氣和服煉津液等等不同，道教宗教生活中的嘯按其
功能和特徵又可以分爲兩種：一種是「禁嘯」，一種是「歌嘯」〔註81〕。
所謂「禁嘯」是一種據說可以改變客觀事物的巫咒禁術〔註82〕，其發
聲方法可以是沒有聲調變化的念誦，也可以是與音樂密切聯繫的吟
唱。「歌嘯」可以用於方術修煉，其發聲既非一般的噏口以氣激舌所
出之聲，亦非大聲呼吼，而是發聲悠長的「吟」。「靜嘯，且有「清絃」
伴奏，更凸顯了其和諧、靜穆和深沉的特徵，這當然更有利於達到「入
靜」狀態。『道教中人都深信正是修道者在身心高度和諧的狀態下，反
復地誦念經咒後發出那些內心的聲波，由內而及於外，由近而及於遠，
終能讓它超出此界的時空之維而「傳譯」向另一他界的時空』〔註83〕，

〔註79〕 張君房輯：《雲笈七籤》（台北商務，1967 年），第 1 冊，卷 6〈三洞
經教部〉，頁 31～32。

〔註80〕 張君房輯：《雲笈七籤》（台北商務，1967 年），第 1 冊，卷 6〈三洞
經教部〉，頁 32。

〔註81〕 詹石窗：《道教與女性》，（上海古籍，1990 年），頁 115～122。

〔註82〕 《後漢書・方術列傳》，（北京中華，1965 年），第 10 冊，頁 2742。

〔註83〕 李豐楙：《道教劫論與當代度劫之說》，李豐楙、朱榮貴主編：《性別、

這個「另一他界的時空」正是人間之外的神仙世界。這樣看來，是故緊承「靜嘯」之後詩人所「看到」的赤松、浮丘和洪崖等神仙在祥和氤氳中駕鴻飛翔，逍遙同遊的神奇場景，同樣不也正是存想致神的寫照嗎？

通過道教文獻所記載的一些真人道士所創作的「仙歌道曲」予以證明。《雲笈七籤》卷九六《西王母授紫度炎光神變經頌》之一：「嘯歌九玄臺，崖嶺凝淒端。……積感致靈降，形單道亦分。」〔註84〕又《高仙盼遊洞靈之曲》：「吟詠《大洞章》，唱此《三九篇》。曲寢大漠內，神王方寸間。」〔註85〕這兩則「仙歌道曲」明確無誤地說明「嘯歌」和「吟詠」具有「致靈降」和使「神王」致於「方寸間」的作用。它們都是真人道士根據自己修煉的切身體會而創作，所言不虛。

但這是自我本身的分裂，那些形象如潘嘯龍所說，最終都將消散、回返：「幻化的『自我』適應於幻化情境的特點而變化，所以是不穩定的，更無須求其『形貌』上的前後『統一』，因為它無非是為了外化和表現詩人的情感。而詩人自身之『我』，則是穩定的。從創作心理說，幻化的『自我』其實只是某些形相和特性的變化，其中滲透著的始終還是詩人自身的精神、情思；而且這種幻化之我，總要自覺不自覺地『回返』為現實之『我』。」〔註86〕

幻境的景象輪番展現它們的精粹，最終凝聚成一個光點、一個高遠的時刻，漫遊的渴望也在那片刻中獲得滿足。隨著一切融解於遼闊的閒暇，糾結的世界被拋向後頭，但在結局來臨前，幻遊者不知道，或只在深心中知道，他走的道路不是為了自己的遠逸，而是在一幅巨大的肖像邊環繞，勾勒著一個憂傷神情的光圈。

遊仙詩使詩人的自我人格達到裂變、形成對照、並得到補充，很

神格與臺灣宗教論述》，（臺灣天翼，1997年），頁321。
〔註84〕《西王母授紫度炎光神變經頌》之一，《雲笈七籤》，第4冊，頁658。
〔註85〕《高仙盼遊洞靈之曲》之一，《雲笈七籤》，第4冊，頁660。
〔註86〕潘嘯龍：〈《離騷》的抒情結構與意象表現〉，收入梁啟超等著；胡曉明選編：《楚辭二十講》（北京華夏，2009年），頁117。

大程度上，表達了詩人生命符號的完整，最大限度地體現了詩人的生命意義。郭璞開創了一個色彩斑斕的瑰麗世界，而自我宛如一個「客觀欣賞」的存在：

> 翡翠戲蘭苕，容色更相鮮。綠蘿結高林，蒙籠蓋一山。
> 〈遊仙詩其三〉（頁865）

> 瓊林籠藻映，碧樹疏英翹。丹泉漂朱沫，黑水鼓玄濤。
> 〈遊仙詩其十〉（頁866）

用色強烈而濃郁，翡翠、蘭苕、綠蘿，以及瓊林、碧樹、丹泉、朱沫、黑水、玄濤等意象的連續使用，使綠、藍、紅、紫、黃、白、黑各種顏色形成鮮明繽紛的色澤感。或用描摹歌曲方式塑造聽覺意象，如：「姮娥揚妙音」，一個「妙」字便彰顯出聲音的與眾不同。又或者藉由觸覺感受，如：「左挹浮丘袖，右拍洪崖肩」，「臨源挹清波，陵岡掇丹荑」；仙境在郭璞的五色畫筆渲染下，變得絢麗繽紛：這裏有煙霧繚繞、林木蔥郁、泉水激蕩；有墨彩凝散、光影明滅、聲響流轉。

那有時詩人在仙境中，屬於「自我的主觀參與」，如：

> 靈妃顧我笑，粲然啓玉齒。〈遊仙詩其二〉（頁865）

> 左挹浮丘袖，右拍洪崖肩。〈遊仙詩其三〉（頁865）

> 登仙撫龍駒，迅駕乘奔雷。鱗裳逐電曜，雲蓋隨風迴，
> 手頓羲和轡，足蹈閶闔開。〈遊仙詩其九〉（頁866）

筆下描繪自己與仙人們親昵嬉遊的場景：靈妃明眸皓齒，對著詩人微笑；浮丘、洪崖，與詩人拍鬧嬉戲著攜手同遊，這些都洋溢著飄逸自在的神韻與風采。正因郭璞已把自己融入仙境，才能寫出如此作品。又如「撫」、「迅」、「乘」、「逐」、「隨」、「手頓」、「足蹈」等等所形成的強烈的視覺衝擊力，詩人深信自己完全屬於他正在追求的神仙世界，渴望與神仙世界融爲一體表現得淋漓盡致，從而深刻地揭示了詩人的內心狀態。

郭璞的豔逸天堂是與現實世俗世界的一個對立存在，是他夢想的象徵，他一生都以這種精神狀態對抗歷史與時代，天堂所呈現的色彩

才會如此瑰麗，企望愈深，則色彩愈濃烈。雖然感官在「存思致神」下超然的存在，但當「自我的本真存有」，又不得不讓詩人重新審視現實的困阨於殘酷，如：

> 逸翩思拂霄，迅足羨遠游。清源無增瀾，安得運吞舟。
> 珪璋雖特達，明月難闇投。潛穎怨清陽，陵苕哀素秋。
> 悲來惻丹心，零淚緣纓流。〈遊仙詩其五〉（頁865）

> 六龍安可頓，運流有代謝。時變感人思，已秋復願夏。
> 淮海變微禽，吾生獨不化。雖欲騰丹谿，雲螭非我駕。
> 愧無魯陽德，迴日向三舍。臨川哀年邁，撫心獨悲吒。
> 〈遊仙詩其四〉（頁865）

一個「惻」字道出了仁者的悲傷之心，何其壯美無奈，深切地感受到詩人的哀傷，這是中國士子一脈相承的濟社稷、安黎民的傳統。而春秋代序，時光荏苒，時間的無可挽回亦令人感思萬千，此時詩人看到了天堂的虛幻，同時也看到了自己夢想的悲傷與卑微。

　　無論其表現方法是多麼的超然物外，實際上，都逃不脫現實的無形羈絆，它只能夠表明，作家在現實社會中所具有的現實的與非現實的性格裂變，以及這種裂變所導致的生命缺失。遊仙詩的實質，就在於整合這種缺失，使作家實現一個完整生命意義。在廖美玉〈郭璞故鄉/新鄉/仙鄉的心靈映象與艷逸詩風的形成〉〔註87〕曾說：「生長於政治、文化核心的北方，由選擇記憶譜系而積澱的故鄉印記，已兆示多元的生命圖象；主動渡江南下尋覓人間樂土，建構以江南山水為主軸的新鄉圖象；歷經自我與群體、理想與現實的矛盾叢結，因追求主體精神的絕對自由而回歸心靈原鄉，並以想像和信仰為基石締造仙鄉，驗證生命可以相互映襯而豐富多姿。郭璞自我生命證成的體驗，正如不繫之舟航行於廣袤無垠的時空中，使他能超越思鄉情結與仙凡去住的糾葛，展現孑然獨立的意識情態，從而開啟創作主體的心靈世界，

〔註87〕廖美玉〈郭璞故鄉／新鄉／仙鄉的心靈映象與艷逸詩風的形成〉《成大中文學報》第八期，2000年6月，頁1～30。

在「詩賦欲麗」的創作主流中，凸顯「逸」的超凡脫俗及玄學玄思，創變出「挺拔而爲俊」的「艷逸」詩風，爲詩歌創作挹注豐沛的活水，確立他在古典詩歌發展上的意義與地位。」

第八章　東晉詩人遊仙主題——
陶淵明的人境與自然

　　人必須隨時戒慎於被世俗異化，以保持自我的本眞，但是人的人間性又是內在於人性結構中，無法從人的自然本性中消解。因此理想處境乃是既要解除世俗束縛，又必須回到與人相處的關係中。經由陶淵明親身體驗，他呈示出合乎此一理想的場域即是園田。〈歸園田居〉五首正是以園田作爲安頓己身的場域建立出新的空間與秩序，「復得返自然」也落實於此境域。在這五首詩中兩次出現「虛室」一語，而其典便出自《莊子・人間世》，它既是一個具體的空間語彙，在《莊子》語境中也同時指向轉化後的心靈境界，陶淵明由此呈顯出以虛靈之心含納著人與自然共在的「園田」。換言之，透過人們在園田之中「虛室生白」「復返自然」的涵養，「人間」可以轉化提昇爲「人境」。

第一節　「虛室生白」的吾廬意識

（一）自我的糾葛與幻化——斟於醉境，止於美善

　　生命自我與現實自我常常在詩中表現爲兩種對立的精神狀態與情緒。現實自我代表心靈中焦慮、彷徨、精神無處歸依的一方，生命

自我代表心靈中高潔堅定精神理想的一方。

　　對於魏晉詩人來說，生命自我是一個極其動人的神話，是一個理想化的彼岸世界。這一彼岸世界卻不像宗教彼岸世界那樣虛幻，它就縈根於現實人的心靈之中，只要人能在擺脫現實自我的一刹那窺探體驗到它的境界，人便獲得回歸生命自我的喜悅與衝動，體驗這一理想境界也是魏晉人審美追求的終極價值。歸隱山水田園，遠離官場塵囂都不過是追求回歸生命自我的一種途徑和方式，它們並不是終極目標。所以，對於形體歸隱山水田園，精神尚未回歸生命本眞的文士來說，他們就不可能體驗到回歸生命自我的喜悅與歡欣。陶淵明作爲古今隱逸詩人之宗，不在於他形體的歸隱田園，而在於他的精神眞正回歸到生命的本眞境界。即使如此，他的心靈中也常處於現實自我與生命自我的拉鋸戰之中。如：

　　　　幽蘭生前庭，含薰待清風。清風脫然至，見別蕭艾中。行
　　　　行失故路，任道或能通。覺悟當念還，鳥盡廢良弓。[註1]
　　〈飲酒十七〉（頁 326～327）

詩人的理想生命自我懷潔抱香，雖含薰而一時不爲人知，但清風吹拂時，幽香遠播，它便與無色無香的蕭艾判然區別了。詩人的現實自我卻充滿「行行失故路」的焦慮與迷惘，失路的痛苦與徬徨一刻也未離開詩人的潛意識。儘管他自信生命自我的高潔美麗，但從現實自我通往生命自我的路途上仍險阻重重，現實自我背著沉重的名教及世俗的重負，它時時處在無路可走的遊移與困惑中。在這首詩中，生命自我在幽蘭意象中幻化出自身，又在失故路的意象中迷失了自身，所以有「任道或能通」的試探。現實自我在幽蘭意象中被暫時壓抑，在「行行失故路」中又顯露出來。最後在「鳥盡良弓藏」的政治壓力下，以保全生命爲由與生命自我暫時妥協言和。而「酒」有時是彼此之間溝

〔註 1〕　王叔岷：《陶淵明詩箋證稿》，台北藝文，1975 年，詩作皆引此書，
　　　　　僅於文後標頁碼，不另加註。
　　　　　溫洪隆：《新譯陶淵明集》，台北三民，2004 年，散文皆引此書，僅
　　　　　於文後標頁碼，不另加註。

通的橋樑，再如以下詩作：

> 青松在東園，眾草沒其姿。凝霜殄異類，卓然見高枝。連
> 林人不覺，獨樹眾乃奇。提壺挂寒柯，遠望時復爲。吾生
> 夢幻間，何事綿塵羈。〈飲酒八〉（頁300～302）

詩的上半部分在生命自我與外物現實的對比中展開意象。「青松」是
詩人生命自我的投射，眾草是現實中俗士的象徵，也是對現實自我的
折射。生命自我卓然獨出，奇姿凌霜壓倒了外物及現實自我。詩的下
半部分，詩人跳出青松，跳出生命自我來反觀自己。「寒柯」：生命自
我的象徵；「塵羈」：陷於世俗之網中的現實自我；「酒壺」：現實自我
與生命自我溝通的橋樑。「提壺掛寒柯，遠望時復爲」，當飲酒使人進
入微醉狀態，直覺無意識充分活躍時，心靈深處的生命自我便得以充
分顯現。詩人借助酒神的力量才能從容地瞻望、領悟、體驗生命的本
真狀態，從而引發了「我是誰」「誰是我」的迷離與恍惚。「吾生夢幻
間」既表現了現實自我如夢境般飄渺幻滅，又展露了詩人潛意識中對
於生命自我與現實自我之間，何者爲真我的困惑與迷惘。「何事綿塵
羈」，最後歸於對生命自我的依戀和對現實自我的懷疑與摒棄，與詩
的前半部分青松意象遙相呼應。而以下亦然：

> 秋菊有佳色，浥露掇其英。汎此忘憂物，遠我遺世情。一
> 觴雖獨進，杯盡壺自傾。日入羣動息，歸鳥趨林鳴。嘯傲
> 東軒下，聊復得此生。〈飲酒七〉（頁296～298）

秋菊與青松、幽蘭一樣，象徵了生命自我。菊本色佳，又兼帶露，折
射著生命自我的生鮮蓬勃之氣。泛酒的意象暗示適情任性，在酒神精
神的海洋中任生命之舟自由無礙地漂流。醉境把詩人與現實自我暫時
隔斷，酒是忘卻現實自我進入生命自我的最好的橋樑與通道。所以，
它是忘憂之物，可以「遠我遺世情」，進入酒醉的激情狀態，生命自
我便無比高大豐盈，獨立無偶，無所拘礙。「一觴雖獨進，杯盡壺自
傾」這種心靈的充分解脫，情感的迷醉狀態，對生命自我體驗的得意
忘形……全融匯在「杯盡壺自傾」的意象之中。

　　而「歸鳥趨林」透出親切、溫馨的眷戀之情，嗚是對生命回歸與更生的歡呼，「日入」兩句就是對生命本眞體驗與領悟的純粹發自直覺無意識的象徵意象。它寧靜至極，澄明至極，與老莊及玄學「冥」於「道」、「一」、「無」的哲理境界相通，都是對生命本眞的體驗與領悟。

　　〈飲酒五‧結廬在人境〉一詩，是陶淵明詩歌意象的頂峰，在這首詩中，生命自我擺脫了現實自我的糾纏，澄明無礙地呈現在詩歌意象之中。「結廬在人境，而無車馬喧。問君何能爾，心遠地自偏。」這種遠與靜的境界是生命自我戰勝現實自我後才可能出現的，不管形體在田園還是在鬧市，「心遠地自偏」這種澄明無礙、自由的心靈使萬物都呈現出寧靜悠遠的情韻。「采菊東籬下，悠然見南山」，至此，詩人與生命自我融爲一體，以生命本眞狀態呈現的陶淵明，他心靈悠然空明，投射在菊花與南山的意象中。「山氣日夕佳，飛鳥相與還。此中有眞意，欲辯已忘言」，所謂眞意即對回歸生命本眞的體驗與感受。這偶然無心的情與景會，正是詩人生命自我敞亮時，其空明無礙的本眞之境的無意識投射。這裡相與歸還的鳥兒和悅欣慰，它們沒有了孤鳴，沒有了傍徨，沒有了失路之迷惘，也沒有了離群之悲傷。它們投射著詩人擺脫現實自我的孤獨迷惘後，精神獲得巨大的歸屬與依託感，從而呈現的自由而寧靜、歡暢的心境。

　　對生命自我本眞狀態的體驗是這首組詩眞意之所在，也是〈飲酒詩〉及陶淵明詩歌審美的終極目標。通往這一目標的意象結構便是生命自我與現實自我的矛盾、對立、衝突、轉化；溝通這一對立的橋樑是酒神精神帶來的直覺無意識的「醉」境。

（二）身與心的大化流行——回歸田園，大地安居

　　由於萬物底層是氣的流通狀態，在此狀態中萬物是相通的，但氣聚而有形，乃有個體的區隔與分殊，此分殊包括物我之別、意識運作、感官分化等等；如果能儘量去分殊化，而回到原初的氣化流行狀態，

物我之間的感通相融便愈益可能。這種去分殊化的身體主體即是陶淵明屢言的「虛室」，是使身體處於不受人為意志左右的狀態，是身體與世界共在的虛靜之態；此時內外之氣不但是同一結構，亦是同一質性，也即是讀者所體察到的「清和靜遠」之氣。

這種氣氛在陶詩中的瀰漫流動，就文學表現而言，相當程度基因於陶詩的呈現鮮少使用意含強烈主動意味的知覺動詞；也不常進行定著一物的描寫，而多是出以渾融的身體感受以呈顯物物的相互融攝；這既是主體消融於整體之中的體現，亦是內外如一之流動的基礎。

以〈遊斜川〉詩為例：

> 序：辛丑正月五日，天氣澄和。風物閒美，與二三鄰曲，同遊斜川。臨長流，望曾城。魴鯉躍鱗於將夕，水鷗乘和以翻飛。彼南阜者，名實舊矣。不復乃為嗟歎，若夫曾城。傍無依接，獨秀中皋。遙想靈山，有愛嘉名。欣對不足，率爾賦詩。悲日月之既往，悼吾年之不留，各疏年紀鄉里，以記其時日。
>
> 開歲倏五十，吾生行歸休。念之動中懷，及辰為茲遊。氣和天惟澄，班坐依遠流。弱湍馳文魴，閒谷矯鳴鷗。迴澤散游目，緬然睇曾丘。雖微九重秀，顧瞻無匹儔。提壺接賓侶，引滿更獻酬。未知從今去，當復如此不？中觴縱遙情，忘彼千載憂。且極今朝樂，明日非所求。（頁121～129）

這首詩作於開歲的始春時節，在總是向死亡邁進的人生行旅中，傷逝的情懷油然而起。此刻的斜川不但集聚了周圍的風物，也集聚了陶淵明的過往與未來，「及時」（及辰）使一切來到此刻，「天氣澄和，風物閒美」，周圍的氣息以平和靜穆形成人與物共存的空間氛圍，流動出天的澄遠，守護著風物於此靜謐中展現其自身。依著斜川，萬物各自形成相互蘊涵的關係，是陶淵明與友朋的布次依傍，是文魴悠遊川中，是水鷗翻飛其上，「弱」湍與「閒」谷都在此一既流動著生命力又靜謐的氛圍中。順著斜川將視野或是橫向的延伸，或是縱向的俯仰，斜川與曾城不但互涵互攝，也因它們的安置其中，而使包納它們

的迴遠與緬邈一起凝聚在物物的關係間。結尾有著集聚當下的況味，因爲，知覺的綜合是一種時間的綜合，在當前圍繞身體主體的知覺場中，知覺的綜合將過去與未來的雙重界域投射在現在周圍。

再看〈時運〉詩：

> 序：時運，游暮春也。春服既成，景物斯和，偶景獨游，
> 欣慨交心。邁邁時運，穆穆良朝。襲我春服，薄言東郊。
> 山滌餘靄，宇曖微霄。有風自南，翼彼新苗。
> 洋洋平潭，乃漱乃濯。邈邈遐景，載欣載矚。稱心而言，
> 人亦易足。揮茲一觴，陶然自樂。
> 延目中流，悠悠清沂。童冠齊業，閒詠以歸。我愛其靜，
> 寤寐交揮。但恨殊世，邈不可追。
> 斯晨斯夕，言息其廬。花藥分列，林竹翳如。清琴橫膝，
> 濁酒半壺。黃唐莫逮，慨獨在余。（頁 10～16）

此詩的整體氛圍是「景物斯和」，與〈遊斜川〉的「天氣澄和，風物閑美」極爲類似。邁邁行進的大化，以和美的狀貌具現在暮春的早晨，「靄」與「霄」皆是雲氣，或散或聚的時在遠山，時在宇邊，結合出清新澄澈的氣息。南風拂過新苗則是大化流行扶翼百物的姿態，此句與「平疇交遠風，良苗亦懷新」的韻味相近；「交」具現了物與物之間相互蘊涵的關係：風流動無形，交於平疇而在新苗上見出形象，新苗則因風的披拂而展現生意。

　　無論是〈時運〉詩的獨遊，或是〈遊斜川〉的群集，不分孟春或暮春，「和」的氣象可以說都是全篇的主調。「和」是一種性質、一種意義，是身體主體的認識結構的實現。和的包孕萬物既是質性的亦是空間的，和氣充盈於陶淵明的遊目流矚與俯仰緬懷，能高能遠的目光支撐著不斷擴充的世界圖象終至於一種消泯感官界限的融合，〈飲酒其五〉的「佳」，自當同樣是清與靜的揉和。陶淵明常以飛鳥自喻本是人所共知，但陶淵明的飛鳥總以歸返爲意向，且所處情境與陶淵明日常悠遊的氛圍如出一轍；這即是在整體渾融的氣氛下，主客互滲互蘊，陶淵明將飛鳥的結構同化在自身之內，從而具有與飛鳥相同的身

體空間感；不但與之飛翔，也與之共覓安居。

在〈歸園田居〉組詩中，除了具現身體與田園共在一個整體視域外，同時也揭示出身心與所處空間的互滲關係。

> 少無適俗韻，性本愛丘山。誤落塵網中，一去三十年。羈鳥戀舊林，池魚思故淵。開荒南野際，守拙歸園田。方宅十餘畝，草屋八九間。榆柳蔭後簷，桃李羅堂前。曖曖遠人村，依依墟里煙。狗吠深巷中，雞鳴桑樹顛。戶庭無塵雜，虛室有餘閒。久在樊籠裡，復得返自然。〈其一〉
> 野外罕人事，窮巷寡輪鞅。白日掩荊扉，虛室絕塵想。時復墟曲中，披草共來往。相見無雜言，但道桑麻長。桑麻日已長，我土日已廣。常恐霜霰至，零落同草莽。〈其二〉
> 種豆南山下，草盛豆苗稀。晨興理荒穢，帶月荷鋤歸。道狹草木長，夕露沾我衣。衣沾不足惜，但使願無違。〈其三〉
> 久去山澤游，浪莽林野娛。試攜子姪輩，披榛步荒墟。徘徊丘隴間，依依昔人居。井竈有遺處，桑竹殘朽株。借問採薪者，此人皆焉如。薪者向我言，死沒無復餘。一世異朝市，此語真不虛。人生似幻化，終當歸空無。〈其四〉
> 悵恨獨策還，崎嶇歷榛曲。山澗清且淺，可以濯吾足。漉我新熟酒，雙雞招近局。日入室中闇，荊薪代明燭。歡來苦夕短，已復至天旭。〈其五〉（頁100～117）

在〈歸園田居〉五首中曾兩次出現「虛室」一詞，此詞本身就是一個空間的指涉，「虛室」一辭原出自《莊子・人間世》：「瞻彼闋者，虛室生白，吉祥止止。」無塵雜的戶庭，正是一間虛室，「有餘閒」的既是身處此一生活居室的情境感受，也是心靈寄寓其間所有的虛靜狀態。「白日掩荊扉」則描繪出一個有意與外界區隔的屋宅，此一屋宅也就是「絕塵想」之所在。「虛室」除了指涉現實的空間之外，也開展出了一個與之相映相涵的心靈世界，虛室作為心靈的象喻便不僅是抽象的層面，而田園空間對於陶淵明的歸返也才具有實存的意義。因此，「虛室」既是心靈也是陶淵明在大地的居所，是其存在的方式，也是世界的中心，虛室所形成的處境凝聚著陶淵明的感覺結構，並以

此向世界敞開〔註2〕。

《莊子‧大宗師》有云:「夫大塊載我以形,勞我以生,佚我以老,息我以死。」具現了人與大地終其一生的親附關係。陶淵明〈自祭文〉:「茫茫大塊,悠悠高旻,是生萬物,余得爲人。」也說明了人在大地之上、天空之下的具體存在〔註3〕。而人在大地上的存在方式即是居住,居住活動總是與萬物共存,意味著和平地守護著萬物的本性在自由之中。陶淵明的歸園田「居」便是大地安居的展開,農耕的節奏更是完全附著於土地。而土地的象徵原本即有創生與厚藏的功能,它吐生萬物,也爲萬物所歸〔註4〕。因此,田園的空間意蘊並不僅是作爲仕宦對立面的隱逸空間,而是能夠與萬物共存的生命安頓之所〔註5〕。這種植根於土地的安定感,可以很具體地由〈歸園田居〉傳達出來。

一個居息俯仰的「地方」,除了與安居並現的農務活動外,還在於人際結合所形成的關係。在〈歸園田居〉中,陶淵明與田園相互蘊涵的世界裡,主體間的對談互動,是交融在整體的情境之中,具有一種質樸簡單的氣息。在陷身官場時,山澤與田園同在一個與官場相對的空間裡,但在田園安居之後,田園與山澤便成爲兩個不同生存形態的選擇,陶淵明選擇與親人共居、與鄰里存問,是不離群體的人間生活所應具有的形態。

人對於空間的感受與對地方的親附,相當程度是取決於人際關係,俗世、宦途形構出的是一個人與人相互排斥的擁擠空間;然而田園裡的鄰里關係,則因相互支援,無私無我,而使空間擴大,產生更

〔註2〕 加斯東‧八舍拉著,龔卓軍、王靜慧譯:《空間詩學》,台北張老師文化,2003年,頁141。

〔註3〕 海德格著、彭富春譯:《詩‧語言‧思》,北京文化藝術,1991年,頁135。

〔註4〕 Mircea Eliade. *Patterns in Comparative Religion*, Rosemary Sheed Trans. (New York: Sheed & Ward, 1958) pp. 239～256.

〔註5〕 渡邊登紀:〈田園與時間──陶淵明〈歸去來分辭〉論〉,《中國文學報》,京都大學,20003年4月,頁31～39。

多的自由。陶淵明在柴桑舊居遇火，而於日後徙居南村時，所著意的
便主要在此一人際氛圍：

> 昔欲居南村，非爲卜其宅。聞多素心人，樂與數晨夕。懷
> 此頗有年，今日從茲役。敝廬何必廣，取足蔽牀席。鄰曲
> 時時來，抗言談在昔。奇文共欣賞，疑義相與析。〈其一〉
> 春秋多佳日，登高賦新詩。過門更相呼，有酒斟酌之。農
> 務各自歸，閒暇輒相思。相思則披衣，言笑無厭時。此理
> 將不勝，無爲忽去茲。衣食當須紀，力耕不吾欺。〈其二〉
> （頁159～163）

在這兩首詩中，陶淵明並不具體勾勒新居的空間層次，僅以一句「弊
廬何必廣，取足蔽牀席」帶過，卻全幅呈顯出南村「素心人」間的互
動，以及由此形成的意向性空間。在南村中人與人的「關係」互滲著
相思的氛圍，由此相互定位出彼此身體的意向。〈移居〉詩的呈現相
較於〈歸園田居〉，並不是田園空間的消蝕，而是更進一步的相融，
以致習焉不察。從人際互動最足以見出生活空間的形成是主體與主體
間相互蘊涵的結果，空間永遠不是靜止的狀態，陶淵明的身體空間時
時疊現著鄰曲過往的身影。陶淵明的身體在人際空間裡始終是向著眞
樸狀態回歸，共同融入田園世界裡。

　　在所得的此生中，陶淵明安居於大地之上，以親附土地的躬耕生
活與萬物共存，同時包孕著素樸的人際互動，守護著萬物的本性於自
由之中；不斷延伸著大地的深廣，也開展出與親人共居、與鄰里存問，
和諧靜穆的人境生活。「虛室」作爲陶淵明安居的中心、心靈的狀態，
凝聚著陶淵明的感覺結構，以虛靜澄遠的涵容向田園世界敞開。身處
於田園世界亦即在天地之間的陶淵明，從最根源的身心感知出發，持
續與天地之氣交流互滲，當感官的分殊逐漸消泯，身心不斷渾融一
氣，達到內外如一的流動時，陶淵明的身體與田園也就共在清和靜遠
之中。這種與世界的對話關係不但形成陶淵明特有的身心境界，也開
拓出前所未有的文學空間。

第二節　人境中的自然追求

　　義熙元年十一月，陶淵明棄官歸里，於此前後寫下具宣示意味的
〈歸去來兮辭〉。除題目之外，文中「歸」與「還」字竟六見。有人
說「歸去來兮」是淵明所有詩文的主旋律〔註6〕。作於歸隱之後不久
的〈歸園田居〉其一中則有互為對應的「守拙歸園田」和「復得返自
然」兩句。「歸」、「復」、「返」在中文裡是再次回到原先的所在，歸、
返、還的所向在此就是「園田」和「自然」。此處「自然」既有原義
的「自身」，和被道家增益的「與主體的『無為』相親和『自然而然』」
的意味〔註7〕，亦有因「園田」而生出的祖業、祖塋所在的鄉土這樣
生命本源的意味。因此由「歸」、「復」、「返」就劃出了一個不同於自
〈遠遊〉和曹植以來「遊仙」的安頓生命和靈魂的傳統，甚至也與日
後謝靈運向「山野昭曠」〈山居賦〉遠離人寰的山林尋求排遣「物慮」
的取徑判然有別。

　　然而，在陶淵明的田園世界中，歸鳥常常是一種轉喻。因為歸鳥
與詩人共享著園田的土地和天空，是詩人生命世界的一部分。故本質
「是詩人即時、即地所見的「興象」，而非「比象」。如〈飲酒其五〉
「山氣日夕佳，飛鳥相與還」，其七「日入群動息，歸鳥趨林鳴」，〈歸
去來兮辭〉中的「鳥倦飛而知還」，恐皆會心不遠、觸目所見，拈來
入詩。其中特別彰顯鳥之與詩人共在於園田的，則是〈讀山海經其
一〉：

> 孟夏草木長，繞屋樹扶疏。眾鳥欣有託，吾亦愛吾廬。既
> 耕亦已種，時還讀我書。窮巷隔深轍，頗迴故人車。歡言
> 酌春酒，摘我園中蔬。微雨從東來，好風與之俱。泛覽周
> 王傳，流觀山海圖。俯仰終宇宙，不樂復何如？（頁 475
> ～479）

〔註6〕賴賜三：〈桃花源記的神話、心理學詮釋——陶淵明的道家式「樂園」
　　　關懷〉，《中國文哲研究集刊》第 32 期（2008 年 3 月），頁 3。
〔註7〕池田知久：〈中國思想史中「自然」的誕生〉，田人隆譯，小島毅、
　　　溝口雄三主編《中國的思維世界》，江蘇人民，2006 年，頁 15。

詩人說：眾鳥因孟夏樹木扶疏，有了托身之所而歡欣地啁啾，難道我不是因爲有了所愛的「廬」、有了繞屋而扶疏的樹木、有了樹上歡叫的眾鳥而快樂嗎？此處一個「亦」字，暗示詩人與眾鳥生命之間是相通的，所謂「我亦具物之情也」〔註8〕。這不僅在眾鳥欣欣鳴叫之時我也歡然地酌酒、摘菜，享受勞作果實，和以流觀圖書享受耕作的閒暇；更在於我與眾鳥都能以各自生命去俯仰感受、融進宇宙的節律，即由孟夏天氣、微雨、好風體現的宇宙的生命節奏。這是由「乘化」而生的生命坦蕩和面對遷化之美感：「善萬物之得時」。陶淵明所謂「見樹木交蔭，時鳥變聲，亦復歡然有喜」〈與子儼等書〉，亦此一美感。在此美感中，遷化不啻爲一種音樂，「俯仰終宇宙」因而如宗白華所說，是「節奏化的音樂化的」宇宙感〔註9〕。亦即所謂的「自然」。

（一）「委心委運任真」──生命的存在方式

陶淵明存在方式的特徵──「委心」與「委運」，即一切聽憑造化因任自然，率性而動了無矯飾，任情而行不待安排，任其眞性流行，還人生以自在，能「委心」與「委運」就做到了「任眞」，「任眞」是其內在性與外在性的同時完成，並因之使他成爲一個本眞存在的人。

「委心」這一存在方式是陶淵明在〈歸去來兮辭〉中提出的：「木欣欣以向榮，泉涓涓而始流；善萬物之得時，感吾生之行休！已矣乎，寓形宇內復幾時，曷不委心任去留，胡爲乎遑遑欲何之？富貴非吾願，帝鄉不可期。懷良辰以孤往，或植杖而耘籽；登東皋以舒嘯，臨清流而賦詩。聊乘化以歸盡，樂夫天命復奚疑。」「委心」的本質就是讓生命本眞地存在，率性而動了無矯飾，任情而行不待安排。較多地使用「稱情」、「肆志」一類情感化的詞句，「稱心」、「縱心」等詞在陶集中更爲常見：

> 咨大塊之受氣，何斯人之獨靈！稟神智以藏照，秉三五而

〔註8〕　劉熙載：《藝概》，上海古籍，1978年，頁55。
〔註9〕　宗白華：〈中國詩畫中所表現的空間意識〉，《美學散步》，上海人民，2005年，頁83。

> 垂名。或擊壤以自歡，或大濟於蒼生；靡潛躍之非分，常
> 傲然以稱情。〈感士不遇賦〉
>
> 遷化或夷險，肆志無窊隆。〈五月旦和戴主簿〉
>
> 稱心而言，人亦易足；揮茲一觴，陶然自樂。〈時運〉
>
> 雖留身後名，一生亦枯槁，死去何所知，稱心固爲好。〈飲
> 酒十一〉
>
> 靜念園林好，人間良可辭。當年詎有幾，縱心復何疑。〈庚
> 子歲五月中從都還阻風於規林其二〉（頁 300、153、13、310
> ～311、224～225）

〈歸去來兮辭‧序〉：

> 余家貧，耕植不足以自給。幼稚盈室，瓶無儲粟，生生所
> 資，未見其術。親故多勸余爲長吏，脫然有懷，求之靡途。
> 會有四方之事，諸侯以惠愛爲德，家叔以余貧苦，遂見用
> 于小邑。于時風波未靜，心憚遠役，彭澤去家百里，公田
> 之利，足以爲酒，故便求之。及少日，眷然有歸歟之情。
> 何則？質性自然，非矯勵所得。飢凍雖切，違己交病。嘗
> 從人事，皆口腹自役。於是悵然慷慨，深愧平生之志。猶
> 望一稔，當斂裳宵逝。尋程氏妹喪于武昌，情在駿奔，自
> 免去職。仲秋至冬，在官八十餘日。因事順心，命篇曰《歸
> 去來兮》。乙巳歲十一月也。

求官是由於「幼稚盈室」而「瓶無儲粟」的生活所迫，奔走仕途完全
是「口腹自役」，讓心靈爲口腹所役，怎麼能讓自己「稱心」？扭曲
自己內在的本性，怎麼能使自己「適性」？〈歸去來兮辭〉一開篇就
大徹大悟地說：「歸去來兮，田園將蕪胡不歸？既自以心爲形役，奚
惆悵而獨悲？悟已往之不諫，知來者之可追，實迷途其未遠，覺今是
而昨非。」「園林無世情」卻強迫自己沉浮宦海，這正是「自以心爲
形役」，使得自己的生命存在違己失性，便是誤入「迷途」，便要「身
心交病」；「雲無心以出岫，鳥倦飛而知還」才是「迷途」知返。回到
自己「日夢想」的田園，「引壺觴以自酌，眄庭柯以怡顏。倚南窗以

寄傲，審容膝之易安。園日涉以成趣，門雖設而常關。策扶老以流憩，時矯首而遐觀。」只有這種存在方式才是「委心」，也只有這種存在方式才叫「稱情」。

　　陶淵明還在〈形影神〉一詩中提出「委運」這一存在方式：「大鈞無私力，萬物自森著。人為三才中，豈不以我故。與君雖異物，生而相依附。結託既喜同，安得不相語。三皇大聖人，今復在何處。彭祖愛永年，欲留不得住。老少同一死，賢愚無復數。日醉或能忘，將非促齡具。立善常所欣，誰當為汝譽。甚念傷吾生，正宜委運去。縱浪大化中，不喜亦不懼。應盡便須盡，無復獨多慮。」「委運」和「委心」一樣，是在面臨死亡深淵時的存在論選擇，是詩人生命的一種莊重決斷。「委運」的本意是一切聽憑造化因任自然，「委心」與「委運」是一個銅板的兩面，委心的「心」指自己的內在的本性，委運的「運」指外在的自然大化；委心是聽任內在的自然，委運是聽任外在的自然，能委心且能委運就做到了任真；任真就是一個人內在性與外在的同時完成，並因之成為一個本真存在的人。委心與委運相輔相成，如果不能回到自己內在的自然──生命真性，那麼外在的自然──自然大化，就將永遠與他是疏離和對峙。陶淵明找回質性自然的真性，並回到日夢想的田園，這才實現了任真適性的理想，了卻了返自然的宿願，〈歸園田居五首〉就是他委心與委運存在方式的生動展現：

　　少無適俗韻，性本愛丘山。誤落塵網中，一去三十年。羈鳥戀舊林，池魚思故淵。開荒南野際，守拙歸園田。方宅十餘畝，草屋八九間。榆柳蔭後簷，桃李羅堂前。曖曖遠人村，依依墟里煙。狗吠深巷中，雞鳴桑樹巔。戶庭無塵雜，虛室有餘閒。久在樊籠裏，復得返自然。〈其一〉
　　野外罕人事，窮巷寡輪鞅。白日掩荊扉，虛室絕塵想。時復墟曲中，披草共來往。想見無雜言，但道桑麻長。桑麻日已長，我土日已廣。常恐霜霰至，零落同草莽。〈其二〉
　　種豆南山下，草盛豆苗稀。晨興理荒穢，帶月荷鋤歸。道狹草木長，夕露霑我衣。衣霑不足惜，但使願無違。〈其三〉

（頁 100～111）

從外在層面講，「塵網」、「樊籠」是指束縛人的仕途或官場，它與詩中的「丘山」、「園田」等外在自然相對；內在層面的「塵網」、「樊籠」是指人干祿的俗念和阿世的機心，它與詩人「少無適俗韻，性本愛丘山」的內在本性相對。「返自然」相應也包含兩個層面的意思：一是回到自己日夢想的田園，即他在組詩第一首中如數家珍地羅列的「地幾畝，屋幾間，樹幾株，花幾種，遠樹近煙何色，雞鳴狗吠何處」〔註10〕，這一層面的返自然，與他委運的存在方式相應；二是回到他自己生命的真性，擺脫一切官場的應酬、仕途傾軋和人事牽絆，「相見無雜言」則於人免去了俗套，「虛室絕塵想」則於己根絕了俗念，「守拙」則是去機心而顯真性，這一層面的返自然與他委心的存在方式相應，可見陶淵明的返自然既是委運也是委心。

　　看陶淵明對自己存在方式的自述：

> 含歡谷汲。行歌負薪，翳翳柴門。事我宵晨，春秋代謝。
> 有務中園，載耘載籽。迺育迺繁，欣以素犢。和以七弦，
> 冬曝其日。夏濯其泉，勤靡餘勞。心有常閒，樂天委分。
> 以至百年，惟此百年。夫人愛之，懼彼無成。惜日惜時，
> 存為世珍。沒亦見思，嗟我獨邁。曾是異茲，寵非己榮。
> 涅豈吾緇，捽兀窮廬。酣飲賦詩。〈自祭文〉（頁 411～413）

陶淵明「獨邁」時流，從功名利祿中解脫出來，看他「含歡谷汲，行歌負薪」那份愜意，「冬曝其日，夏濯其泉」那份疏放，「樂天委分，以至百年」那份自足，我們恍然如見天際真人。

　　他認為個體生命是自然大化的一部分，應當將個體融進宇宙廣闊的生命洪流，將一己生命融入自然大化生命節律之中；一方面在精神上吐納山川，另一方面又與造化和同一氣，隨天地而同流，與大化而永在。既然個體生命是自然大化生命的一部分，既然從少至老再到死是一個自然的變化過程，那麼就底當平靜地面對死亡，「應盡便須盡，

〔註10〕黃文煥：〈陶詩析義〉卷三，《古典文學資料彙編》陶淵明卷下編，北京中華，1965 年，頁 49。

無復獨多慮」，他在絕筆〈自祭文〉中也說：「識運知命，疇能罔眷，余今斯化，可以無恨，壽涉百齡，身慕肥遁，從老得終，奚所復戀！」

不在乎生死，不役於塵世，不累於富貴，對這個世界不忮不求無滯無礙；生老病死一一聽從自然之運，出處進退一一聽從生命的本然天性，這才真正做到了「委心」和「委運」。

（二）「帶月荷鋤歸」：園田中的自我身影

在古代中國這種農耕社會裡，田園本為最重要的生活世界。在《詩經》中所有涉及田園意象篇章的說話人，皆非田園中自在（擁有）且自為（躬耕）的自我。在此傳統之外，真正創造出「抒情自我原型」的詩人，乃是以崇美為高貴品質的本源、生命之最高關懷，「第一個發現美之為美，而且堅持其絕對價值」的屈原〔註11〕；而屈原卻是後世「貴遊文學」的始祖〔註12〕，由這樣一個背景可以彰顯陶氏田園作品對抒情自我型塑之獨特性。

屈原〈離騷〉以至潔至美的香草香花作為詩人崇美自我表現的象徵。自本質而言，這裡體現了相似於筒井俊彥所說的儒家名教實質哲學或精粹哲學（essential philosophy）的觀念：「萬物皆被清楚地標示、描畫並在本農層次上被明顯地加以區分。」〔註13〕而在陶淵明的田園世界中，似乎在部分地重歸渾沌。廖美玉指出陶氏的田園詩超越了由《楚辭》形成的以德性為分類依據、以判定存在價值及時代良窳的對立譜系，而使自然生態重被發現；即在幽蘭、秋菊、孤松、歸鳥等士人意象之外，「逐步加入園蔬、雞犬、桑樹、野草等等最能適應該地區環境的農業發展系統與本上生物族群。」〔註14〕烘托著詩人陶淵明

〔註11〕張淑香：〈抒情自我的原型──屈原與離騷〉，《臺靜農先生百歲冥誕學術研討會論文集》，台灣大學中文系，2001年，頁70～72。

〔註12〕王夢鷗：〈貴遊文學與六朝文體的轉變〉，《古典文學論探索》，台北正中，1984年，頁122～123。

〔註13〕Toshihiko Izutsu, *The Key Philosophical Concepts in Sufism and Taoism* (Tokyo: Keio Institute, 1967), vol. 2. p. 20.

〔註14〕廖美玉：〈陶潛「歸田」所開啓的生態視野與多元族群觀〉，《中古詩

自我形象的，因而不再只是秋蘭、留夷、杜蘅、芳芷、芰荷和芙蓉等等至潔至美的花草，而且有寒草、灌木、榆柳、豆苗、榛莽、桑麻和枯條、朽株。此烘托意象的變化關聯著詩人塑造自我形象時著意地放低身段。即如宇文所安所說：「園田不過是純樸自我的形象得以棲止的場所。」〔註15〕

　　陶淵明在中國古代自傳性文學中的重要地位在學界早已不容置疑，此種地位的建立，卻並不僅僅由於他寫了〈五柳先生傳〉、〈自祭文〉、〈挽歌詩〉，以及〈戊申歲六月中遇火〉、〈丙辰歲八月中於下潠田舍獲〉等日記條目一般的詩作；也不僅由於他在〈形影神〉、〈雜詩其九〉等詩作中一再揭示出自我的矛盾，掙扎和不確定性甚至雙重角色〔註16〕；也不僅僅由於他在〈詠貧士〉、〈詠二疏〉、〈詠荊軻〉等詠史作品中，不斷以「在歷史中發現知音的信心」建構其「自我實現的想像」〔註17〕。陶淵明於中國自傳性文學的意義，還在於他在作品中爲詩人自我形象的塑造，注入了特殊的美學色彩。陶淵明是中國詩歌中最早將自我的形軀之身白描在日常生活化背景裡的詩人。與否認「大人世及」的觀念一致，這種描畫，決非屈原那種以被服著奇花異草而彰顯高貴的納西索斯式（Narcissus）的自戀〔註18〕，也非如沉於下僚的左思僅止表現自身形象的清峻飄逸。陶淵明的躬耕生活，使他在貫穿身體活動的勞作中，眞正「體驗」了自我身體〔註19〕，對於自身外在形象的描摹，故而從不迴避由生理眞實而體味出的寒微一面。如〈歸園田居其二〉的一段：

　　　人的生命印記》，台北里仁書局，2007年，頁168。
〔註15〕The Self's Perfect Mirror: Poetry as Autobiography, p. 81.
〔註16〕蔡瑜：〈論陶淵明的任眞〉，《國家科學委員會研究彙刊：人文及社會科學》第四卷第1期，2004年1月，頁15～37。
〔註17〕孫康宜：Six Dynasties Poetry, pp. 27～28.
〔註18〕張淑香：〈抒情自我的原型——屈原與離騷〉，《臺靜農先生百歲冥誕學術研討會論文集》，台灣大學中文系，2001年，頁69～71。
〔註19〕梅洛～龐蒂：《知覺現象學》，台北商務，2005年，頁257。

　　時復墟曲中，披草共來往；相見無雜言，但道桑麻長。桑
　　麻日已長，我土日已廣。常恐霜霰至，零落同草莽。（頁108
　　～109）

「披草」一句是妙筆，詩人不僅將自身形影沒入觸目皆是的田野草
莽，亦化入鄉野眾生之中。「桑麻」亦屬於農耕世界的生態，這樣的
農人話題渲染出此間生命內容的質樸無華。只在這樣的生命中，霜霰
毀壞了作物才真是牽掛，在此，詩人毫不掩飾其作為卑微人物的喜與
憂。此聯章的下一篇荷鋤夜歸，遂再有「衣霑不足惜，但使願無違」。
陶詩的魅力，正在能令如此散文化的瑣碎平常生活願求具有了詩意；
尤有進者，淵明甚至不迴避自己躬耕生活中時而出現的困苦和寒傖之
狀。如〈怨詩楚調示龐主簿鄧治中〉寫遭飢餓之苦的狼狽：「夏日長
抱饑，寒夜無被眠；造夕思雞鳴，及晨願烏遷」；〈飲酒十七〉寫受風
寒之苦的煎熬：「弊廬交悲風，荒草沒前庭。披褐守長夜，晨雞不肯
鳴」；〈詠貧士〉其二寫飢寒交迫時潦倒淒涼：「淒厲歲云暮，擁褐曝
前軒。……傾壺絕餘瀝，窺竈不見煙」；〈飲酒〉其九寫窮居迎客的邋
遢：「清晨聞叩門，倒裳往自開」；〈乞食〉更以「饑來驅我去，不知
竟何之！行行至斯里，叩門拙言辭」寫行丐時的尷尬。詩人的放低身
段，又以描寫蹇困生活中片時皮肉筋骨的快活而凸顯，實是以反筆寫
困苦和寒傖。如〈丙辰歲八月中於下潠田舍獲〉寫秋獲擺脫久饑後的
痛快：「饑者歡初飽，束帶候雞鳴」；〈庚戌歲九月於西田獲早稻〉寫
辛勞終日後洗一把、飲一盅時的歡暢：「四體誠乃疲，庶無異患干。
盥濯息簷下，斗酒散襟顏。」〈和郭主簿其一〉將詩人於寒微生活中
獲得的平常樂趣寫盡：

　　園蔬有餘滋，舊穀猶儲今。營己良有極，過足非所欽。春
　　秫作美酒，酒熟吾自斟。弱子戲我側，學語未成音。此事
　　真復樂，聊用忘華簪。（頁175～176）

詩人於此表達的滿足，說明其對富貴早已無動於衷。其〈雜詩其四〉
又謂：

丈夫志四海，我願不知老。親戚共一處，子孫還相保。觴
弦肆朝日，樽中酒不燥。緩帶盡歡娛，起晚眠常早。孰若
當世士，冰炭滿懷抱。百年歸丘壟，用此空名道！（頁 411
～413）

人生幸福只在此親情共處、濁酒一壺和鄰曲相歡等等大地上的庸常；
陶淵明不諱言庸常是其生命的本分，才反對唱高調而翻了黔敖施粥的
舊案，謂：「常善粥者心，深念蒙袂非，嗟來何足吝，徒沒空自遺！」
這已經完全顛覆了屈子抒情自我的自戀和自貴。滑稽風格一向顛覆著
貴族氣質，最能將此放低身段寫到極致，則是陶詩中幾處自虐和自
嘲。以〈挽歌詩〉其一的「但恨在世時，飲酒不得足」和其二的「在
昔無酒飲，今但湛空觴」為最著，此詩是以模擬自己死後魂靈的口氣
寫出的黑色幽默：以飲酒不足為唯一遺憾，我這生命多麼平庸啊。〈責
子〉則以調侃語氣寫其諸子不好紙筆：

阿舒已二八，懶惰故無匹。阿宣行志學，而不愛文術。雍
端年十三，不識六與七。通子垂九齡，但覓梨與栗。天運
苟如此，且進杯中物。（頁 363～364）

其次，陶淵明藉田園開啟了型塑抒情自我的新境界。中國詩歌自屈原
〈離騷〉創造出抒情自我的原型，這是一個以崇美為生命至高關懷，
有賴自貴自戀和美事物烘托的貴族氣質的自我。自漢末以來，中國詩
歌已在力圖重新發現自身文類的主體。在〈古詩十九首〉中，這個自
我卻只是「虛擬空間與閉合時間之間，一個內在的觀者」〔註20〕。阮
籍的〈詠懷詩〉以自悼、自安、自疑而問的形式，時時面對對象化的
詩人自我；然而，抒情自我在此卻只呈現為「一個無掛搭之生命」〔註
21〕。嵇康和左思的詩中抒情自我時而透顯一派清逸之氣，但那只是
一乍現於天地間頗有些飄渺的「美的姿勢」。只有到了陶詩，中國詩
歌才第一次自日常生活化背景裡白描出抒情自我的形軀。自我的尊嚴

〔註20〕Ku-Kung Kao, "The Nineteen Old Poems and Aesthetics of Self-Reflection,"
in *The Power of Culture: Studies in Chinese Cultural History*. P. 93.
〔註21〕牟宗三：《才性與玄理》，台北學生，1989 年，頁 292。

在此乃自寒微之態和庸常之物中昇起，且時以言說透出自謔和自嘲。這個親切、詼諧、灑脫，又不乏清逸之氣的形象，成為了屈原之後抒情自我新的原型。日後的「少陵野老」、「洛陽愚叟」、「誠齋老夫」、「垂白放翁」等等許多具自嘲、自憐意味的抒情自我，莫不可以追溯到淵明這個自畫像上來。

最後，以「歸去來兮」為主旋律的陶詩，為〈古詩十九首〉以降、至魏晉詩歌中瀰漫的人生飄零、無所止泊的感傷找到了最終的安頓之所。這個安頓之所既非太虛九天，亦非郭景純的方外之山，亦非謝客嚮往的幽峻無人的山林，甚至亦非阮嗣宗所發現的不能久持的瞬間美好心境。淵明要歸返的只是祖業、祖塋所在的土地，歸返生命的本原。躬耕在這塊土地之上，才會不期然在某些瞬間，感受到與宇宙生命的契合，而這也可聊作歸返曩古樂世了。以此謂得「返自然」，淵明遂將魏晉玄學最重要的命題「自然」實體化了──「自然」於今只是鄉土園田，只是中古自然村落中在四季和日出日入中周轉的庸常農耕生活和家族繁衍。勞於此、食於此、寢於此、老於此，而謂「樂夫天命」，謂「聊復得此生」者，即是回到了自我的本真、化解了存在的危機。

所以「返璞歸真」是陶淵明復返自然最重要的路徑。「返璞歸真」以上古真淳之世為藍圖，寄寓的是道德倫理的「返其本」、「復其初」，而其體現的場所即是隱逸的生活世界──園田。隱居園田因為摒除了君臣一倫反而樣樣俱足，人與人之間的美善品質不因政亂世紛而或減。「人間」經由「復返自然」而成為可居可息的「人境」。

將「人境」從「人間」、「世間」提昇出來，並賦予境界意味，堪稱陶淵明的一大創獲。陶淵明承繼古來隱者避世、辭世、遺世等語彙，在文集中「世間」與「人間」常具有負面的意思，如云：「世路多端，皆為我異」〈張長公〉、「寢迹衡門下，邈與世相絕」〈癸卯歲十二月中作與從弟敬遠〉、「心遺得失，情不依世」〈寄從弟敬遠文〉，即可見其價值取向。而陶淵明對世情最概括的提點便是「舉世少復真」〈飲酒其二十〉與「自真風告逝，大偽斯興」〈感士不遇賦並序〉相伴而生

的是「顧我不能，高謝人間」〈扇上畫贊〉、「靜念園林好，人間良可辭」〈庚子歲五月中從都還阻風於規林其二〉，「人間」常即等同於「世間」，都是陶淵明意欲遠離的場域。這種態度固然與當時險惡的政局有密切的關係，但「人間」與主體自由間的衝突，實是人之存在的基本問題。因為，關係性是人的本質，人的主體建構必須經由與他人的互動才能完成，但互動本身也使主體陷於被異化甚而沈淪的危機。因此，對於陶淵明而言，解決這個矛盾的方法，不是徹底離開，而是積極重構新的人境空間。

「境」字在先秦典籍中並不乏見，多指土地疆界，亦指心理認知的邊界。但被廣泛使用似乎是在六朝玄學興盛之時，六朝文人不乏以「境」來表達種種從實際情景到心靈境界的層次。陶淵明對於「境」的運用則既不偏於客觀的地理之境，亦不偏於宗教性的玄覽之境，他的用法更近於主客交融的生活世界。他曾在行役詩云：「我不踐斯境，歲月好已積」，「斯境」指所經之地錢溪，錢溪具現在陶淵明眼前的是「微雨洗高林，清飆矯雲翮。眷彼品物存，義風都未隔」的清朗諧和，詩人由此生發「園田日夢想，安得久離析」的懷歸之情。錢溪「斯境」自與「一形似有制」〈乙巳歲三月為建威參軍使都經錢溪〉的官場分屬不同之「境」。陶淵明又有：「有客常同止，趣舍邈異境」〈飲酒其十三〉在此是指經由飲酒具顯了從生活到心靈的「異境」。

在陶淵明的語脈中，「境」不僅有「境域」、「境界」的不同，它還時與園田相互指涉，最具體的例證便是「結廬在人境，而無車馬喧」的「人境」。即或是桃源人：「自云先世避秦時亂，率妻子邑人，來此絕境」的「絕境」，雖然可以意指「問今是何世，乃不知有漢，無論魏晉」的「絕世」之「境」，但此「絕世之境」卻具足了人倫的美善，是不折不扣的「園田」。從陶淵明實際的生活境域言，與「人間」相對的理想之境便是「園田」，「園田」作為一種有別於「世間」、「人間」的境域，深深印入陶淵明的意識之中。陶淵明以「人境」指涉「園田」，藉「人境」重新定義「人間」，「人境」是陶淵明實現「自然」的場所，

在「自然」，與「人間」形成對立的六朝，陶淵明重新使「自然」安立於「人境」之中，進而追求「人境中的自然」。

第三節　典範形塑下的倫理世界

在失序的社會中，重新體現人倫的秩序，以獲得自在自適，是陶淵明以隱逸行爲所實踐的倫理自然。人的存在本即在主體性與社會性的拉鋸狀態下，合乎自然的倫理如何可能？這是人類永恆的理想，也是亙古的課題。倫理與自然的離合在魏晉時期便呈現在名教與自然的爭議中，這也關乎儒家與道家的理想是否可以融合的問題，陶淵明對於此一時代使命，顯然有其深刻的體察。故在其隱逸世界裡，對家族倫理的安頓、階級流動的安然、社會情境的回應、歷史定位的反思、理想政治的建構、風土自然的融入，在在體現出陶淵明的倫理自然。

（一）親族倫理的安頓與社會場域的對話

陶淵明在其歸隱宣言〈歸去來兮辭〉的序文起首云：「余家貧，耕植不足以自給，幼稚盈室，缾無儲粟，生生所資，未見其術。」極爲懇切地表述解決家庭生計問題是出仕的主要考量。此外，辭彭澤令的時間點是因遭逢程氏妹之喪，而「因事順心」，遂此素願；「倩在駿奔」的心情顯現出一種家族情感的呼喚與家族倫理的醒覺，深有未能及時之歎。「眷然有歸與之情」正是在仕宦的情境下對顯出歸向家族的情感意向，一旦歸隱，就沒有比親族更爲重要的關係了。

陶淵明與兒子們的互動，分別有〈命子〉、〈與子儼等疏〉等作品，表現出陶淵明與孩子們不同面向的對話。〈命子〉詩面對的是宗族血脈的繼承；〈與子儼等疏〉強調兄弟間同居同財之義，於手足人倫之情反覆規勉，對家族的和諧三致其意。蕭統〈陶淵明傳〉曾言其任彭澤令時不以家累自隨：「送一力給其子，書曰：汝旦夕之費，自給爲難，今遣此力，助汝薪水之勞，此亦人子也，可善遇之。」〔註22〕而

─────────────────

〔註22〕蕭統：〈陶淵明傳〉，《全上古三代秦漢三國六朝文》（北京：中華書

〈與子儼等疏〉則謂：「汝輩稚小家貧，每役柴水之勞，何時可免？念之在心，若何可言。」兩相對照，可見其慈愛之心。

　　陶淵明的歸隱確實面對著一個具體的家族情境，其中交織著不同的倫理情感，也肩負著與生俱來的家族榮譽，更有至死方休的家庭責任。陶淵明歸隱之前已經歷父母之喪，母親之喪且在其遊宦之時。決定重返家族的空間，最主要的便是自己的手足之情與家庭情感，陶淵明及時把握了與從弟敬遠耦耕共刈的歲月，雖然天命終違，卻已克盡人事。陶淵明也及時享有「弱子戲我側，學語未成音」、「命室攜童弱，良日登遠遊」的天倫之樂，乃至於「試攜子姪輩，披榛步荒墟」的家族和合之聚。親族是人倫最自然的關係，根植於一片共有的空間經驗與成長記憶中，回歸家鄉田園，正是親近己所從出的根源。置身其中，人的願望也變得單純，在亂世中有什麼比「悅親戚之情話」更令人欣慰，比「親戚共一處，子孫還相保」更值得慶幸。陶淵明爲家族計的心意，難道不是既深且遠？

　　然而面對東晉隱逸氛圍，要確認陶淵明的隱逸型態，可以通過與當代隱者的對話關係見出。當時與陶淵明有地緣關係的重要隱者，正是與陶淵明合稱「潯陽三隱」的周續之、劉程之，三人分別體現了三種不同類型的隱逸方式。陶淵明與二人皆有詩歌往還，經由隱逸形式的商榷，具體表露出個人的價值取向。

　　陶淵明曾有〈示周續之祖企謝景夷三郎〉論及：

> 負痾頹簷下，終日無一欣。藥石有時閒，念我意中人。相去不尋常，道路邈何因。周生述孔業，祖謝響然臻。道喪向千載，今朝復斯聞。馬隊非講肆，校書亦已勤。老夫有所愛，思與爾爲鄰；願言誨諸子，從我潁水濱。（頁 130～133）

陶淵明引用巢由之典，或正所以質疑隱逸者不能真正安其隱，仍有求美名令聞之心。陶淵明約長周續之十二歲，故全詩是以前輩語氣明褒

局，1999 年），頁 3068。

實貶的訓誨諸人，可見陶淵明對缺乏明確立場的通隱形式並不苟同。

陶集中兩首與劉程之往還的詩也顯現出彼此深厚的情誼，〈和劉柴桑〉：

> 山澤久見招，胡事乃躊躇。直爲親舊故，未忍言索居。良辰入奇懷，挈杖還西廬。荒塗無歸人，時時見廢墟。茅茨已就治，新疇復應畬。谷風轉淒薄，春醪解飢劬。弱女雖非男，慰情良勝無。栖栖世中事，歲月共相疎。耕織稱其用，過此奚所須。去去百年外，身名同翳如。（頁 165～169）

〈酬劉柴桑〉：

> 窮居寡人用，時忘四運周。櫚庭多落葉，慨然知已秋。新葵鬱北牖，嘉穟養南疇。今我不爲樂，知有來歲不。命室攜童弱，良日登遠遊。（頁 170～172）

此二詩皆作於陶淵明歸隱之後，〈和劉柴桑〉乃是婉拒劉柴桑赴廬山修行佛法的邀約，「直爲親舊故，未忍言索居」一語道出陶淵明的隱居是安頓於人倫關係中。無法如劉柴桑選擇服膺佛法，離群索居的山林之隱，詩中同時寄寓了世事滄桑之感，並對自身漸趨安定的生活感到滿足。至於〈酬劉柴桑〉則經由田園生活的抒寫，向劉柴桑說明自身隱居的價值在知足守分、及時行樂以安享天倫，此一選擇也顯露出其對當世廣爲流行的佛教倫理不能認同。

陶淵明對於隱逸型態的抉擇，是經由在社會場域中的對話與抗衡才逐漸建立。其中又以廬山慧遠的教團爲主，陶淵明信從以老莊爲主的氣化生死觀、以儒家爲主的人倫價值觀，因而反對果報輪迴之說以及切斷人倫的修行。陶淵明所堅持的隱逸便是安頓於現世人倫關係的任眞自得。

（二）典範形塑與理想建構

陶淵明不只一次模擬《論語》中的場景，而聚焦於「問津」之事，如：

> 先師有遺訓，憂道不憂貧。瞻望邈難逮，轉欲志長勤。秉

未歡時務，解顏勸農人。平疇交遠風，良苗亦懷新。雖未量歲功，即事多所欣。耕種有時息，行者無問津。日入相與歸，壺漿勞新鄰。長吟掩柴門，聊爲隴畝民。〈癸卯歲始春懷古田舍其二〉（頁235～238）

羲農去我久，舉世少復眞。汲汲魯中叟，彌縫使其淳。鳳鳥雖不至，禮樂暫得新。洙泗輟微響，漂流逮狂秦。詩書復何罪，一朝成灰塵。區區諸老翁，爲事誠殷勤。如何絕世下，六籍無一親。終日馳車走，不見所問津。若復不快飲，空負頭上巾。但恨多謬誤，君當恕醉人。〈飲酒二十〉（頁335～341）

「問津」一向是仕宦的象喻，本身也是一個最典型的對話姿態，陶淵明從士人轉換爲如長沮桀溺一般以躬耕爲生的隱者，仍期望能夠與像孔子一般的問津者相遇。而在《論語》原本的對話情境中，長沮稱孔子「是知津矣」，當是一種肯定的態度；相形之下，陶淵明對於身處的現實情境不免有著「耕種有時息，行者無問津」的悵然，與「終日馳車走，不見所問津」的質疑。如此的悵然與質疑，是陶淵明經由與《論語》的對話，將孔子的時代情境轉換成對自身時代的理解。尤其在〈飲酒詩二十〉中，陶淵明將孔子「知其不可而爲之」的努力定位在「彌縫使淳」，更對藉山海經與後世建立起的永恆對話關係，再三致意。這些論述不但對終日飄馳之人是否「知津」高度質疑，也對仕隱能否互動所透顯的整體社會意義反思深刻，從而在自身角色的變換與《論語》情境的轉移中，對於所身在的世界擁有更加明晰的體認。

除此之外，陶淵明與其他歷史人物的對話關係也很密切，如〈詠二疏〉、〈詠三良〉、〈詠荊軻〉、〈詠貧士〉、〈讀史述九章〉、〈扇上畫贊〉等。在歷史多元影像的交互投射中，陶淵明所勾勒的是一個個在特定時空下回應著世界以安頓自我的身影。其中具現出君臣互動與出處抉擇、權力關係與主體自由相互拉鋸的士人處境，在選擇與評述間投射出陶淵明隱逸的價值世界。

至於最能綜合與歷史的層層對話，對士人處境體察幽微，並確立

士人推誠爲善、任眞固窮之倫理價值的，則是〈感士不遇賦并序〉一文。此文乃出於與董仲舒〈士不遇賦〉、司馬遷〈悲士不遇賦〉的對話情境，在序言中陶淵明有云：「夫履信思顯，生人之善行；抱樸守靜，君子之篤素。自眞風告逝，大僞斯興，閭閻懈廉退之節，市朝驅易進之心。」履信思順、抱樸守靜是君子亙古不變的行爲準則，然而文明的走向卻與此漸行斬遠，美善的人性也因此泯沒不彰，這不僅是對歷史趨向的感歎，也正是對現世的批判。面對這樣的歷史走向，「懷正志道之士，或潛玉於當年；潔己清操之人，或沒世以徒勤」，有志之士乃做出隱身的抉擇。由於群體社會的規律是物以類聚，在價值混淆之際，「彼達人之善覺，乃逃祿而歸耕」。隱者不但不求顯於世，而且是作爲社會的良知而存在，故「獨祇脩以自勤，豈三省之或廢」，對於士人而言或仕或隱其道德操守並無不同：「原百行之攸貴，莫爲善之可娛。」「推誠心而獲顯，不矯然而祈譽。」在群體關係裡無不以推誠爲善作爲根基。因此，仕隱抉擇除了避世保身之外，更根源的是任其自然氣性：「稟神智以藏照，秉三五而垂名。或擊壤以自歡，或大濟於蒼生。靡潛躍之非分，常傲然以稱情。」「任眞」乃成爲仕隱抉擇的共同基源。

陶淵明從歷史情境中反思君臣遇合的互動關係、士人顯隱的價值判斷，乃至於士人堅守主體自由所應其備的節操，並由此寄寓其對現實政治、世情的批判，不但尋獲自己身爲一介隱士的歷史定位，也經由他者的衝擊建構自身的價值總系。

陶淵明透過與歷史的對話，於君臣互動、士人處境多有設身處地的反思，從而對於士人的操持歸結爲安貧固窮，以俾及時建功亦能及時隱退。除此之外，陶淵明同時建構了「桃花源」的理想，積極安頓其自身對人倫秩序的關懷，此一理想根植於平實的田園生活，以近乎歷史的記實語調表而出之，但此中遠離政治紛擾，怡然自樂的生活，又似「世外」方能擁有；在實與虛的張力中，恰如其分地將「桃花源」種植在每個人的心田，成爲永恆回歸的樂土象徵。

　　桃花源的建構，表現出陶淵明對群體生活的省思與身體現人間倫理的理想。桃花源中的人們過著親密而單純的共同生活，彼此間深切感受到此中成員的相互隸屬性，無論是對內或是對外，皆具有積極的相互關係與默認一致的態度。桃花源是由血緣進而至於地緣，乃至於精神文化的共同體，是真正而持久的共同生活，而非表面與暫時的結合。換言之，桃花源不是個體的加總，而是生機勃勃的渾融整體，是一自然狀態下人的意志的完善統一，這樣的共同體生活在人類史上最易實踐在農村的生活型態〔註 23〕。

　　陶淵明安居於家鄉田園是人倫在風土中的豐美實現，桃花源之所以能成為中國人心中的樂土，也因為它展現在再熟悉不過的傳統農耕文化中。風土深入人的身心底層，既是身體的基質，也是文化的成因〔註 24〕。從而，不選擇山林之隱、對於佛教文化的拒持，也有著最基本的風土的理由。陶淵明不但有〈桃花源記〉呈顯此一風土文化的至境，〈勸農〉詩中呈現得最為曲折幽微。此詩首章先開宗明義地為上古定調：「悠悠上古，厥初生民。傲然自足，抱樸含真」。接續抒詠從后稷、舜、禹至明列「八政始食」的周書，這些時代正是哲人以農開拓民生的典範，為世人展開令德與和風相互輝映、人民勤樸戮力的美善世界，拉開一幅以農立國的民族史。然而，時移事往，「氣節易過，和澤難久」，令德不再，則民生匱乏。順此而下，陶淵明轉而歌詠春秋之時躬耕的隱者冀缺與沮溺，此一從歌詠令德之世到隱者之退的轉折，潛藏著士人歸隱田園與政治環境的關聯，陶淵明的政治批判不言而喻。不過，陶淵明在此卻以「民生在勤，勤則不匱」的勸農移轉悲抑之情的焦點，他對於勤勉勞作的強調，也多少隱現了宴安自逸的社會風習與民生凋敝的社會實況。最後「孔耽道德，樊須是鄙」所引生的掙扎，是在「以農返朴」的認知下重新與孔子接軌。

〔註 23〕斐迪南·滕尼斯著、林榮遠譯：《共同體與社會——純粹社會學的基本概念》，北京商務，1999 年，頁 52～94。

〔註 24〕和過哲郎：《倫理學》，東京岩波，1949 年，下卷，頁 128～269。

　　人與風土的倫理正在於得時，得時即爲萬物生存之所繫。〈勸農〉詩從民族命脈的延續展現了農耕文化的歷史縱深，〈桃花源記并詩〉則從人倫關係呈示了田園文化的境界型態，兩相結合正可見出陶淵明身體力行的隱逸生活，透過多元的對話關係，不斷回返傳統文化的基層，建構出最符合民族文化的倫理世界，成爲中國人永恆回歸的樂土。

第四節　文人的自我獨白

　　由於家傳天師道的淵源和時代社會風氣的薰染，陶淵明瞭解並接受道教思想，但因其自身學養，又使他不囿於道教理論，而是取其精華棄其糟粕，並對道教教義有所超越，形成自己獨特的個性和創作風格。

　　據現有資料考察，在陶氏家族中，至少有兩個人篤信道教：一是他的叔父陶淡。《晉書·隱逸傳》記載陶淡「幼孤，好導養之術，謂仙道可祈。年十五六，便服食絕穀，不婚娶。家累千金，僮客百數，淡終日端拱，曾不營問，頗好讀易，善卜筮。於長沙臨湘山中結廬居之，養一白鹿以自偶。親故有候之者，輒移渡澗水，莫得近之。州舉秀才，淡聞，遂轉逃羅縣埤山中，終身不返，莫知所終。」〔註25〕另一個是陶淵明的從弟陶敬遠。陶淵明〈祭從弟敬遠文〉稱敬遠：「心遺得失，情不依世。……遙遙帝鄉，爰感奇心，絕粒委務，考槃山陰。淙淙懸溜，曖曖荒林，晨採上藥，夕閑素琴。」〔註26〕可知陶淵明與敬遠的關係非同一般，「惟我與爾，匪但親友，父則同生，母則從母。相及齠齔，並罹偏咎。斯情實深，斯愛實厚。念彼昔日，同房之歡，冬無縕葛，夏渴瓢簞，相將以道，相開以顏。」另外〈廬山記〉中還記有「虎溪三笑」的傳說：「昔遠師送客過此，虎輒號鳴，故名焉。陶元亮居栗里山南，陸修靜亦有道之士，遠師嘗送此二人，與語道合，

〔註25〕房玄齡：《晉書》，北京中華，1974年，頁2460。
〔註26〕《陶淵明全集》，上海古籍出版社，1998年，頁40。

不覺過之，因相與大笑。」〔註27〕由上述資料可見，陶淵明與道士交往是可信的。

（一）〈讀山海經〉的遊仙娛情

由於其家傳天師道之信仰，陶淵明對道教經典及神仙故事是相當熟悉。如〈讀山海經〉十三首，顯示他對這部道家秘笈以及其中所展示神仙世界的瞭解和欣賞。而這決不是偶然，正如陳寅恪所說：

> 淵明雖不似主舊自然說者之求長生學神仙，然其天師道之家傳信仰終不能無所影響，其讀山海經詩云：「泛覽周王傳，流觀山海圖。」蓋穆天子傳、山海經俱屬道家秘笈，而爲東晉初期人郭璞所注解，景純不是道家方士，故篤好之如此，淵明於斯亦習氣未除，不覺形之吟詠，不可視同偶爾興懷⋯⋯。〔註28〕

《讀山海經》十三首是陶洲明「泛覽周王傳，流觀山海圖」後所產生的情思。清《四庫全書簡目》認爲《山海經》：「《隋志》以來，皆列地理之首。然侈談神怪，百無一眞。」以這樣神奇玄怪內容作爲歌詠對象的作品，往往是在表現奇幻的列仙神趣之時，曲折地寄寓著詩人的思想情感。從組詩表現的內容來看，其一與其十三分別爲組詩之總序與總結，其九到其十二共四首重詠史，其二到其八共七首重寫遊仙。

在這些重寫遊仙內容的詩中，詩人從離奇變幻的仙境中婉曲地抒發了自己的坎凜情懷。

> 玉台凌霞秀，王母怡妙顏。天地共俱生，不知幾何年。
> 靈化無窮已，館宇非一山。高酣發新謠，寧效俗中言。〈其二〉（頁480～481）
>
> 迢迢槐江嶺，是爲玄圃丘。西南望崑墟，光氣難與儔。
> 亭亭明玕照，洛洛清淫流。恨不及周穆，托乘一來游。〈其三〉（頁481～482）

〔註27〕《四庫全書・廬山記》，台灣商務，頁21。
〔註28〕陳寅恪：《金明館叢稿初編，上海古籍，1980年，頁228。

詩人通過這些美妙仙境，曲折表現了他對美好理想世界的企盼和嚮往之情。但詩人並不一味沉湎於神仙幻境中，理性清醒的認識「恨不及周穆」，一個「恨」字，傳達了詩人雖嚮往那理想世界卻無法實現的悲涼心理。

　　借遊仙以娛情，委婉表達了詩人希望延長個體生命長度、增加生命的歡樂密度，是〈讀山海經〉的情感取向。組詩中三次寫到對「壽命長」的追求，四次寫到與王母的交遊往還，這些描寫都蘊含著極爲深遠的人生意味。渲洩情感，寄仙娛情，這一創作目的在作爲組詩總序的第一首中已被詩人清楚闡明：「泛覽周王傳，流觀山海圖。俯仰終字宙，不樂復何如？」由此可見，「俯仰終字宙」是詩人讀《山海經》的心理體驗和審美超越，從中獲得一種讀書的樂趣和人生的自足。

　　不僅如此，詩人還具體實踐服食活動。如蕭統〈陶淵明傳〉載：「嘗九月九日出宅邊菊叢中坐，久之，滿手把菊，忽值弘送酒至，即便就酌，醉而歸。」陶淵明〈飲酒其七〉：

　　　秋菊有佳色，裛露掇其英。汎此忘憂物，遠我遺世情。一
　　　觴雖獨進，杯盡壺自傾。（頁296）

而〈九日閒居〉對種菊服食表述得更爲清晰，實際上說的就是飲用菊花酒藉以養生之事。

　　　世短意常多，斯人樂久生。日月依辰至，舉俗愛其名。露
　　　凄暄風息，氣澈天象明。往燕無遺影，來雁有餘聲。酒能
　　　祛百慮，菊爲制頹齡。（頁94～96）

晉末宋初盛行的古靈寶經，因其酒戒上的通融及其廚會制度中酒、樂相合的藝術情趣，引發了陶淵明的共鳴。從某種意義上講，陶淵明的飲酒之作，也是中古道教靈寶派思想在文學藝術方面的最直接反映。

　　陶淵明作自傳時說「性嗜酒」，但其存世作品中有一首別有情趣的〈止酒詩〉，從中可知詩人曾經似乎下過決心要戒酒。詩曰：

　　　居止次城邑，逍遙自閒止。坐止高陰下，步止蓽門裏。
　　　好味止園葵，大歡止稚子。平生不止酒，止酒情無喜。
　　　暮止不安寢，晨止不能起。日日欲止之，營衛止不理。

徒知止不樂，未信止利己。始覺止爲善，今朝眞止矣。

從此一止去，將止扶桑涘。清顏止宿容，奚止千萬祀。（頁

342～345）

詩人對戒酒的矛盾心態，就像古靈寶經對於酒戒的通融。如《太上洞
玄靈寶智慧定志通微經》記載元始天尊在安樂山中對 12 少年說法之
時，中有一人「素性好酒」，對元始天尊說：「餘者乃可，唯酒難斷除，
我本性所好，作不敢計。所以者何？我先服散，散發之日，非酒不解，
是故敢耳。」天尊則答云：「散發所須，此乃是藥。將養四大，藥酒
可通，但勿過量，至不如平耳。」〔註29〕古靈寶經中，與酒有關者，
尚有廚會（也叫飯賢、廚食）制度。《太極眞人敷靈寶齋戒威儀諸經
要訣》載太極眞人曰：

飯賢福食，各有人數。外來之客，先亦同食。正一眞人三
天法師臨昇天，以百姓貧弊，爲復減損，作福或十人饌。
忽過十人他賓集，無以供之，既不盡周，一人不遍，猶是
不普。故制法悉事畢，餘廚施一切人及眾生輩，爲主人祈
福矣。後世不知之，故以相示也。酒不可都斷使之有數，
隨人多少，不必令盡限也。〔註30〕

廚會之飲酒，具有兩大鮮明特點：一是群體性。對此，道典與佛教方
面的文獻記載完全一致。前者如唐人朱法滿編《要修科儀戒律鈔》卷
十二〈飯賢緣〉引〈太眞科〉曰：

家有疾厄，公私設廚，名曰『飯賢』。可請清賢道士上中下
十人、二十四人、三十人、五十人、百人；不可不滿十人，
不足爲福。賢者廉潔，亦能不食，食亦不多；服餌漿藥，
不須厚饌，是世人所重，獻之，崇有道耳〔註31〕

二是廚會之時，常有音樂之設。十分有趣的是，陶淵明的飲酒詩作，
大多也具有古靈寶經所載廚會飲酒的兩個特點。茲據袁行霈《陶淵明

〔註29〕《道藏》，北京文物出版，1988 年，第 5 冊，第 894 頁，下。

〔註30〕《道藏》，北京文物出版，1988 年，第 9 冊，第 871 頁，上～中。

〔註31〕《道藏》，北京文物出版，1988 年，第 6 冊，第 798 頁，下。

集校箋》將其中主旨較爲明確者加以歸納：

明顯表示與人共飲場景之詩篇	明顯表現獨飲場景之詩篇
酬丁柴桑一首	時運一首
答龐參軍一首	連雨獨飲一首
歸園田居五首其五	和郭主簿二首其一
遊斜川一首	己酉歲九月九日一首
諸人共遊周家墓柏下一首	庚戌歲九月中於西田獲早稻一首
移居二首	飲酒二十首其一
癸卯歲始春懷古田舍二首其二	飲酒二十首其三
飲酒二十首其九	飲酒二十首其七
飲酒二十首其十三	雜詩十二首其二
飲酒二十首其十四	
飲酒二十首其十八	
蠟日一首	
擬古九首其一	
擬古九首其七	
雜詩十二首其一	
雜詩十二首其四	
詠二疏一首	

　　從表中可知，與人共飲是獨飲的兩倍。更爲重要的是，詩人的共飲，其性質似多近於道教廚會的聚衆歡飲。陶淵明的飲酒也常有音樂相伴。他對音樂是有相當深入的理解，並深刻地影響了其詩歌創作〔註32〕。

　　雖然陶淵明思想與道教有所聯繫，但〈讀山海經〉組詩中內含的遊仙娛情與傳統遊仙詩又有所不同。組詩中表現了諸如「不死復不老，萬歲如平常」、「在世無所須，惟酒與長年」的冀求，這樣的長生之企是基於人類的有限性所生的嚮慕之情。這一連串樂園求索與遊仙

〔註32〕范子燁：〈田園詩人的別調：陶淵明與楚聲音樂〉，《文藝研究》2009年第 11 期，第 54～61 頁。

詩的意圖頗爲相似，而西王母亦是漢代以後重要的神仙與長壽的象徵〔註33〕，此一樂園的質性自會引發仙境的聯想。陶淵明的神話詩在縱恣想像與企慕長生兩個方面和傳統的遊仙詩確有相近之處。然而，細加深究，我們仍可發現其間有明顯的差異，僅將之納入遊仙體系中是不足以窮盡其意，它具有較遊仙詩更爲深遠的意義。

首先，陶詩中類似長生之企的追求，實是一種「身體自然」的隱喻，喻意指向更高的價值。諸如「世間有松喬，於今定何間」「誠願游崑華，邈然茲道絕」之語，已可得見陶淵明對成仙的理性認知。他在〈連雨獨飲〉所言「乃言飲得仙」，正是以此代彼，立證長生。此詩經由酒醉的作用帶出「天豈去此哉，任眞無所先」的冥契，臻至「雲鶴有奇翼，八表須臾還」時，其身體的遨遊感，雖近似遊仙之姿，卻結束在「形骸久已化，心在復何言」〔註34〕。如前所述，「形化心在」所體現的永恆乃在於精神意志的延續。因此，陶淵明的長生之企是向著原始樂園回歸，是由「天地共俱生，不知幾何年」的神聖之感所撼動，而安頓在「方與三辰游，壽考豈渠央」的境界。此「遊」當與《莊子》：「彼方且與造物者爲人，而游乎天地之一氣」參照，人經由上與造物者遊而復返原初，才是盡年長生邁向永恆之途。換言之，不朽不在於「仙」的肉體永駐，而在於更深遠的「心在」體驗。

其次，陶淵明憑藉一種縱恣的奇想，在〈讀山海經〉組詩的前半篇幅，以西王母及黃帝的宮殿爲核心，展開樂園遨遊。黃帝是常出現在陶詩中的上古帝王，而西王母的神格在此也應該置於《穆天子傳》的脈絡解讀，兩者都不宜被視爲窄化後的仙人，而當視爲原始神話的神人。這樣的神人具有強烈的安頓秩序的社會性格，黃帝的這項作用自毋需多加說明，即使是西王母的事蹟也顯示出西王母時與人間帝王互動，而對於政治具有護庇與安定的作用〔註35〕。因此，西王母與黃

〔註33〕李豐楙：〈六朝道教與遊仙詩的發展〉，收入《憂與遊——六朝隋唐遊仙詩論集》，臺灣學生，1996 年，頁 29～30。

〔註34〕李公煥：《箋註陶淵明集》，國立中央圖書館，1991 年，卷 2，頁 79。

〔註35〕小南一郎著、孫昌武譯：《中國的神話傳說與古小說》，北京中華，

帝所在的樂園實具有政治的指涉，此意在〈讀山海經〉的特殊結構上
更能獲得證明。

　　我們綜觀〈讀山海經〉一組十三首詩，其架構大體是以《穆天子
傳》的周遊之姿，翱翔於《山海經》的神話地理。組詩內容可以明顯
見到出入二本異書中的人（神）物、事件，並由此導向原始樂園與原
型精神。然而，若深究每一個神人、神物、事件在《穆天子傳》、《山
海經》中出現的具體語境，以及各物事如何被陶淵明選擇並列，乃至
於組詩各篇大致的排列順序。我們可以進一步發現，樂園嚮往所表現
的匱缺心靈正是人類從樂園向失樂園墮落的結果〔註36〕。從整組詩愈
到後來歷史成分愈益增加的趨向，也可以明顯見出這同時是從神話到
歷史、從神到人的走向。在其中秩序經歷了摧毀與重構，間或出現意
志與權力的抗衡，然而，精神不死與天鑑不遠則是永恆的座標。在此
所展開的圖卷，是帝王的體國經野與人類存在處境間的勾連牽引。

　　從組詩逐步加深的歷史人文色彩，不但可以想見陶淵明觀覽神話
時，腦海中浮現的是一幅幅參照的歷史圖景，己身所處的政治情境也
往往潛行其中。因此，超邁世俗的意志和原型精神一氣相連，也與樂
園嚮往結為一體。這種神話、歷史、現實的貫串對照或許才是〈讀山
海經〉組詩最為特殊的結構。而《穆天子傳》相較於《山海經》，具
有更完整的故事框架，對於陶淵明「俯仰終宇宙」的指向與內涵可有
統攝性的暗示。陶淵明真正的樂園雛形是建基在各種典籍中的上古樂
園，其具體內涵不能孤立地詮解，必須參看反覆出現於陶集中的相關
語境。整體而言，〈讀山海經〉只是集中體現了對樂園的嚮往之情與
遨遊之姿，他最終建立的是人境桃源，而非仙境樂園。

　　理想世界之所以具有理想性便在於它的非現實性，理想世界即是
所謂的樂園。「樂園追尋」作為人類心靈史的一大母題，反映出人類

1993 年，頁 24。

〔註36〕胡萬川：〈失樂園：中國樂園神話探討之一〉，《中國神話與傳說學術
　　　　研討會論文集》，漢學研究中心，1996 年，上冊，頁 103～124。

的終極嚮往，而這種追求最常發生在社會轉型期，社會越是動盪，越易產生樂園的追求〔註37〕。陶淵明生存的年代恰好提供了生產樂園神話的沃土，〈讀山海經〉為何有過半的篇幅屬於「樂園追尋」是很容易理解的現象。此組詩的序章中「泛覽周王傳，流觀山海圖」提點了進出異想世界的憑藉與姿態，「泛」、「流」意味著一種自在流動的視覺，即是一種「遊」。山海「圖」也說明了詩人徜徉於一個多元符號的世界中，比文字意解有更多直接而根源的觸動與意義。序曲之後的七首作品結合了《穆天子傳》與《山海經》兩本書的重要場域與物徵，共同體現樂園嚮往的身心意向。其所呈現的樂園圖景，除了交互穿織二書中關於西王母、黃帝居處的山川風物、館舍亭臺之外，還納入了更多元的靈物與神域，共同展現永無匱乏的樂園質性。至於「高酣發新謠，寧效俗中言」、「豈伊君子寶，見重我軒皇」則明顯透露聖俗的區辨，具現價值回歸的取向〔註38〕。

（二）死亡的精神漫遊

在陶淵明看來，生死所帶來的悲喜哀愁是在「人境」發生的情感，必須在「人境」中尋求解決。人生在世如何認識自我、建立主體以完成生命的意義，乃是通過與他人的關係展現，「人倫」是主體間當下體現的存在結構，此生現世即是道場。陶淵明重視此身此世可以從「所以貴我身，豈不在一生」明顯得見，而「鼎鼎百年內，持此欲何成」，更說明了現世人生便是生命價值之所繫，不能以僅有的此生成就任何身外之物，亦不能將此生安頓於對他界的嚮往。他在〈挽歌〉與〈自祭文〉〈形影神〉中談論生死最切己的感受，皆觸及「身體」的感知與泯滅、「關係」的建構與消解、「主體」的對話與完成，可以證明陶淵明是從「人境」中的「身體感」與「關係性」兩個面向呈顯出生與死的界限。生死為一必然的循環，這是萬物的常理，但只有人能夠經

〔註37〕葉舒憲等著：《山海經的文化尋踪》，湖北人民，2004年，頁614
〔註38〕伊利亞德著、楊素娥譯：《聖與俗：宗教的本質》，臺北桂冠，2000年。

由人倫關係建立意義的世界。他得以由死之將至返視生命的整體，省思生死的意義，這其實也是人生在世可以撫觸死亡最切近的距離。對於陶淵明而言，如此觀照「生死」才足以關聯著人的存在本質，亦是人面對死亡的「自然」態度。

陶淵明為自己所寫的祭文、挽歌，則因以自己的死亡為審視的對象，在死亡的照見下產生與自我更本真的關係，而進一步撫觸死亡更原初的意義。陶淵明的作品中有自撰的〈挽歌〉與〈祭文〉，〈挽歌〉是生者為死者送終之禮，〈祭文〉是生者於祭悼死者時所誦詠之文，於禮於理皆應出自他撰。但陶淵明不但自撰而且不止一篇，似乎突顯出陶淵明較一般人面對死亡更為真切的自我承擔，以至於嘗試以生者所能感知的極限描述瀕死的經驗。這些詩文極細膩地從身體感的漸泯、人際互動的消失逼視生死的界限。〈挽歌〉共有三首，三首間的聯繫極為緊密，抒寫了從臨終、入殮、喪禮、出殯、安葬，乃至葬後的情景；與之前文人〈挽歌〉最大的不同便是以第一人稱發聲。雖然，在〈挽歌〉這種樂府體裁中，作者、歌者、登場人物可以自由換位，隨意往來；此前的作品中亦有作者以死者身份發聲，但這個死者都不是作者自己〔註39〕。因此，陶淵明的自抒自詠實為〈挽歌〉與〈祭文〉別開生面，形成一種書寫死亡的新傳統。其重要意義在於：從視死亡為一發生在他者身上的客觀事件，轉為將死亡納入自我的生存結構中，形成無法置身其外、冷眼旁觀的生死相連的世界。以下從「身體感知」與「倫理關係」兩個面向來析論〈挽歌〉與〈自祭文〉體現的生死界限。

「身體感的漸泯」可以說是死亡對於人最直接可感的改變，陶淵明在〈挽歌其一〉云：「魂氣散何之，枯形寄空木。」承繼傳統氣化的身體觀，視人之生死為一氣的聚散，氣聚而生，氣散而死。「枯形」是死後身體僅餘的物質性存在，「魂氣」則不再凝聚為人的形神。而

〔註39〕川合康三著，蔡毅譯：《中國的自傳文學》，北京中央編譯，1999年，頁 128～129。

在〈其二〉：「欲語口無音，欲視眼無光」、「荒草無人眠，極視正茫茫。」與〈自祭文〉「候顏已冥，聆音愈漠，」都呈現出人之死亡不但失去動覺，也逐漸失去觀視言語的主動性、只能被動地映入與聆聽，再至於感官知覺的全然喪失〔註40〕。而〈其一〉、〈其二〉以「但恨在世時，飲酒不得足」、「在昔無酒飲，今但湛空觴」相聯，則是以對於酒的欲望作爲身體存在感的核心，突顯生死的差異。酒不但是味覺，它的影響可以周遍全身，允爲嗜酒的陶淵明生存時最具代表性的身體感受〔註41〕。

而身體感同時也是「關係性」的基礎，當不再氣聚爲人的形神，即不復擁有隨身體主體所投射而成的世界，因此，便無所謂關係，也就不再有價值與是非。故〈其一〉云：「得失不復知，是非安能覺。千秋萬歲後，誰知榮與辱。」死亡意味著不再具有知覺能力，由此延伸亦無所謂千秋萬歲後的榮辱之感，因爲，是非榮辱都是關係性的知覺。而〈其二〉的「昔在高堂寢，今宿荒草鄉」到〈其三〉的「幽室一已閉，千年不復朝」則說明了生死屬於完全不同的世界，死亡意味著人即將失去人生在世所投射而成的意義世界，「千年不復朝，賢達無奈何」，賢者達人不但無法改變生死，在死亡的場域當亦沒有賢達與否的區分。此外，從〈其一〉「嬌兒索父啼，良友撫我哭」、〈其二〉的「親舊哭我傍」，到〈其三〉的「向來相送人，各自還其家。親戚或餘悲，他人亦已歌。」歷敘親友因親疏不同，在喪事的過程各依倫際而有相應的行止。這意味著隨著人的死亡，主體間的關係也漸趨淡漠，與前述人死之後不復覺知到是非、得失、榮辱正相呼應，因爲價值世界是經由人與人的互動關係所建構，沒有關係便沒有世界。

至於〈自祭文〉雖然首尾仍有送行場面、臨葬過程，以及訣別人

〔註40〕龔卓軍：《身體部署——梅洛龐蒂與現象學之後》，台北心靈工坊，2006 年，頁 40～47。

〔註41〕蔡瑜：〈從飲酒到自然——以陶詩爲核心的探討〉，《台大中文學報》第二十二期，2005 年 6 月，頁 223～268。

世的想像，但是基於文體性質，〈祭文〉本即有蓋棺論定的作用，陶
淵明自撰〈祭文〉當有自我論定的用心。因此，〈自祭文〉更著重在
由關係世界所建構的主體，故全文以綜敘平生的方式呈現自我生命的
意義；亦即是從主體的建構、完成與終至失去此一可能性作爲生死的
界限。先看下面這段自述：

> 茫茫大塊，悠悠高旻，是生萬物，余得爲人。自余爲人，
> 逢運之貧，簞瓢屢罄，絺綌冬陳。含歡谷汲，行歌負薪，
> 翳翳柴門，事我宵晨。春秋代謝，有務中園，載耘載耔，
> 迺育迺繁。欣以素牘，和以七弦。冬曝其日，夏濯其泉。
> 勤靡餘勞，心有常閒。樂天委分，以至百年。（頁 411）

本段的起首在氣化流行的背景中，具現了天地人三才的倫理。因此，
接續的抒詠，與其說是歎窮怨貧，毋寧是其躬耕的身體節奏如何與天
地的樂章合拍，「樂天委分」既是主體的建構過程也是以死亡做爲終
點。而這樣的主體建構乃是經由與世界的對話所確認的：

> 惟此百年，夫人愛之。懼彼無成，愒日惜時。存爲世珍，
> 沒亦見思。嗟我獨邁，曾是異茲。寵非己榮，涅豈吾緇？
> （頁 413）

世人面對死亡的態度決定了他們面對生命的態度，故世俗之人窮其一
生以求有成，俾不負此生。相對於此，陶淵明顯示出不依附世俗毀譽
的自我覺知，而以樂天委分盡其天年。至於生命向外與世界遭逢的歷
程，則以「識運知命」詮解自我與世界交互投射的意義：

> 識運知命，疇能罔眷？余今斯化，可以無恨。壽涉百齡，
> 身慕肥遁，從老得終，奚所復戀。（頁 413）

綜言之，在這些直接撫觸死亡的作品中，我們不難讀出陶淵明對死亡
的看法。死亡是人身爲人之生命的終結，對於生物而言，失去生命即
失去所有知覺的能力，這是一個共相；但對於人而言，更是失去持續
感知世界並建立意義的基源。人生存於世界之中，在與世界對話中建
構主體以完成自我，因此失去感知世界的能力，等於失去建構主體的
可能性，也就喪失由人倫性所架構起來的意義世界。

在「委運任化」的生命歷程，沒有回顧便無法形成對運命的感知，因此「識運知命」與「疇能罔眷」是一迴旋前進的過程。「曾經」的意義也因此重新朗現，才能「奚所復戀」、「可以無恨」。在真誠面對死亡中展開順化的視域，而最後歸結於「匪貴前譽，孰重後歌，人生實難，死如之何？」人對於死後種種的愛顧，實基於對於生時種種的眷戀。然而，死後的世界並不能使生存的種種延伸，因此以前譽而求後歌，甚至為求後歌而使此生失真，皆有昧於生死的真相。

再如他的名作〈形影神〉組詩：

> 天地長不沒，山川無改時。草木得常理，霜露榮悴之。謂人最靈智，獨復不如茲。適見在世中，奄去靡歸期。奚覺無一人，親識豈相思？但餘平生物，舉目情悽洏。我無騰化術，必爾不復疑。願君取吾言，得酒莫苟辭。〈形贈影〉（頁 75～80）

> 存生不可言，衛生每苦拙。誠願游崑華，邈然茲道絕。與子相遇來。未嘗異悲悅。憩蔭若暫乖，止日終不別。此同既難常，黯爾俱時滅。身沒名亦盡，念之五情熱。立善有遺愛，胡可不自竭。酒云能消憂，方此詎不劣。〈影答形〉（頁 80～84）

> 大鈞無私力，萬物自森著。人為三才中，豈不以我故。與君雖異物，生而相依附。結託善惡同，安得不相語。三皇大聖人，今復在何處？彭祖愛永年，欲留不得住。老少同一死，賢愚無復數。日醉或能忘，將非促齡具？立善常所欣，誰當為汝譽？甚念傷吾生，正宜委運去。縱浪大化中，不喜亦不懼，應盡便須盡，無復獨多慮。〈神釋〉（頁 84～91）

在陶淵明看來，人生煩暫，死死生生、生生死死有如季節移遷，重要的是任情適性、委運任化，解悟生命之奧義，這樣才不枉為一生。而最能體現陶淵明生死觀的是〈形影神〉詩三首。陳寅恪說：「此首詩實代表自曹魏末至東晉時士大夫政治思想人生觀演變之歷程及淵明

自身創獲之結論。即依據此結論安身立命者也。」〔註42〕在〈形影神〉詩三首中，「形」指人的物質生命及其感情慾望，「影」指人的生命行為所發生的影響。「形」與「影」是魏晉時期兩種普遍的人生態度，而「神」才是陶淵明所追求的最高生命境界與態度。

　　「形」代表感官欲求，主張把握在世的時間及時行樂；「影」代表立名思想，主張用立愛的方式，留給後人無窮懷念；「神」代表理性精神，認為酒只是「促齡具」，能否留下聲名給後代，則是最難以把握的。「形」與「影」都是「甚念傷吾生」，只是如常人心情隨著外在事物而變動，由於一切外物都是變遷不居，所以心情溺滯於紛擾中，只是相對、無常的幸福，所有的樂轉瞬即逝。因此，只有「縱浪大化中，不喜亦不懼」，樂不依存於外物，而是主體縱身於時光長流，在其中感受自我存在，於此種感受中得生命充實之感。由於心情的平和、寧靜，更能把握生命當下的每一刻，不必如「悟以往之不諫，知來者之可追」，生命必須囚陷於預期未來與懷喪既往。而「縱浪大化」更是將自我的有限融入「大化」的無限中，在「大化」中擺脫「紀曆誌」的劃分與切割，盡情面對與感知生命的各種面向；如此，生命的最大意義，乃是能真實面對生命自身。

　　陶淵明雖把「神」所代表的理性精神置於最後，似乎以最高的生命境界反駁了「形」與「影」，但是其實二者也都是他平日極為重視的超脫方式。飲酒為樂未必然只是感官嗜欲上的耽溺，聚朋為飲其實是一種生命的分享，使自己在順著時間前行時，在其中勉力珍惜生命；而立名思想更是他欲使自我不隨肉體滅沒，而得以隨時間永恆前行的重要信念。他力圖以更高的理性精神來解消自己這個在一生中無法完全解決，於心中起伏不定的憂慮（他在〈序〉中所說「極陳形影之『苦』」，其實正是他自己深刻的體驗）；顯示了他心中存在的反覆思考、矛盾、掙扎，三者其實都是他在自我隨時間前行時所採取的解

〔註42〕陳寅恪：〈陶淵明之思想與清談之關係〉，收入《金明館叢稿初編》，北京三聯，2001年，頁220。

脫之道。

　　「神」所提出的「委運」與「縱浪大化中，不喜亦不懼」，正是自身與時間同行的佳例。委身於時運，忘卻死之「大慟」，才能得到內心的最大自得，這裡的「縱浪」所展現的義無反顧，惟其強烈，所以痛快。

第九章　結　論

　　在〈時物我的知識體系〉中：四時景物的描寫既然不只是觀念性的資料排列，又不是作爲主體情志的替代品，在「應感（感興）狀態」中，顯然應該有它實質的存在；這是詩人可以具體感知到，同時也在與詩人相互依存、彼此互涉的關係中形構出一個具實的空間場域。以此觀之，憂思不寐都不再僅僅針對單一事件，而是瀰漫在身體被吹拂、沾溼、照見或聽聞的空間場域中；也就因此，除去追索單一事件與時節風物一一對應的比喻關係，其實另外一種詮釋的方式，是利用連類感應作整片式的感受。換言之，相思兩隔或征戰在外還是羈旅不歸並無法提供作品所以如此憂愁的全部意義，而是這個被擾動了的身體狀態，才是所有情緒的直接傾訴。

　　關於人情與四時相應感，在這套時物系統裡，並不著意於分判心與物或身與心（內外、主客），乃至於人與自然（如天地四時）的差別，而是透過氣化流行，試圖完整地加以統合。「人」或一般被視爲拘限在身體範圍內的「人」，如何與無限瀰漫的「氣」相互關連？《淮南子・本經訓》說到：

> 天地之合和，陰陽之陶化萬物，皆乘人氣也。是故上下離心，氣乃上蒸，君臣不和，五穀不爲。距日冬至四十六日，天含和而未降，地懷氣而未揚，陰陽儲與，呼吸浸潭，包

> 裹風俗，斟酌萬殊，旁薄眾宜，以相嘔咐醞釀，而成育羣
> 生。是故春肅秋榮，冬雷夏霜，皆賊氣之所生。由此觀之，
> 天地宇宙，一人之身也；六合之內，一人之制也。〔註1〕

從天人之間以氣相感談起，人與天地四時應該可以相互理解，即使是
化育群生的陰陽，其聚散離合、浸潤蔓衍就如同人的呼吸吐納；因此
說天地六和的變化是人可以制理的範圍，而人的身體和天地宇宙並沒
有不能溝通的界限。

顯然，構造這套時物系統的類應原則，除了連類比合，更重要的
是應和通感；在氣化感通的宇宙間，天地物我因此是相互開放，人身
的感知即是天地的感知，氣之聚散滿虛形成節候的變化，同時也就形
成人身存在的狀態。如果天地物我的相互開放、彼此參與，正是體現
在流動蔓衍的「氣態」之中。

而鄭毓瑜認為：

> 文學筆法固然不是客觀地呈現區域或地方，但是卻比看似
> 精確的統計圖表更能撐挂起當時深刻的社會脈絡與在地經
> 驗。正因為破除了主／客觀或現實／想像的二元分界，空
> 間無法單純被反映，同樣也無法完全被編造，這應該是個
> 人與空間「相互定義」的文本世界；空間設置可能引導社
> 會關係的實踐，但是社群生活實踐過程中的衝突協調也可
> 能重寫空間的意義。〔註2〕

「記憶」賦予人物和空間地點之價值聯繫，因羊祜，峴山不再只是單
純的地理資料，而進入文學、文化，並在其中展開意義；藉書寫羊祜
進入峴山而成為文本之風景，在這個層面上，峴山藉羊祜而立體，羊
祜因峴山而深刻，「人物與空間相互定義」。

在〈神仙仙話與文學作品的交涉〉中：神仙三品說乃基於二大觀
念：其一為道教宇宙觀，包括天堂、名山及地下說，顯示其努力造構

〔註1〕 高誘：《淮南子注》，台北世界，1965年，頁115。
〔註2〕 鄭毓瑜：《文本風景——自我與空間的相互定義》（台北麥田，2005
　　　年），導言〈抒情自我的詮釋脈絡〉，頁16。

的神仙世界。其二爲仙眞位業說，包括天仙、地仙及尸解仙說，乃是
道教對於神仙形象的品級觀念，由此兩者始能建構爲道教的神仙世
界。神仙三品說爲六朝道教極具涵攝性、創發性的仙道思想，成爲唐
以後道教的神仙世界的主體。天仙、地仙、尸解仙俱包含了三大部分：
一爲修行的道行、二爲成仙的類型、三爲仙境的所在。此三品神仙都
是源於古中國人對於不死的探求，至道教徒的手中才成爲一種較積極
而又平實的道法，由這種轉變的過程可以看出道教的形成，本質上是
中國的、本土的，雖則部分兼受外來的印度佛教思想的影響，但其探
求不死的現實主義的精神，足以使其成爲中國人的一種宗教信仰。

從自然生態觀賞山水，山林、洞窟、流水都可視爲大自然的一體，
作爲哲人、文人賞鑑的對象：儒家之聖所重的樂山樂水，既是人文精
神的體現；而道家莊子欣賞後備感愉悅的山林、皋壤，也可作爲無爲
自然的文化象徵。神仙家則視之爲終極眞實之仙境，就如《莊子》所
寓言的至人、神人，體現爲從上僊的遷乎太虛到地仙棲集於崑崙、蓬
瀛等境外仙山，從西元二至三世紀逐漸移轉於境內後，發展爲輿圖上
的中土名山〔註3〕。故「如何進入名山」就形成一套法術性的登涉術，
從鐘鼎的鑄像到方術的圖笈，諸如《山海經》、《白澤圖》、《禹鼎記》
等，俱曾作爲方士或道士的入山需知，以求「入山不逢不若」，而成
爲登涉必備的護身物。這一種秘術的流傳自成系譜，保存了共通的象
徵物如辨識之圖、誦唸之語和導引之文，這類神秘法術組合構成了認
識未知世界的入山之鑰。

遊歷洞穴乃是眞實的地理經驗，所遊所觀的江南地區，或少數分
散在江北的輿圖，道教移用地理志、圖卷的方式來記錄遊觀所得，這
種探險活動被今人視爲探祕行動，在宗教經驗則被詮釋爲一種「超越
的內在性」。〔註4〕這種遊觀被結合於身體體驗，就成爲內向化的存想

〔註3〕 李豐楙：《誤入與謫降：六朝隋唐道教文學論集》（臺北學生，1997），
頁33～92。
〔註4〕 傅飛嵐著，呂鵬志中譯：《超越的內在性：道教儀式與宇宙論中的洞

修法,即由先秦諸子所累積的內修經驗上,進一步深化其精神修練上的神秘體驗。兩漢時期方士、養生家所建立的養生術,從導引圖到守一法、歷臟法,均表明養生實踐法門已有內在化的傾向,從外觀逐漸轉向觀照身體的內部。在二至三世紀的關鍵期,道教神仙學就揭舉內視到「內觀」的發展之道,使精神性的內修法進而結合實踐的內向修法,成功結合了洞府內觀與洞房內觀,創新爲「內向性超越」的身心體驗。

　　神仙神話爲遊仙詩的主要素材,而神仙思想則隨著道教的形成而有所變化。遊仙詩作爲文學傳統之一,自有其相因相襲之處,但神仙思想及其不斷出現的傳說仍作爲創作的主要素材,因而後之作者除了因襲前代作家的語彙,常需注入新內容,以造成新的格調。以仙傳而言,《列仙傳》綜結了兩漢仙說,而其具體影響則見於庾闡的作品中;葛洪所撰的《神仙傳》,南北朝時期曾廣泛流傳,庾信詩中就一再使用。其次道經中則以上清經派的仙界結構爲主,由於茅山道曾一再整編經典,因而其影響亦最深,成爲後期遊仙詩的一大特色。所以遊仙詩的發展大體與神仙道教的形成相互一致。遊仙詩的寫作體裁,大體與詩體的發展有關:漢魏階段以樂府爲主,晉以後漸爲五言新體所取代,至永明體的提倡,又出現音節諧調、對偶工整的新格調。遊仙詩的作者問題,曹魏王朝之歌詠遊仙,與秦皇、漢武之喜愛仙眞人詩、大人賦,其動機實與帝王貴族的求仙、永壽的心理有關。至於其推動方式則與貴遊文學有密切關係:曹魏帝室鼓勵製作相和歌辭,故文學侍從也多熱烈響應;而後齊竟陵王、梁蕭統、綱、繹三兄弟均有文學集團,集團活動所形成的文風自能形成文學潮流;直至庾信之與趙王唱和,均爲宮庭文學、貴遊文學的具體表現。另一與道樂有關的〈神弦曲〉〈上雲樂〉及〈步虛〉,也與帝王的提倡有關。

　　中古世紀爲道教神仙思想的形成時期,上自帝王貴族下至民間社

天》,《法國漢學》第二輯(2002),頁 50～75。

會，均籠罩於仙道氣氛之中。遊仙詩適爲中古文學的重要題材之一，將人間世對於仙眞的想像、仙境的嚮往，透過遊仙詩的歌詠完全呈現出來。從漢末至隋初，恰逢紛擾的亂世，越形加深詩人面對人生的無常感，因此借以提昇其求仙之願而假借以之詠懷，均足可滿足其隱藏於心靈深處的願望，因此遊仙詩確爲中古道教文學重要的藝術成就。

在〈遊仙詩人共同的社會譜像〉中：魏晉士人對「時間」的初步意識，就是得以穿越空間，疾馳而不返，這在鮑照〈觀漏賦并序〉中有一個很好的譬喻：

> 客有觀於漏者，退而歎曰：「夫及遠者箭也，而定遠非箭之功；爲生者我也，而制生非我之情。故自箭而爲心，不可憑；因生以觀我，不可恃者年。憑其不可恃，故以悲哉！況乎沈華密遠，輕波潛耗，而感神嬰慮者，又自外而傷壽，以是思生，生亦勤矣！」乃爲賦云：……貫古今而並念，信寡易而多難。時不留乎激矢，生乃急於走丸。既河源之莫壅，又吹波而助瀾。（頁 2726）

生年難憑，光陰似箭，在這「矢量」的時間觀中，所指涉的是一個疾速且有定向的線性活動，換言之，時間的箭頭是如此急促地走向毀滅的終點；而它所連結貫串的，是前前後後的不同場域（所以有「古」、「今」之別），一個換過一個的不同情境（所以有「難」、「易」、「歡」、「苦」之分），乃至於在時程裡會自然浮顯出的彼此相異的「我」。

從「人」論「文」的關聯性研究肇始於李澤厚，如李文初說：

> 提出魏晉是一個「人的覺醒」的時代，並把它與「文學的自覺」聯系起來加以研究的，首推李澤厚先生的《美的歷程》。這種提法和認識，引起學術界普遍的關注，出現了從未有過的新氣象。〔註5〕

而到了魏晉人那裡，緣著個體意識的覺醒，開始重視並且珍視個人的情感，他們「對內發現了自己的深情」，他們的情感豐富而專注，體

〔註5〕 李文初：〈三論我國文學的自覺時代〉，收入《漢魏六朝文學研究》（廣東人民，2000 年），頁 116。

貼於人生各種實存情境的情緒感受，不僅「一往有深情」而且更認爲「情之所鍾，正在我輩」，他們的情感浸染了整個天地，不只是與之應對的人，更推擴而及於山川草木、蟲魚鳥獸等天地萬物，一切都在與情感的交流往返中，對象化了主體的本質特徵，當然文學也在這種個體意識高揚的氛圍下，體現了主體重情、尚情的傾向，由人的對於情感的正視，推衍爲文學的「緣情」的趨向，以使得文學關注的焦點轉向了主體的內在世界，確立了以情感爲中心的本質地位，透過主體化的機轉而表現了抒情化、個體化、內在化的特點。

文學是「因人以成文」有什麼樣的作家然後才有什麼樣的文學，將文學作品看作是作家生命的全幅展現，當文人看待文學的態度可以是「無意於在人事上作特種之施用」時，其表現到極盡則文學「僅以個人自我作中心，以日常生活爲題材，抒寫性靈，歌唱情感，不復以世用攖懷」。

對於以上各時期的自覺化特徵，如再凝聚成更簡單、更扼要的把握，只突顯各期的主要特色，那麼魏晉時期文學自覺化的發展圖式，當可表述爲：從「建安的文學主體性向其自身的復歸」到「正始的文學個體性的高揚與內在化的抒寫」，再到「西晉的文學審美性及抒情性的深化」，以及「東晉的文學的生命化、生活化與人生的詩化」。

在〈建安詩人的漢音與魏響〉中：曹操企圖從遊仙詩中去尋求自我精神的解脫，在面對宇宙洪流所興起的人生苦短中，他所求的是如何安頓自己的生命及力挽前進不止的時光。有時試圖往民間的神話傳說中去尋找答案，而寫出〈氣出唱〉、〈陌上桑〉這種曲折而堂皇華麗的遠遊經歷。但作爲一個政治家，理性卻將他超拔出這個幻想的虛境，於是在〈秋胡行〉中，他以豪氣萬千的胸懷打破自己所塑造那片鏡花水月般的神仙世界，並企求以政治的建樹來對抗時間的無情，並以立德立功，追求精神的不朽。

〈短歌行〉之所以能夠興發讀者之感情，除了詩中透露出曹操的抱負與胸襟，更可以讓我們感受到那因傷逝而惜時的生命幽思。葉嘉

瑩曾言：

> 要知道，凡是英雄豪傑之士，當他們衰老的時候，都有一
> 種對人生無常的恐懼與悲慨。因爲，凡屬英雄豪傑，都希
> 望留下一番豐功偉績，他總覺得他所要作的事情還沒有完
> 成，他的理想還沒有實現，所以對人生的短暫感到悲哀。
> 曹操很誠實很坦率，把這種恐懼和悲慨都寫到作品裡面
> 了。〔註6〕

那種悲憫情懷和建功立業間所產生的交疊，「在詩人的哀感裡還結合
有英雄的志意，有一種唯恐這志意落空的憂愁。」〔註7〕而曹操必然
面臨去解決這種內外在均矛盾於儒家價值的情況，所以他尋找出一條
進路去消解這種矛盾，也就是他把自身的終極價值關懷加以定位。這
種定位讓他在面臨「遷逝悲感」的產生時，這種憂患的意識，向內使
他超越了個人獨善的情懷；向外則積極完成建功立業、經世濟民的自
我思考。

　　虛擬的仙境場域便是一種超越性時空結構，是一個有著支持力量
的內在意象。生命時間的短暫可能無法完成曹操內心嚮往的功業理
想，而虛擬一個讓生命時間與自然時間永恆並齊的空間，的確可以使
曹操保存原有積極的思考去挑戰難以確知的未來。許多生命的憂慮，
都在放縱想像的遊仙時空中短暫的精神救贖，也可以讓自身更有勇氣
去面對現世當下的磨難。「以我們幾乎無從感覺的方式，建立起一套
架構，賦予我們生命的意義，爲我們帶來安全感。」〔註8〕曹操透過
自身的人格結構賦予了遊仙詩積極的生命意義。

　　而曹丕「懼乎時之過已」的心態一直是建安時期士人的內蘊思考
之一環，成爲他們作品抒發感情的內在基礎。畢竟「人生自有命，但

〔註6〕　葉嘉瑩：〈建安詩歌講錄‧第二講（曹操一）〉《國文天地》第十一卷
　　　　第 10 期，1996 年，頁 73。
〔註7〕　葉嘉瑩：〈建安詩歌講錄‧第二講（曹操一）〉《國文天地》第十一卷
　　　　第 11 期，1996 年，頁 73。
〔註8〕　宋偉航譯：《孤獨世紀末》，台北立緒文化，1999 年，頁 78。

恨生日希」，人類生存時間相對於浩浩的時間長流，只是滄海一粟，如何在有限的時問內建功立業，完成自我生命人格，便成爲士人群體所需面對的核心問題。

日本學者鈴木虎雄曾言：

> 通觀自孔子以來一直到漢末，基本上沒有離開道德論的文學觀，並且在這一段時間內進而形成只以對道德思想的鼓吹爲手段來看文學的存在價值的傾向。如果照此自然發展，那麼到魏代以後，並不一定產生從文學自身看其存在價值的思想。因此，我認爲，魏的時代是中國的自覺時代……《典論》中最爲可貴的是其認爲文學具有無窮的生命。〔註9〕

我們如果由這個向度來查考《典論‧論文》的在文學生命史上的貢獻，正是代表著一個文學生命自覺時代的來臨。其實文學生命的價值正如曹丕所言「經國之大業，不朽之盛事」，是士人生命精神的終極價值；個體意識的生命價值正體現在永續不歇的積極追求裡，所以建安士人面對人生短促的「傷逝悲感」便會在詩歌當中透過惜時主題去梳理並調整自我的情緒。

> 文學，作爲一種精神的創造，一但擺脫並超越狹隘的世俗與功利的目的，它的繁榮就是必然的，它的獨立，也是順理成章的了。文學在魏晉的繁榮與獨立，一方面是人的覺醒與自由的產物，同時又在某種程度上強調了人的主體意識、創造精神以及智慧與天才。〔註10〕

《論語》所言「未知生，焉知死」的思維，一直是中國士人對生命思考的方向之一，正因爲我們不知道自己的生命進程時間到何時完結，「年壽有時而盡」，所以文人們希望在有限的生命時間裡去完成自己應盡的「責任理分」，或許在有限的生命進程裡未必可以達成「立德

〔註9〕 許總譯：《中國詩論史》，廣西人民，頁37〜38。
〔註10〕 李建中：《心哉美矣——漢魏六朝文心流變史》，台北文史哲，1997年，頁86。

揚名」的可能，但或許可以「見意於篇籍」，使「聲名自傳於後」。值
得注意的是，在儒家思想裡，述與作均含蘊教化後世的功能，但到了
建安時代，述作則成爲留名後世的「千載之功」，文學至此獲得獨立
的地位。

　　從對現實的困境的忍受到生命終極意義的叩問，從現實生命之憂
到生命終極之憂，再到對二者最後消解，曹丕的生命走過了一個圓滿
的歷程。在這個歷程中，我們看到了一個個體在面對生命之時所要承
受的重負，以及如何去承受這種重負。如果說原始儒家建功立業的思
想使得曹丕執著地追求太子之位，從而造就了他的現實生命之憂；那
麼老莊對生命本體的關注，又觸發了他對生之意義的探尋，造成了他
的終極生命之憂。混雜地交織在一起，衝撞在一起，使得曹丕時時處
於一種不安定的狀態。雖然兩種「憂」都在最後得以消解，但在承受
這兩種「憂」的過程裡卻使曹丕的靈魂倍受折磨。或許任何有價值的
生命都是要承受艱難，生命的意義就是在對艱難的承受之中。對生命
意義的深入思考使得曹丕的詩歌呈現出一種獨特的藝術氛圍，對憂的
承受和消解又使得曹丕開闢了一個「文學的自覺時代」。

　　然而初期的曹植對建功立業就作爲自己生命旅程的終極關懷。
「展功勳」的價值走向正建基於其對內的自負，在他對自己的定位
上，認爲是具備著「王佐之才」。曹植生命過程的價值歸趨，可分成
三個層次：第一爲功業之建立，其次爲非文學作品之著述整理，最末
方爲辭賦等文學作品書寫。且在當時社會環境，及受到其父兄的影
響，追求「聲名自傳於後」的思維，這的確可以說是一種用世的熱情
〔註11〕。曹植〈薤露行〉：

　　　天地無窮極，陰陽轉相因。人居一世間，忽若風吹塵。願
　　　得展功勳，輸力於明君。懷此王佐才，慷慨獨不羣。鱗介
　　　尊神龍，走獸宗麒麟。蟲類猶知德，何況於士人。孔氏刪
　　　詩書，王業粲已分。騁我徑寸翰，流藻垂華芬。

〔註11〕趙幼文校注：《曹植集校注》，北京人民文學，1986 年，頁 154。

余英時認為關於中國古代的士子，大抵有兩種類型的思想，一為澄清天下，其次為保存典籍、推行教化〔註12〕。故在曹植的思維裡，內聖與外王的確是呈顯著並存雜揉的狀態，不過這種存在有著不同的價值判斷，所以晚年的曹植仍然上書陳請，希望能夠完成其一以貫之的生命價值關懷的原因，正是在此。在曹植身上並存的思維，和前述所討論曹操與曹丕的分途思考，有著相當不同的進路模式：「曹植常感感於自己的遭遇，較少觀照生命整體的缺憾，這是他和曹操最不相同的一點……同一個經世濟民的政治熱望，在曹操是解答生命疑惑的途徑之一；在曹丕是肯定生命價值的一把利器；而在曹植卻成了一切痛苦的根源。」〔註13〕這種生命價值的進路模式建基在曹植一生的遭遇之上，使得曹植在生命旅程中有著更多的掙扎與矛盾產生。畢竟在政治場域裡，曹操、曹丕均居於政體領導者的位置，雖然他們面對的大環境並不相同，然而他們的詩裡也都不自覺的透露出求才治世的想法；而曹丕則居於臣子的位置，且與曹丕有著親情的聯繫，所以他對於國家社會的關懷，祇能走向希冀明君察識之可能〔註14〕。

當這個可能破滅時，他只能在〈洛神賦〉中，作者以更瑰麗的超現實世界、凌波仙子來投射自己的主觀情感。在詩人角色的自我剖白中，其主體意識十分強烈。詩人辛苦苦地營造一個窗，以便引進希望的光，來建立一個與「自我」非常協和、平衡的關係。可是他的努力終究竟是失敗了，在縹緲文字的背後寓有靈性情感的基礎，更有理性自持的柵欄；使其猶豫悵惘更加地深沉。因此我們看到作者終以「夜耿耿而不寐，霑繁霜而至曙」、「攬騑轡以抗策，悵盤桓而不能去」的孤影悵然離去。

早期曹植賦多以「思」名篇，如〈秋思〉、〈幽思〉、〈靜思〉、〈釋

〔註12〕余英時：《士與中國文化》，上海人民，1987年。

〔註13〕張鈞莉：〈從游仙詩看曹氏父子的性格與風格〉，《中外文學》第二十卷第5期，1991年10月，頁113。

〔註14〕林文月：〈蓬萊文章建安骨——試論中世紀詩談風骨之式微與復興〉，《中古文學論叢》，台北大安，1989年，頁16。

思〉、〈歸思〉等，頗示其善思敏銳的性格。故魏人魚豢有云：「余每
覽曹植之華采，思若有神。」〔註15〕及至中晚期，幻想與想像成了生
活中重要的內容，在工巧之筆中，文思自入神境。錢志熙云：

> 曹植在生命的後期，常常表述這樣一個信念，即他細信心
> 靈具有巨大的力量，它能夠感應而生靈變。遊仙詩和〈洛
> 神賦〉等浪漫主義的作品，都是這種意識的產物。〔註16〕

曹植中晚年生活的不順遂，使其想像的羽翼更爲恣揚，而以瑰麗意
象，形成深闊宏美境界。觀其後期詩賦「神思」色彩，更爲濃厚，往
往予人空靈超越之感。在其受挫於外在功業的建立之後，遂以具象的
描寫呈現幻想世界，〈洛神賦〉的理想浪漫正是詩人的精神寫照的代
表，其抑鬱苦悶的心情，造就出追求精神主體絕對自由之境。早期建
安的慷慨文風至此染上沈憂色彩，亦開啓了阮嵇等對自由的渴求以及
沉重的孤獨感的主題。

　　在〈正始詩人的明道與仙心〉中：如有論者所注意，這個世界「沒
有特定的時間和特定的地點，也沒有特定的比擬對象，景物本身不具
有特殊性……只是普遍地存在於大自然中。」〔註17〕而創造這個世界
時，嵇康不僅糅合了從生活到文學閱讀的各種體驗，而且更爲重要
的，此世界繫於其價值立場，乃其向心靈自由歸返而開顯出的主觀境
界。就文本而言，又是以詩本身而爲詩人自己創造的精神憩園，並藉
此於片刻之間遁出遍布網羅的黑暗現實。這樣一個心靈的憩園，在本
質上是僅屬於抒情詩的，因爲它與敘事文學的「求索」（quest）是根
本不同的。在此，如同北美偉大文學理論家弗萊（Northrop Frye）對
抒情詩本質的描述：

> 人生中沮喪或困頓的瞬間（frustrating or blocking point），〔在

〔註15〕魚豢：《魏略》，引自《三國志·曹植傳》，台北宏業，1989 年，頁
570。
〔註16〕錢志熙：《魏晉詩歌藝術原論》第二章〈建安時期詩歌藝術的發展〉，
北京大學，1993 年，頁 168。
〔註17〕胡大雷：《中古詩人抒情方式的演進》，北京中華，2003 年，頁 93。

> 抒情詩中成為沉思而非鬱悶的焦點，並以此成為通向另一
> 經驗世界的入口，如斯蒂文斯所說，「對一個門戶飄忽的模
> 索」（the fitful tracing of a portal）。這是一個魔幻而神秘的世
> 界，是一個我們若想保持正常人的名聲輒須迅即離閉的譽
> 界。然而，這裡仍有一種意味殘餘著：在一切背後有某種
> 無可窮盡的事物，它是美好的並不僅僅因為它在那裏，而
> 如《暴風雨》）中的弗迪南德在假面劇裏所說，因為它依然
> 在那裏。兩位高度理智的詩人，馬拉美和里爾克也說過：
> 抒情詩的終極和目的是讚美。他們不是在通常宗教語境下
> 這樣說，他們不是在談論一個預光構想的天國，而是一個
> 我們只可偶爾涉足的地上樂園，如同聖杯城堡，一個我們
> 倘能提出正確問題即能為自己贏得生命的樂園。〔註18〕

然而嵇康討論養生，一開始即表明此「學」乃相對「特受異氣，稟之
自然，非積學所能致」的神仙說而提出，雖然他也肯定神仙之必有。
不妨作這樣理解：其在生命智慧中區別神仙與養生，對應著其在詩作
中分辨遊仙與此夷曠淵淡之作。或者說，嵇康夷曠淵淡之作體現了其
以怡神為主要內容的養生境界。因此，嵇康前述詩歌中貫串的無愁無
歡、夷曠恬和的情調，恰與其養生學倡導的「以醇白獨著，曠然無憂
患，寂然無思慮」的情調無二致。前述詩篇中執竿而不顧，操縵而不
止，任生命在逝水一樣時光裡延續的人物，亦即其養生論中以「並天
地而不朽」為「至樂」，與天、地並列為「三才」的隱者。換言之，
嵇康是以詩實現其理想中的生命，叔夜的養生實踐在「清虛靜泰」之
餘，須「綏以五絃」，更直接是藝術成全「至樂」生命的表白。

　　對詩人和音樂家的嵇康而言，卻又沒有比自身生命更令人吟味、
更美的作品了。故嵇生永辭，「顧日影而彈琴……寄餘命於寸陰」〔註
19〕——在以日影移動計出的殘生裡，嵇康奏出了其生命全部的優

〔註18〕Northrop Frye, "Approaching the Lyric," in *Lyric Poetry: Beyond New Criticism*. P. 36.
〔註19〕向子期：〈思舊賦〉，蕭統編、李善注：《文選》卷16，上冊，頁230。

雅。對他而言，生命眞不啻是一首非盡情盡興而不能演奏的最美樂曲。

　　當詩人將被現實宰制切割離散的自我經驗，統攝整合成爲自我定義的身分認同，而且能將之投射體現爲理想的語言意象（verbal image），成爲有意味的詩的形式。然則此經過心靈與藝術的洗禮而純化的自我，才是詩的自我的眞正誕生；所以詩人自覺地發明的自我，才是抒情的自我。阮籍藉由作品宣告了抒情自我的誕生。阮籍對屈原的承繼，來自於同樣與現世的格格不入。只是屈原期許將現世耕耘成可居的沃壤，阮籍卻多了一份無法超脫時空的哀感與渴望。在所有對：「風動春湖，月明秋夜，旱雁初鶯，開花落葉，有來斯應，每不能已。」自然不是與人對立存在的客觀之物，而時空有同樣的疑惑。他佯狂避世，卻渴望被理解與認同；卻又把自己藏得太深，以致於千百年後只讀出孤寂，而少有人讀出堅持與追索。

　　理想從來沒有實現，所有的出口都被自己否定。最終留下的不是答案，而是徘徊掙扎的時間軌跡，與拓出的空間荒原。只是時空如何遼闊，見著的卻始終是一己徘徊的獨影：

　　　　夜中不能寐，起坐彈鳴琴。薄帷鑒明月，清風吹我襟。孤
　　　　鴻號外野，朔鳥鳴北林。徘徊將何見？憂思獨傷心。

「徘徊將何見？憂思獨傷心」，知音從來沒有出現，因爲知音只存在於阮籍的想像中。最終，何方何時，都只是空堂意象的不斷綿延。悲哀迷惑，不斷徘徊，不斷突圍，而終究在時空中找不到任何出口。〈詠懷〉第一首，是追尋之「始」，亦是追尋之「終」。彷彿象徵了一切追尋的開頭，也預示了一切折返的歸結。

　　阮籍的個體意識，是從個體的自覺而來。他自覺到傳統士大夫的責任，以及知識份子的使命感，所以極力在群體的分位中，安立個體自我的存在價值；企圖將個體自我實現的終極意義，落實在群體和諧秩序的維持之上；這是順著儒家群我意識的思維而來，但其中已滲入了道家的「自然」觀念。逐漸發展到中晚期，阮籍的個體意識開始轉向，經由對時代環境的痛苦感受中，他對現存的政治社會環境，從質

疑到否定；因而將個體的存在價值思考，脫離群體的範疇，做一優先且純化的處理。在這個轉向中，儒家的群我意識漸漸消失，道家的自然、齊物等觀念漸爲主軸，個體自我實現的終極意義，不在群體的分位定義之中，而是在於效法自然無爲、逍遙無待的一種美好境界。

在〈太康詩人的理性與眞情〉中：詩人爲文創作的抒情當下，實則融攝了過去、現在與未來於筆端，「『存在』既非僅爲無時間性的東西，亦非僅爲時間性的東西，它是承擔著過去並蘊含著未來的現在這一刹那的充實。」〔註20〕縱使想要記錄的事物早已成爲過往，但詩人的歎逝之情卻可在創作過程獲得慰藉，進而探求繼續向未來時空邁進的勇氣，也能與後世有著相同境遇的讀者交相輝映：

> 因爲歎逝即是一種傷感，是任何時代人人都可能有的一種
> 情感；但這種感慨之情，大半是歷史社會變動和個人變化
> 所發生的衝突或不和諧，傷感並不純粹屬於個人主觀的，
> 它常常因客觀社會的條件而染上不同的色調。〔註21〕

陸機的一生幾乎可說都爲感時傷逝的陰影所籠罩，這在其五言樂府中可獲得應證。詩中所表達的各種題材情境，常歸結於時空移轉遷化的傷感，遂由原欲抒發之情轉向歎逝之感；而自然界的各種景物，亦隨著時空而物換星移，使其體認身爲宇宙天地間渺小存在的悲哀跟無奈，進而聯想到己身命運之不幸。然而無論何種類型的歎逝詩歌，陸機皆慣以理性議論天道輪轉、時空更迭之無常收尾，欲以此消弭化解哀傷自憐的情緒，然同樣類型的詩作重複不斷地出現，即可明瞭詩人並未從感時歎逝的氛圍中走出；而這也是詩人面對時空流逝與環境壓迫的同時，反覆思考掙扎如何進退出處的結果，亦可從中見其彰顯出的生命意識。

在來日苦短，去日苦長，時光的消逝中，陸機有憂生之嗟。雖然

〔註20〕松浪信三郎著，梁祥美譯：《存在主義》，台北志文，1994 年，頁 109。
〔註21〕廖蔚卿：〈陸機研究〉，《中古詩人研究》，臺北里仁，2005 年，頁 3
～77。

他在人世中尋找到抒解之道，「置酒高堂」「取樂今日盡歡情」，但其深層的及時，正如〈秋胡行〉所云：「道雖一致，塗有萬端。吉凶紛藹，休咎之源。人鮮知命，命未易觀。生亦何惜，功名所歡」，陸機終其一生，都在追求建功立業的目標，這也註定他悲劇的人生。

在陸機詩作中，運用鳥的形象的詩句來作爲對情感的象徵，最多的是思歸之鳥及揚聲之鳥二類。前者是指向詩人的思歸之心，後者則指向詩人的功名之心。經由梳理兩種不同形象的鳥，有助於對詩人的情志，及其自我存在在時間中的書寫，充分提出解釋。牠們的匹鳴與詩人的孤影相映，而牠們的雙棲雙遊一方面對照出詩人的寂寞，一方面也陳說了詩人的心願。至於那依時而飛的歸鴻，更是直接宣說了詩人的欲歸之志。思歸的濃烈與未歸的悵恨，就在這些思鳥、離鳥的悲鳴中宣吐，也在這些歸鴻的羽翼中潛藏。陸機也讓鳥的及時而鳴代他說出了心中的期許，在自我的實現上，陸機所渴望躋至的目標，始終是功成名就。因爲有這樣的價值觀念，他在稱揚他人或陳述他人際遇時，也常從功名的視角出發。因此他詩中鳥的「凌風」、「戾高」，就不是阮籍避世、棄世的高蹈，而是功名成就的自得。

儘管陸機內心深處有思歸欲隱之念，但落實爲行動時，他總能讓「求富貴、立功名」的堅實信念引導著他；強烈的使命感，成爲紹聖繼賢的自我要求，皆促使了他展現了屬於自己「志在功業」「步履典範」的人格風景。

而郭璞從治道與險路的對比，到在分歧的異道上明辨自我的歸趨，「道路」的譬喻漸次延展，詩人的自我影像也在其中逐步深化、流轉。如同譬喻學家所說，人的認知與思考本質上便是譬喻性的，人我對立的現實固然是屈原困苦的來源，但在另一方面，他正是藉著「異道」的譬喻或觀點，塑造了身處濁世的自我形象。對懷抱著此種設想的詩人而言，異道情境縱使難以忍受，卻也是無可擺脫的，因爲他已植根於此。

詩人在進行創作時，或發憤抒情削減憂思，又或者「自我救贖」。

於詩人之存在感如此薄弱情境下，「書寫」成了唯一的可以「標示自己仍然存在」的方式，透過憂愁的大量抒發、流亡經驗的訴說、不斷與過去對話的過程中創生出其獨有氛圍，且惟有此氛圍解救詩人於身心危惙之際。「自我形象」不斷的在作品中出現，或部分或流轉甚者變形，這些都與魏晉「個體自覺意識覺醒」密切相關。

　　郭璞藉由文學作品書寫敘述，試圖尋找一個具有形上意義的歸居，一種最原初意義的庇護所，因此不斷朝向生命初始與終結之處提問，以達到流亡中對自我的檢視與辯證。這可看為詩人尋找另一個更遠初居所的過程，或者是另一種「回歸」。士人在面臨人生困境之時，無論是服膺儒家「以史為鑑」，從歷史中記取教訓、學習前人經驗的原則；或是遵循道家「自然為美」，與天地萬物為伍、揚棄人文禮制的方式，最終目的都是追尋自我在宇宙間的定位。而郭璞就是在「現實中的異道分離」、「流亡中的自我辯證」，不斷試著追尋、拼湊自我的形象。

　　往昔自我的崩解或超越，帶來了主體的轉變。他所有的只是一種純淨的感官，就像當人專注地撫觸劍身，或乍然嗅入飄散的芬芳，他只是那一刻，事物突然顯現，回憶或任何糾結的心事尚未受其觸動的時刻。這由泯除自我所產生的感官性，使一切無比清晰、不再是境隨心遷的幻象，但當撫觸劍身的手只專注於冰涼，也正是感官的鮮明懸置了內在心緒。而感官的超然性就奠定在「方術的修煉」上。

　　郭璞的豔逸天堂是與現實世俗世界的一個對立存在，是他夢想的象徵，他一生都以這種精神狀態對抗歷史與時代，天堂所呈現的色彩才會如此瑰麗，企望愈深，則色彩愈濃烈。雖然感官在「存思致神」下超然的存在，但當「自我的本真存有」，又不得不讓詩人重新審視現實的困阨於殘酷，如：

> 逸翮思拂霄，迅足羨遠游。清源無增瀾，安得運吞舟。
> 珪璋雖特達，明月難闇投。潛穎怨清陽，陵苕哀素秋。
> 悲來惻丹心，零淚緣纓流。〈遊仙詩其五〉（頁865）

六龍安可頓，運流有代謝。時變感人思，已秋復顧夏。
淮海變微禽，吾生獨不化。雖欲騰丹谿，雲螭非我駕。
愧無魯陽德，迴日向三舍。臨川哀年邁，撫心獨悲吒。
〈遊仙詩其四〉（頁 865）

一個「惻」字道出了仁者的悲傷之心，何其壯美無奈，深切地感受到詩人的哀傷，這是中國士子一脈相承的濟社稷、安黎民的傳統。而春秋代序，時光荏苒，時間的無可挽回亦令人感思萬千，此時詩人看到了天堂的虛幻，同時也看到了自己夢想的悲傷與卑微。

在〈東晉詩人的人境與自然〉中：在所得的此生中，陶淵明安居於大地之上，以親附土地的躬耕生活與萬物共存，同時包孕著素樸的人際互動，守護著萬物的本性於自由之中；不斷延伸著大地的深廣，也開展出與親人共居、與鄰里存問，和諧靜穆的人境生活。「虛室」作為陶淵明安居的中心、心靈的狀態，凝聚著陶淵明的感覺結構，以虛靜澄遠的涵容向田園世界敞開。身處於田園世界亦即在天地之間的陶淵明，從最根源的身心感知出發，持續與天地之氣交流互滲，當感官的分殊逐漸消泯，身心不斷渾融一氣，達到內外如一的流動時，陶淵明的身體與田園也就共在清和靜遠之中。這種與世界的對話關係不但形成陶淵明特有的身心境界，也開拓出前所未有的文學空間。

對陶淵明而言，「人境的自然」便具現於園田。園田生活以大地為安居，人經由耕作體察生命依附於土地的節奏，由家宅、庭園而農田、聚落，更延伸到附近的林野，在與四時相應的農務活動、鄰里間的素樸互動，形成一種意義的聚焦。園田不僅是避世隱逸的空間，更是人與人、人與萬物能夠共存的生命安頓之所。從這個場所出發，人既能滿足群居的本性，而此群體又能處在一個不受櫻擾扭曲的自然情境中。園田此一自然情境原本或即是山林，不同之處在於它是人類以身體勞動所具現的化育之自然，其間的人文秩序是在人與天地的依存關係中建立的。在陶淵明的作品中標誌節氣的題目，依時耕稼的描述，都讓我們不能忽視農耕生活的韻律是人與天地的共振和鳴，是人

在自然中得以延續的可能形式，具現出人與人、人與自然的兩重安頓。在魏晉時期，此一生存形態作為士人的選擇雖乏人問津，但園田確是奠基於中國農業文明共有的歷史與風土，標示出自然、文化與主體間的關係。

這種以時間的心靈體悟宇宙是淵明田園詩一切特色的基礎，總結說：「中國文學中四季意識最清楚的莫過於陶詩，甚至形成『四季原型』的結構模式」。而回歸園田即是自然秩序的回歸，此秩序「既為詩之組織原理，亦為理解世界之基本圖式」。

因此陶淵明的自然理型，不是獨我式的「遊於無何有之鄉」，而是共同體式的桃花源；他以園田三部曲：〈歸去來兮辭並序〉、〈歸園田居〉、〈桃花源記並詩〉，完成園田作為象徵母型的創塑，這是他從親驗實作逐步找出的理想社會的雛型。〔註 22〕但細加深究，陶淵明所著意的是一個人民不受政治櫻擾，人人順性適情，而自然體現的和諧社會。既不是文明未開，也不是文明腐化的世界，而是文明初階，人性素樸真淳，一任自然的世界。因此，同時具有道家自由自適以及儒家倫理秩序的性質。桃花源中人們的情感親密單純，無論是對內或是對外，皆具有積極的相互關係與默認一致的態度，是生機勃勃的渾融整體，這樣的共同體生活讓人得以在自然的狀態下形成美善的和諧統一〔註 23〕。

從中國的人文傳統來看，中國人的理想存在情境本即在儒道的並行交融之中，也可以說儒道的互補合和是中國文化的宿命。陶淵明身處玄學盛行、儒家倫理被曲解的情境下，一方面針對時代的需要表現出衛護儒家基本價值的姿態，另一方面也深切體認到知性的論辯既不能解決社會問題，也不代表生命的安頓。一向以來，對於儒道以區辨為主的思惟方式，在外來佛學的衝擊下，亦即他者的照見下，逐步展

〔註 22〕袁行霈：《陶淵明集箋注》，北京中華書局，2003 年，頁 484～485。
〔註 23〕斐迪南・滕尼斯著、林榮遠譯：《共同體與社會——純粹社會學的基本概念》，北京商務，1999 年，頁 52～94。

現出儒道合融的整體視域，這是中國文化的具體情境，因此反思的方向未嘗不可能是叩其兩端的儒道交會。陶淵明對於隱逸倫理的整體觀照，正是安頓自身於儒道的關係之中，陶淵明對於上古社會的嚮往，正宣示著其所接續的是上古儒道合融或是未如許分化的傳統，爲了回歸這種理想世界，陶淵明在儒道交界的邊緣重構和諧的人我關係、價值秩序，並獲致自然。

　　而面對「生死」的議題，陶淵明以一貫的「任眞」態度，追求「自然」極致，承擔起「死亡將至」的眞實，由此展開全幅的生命意義。因此，他的歡逝顯得更爲蒼老而孤獨。他以身體感知及人與人的關係作爲生存意義的根源，而開展出以「人倫」爲本的自然觀。陶淵明既重生命的現實性，也融合了對於不可知的虔敬態度，將消極的認命轉爲積極的諦聽，把握人與天命相感的每一個契機，以確立自己生存的意義。更以身體感爲基礎冥合人我、物我的關係，在及時行樂中體現委運任化，將運命轉爲當下可以證成的完滿。換言之，陶淵明從身體主體與道德主體兩個面向體察萬化遷變，開顯識運知命的內涵，在「善萬物之得時，感吾生之行休」中，以「縱浪大化中，不喜亦不懼」的稱情自在，體現「寓形宇內復幾時，曷不委心任去留」乃至於「聊乘化以歸盡，樂夫天命復奚疑」的美善境界。

參考書目

一、古籍資料

1. 左丘明《春秋左傳正義》，臺北：藝文出版社，十三經注疏本，1979年。

2. 左丘明《國語》，臺北：漢京出版社，1983年。

3. 荀況《荀子集解》，臺北：中華書局，1981年。

4. 呂不韋《呂氏春秋》，臺北：中華書局，1981年。

5. 董仲舒《春秋繁露》，臺北：中華書局，1981年。

6. 司馬遷《史記》，臺北：中華書局，1981年。

7. 鄭玄《周禮鄭氏注》，臺北：商務印書館，1965年。

8. 鄭玄注《禮記鄭注‧樂記》，臺北：中華書局，1981年。

9. 高誘《淮南子注》，臺北：世界書局，1965年。

10. 班固《漢書》，臺北：中華書局，1981年。

11. 班固《漢書》，臺北：鼎文出版社，1984年。

12. 桓譚《新論》，臺北：中華書局，1981年。

13. 曹操《曹操集》，臺北：河洛圖書出版社，1975年。

14. 王弼《老子道德經注》，北京：中華書局，2011年。

15. 葛洪《西京雜記‧兩秋胡曾參毛遂》，臺北：廣文出版社，1981年。

16. 《無上秘要》，臺北：藝文出版社，1962年。

17. 劉義慶《世說新語》，臺北：商務印書館，1968年。

18. 范曄《後漢書》，北京：中華書局，1965 年。

19. 劉勰《文心雕龍》，臺北：開明書局，1963 年。

20. 蕭統編、李善注《文選》，臺北：五南出版社，1991 年。

21. 蕭統《增補六臣注文選》，臺北：華正書局，1977 年。

22. 李善注《昭明文選》，臺北：河洛出版社，1975 年。

23. 王弼、韓康伯注，孔穎達等正義《十三經注疏周易》，臺北：藝文出版社，1985 年。

24. 司馬遷著、張守節正義《史記三家注》，臺北：七略出版社，1991 年。

25. 房玄齡等撰《晉書》，北京：中華書局，2003 年。

26. 李昉《太平御覽》，臺北：商務印書館，1967 年。

27. 李昉等著《太平廣記》，北京：中華書局，1961 年。

28. 洪興祖《楚辭補注》，臺北：長安出版社，1984 年。

29. 張君房輯《雲笈七籤》，臺北：商務印書館，1967 年。

30. 秦觀《淮海集》，臺北：中華書局，1965 年。

31. 朱熹《楚辭章句》，臺北：藝文出版社，1983 年。

32. 李公煥《箋註陶淵明集》，臺北：國立中央圖書館，1991 年。

33. 《正統道藏》，臺北：新文豐出版社，1977 年。

34. 《正統道藏》，臺北：藝文出版社，1977 年。

35. 《道藏》，北京：北京文物出版社，1988 年。

36. 守一子編纂《道藏精華錄》，杭州：浙江古籍出版社，1989 年。

37. 張溥輯《漢魏六朝百三名家集》，臺中：松柏出版社，1964 年。

38. 張溥著、殷孟倫注《漢魏六朝三百家集題辭注》，北京：中華書局，2007 年。

39. 王夫之著《船山全書》，長沙：嶽麓書社，1988 年。

40. 陶宗儀《說郭三種》，上海：上海古籍出版社，1988 年。

41. 嚴可均校輯《全上古三代秦漢三國六朝文》，日本京都：株式會中文出版社，1981 年。

42. 郭慶藩《莊子集釋》，臺北：河洛圖書出版社，1974 年。

43. 黃節《魏文武明帝詩註》，臺北：藝文出版社，1977 年。

44. 司馬遷撰、瀧川資言考證《史記會注考證》，臺北：天工書局，1989 年。

45. 《文淵閣四庫全書》，臺北：商務印書館，1983 年。

46. 《續修四庫全書》，上海：上海古籍出版社，1995 年。

47. 《四部叢刊初編‧集部》，臺北：商務印書館，1965 年。

48. 段玉裁《說文解字注》，臺北：漢京書局，1980 年。

49. 沈德潛《古詩源》，北京：中華書局，1963 年。

50. 方東樹《昭昧詹言》，北京：北京人民出版社，1984 年。

51. 郭紹虞編選《清詩話續編》，上海：上海古籍出版社，1983 年。

52. 何文煥編《歷代詩話》，北京：中華書局，1981 年。

53. 葉燮、薛雪、沈德潛著《原詩、一瓢詩話、說詩晬語》，北京：北京人民出版社，1979 年。

54. 丁仲祜編撰《全漢三國晉南北朝詩》，臺北：藝文印書館，1975 年。

55. 王明編《太平經合校》，北京：中華書局，1960 年。

56. 王明《抱朴子內篇校釋》，北京：中華書局，1985 年。

57. 王叔岷《莊子校詮》，臺北：中央研究院歷史語言研究所，1988 年。

58. 王叔岷《陶淵明詩箋證稿》，臺北：藝文印書館，1975 年。

59. 王叔岷《鍾嶸詩品箋證稿》，臺北：中央研究院中國文哲研究所，1992 年。

60. 王叔岷《列仙傳校箋》，臺北：中央研究院中國文哲研究所，1995 年。

61. 王利器《顏氏家訓集解》，北京：中華書局，1993 年。

62. 余嘉錫《世說新語箋疏》，臺北：仁愛書局，1984 年。

63. 吳光明《莊子》，臺北：東大出版社，1992 年。

64. 莊萬壽《新譯列子讀本》，臺北：三民書局，1979 年。

65. 楊伯峻《列子集釋》，臺北：華正書局，1987 年。

66. 趙幼文、趙振鐸《三國志校箋》，成都：巴蜀書社，2001 年。

67. 袁珂《山海經校注》，臺北：里仁書局，1981 年。

68. 袁行霈《陶淵明集箋注》，北京：中華書局，2003 年。

69. 陳鼓應註譯《莊子今註今譯》，臺北：商務印書館，1975 年。

70. 陳奇猷《呂氏春秋校譯》，臺北：華正書局，1985 年。

71. 陳柏君校注《阮籍集校注》，北京：中華書局，1987 年。

72. 蘇輿《春秋繁露義證》，北京：中華書局，1992 年。

73. 費振剛等輯校《全漢賦》，北京：北京大學出版社，1993 年。

74. 逯欽立輯校《先秦漢魏晉南北朝詩》，臺北：木鐸出版社，1988 年。

75. 梁啓超等著、胡曉明選編《楚辭二十講》，北京：華夏出版社，2009 年。

76. 樓宇烈校釋《王弼集校釋》，北京：中華書局，1980 年。

77. 房玄齡撰、楊家駱主編《新校本晉書並附編六種》，臺北：鼎文書局，1976 年。

78. 陳壽撰、裴松之注、楊家駱主編《新校本三國志注附索引》，臺北：鼎文書局，1977 年。

79. 郝立權注《陸士衡詩註》，臺北：藝文印書館，1976 年。

80. 陸機注、張少康集釋《文賦集釋》，北京：北京人民出版社，2002 年。

81. 姜亮夫撰《晉陸平原先生機年譜》，臺北：商務印書館，1978 年。

82. 《三曹資料彙編》，臺北：木鐸出版社，1981 年。

83. 趙幼文校注《曹植集校注》北京：北京人民出版社，1984 年。

84. 崔富章注譯《新譯嵇中散集》，臺北：三民書局，1998 年。

85. 溫洪隆注譯《新譯陶淵明集》，臺北：三民書局，2002 年。

86. 楊勇《陶淵明集校箋》，臺北：成偉出版社，1975 年。

87. 陶淵明著、曹明綱校點《陶淵明全集》，上海：上海古籍出版社，1998 年。

88. 周振甫《文心雕龍注釋》，臺北：里仁書局，1984 年。

89. 詹鍈《文心雕龍義證》，上海：上海古籍出版社，1999 年。

90. 劉勰著、王更生注譯《文心雕龍讀本》，臺北：文史哲出版社，1991 年。

91. 孔凡禮點校《蘇軾文集》，北京：中華書局，1986 年。

92. 干寶著、汪紹楹校注：《搜神記》，臺北：里仁書局，1982 年。

93. 鍾嶸著，陳延傑注《詩品注》，北京：北京人民出版社，1985 年。

94. 王夫之評選、張國星點校《古詩評選》，北京：新華書店，1997 年。

95. 沈德潛評選、王蒓父箋註《古詩源箋註》，臺北：古亭出版社，1970 年。

二、現代專書

1. William James 著、唐鉞譯《宗教經驗之種種》，臺北：萬年青書店。

2. 和過哲郎《倫理學》，東京：岩波書店，1949 年。

3. F. L. Pogson. *Time and Free Will: An Essay on the Immediate Data of Consciousness.* London: Geoge Allen & Unwin LTD. 1950.

4. Mircea Eliade. *Patterns in Comparative Religion*, Rosemary Sheed Trans. New York: Sheed & Ward, 1958.

5. 蕭天石《歷代真仙史傳》，臺北：自由出版社，1960 年。

6. 梁思永《侯家莊》，臺北：中央研究院歷史語言研究所，1962 年。

7. 大淵忍爾《道教史の研究》，日本：岡山大學共濟會，1964 年。

8. 《歷代筆記小說選——漢魏六朝》，臺北：商務印書館，1965 年。

9. 王雲五編《叢書集成簡編》，臺北：商務印書館，1965 年。

10. 黃文煥《古典文學資料彙編》，北京：中華書局，1965 年。

11. Toshihiko Izutsu, *The Key Philosophical Concepts in Sufism and Taoism.* Tokyo: Keio Institute, 1967.

12. 尼采著、李長俊譯《悲劇的誕生》，臺北：三民書局，1972 年。

13. 《筆記小說大觀》，臺北：新興書局，1973 年。

14. 歐陽詢《藝文類聚》，臺北：新興書局，1973 年。

15. 臺靜農《百種詩話類編》，臺北：藝文出版社，1974 年。

16. 駒井和愛《中國考古學論叢》，東京：慶友社，1974 年。

17. Joseph Needham 著、姚國水等譯《中國之科學與文明》，臺北：商務印書館，1975 年。

18. Edward Relph, *Place and Placelessness.* London: Pion. 1976.

19. 《中國學術思想史論叢》，臺北：東大出版社，1977 年.

20. 段義孚 *Space and Place: The Perspective of Experience.* Minneapolis: University of Minnesota Press, 1977.

21. 廖蔚卿《六朝文論》，臺北：聯經出版社，1978 年。

22. 劉熙載《藝概》，上海：上海古籍出版社，1978 年。

23. 余光中《與永恆拔河》，臺北：洪範書店，1979 年。

24. 華東師範大學古籍整理研究室選編《歷代書法論文選》，上海：上海書畫出版社，1979 年。

25. 《科技史文集》，上海：科學技術出版社，1980 年。

26. 《中國古典小說研究論集》，臺北：聯經出版社，1980 年。

27. 傅勤家《中國道教史》，臺北：商務印書館，1980 年。

28. 湯錫予《玄學文化佛教》，臺北：育民出版社，1980 年。

29. 李豐楙《神話的故鄉——山海經》，臺北：時報文化事業公司，1981

年。

30. 宗白華《美學的散步》，臺北：洪範書店，1981 年。

31. 黑格爾著、朱孟實譯《美學》，臺北：里仁書局，1981 年。

32. 張金儀《漢鏡所反映的神話傳說與神仙思想》，臺北：故宮博物院，1981 年。

33. 王瑤《中古文學史論集》，上海：上海古籍出版社，1982 年。

34. 葉慶炳《中國文學史》，臺北：學生書局，1982 年。

35. 劉岱《中國文化新論》，臺北：聯經出版社，1982 年。

36. 錢鍾書《新編談藝錄》，1983 年。

37. 湯用彤《湯用彤學術論文集》，北京：中華書局，1983 年。

38. 《漢學論文集》，臺北：文史哲出版社，1983 年。

39. 徐道鄰《語意學概要》，臺北：友聯出版社，1983 年。

40. 劉大杰《魏晉思想論》，臺北：里仁書局，1984 年。

41. 《三松堂學術文集》，北京：北京大學出版社，1984 年。

42. 李澤厚《美的歷程》，臺北：元山出版社，1984 年。

43. 朱光潛《詩論新編》，臺北：洪範書店，1984 年。

44. 王夢鷗《古典文學論探索》，臺北：正中書局，1984 年。

45. Chaviva Hošek and Patricia Parker edited. *Lyric poetry: beyond new criticism*. Ithaca: Cornell University Press, 1985.

46. Pascal, Roy. *Design and Truth in Autobiography*. London: Taylor & Francis. 1985.

47. 宗白華《美從何處尋》，臺北：元山出版社，1985 年。

48. 牟宗三《圓善論》，臺北：學生書局，1985 年。

49. 任繼愈主編：《中國哲學發展史》，北京：北京人民出版社，1985 年。

50. 洪順隆《六朝詩論》，臺北：文津出版社，1985 年。

51. 蕭馳《中國詩歌美學》，北京：北京大學出版社，1986 年。

52. 王瑤《中古文學史論》，北京：北京大學出版社，1986 年。

53. 李豐楙《六朝隋唐仙道類小説研究》，臺北：學生書局，1986 年。

54. 蔡英俊《比興物色與情景交融》，臺北：大安出版社，1986 年。

55. 陶建國《兩漢魏晉之道家思想》，臺北：文津出版社，1986 年。

56. 特里·伊格爾頓《當代文學理論導讀》，香港：旭日出版社，1987 年。

57. 海德格爾著、陳嘉映，王慶節譯《存在與時間》，上海：三聯書店，1987 年。

58. 余英時《士與中國文化》，上海：上海人民出版社，1987 年。

59. 李澤厚，劉綱紀主編《中國美學史》，臺北：谷風出版社，1987 年。

60. 徐復觀《中國人性論史》，臺北：商務印書館，1987 年。

61. 王向峰《美學辭典》，瀋陽：遼寧大學出版社，1987 年。

62. 湯一介《郭象與魏晉玄學》，臺北：谷風出版社，1987 年。

63. 雅斯貝爾斯著、余靈靈，徐信華譯《存在與超越》，上海：三聯書店，1988 年。

64. 坂出祥伸《中國古代養生思想の統合的研究》，東京：平河出版社，1988 年。

65. 中國古典文學研究會主編《文心雕龍綜論》，臺北：學生書局，1988 年。

66. 劉明華、張立偉《生死・享樂・自由──道家和道教的關係及人生理想》，臺北：雲龍出版社，1988 年。

67. 王鍾陵《中國中古詩歌史》，南京：江蘇教育出版社，1988 年。

68. 張法《中國文化與中國悲劇意識》，北京：北京人民出版社，1989 年。

69. 牟宗三《才性與玄理》，臺北：學生書局，1989 年。

70. 李澤厚《華夏美學》，臺北：時報文化事業公司，1989 年。

71. M. H. Abrams 著、酈稚牛等譯《燈與鏡》，北京：北京大學出版社，1989 年。

72. 胡孚琛《魏晉神仙道教》，北京：北京人民出版社，1989 年。

73. 張少康《古典文藝美學論稿》，臺北：淑馨出版社，1989 年。

74. 宗白華《美學與意境》，臺北：淑馨出版社，1989 年。

75. 蕭天石主編《道藏精華》，臺北：自由出版社，1989 年。

76. 余英時《中國知識階層史論（古代篇）》，臺北：聯經出版社，1989 年。

77. 葛兆光《道教與中國文化》，臺北：東華書局，1989 年。

78. 林文月《中古文學論叢》，臺北：大安出版社，1989 年。

79. 弗里德里希・席勒著、馮至，范大燦譯《審美教育書簡》，臺北：淑馨出版社，1989 年。

80. 中國藝術研究院音樂研究所、北京古琴研究會編《琴曲集成》，北

京：中華書局，1989 年。

81. 鈴木虎雄著、許總譯《中國詩論史》，南寧：廣西人民出版社，1989
　　年。

82. 廖國棟《魏晉詠物賦研究》，臺北：文史哲出版社，1990 年。

83. 卿希泰主編《道教與中國傳統文化》，福州：福建人民出版社，1990
　　年。

84. 詹石窗《道教與女性》，上海：上海古籍出版社，1990 年。

85. 李元洛《詩美學》，臺北：東大出版社，1990 年。

86. 卡西勒著、于曉等譯《語言與神話》，臺北：桂冠出版社，1990 年。

87. 蒙培元《中國心性論》，臺北：學生書局，1990 年。

88. 洪順隆《辭賦論叢》，臺北：文津出版社，1990 年。

89. 《漢代文學與思想學術研討會論文集》，臺北：文史哲出版社，1991
　　年。

90. 《魏晉南北朝文學思想學術研討會論文集》，臺北：文史哲出版社，
　　1991 年。

91. 唐曉敏《精神創傷與藝術創作》，天津：百花文藝出版社，1991 年。

92. 許抗生《三國兩晉玄佛道簡論》，濟南：齊魯書社，1991 年。

93. 湯用彤《理學佛學玄學》，北京：北京大學出版社，1991 年。

94. 海德格著、彭富春譯《詩‧語言‧思》，北京：文化藝術出版社，
　　1991 年。

95. 山東大學古籍整理研究所編《古籍整理研究論叢》，濟南：山東大
　　學出版社，1991 年。

96. 韓少功《生命中不能承受之輕》，臺北：時報文化事業公司，1991
　　年。

97. J. G. Frazer 著、汪培基譯《金枝》，臺北：桂冠出版社，1991 年。

98. 呂宗力、欒保群《中國民間諸神》，臺北：學生書局，1991 年。

99. Susanne K. Langer 著、劉大基等譯《情感與形式》臺北：商鼎出版
　　社，1991 年。

100. 簡政珍《語言與文學空間》，臺北：漢光出版社，1991 年。

101. 葉明媚《古琴音樂藝術》，臺北：商務印書館，1991 年。

102. Paul Ricoeur 著、鄭樂平、胡建平譯《文化與時間》，臺北：淑馨出
　　版社，1992 年。

103. 李新泰編《齊文化大觀》，北京：中央黨校出版社，1992 年。

104. 蕭兵《楚辭文化》，北京：中國社會科學出版社，1992年。

105. 傅勤《道教與傳統文化》，北京：中華書局，1992年。

106. 王孝廉《中原民族的神話與信仰》，臺北：時報文化事業公司，1992年。

107. 李亦園《文化的圖像》，臺北：允晨出版社，1992年。

108. 北京大學中國文學史教研室選注《魏晉南北朝文學史參考資料》，臺北：里仁書局，1992年。

109. 張淑香《抒情傳統的省思與探索》，臺北：大安出版社，1992年。

110. 呂正惠、蔡英俊主編《中國文學批評》臺北：學生書局，1992年。

111. 羅宗強《玄學與魏晉士人心態》，臺北：文史哲出版社，1992年。

112. 霍旭東等主編《歷代辭賦鑒賞辭典》，合肥：安徽文藝出版社，1992年。

113. 鄭土有、陳曉勤編《中國仙話》，上海：文藝出版社，1993年。

114. 小南一郎著、孫昌武譯《中國神話傳說與古小說》，北京：中華書局，1993年。

115. 楊儒賓《中國古代思想史中的氣論與身體觀》，臺北：巨流出版社，1993年。

116. 鄭金川《梅洛龐蒂的美學》，臺北：遠流出版社，1993年。

117. 蔡仲德《中國音樂美學史》，臺北：藍燈出版社，1993年。

118. 北京魯迅博物館、上海魯迅紀念館合編《魯迅輯校古籍手稿》，上海：上海古籍出版社，1993年。

119. 錢志熙《魏晉詩歌藝術原論》，北京：北京大學出版社，1993年。

120. 小南一郎著、孫昌武譯《中國的神話傳說與古小說》，北京：中華書局，1993年。

121. 《中國詩學會議論文集》，彰化：彰化師範大學國文系，1994年。

122. 高友工《The Power of Culture: Studies in Chinese Cultural History》香港：中文大學出版社，1994。

123. 卿希泰主編《中國道教》，上海：知識出版社，1994年。

124. 葉舒憲《詩經的文化闡釋——中國詩歌的發生研究》，武漢：湖北出版社，1994年。

125. 曾田力《音樂生命的沉醉》，北京：北京大學出版社，1994年。

126. 鍾優民《中國詩歌史——魏晉南北朝》，臺北：麗文文化出版社，1994年。

127. 朱光潛《談美》，臺北：萬卷樓圖書公司，1994 年。

128. 松浪信三郎著、梁祥美譯《存在主義》，臺北：志文出版社，1994年。

129. 曾春海《竹林玄學的典範——嵇康》，臺北：輔仁大學出版社，1994年。

130. 康韻梅《中國古代死亡觀之探究》，臺北：臺灣大學出版社，1994年。

131. 孫明君《漢末士風與建安詩風》，臺北：文津出版社，1995 年。

132. 傅剛《魏晉南北朝詩歌史論》，長春吉林教育出版社，1995 年。

133. 葉太平《中國文學的精神世界》臺北：正中書局，1995 年。

134. 魯迅《魏晉思想乙編三種》，臺北：里仁書局，1995 年。

135. 楊祖漢《中國哲學史》，臺北：國立空中大學出版社，1995 年。

136. 《樂府詩研究論文集》，北京：作家出版社，1996 年。

137. 《第三屆國際辭賦學學術研討會論文集》，臺北：政治大學出版社，1996 年。

138. 李亦園、王秋桂主編《中國神話與傳說學術研討會論文集》，臺北：漢學研究中心，1996 年。

139. F. W. Nietzsche 著、劉崎譯《悲劇的誕生》，臺北：志文出版社，1996年。

140. 林文月《山水與古典》，臺北：三民書局，1996 年。

141. 勞思光《新編中國哲學史》，臺北：三民書局，1996 年。

142. 鄭毓瑜《六朝情境美學綜論》，臺北：學生書局，1996 年。

143. 李豐楙《憂與遊——六朝隋唐遊仙詩論集》，臺北：學生書局，1996年。

144. 楊儒賓《儒家身體觀》，臺北：中央研究院文史哲研究所，1996 年。

145. 石田秀實著、楊宇譯《氣、流動的身體》，臺北：武陵出版社，1996年。

146. 吳小如等撰《漢魏六朝詩鑑賞辭典》，上海：上海古籍出版社，1996年。

147. 羅宗強《魏晉南北朝文學思想史》，北京：中華書局，1996 年。

148. 王運熙、顧易生主編《中國文學批評通史》，上海：上海古籍出版社，1996 年。

149. 王國瓔《中國山水詩研究》，臺北：聯經出版社，1996 年。

150. 王玫《六朝山水詩史》，天津：天津人民出版社，1996 年。

151. Sarah Allan. *The Way of Water and Sprouts of Virtue*. Albany: State University of New York Press. 1997.

152. 杜維明《儒家思想：以創造轉化爲自我認同》，臺北：東大出版社，1997 年。

153. 李建中《心哉美矣──漢魏六朝文心流變史》，臺北：文史哲出版社，1997 年。

154. 徐麗珍《嵇康的音樂美學》，臺北：華泰出版社，1997 年。

155. 張蕙慧《嵇康音樂美學思想探究》，臺北：文津出版社，1997 年。

156. 葉嘉瑩《漢魏六朝詩講錄》，石家莊：河北教育出版社，1997 年。

157. 郭建勛《漢魏六朝騷體文學研究》，長沙：湖南教育出版社，1997 年。

158. 錢志熙《唐前生命觀和文學生命主題》，北京：東方出版社，1997 年。

159. 李豐楙《誤入與謫降：六朝隋唐道教文學論集》，臺北：學生書局，1997 年。

160. 李豐楙、朱榮貴主編《性別、神格與臺灣宗教論述》，臺北：中央研究院中國文哲研究所，1997 年。

161. 鄭毓瑜《六朝情境美學》，臺北：里仁書局，1997 年。

162. 加斯東‧巴舍拉著、劉自強譯《夢想的詩學》，北京：三聯書店，1997 年。

163. 恩斯特‧卡西樂著、甘陽譯《人論》，臺北：桂冠出版社，1997 年。

164. 魯迅《古小說鉤沉》，濟南：齊魯書社，1997 年。

165. Joseph Compbell 著、朱侃如譯《千面英雄》，臺北：立緒出版社，1997 年。

166. 張海明《玄妙之境》，長春：東北師範大學出版社，1997 年。

167. 廖蔚卿《漢魏六朝文學論集》，臺北：大安出版社，1997 年。

168. 謝大寧《歷史的嵇康與玄學的嵇康──從玄學史看嵇康思想的兩個側面》，臺北：文史哲出版社，1997 年。

169. 卿希泰主編《中國道教史》，臺北：中華書局，1997 年。

170. Roger T. Ames edited. *Wandering at Ease in the Zhuangzi*. Albany: State University of New York. 1998.

171. Christopher Leigh Connery. *The Empire of the Text: Writing and Authority in Early Imperial China*. Lanham: Rowman & Littlefield

Publishers. 1998.

172. 葉舒憲《探索非理性世界》，重慶：四川人民出版社，1998 年。

173. 王琳《六朝辭賦史》，哈爾濱：黑龍江教育出版社，1998 年。

174. 陳鼓應主編《道家文化研究》，北京：三聯書局，1998 年。

175. 王志弘《流動、空間與社會》，臺北：田園城市文化出版社，1998 年。

176. 李宗芹《與心共舞——舞蹈治療的理論與實務》，臺北：張老師文化事業公司，1998 年。

177. 杜小眞編選《傅柯集》，上海：遠東出版社，1998 年。

178. 李建中《魏晉文學與魏晉人格》，武漢：湖北教育出版社，1998 年。

179. 黃頌杰主編《二十世紀哲學經典文本》，上海：復旦大學出版社，1999 年。

180. 浦安迪（Andrew H. Plaks）《中國敘事學》，北京：北京大學出版社，1999 年。

181. Northrop Frye 著，陳慧、袁憲軍、吳偉仁譯《批評的剖析》，天津：百花出版社，1999 年。

182. 陳鼓應《存在主義增訂本》，臺北：商務印書館，1999 年。

183. 劉侃如、馮沅君《中國詩史》，天津：百花文藝出版社，1999 年。

184. 孫明君《三曹與中國詩史》，北京：清華大學出版社，1999 年。

185. 胡孚琛、呂錫琛《道學通論：道家‧道教‧以學》，北京：社會科學出版社，1999 年。

186. 李澤厚《美學三書》，合肥：安徽文藝出版社，1999 年。

187. 王國瓔《古今隱逸詩人之宗——陶淵明析論》，臺北：允晨文化事業公司，1999 年。

188. 蕭馳《中國抒情傳統》，臺北：允晨出版社，1999 年。

189. Joanne W. Burston 著、宋偉航譯《孤獨世紀末》，臺北：立緒文化事業公司，1999 年。

190. 斐迪南‧滕尼斯著、林榮遠譯《共同體與社會——純粹社會學的基本概念》，北京：商務印書館，1999 年。

191. 王文進《仕隱與中國文學——六朝篇》，臺北：臺灣書店，1999 年。

192. 川合康三著、蔡毅譯《中國的自傳文學》，北京：中央編譯出版社，1999 年。

193. Mircea Eliade 著、胡素娥翻譯《聖與俗——宗教的本質》，臺北：桂冠出版社，2000 年。

194. 伊利亞德著、楊儒賓譯《宇宙與歷史——永恆回歸的神話・第二章時間的再生》，臺北：聯經出版社，2000 年。

195. Edward W. Said 著、單德興譯《知識分子論》，臺北：麥田出版社，2000 年。

196. 李清筠《時空情境中的自我影像：以阮籍、陸機、陶淵明詩為例》，臺北：文津出版社，2000 年。

197. 李文初《漢魏六朝文學研究》，廣州：廣東人民出版社，2000 年。

198. 王力堅《魏晉詩歌的審美觀照》，臺北：文津出版社，2000 年。

199. 章啓群《論魏晉自然觀——中國藝術自覺的哲學考察》，北京：北京大學出版社，2000 年。

200. 皮元珍《嵇康論》，長沙：湖南人民出版社，2000 年。

201. 《區域與網路——近千年來中國美術史研究國際學術研討會論文集》，臺北：臺灣大學藝術史研究所，2001 年。

202. 陳炎主編《中國審美文化史》，濟南：山東畫報，2001 年。

203. 張興發《道教神仙信仰》，北京：中國社會科出版社，2001 年。

204. 劉小楓《拯救與逍遙》，上海：三聯出版社，2001 年。

205. 方瑜《不隨時光消逝的美——漢魏古詩選》，臺北：洪建全基金會，2001 年。

206. 黃金麟《歷史、身體、國家》，臺北：聯經出版社，2001 年。

207. 德瑞克・沃克特著、奚密編譯《海的聖像學——德瑞克・沃克特詩選》，臺北：臺北市政府文化局出版，2001 年。

208. 孫康宜著、鍾振振譯《抒情與描寫：六朝詩歌概論》，臺北：允晨文化公司，2001 年。

209. 莫里斯・梅洛龐蒂著、姜志輝譯《知覺現象學》，臺北：商務印書館，2001 年。

210. 《臺靜農先生百歲冥誕學術研討會論文集》，臺北：臺灣大學中文系，2001 年。

211. 盛源、袁濟喜《華夏審美風尚史・四・六朝清音》，鄭州河南人民出版社，2001 年。

212. 陳寅恪《金明館叢稿初編》，北京：三聯書店，2001 年。

213. 郁沅、倪進《感應美學》，北京：文化藝術出版社，2001 年。

214. 胡令遠《人的覺醒與文學的自覺——兼論中日之異同》，上海：復旦大學出版社，2002 年。

215. 李豐楙，劉苑如主編《空間、地域與文化：中國文化空間的書寫與

闡釋》，臺北：中央研究院中國文哲研究所，2002 年。

216. 戴璉璋《玄智、玄理與文化發展》，臺北：中央研究院中國文哲研究所，2002 年。

217. 苑利編《二十世紀中國民俗學經典》，北京：社會科學文獻出版社，2002 年。

218. 連鎮標《郭璞研究》，上海：三聯書店，2002 年。

219. 《二十一世紀漢魏六朝文學新視角：康達維教授花甲紀念論文集》，臺北：文津出版社，2003 年。

220. Gaston Bachelard 著、龔卓軍，王靜慧譯《空間詩學》，臺北：張老師文化事業公司，2003 年。

221. Paul A. Bell 等著、聶筱秋，胡中凡譯《環境心理學》，臺北：桂冠出版社，2003 年。

222. 胡大雷《中古詩人抒情方式的演進》，北京：中華書局，2003 年。

223. 唐君毅《中國哲學原論》，臺北：學生書局，2004 年。

224. 胡錦媛主編《臺灣當代旅行文選》，臺北：二魚文化事業公司，2004 年。

225. 余敦康《魏晉玄學史》，北京：北京大學出版社，2004 年。

226. 葉舒憲等著《山海經的文化尋踪》，武漢：湖北人民出版社，2004 年。

227. 陳懷恩《第七種孤獨：以尼采之名閱讀詩》，臺北：果實出版社，2005 年。

228. 陳昌明《沉迷與超越：六朝文學之感官辯證》，臺北：里仁書局，2005 年。

229. 廖蔚卿《中古詩人研究》，臺北：里仁書局，2005 年。

230. 方瑜〈空間與夢想中的女性圖像——從《空間詩學》觀點讀李賀《宮娃歌》〉，《鄭因百先生百歲冥誕國際學術研討會論文集》，臺北：臺灣大學中國文學系，2005 年，頁 153～170。

231. 孫昌武《詩苑仙蹤：詩歌與神仙信仰》，天津：南開大學出版社，2005 年。

232. 陳偉強〈「道不若神」——阮籍的宇宙生滅循環論〉，葛曉音《宗教與漢魏六朝文學》，上海：上海古籍出版社，2005 年，頁 215～244。

233. 查屏球《從游士到儒士　漢唐士風與文風論稿》，上海：復旦大學出版社，2005 年。

234. 鄭毓瑜《文本風景——自我與空間的相互定義》，臺北：麥田出版

社，2005 年。

235. Mike Crang 著、楊淑華，宋慧敏翻譯《文化地理學》，南京：南京大學出版社，2005 年。

236. 汪涌豪、余灝敏《中國遊仙文化》，上海：復旦大學出版社，2005 年。

237. 朱光潛《詩論》，臺北：五南圖書公司，2006 年。

238. 龔卓軍《身體部署——梅洛龐蒂與現象學之後》，臺北：心靈工坊文化事業公司，2006 年。

239. 黃偉倫《魏晉文學自覺論題新探》，臺北：學生書局，2006 年。

240. 鄭毓瑜《性別與家園——漢晉辭賦的楚騷論述》，上海：三聯書店，2006 年。

241. 小島毅、溝口雄三主編，田人隆譯《中國的思維世界》，南京：江蘇人民出版社，2006 年。

242. 鄭毓瑜《六朝情境美學綜論》，臺北：學生書局，2006 年。

243. 陳怡良《陶淵明探析》，臺北：里仁書局，2006 年。

244. 宇文所安著、鄭學勤譯《追憶：中國古典文學中的往事再現》，臺北：聯經出版社，2006 年。

245. George Lakoff、Mark Johnson 著，周世箴譯注《我們賴以生存的譬喻》，臺北：聯經出版社，2007 年。

246. 廖美玉《中古詩人的生命印記》，臺北：里仁書局，2007 年。

247. 田曉菲《塵几錄——陶淵明與手抄本文化研究》，北京：中華書局，2007 年。

248. Mircea Eliade 著，晏可佳、姚蓓琴譯《神聖的存在：比較宗教的範型》，桂林：廣西師範大學出版社，2008 年。

249. 張鈞莉《六朝遊仙詩研究》，臺北：花木蘭文化出版社，2008 年。

250. 廖棟樑《靈均餘影：古代楚辭學論集》，臺北：里仁書局，2008 年。

251. Donald Holzman（侯斯孟）*Poetry and Politics: The Life and Works of Juan Chi*（詩歌與政治：阮籍），倫敦：劍橋大學出版社，2009 年。

252. 柯慶明，蕭馳主編《中國抒情傳統的再發現》，臺北：臺大出版中心，2009 年。

253. 劉苑如主編《遊觀：作爲身體技藝的中古文學與宗教》，臺北：中央研究院中國文哲研究所，2009 年。

254. 鮑照著、錢仲聯增補集説校《鮑參軍集注》，上海：上海古籍出版社，2009 年。

255. 曾春海《嵇康的精神世界》，鄭州：中州古籍出版社，2009 年。

256. 張宏《秦漢魏晉遊仙詩的淵源流變略論》，北京：宗教文化出版社，2009 年。

257. 檀晶《西晉太康詩歌研究》，北京：中國社會科學出版社，2009 年。

258. Jonathan D. Spence 著、溫洽溢譯《前朝夢憶——張岱的浮華與蒼涼》，臺北：時報文化出版社，2009 年。

259. 李豐楙《憂與遊：六朝隋唐仙道文學》，北京：中華書局，2010 年。

260. 李豐楙《神化與變異：一個「常與非常」的文化思維》，北京：中華書局，2010 年。

261. 李豐楙《仙境與遊歷：神仙世界的想像》，北京：中華書局，2010 年。

262. 陳霞主編《道教生態思想研究》，成都：巴蜀書社，2010 年。

263. 李晟《仙境信仰研究》，成都：巴蜀書社，2010 年。

264. 張森富《六朝文學與思想的心靈境界之研究》，臺北：花木蘭出版社，2011 年。

265. 黃東陽《世俗的神聖：古典小說中的宗教及文化論述》，臺北：學生書局，2011 年。

266. 蕭馳《中國思想與抒情傳統》，臺北：聯經出版事業公司，2011 年。

267. 唐長孺《魏晉南北朝史論拾遺》，北京：中華書局，2011 年。

268. 劉苑如主編《體現自然：意象與文化實踐》，臺北：中央研究院中國文哲研究所，2012 年。

269. 蔡瑜編《迴向自然的詩學》，臺北：臺大出版中心，2012 年。

三、學位論文

1. 康萍《魏晉遊仙詩研究》，輔仁大學中國文系碩士論文，1970 年。

2. 劉漢初《六朝詩發展述論》，國立臺灣大學中國文學系博士論文，1983 年。

3. 張鈞莉《六朝遊仙詩研究》，國立臺灣大學中國文系碩士論文，1987 年。

4. 張森富《莊子心性思想之研究》，國立政治大學中文系碩士論文，1991 年。

5. 顏進雄《六朝服食風氣與詩歌》，中國文化大學中國文學系碩士論文，1991 年。

6. 林朝成《魏晉玄學的自然觀與自然美學的研究》，國立臺灣大學哲

學系博士論文，1992年。

7. 康韻梅《中國古代死亡觀之探究》，國立臺灣大學中國文學系博士論文，1993年。

8. 吳明津《曹植詩賦研究》，國立成功大學中國文學系碩士論文，1994年。

9. 顏進雄《唐代遊仙詩研究》，中國文化大學中國文學系博士論文，1995年。

10. 劉淑敏《梅洛龐蒂《知覺現象學》概念之內涵》，中國文化大學哲學系碩士論文，1995年。

11. 吳冠宏《魏晉玄論與士風新探——以「情」為綰合及詮釋進路》，國立臺灣大學中國文學系博士論文，1997年。

12. 李清筠《時空情境中的自我影像》，國立臺灣師範大學國文系博士論文，1999年。

13. 丁威仁《三曹時代北地文士「惜時生命觀」研究——以建安七子與曹氏父子之詩歌為研究對象》，國立中興大學中國文學系碩士論文，1999年。

14. 王弘先《曹丕及其詩文研究》，中國文化大學中國文學系碩士論文，1999年。

15. 張超然《六朝道教上清經派存思法研究》，國立政治大學中文系碩士論文，1999年。

16. 黃偉倫《六朝玄言詩研究》，華梵大學東方人文思想研究所碩士論文，1999年。

17. 陳篠如《書寫與記憶——漢魏六朝文學現象的一種考察》，國立臺灣大學中國文學系碩士論文，2000年。

18. 江明玲《六朝物色觀研究——從「感物」到「體物」的詩歌發展》，國立政治大學中國文學系碩士論文，2001年。

19. 呂怡菁《流動與靜止——從空間感知方式論神韻詩朦朧間隔的感知與呈現方式》，國立清華大學中國文學系博士論文，2001年。

20. 吳娟萍《陸機詩歌中的時間推移意識》，東海大學中國文學系碩士論文，2001年。

21. 周翊雯《魏晉時空下的身體展演——《世說新語》之研究》，國立中興大學中國文學系碩士論文，2002年。

22. 何美諭《嵇康之藝術生命探析》，國立中興大學中國文學系碩士論文，2002年。

23. 楊旋《嵇康之養生觀與樂論研究》，東海大學中國文學系碩士論文，

2002 年。

24. 戴士媛《魏晉文學之生死觀研究：以阮籍、陸機、陶淵明為例》，南華大學文學研究所碩士論文，2003 年。

25. 張澤文《嵇康神仙想之研究》，中國文化大學哲學系碩士論文，2004年。

26. 李文鈺《宋詞中的神話特質與運用》，國立臺灣大學中國文學系博士論文，2005 年。

27. 鄭宜玟《陶淵明的生命哲學》，東海大學哲學系碩士論文，2005 年。

28. 王岫林《魏晉士人之身體觀》，國立中山大學中國文學系博士論文，2006 年。

29. 蘇秋旭《嵇康生命觀之研究》，國立嘉義大學中國文學系碩士論文，2006 年。

30. 吳明芳《阮籍嵇康音樂美學思想及其比較研究》，國立高雄師範大學國文學系碩士論文，2006 年。

31. 陳子梅《郭璞遊仙詩研究》，國立高雄師範大學國文系碩士論文，2006 年。

32. 吳翊良《空間・神話・行旅──漢晉辭賦中的「山水書寫」研究》，國立成功大學中國文學系碩士論文，2007 年。

33. 李紫琳《詩意地棲居：《楚辭》中的空間感與身體感》，國立東華大學中國語文學系碩士論文，2007 年。

34. 江婉瑜《陶淵明儒道人格的美學研究》，國立臺灣師範大學國文學系在職進修碩士班碩士論文，2007 年。

35. 唐維珍《嵇康及其作品研究》，國立臺灣師範大學國文學系在職進修碩士班碩士論文，2007 年。

36. 成育瑩《物感與人情：白居易詩中的身體感與審美情趣》，國立成功大學中國文學系碩士論文，2009 年。

37. 葉書含《魏晉個體自覺之研究》，國立中山大學中國文學系碩士論文，2009 年。

38. 黃國寧《曹操詩文研究》，東海大學中國文學系碩士論文，2009 年。

39. 陳□如《書寫與記憶──漢魏六朝文學現象的一種考察》，國立臺灣大學中國文學系碩士論文，2010 年。

40. 盧明瑜《三李神話詩歌之探討》，國立臺灣大學中國文學系博士論文，2010 年。

41. 黃昕瑤《魏晉名士的友誼觀──友情與友道研究》，國立成功大學

中國文學系碩士論文，2010 年。

42. 高靜慧《曹植及其詩研究》，玄奘大學中國語文學系碩士在職專班碩士論文，2010 年。

43. 吳星瑩《「徘徊將何見」──阮籍詩賦時空意識研究》，國立臺灣大學中國文學系碩士論文，2010 年。

44. 沈雅惠《莊子與阮籍、嵇康人生哲學之比較研究》，中國文化大學哲學系博士論文，2011 年。

45. 莊孟融《「變與不變」──屈原作品中的自我樣貌》，國立臺灣大學中國文學系碩士論文，2012 年。

46. 邱昱錡《潘岳、陸機傷逝詩歌研究》，輔仁大學中國文學系碩士論文，2012 年。

四、臺灣期刊

1. 余遜〈早期道教之政治信念〉，《輔仁學誌》第 12 卷 1～2 期，1943 年。

2. 馮承基〈論魏晉名士之政治生涯〉，《國立編譯館館刊》，第 2 卷第 2 期，1973 年，頁 46～65。

3. 唐亦璋〈神仙思想與遊詩研究〉，《淡江學報》，第 14 期，1976 年 4 月，頁 121～176。

4. 吉川幸次郎著、鄭清茂譯：〈推移的悲哀（上）──古詩十九首的主題〉，《中外文學》第 6 卷第 4 期，1977 年 9 月，頁 24～54。

5. 高友工〈文學研究的美學問題（上）：美感經驗的定義與結構及經驗材料的意義與解釋〉，《中外文學》第 7 卷第 11 期，1979 年 4 月，頁 4～21。

6. 李豐楙〈嵇康養生思想之研究〉，《靜宜文理學院學報》，第 2 期，1979 年 6 月，頁 53～55。

7. 李豐楙〈漢武內傳的著成及其流傳〉，《幼獅學誌》，第 17 卷第 2 期，1982 年 10 月，頁 34～35。

8. 三浦國雄〈洞天福地小論〉，《東方宗教》，第 61 號，1983 年 5 月，頁 1～23。

9. 李豐楙〈六朝道教與遊仙詩的發展〉，《中華學苑》，第 28 期，1983 年 12 月，頁 98。

10. 陳昌明〈先秦至六朝「情性」與文學的探討〉，《中國文學研究》，第 1 期，1987 年 5 月。

11. 劉翔飛〈古詩中形象描寫的演變〉，《臺大中文學報》，第 3 期，1989

年 12 月。

12. 高德耀〈曹植的動物賦〉,《文史哲》,第 2 期,1990 年。

13. 宇文所安〈Place: Meditations on the Past of Chin-ling〉,《Harvard Journal of Asiatic Studies》,第 50 卷第 2 期,1990 年 12 月,頁 417～457。

14. 張鈞莉〈從遊仙詩看曹氏父子的性格與風格〉,《中外文學》,第 20 卷第 5 期,1991 年 10 月,頁 104～110。

15. 周大興〈越名教而任自然──嵇康〈釋私論〉的道德超越論〉,《鵝湖月刊》,第 17 卷第 5 期,1991 年 11 月,頁 34。

16. 林文月〈潘岳陸機詩中的南方意識〉,《臺大中文學報》,第 5 期,1992 年,頁 81～118。

17. 韋鳳娟〈論陶淵明的境界及其所代表的文化模式〉,《文學遺產》,第 2 期,1994 年,頁 22～31。

18. 王孝廉〈永劫與回歸〉,《誠品閱讀》,第 18 期「人文藝術專題:時間」,1994 年 10 月。

19. 葉嘉瑩〈建安詩歌講錄‧第二講(曹操一)〉,《國文天地》,第 11 卷第 10 期,1996 年,頁 73。

20. 陳怡良〈建安之傑,下筆琳琅──試探曹植生平際遇之逆轉及其對詩歌創作之影響〉,《成大中文學報》,第 6 期,1998 年,頁 34。

21. 朱雅琪〈曹操詩歌中的審美意識〉,《思辨集》,第 2 集,1998 年 11 月,頁 1～14。

22. 駱水玉〈論魏晉詩歌中的遊仙意識〉,《國立編譯館館刊》,第 27 卷第 1 期,1998 年 6 月,頁 99～115。

23. 歐麗娟〈唐詩裡的「失樂園」──追憶中的開元盛世〉,《漢學研究》,第 34 期,1999 年,頁 220。

24. 李清筠〈三曹樂府詩中的神仙世界〉,《國文學報》,第 28 期,1999 年 6 月,頁 153～178。

25. 駱水玉〈聖域與沃土──《山海經》中的樂土神話〉,《漢學研究》,第 17 卷第 1 期,1999 年 6 月,頁 168。

26. 連鎮標〈郭璞遊仙詩創作動因考〉,《中山人文學報》,第 9 期,1999 年 8 月,頁 65～77。

27. 鄭志明〈道教生死觀──「不死」的養生〉,《歷史月刊》,第 139 期,1999 年 8 月,頁 55～56。

28. 畢恆達〈家的意義〉,《應用心理研究》,第 8 期,2000 年,頁 55～147。

29. 廖芳瑩〈宋玉〈神女賦〉、曹植〈洛神賦〉及濟慈〈無情的美女〉中中西男性理想自我追求模式設計下的女性形象與自我個體意識比較〉,《Graduate Student Research Papers》,第 15 期,2000 年,頁 38～51。

30. 廖美玉〈郭璞故鄉／新鄉／仙鄉的心靈映象與豔逸詩風的形成〉,《成大中文學報》第 8 期 2000 年 6 月,頁 1～30。

31. 尤雅姿〈文學世界中的空間創設〉,《中國文哲研究通訊》,第 10 卷第 3 期,2000 年 9 月,頁 153～167。。

32. 李志宏〈試論兩漢遊仙歌詩的生成及其藝術表現〉,《臺北師院語文集刊》,第 6 期,2001 年 6 月,頁 1～29。

33. 衣若芬〈「瀟湘」山水畫之文學意象情境探微〉,《中國文史哲研究集刊》,第 20 期,2002 年,頁 317～344。

34. 苟波〈試論道教仙境說的特徵及意義〉,《宗教學研究》,第 4 期,2002 年,頁 24～30。

35. 黃俊傑〈中國思想史中『身體觀』研究的新視野〉,《中國文哲研究集刊》,第 20 期,(2002 年 3 月),頁 541～564。

36. 渡邊登紀〈田園與時間——陶淵明〈歸去來兮辭〉論〉,《中國文學報》,2003 年 4 月,頁 31～39。

37. 黃麗月〈精神創傷與藝術創作——以曹植〈鸚鵡賦〉、〈離繳雁賦〉及〈白鶴賦〉爲例〉,《人文及社會學科教學通訊》,第 13 卷第 5 期,2003 年 2 月,頁 178～201。

38. Gernot Bohme 著、谷新鵬、翟江月、何乏筆譯〈氣氛作爲新美學的基本概念〉,《當代》,188 期,2003 年 4 月,頁 10～33。

39. 王國櫻:〈個體意識的自覺——兩漢文學中之個體意識〉,《漢學研究》,第 21 卷第 2 期,2003 年 12 月,頁 45～75。

40. 蔡瑜:〈論陶淵明的任眞〉,《國家科學委員會研究彙刊:人文及社會科學》,第 4 卷第 1 期,2004 年 1 月,頁 15～37。

41. 蔡瑜〈試從身體空間論陶詩的田園世界〉,《清華學報》,第 34 卷第 1 期,2004 年 6 月,頁 151～180。

42. 廖堂智〈曹植遊仙詩探索——兼論屈原對曹植遊仙詩的影響〉,《興大中文研究生論文》,第 9 輯,2004 年 5 月,頁 93～106。

43. 李佳蓮〈試從屈原、曹植、李白「遊仙詩作」談抒情自我的追尋與超越〉,《東海大學文學院學報》,第 45 期,2004 年 7 月,頁 121～147。

44. 林聰舜〈「達」的多重樣態——魏晉士人對「無待」的渴慕與糾纏〉,

《六朝學刊》，第 1 期，2004 年 12 月，頁 81～83＋85～97。

45. 蔡瑜〈從飲酒到自然——以陶詩爲核心的探討〉，《臺大中文學報》，第 22 期，2005 年 6 月，頁 223～268。

46. 盧桂珍〈生命的存在限制與超越——嵇康學說中有關個體存有狀態之顯題化〉，《臺大中文學報》，第 23 期，2005 年 12 月，頁 189～191＋193～234。

47. 涂佩鈴〈詠史詩與遊仙詩的時空意蘊——以左思、郭璞詩爲例〉，《中國語文》，第 98 卷第 4 期，2006 年 4 月，頁 47～60。

48. 馬行誼〈阮籍的群我意識〉，《逢甲人文社會學報》，第 12 期，2006 年 6 月，頁 103～127。

49. 馬行誼〈試論阮籍著作中理想人格的塑造與衝突〉，《臺中教育大學學報：人文藝術類》，第 20 卷第 1 期，2006 年，頁 31～52。

50. 蔡瑜〈試論陶淵明隱逸的倫理世界〉，《漢學研究》，第 24 卷第 1 期，2006 年 6 月，頁 107～140。

51. 王文進〈陶謝並稱對其文學範型流變的影響——兼論陶謝「田園」、「山水」詩類空間書寫的區別〉，《東華人文學報》，第 9 期，2006 年 7 月，頁 69～109。

52. 陳昭銘〈試論嵇康詩中之生命意境〉，《致遠管理學院學報》，第 1 期，2006 年 8 月，頁 141～159。

53. 謝元雄〈羈旅無儔匹，俛仰懷哀傷　論阮籍五言〈詠懷詩〉中的孤獨與追尋〉，《輔大中研所學刊》，第 16 期，2006 年 10 月，頁 171～189。

54. 劉仲娟〈陸機挽歌詩三首及其生死觀初探〉，《問學》，第 11 期，2007 年 6 月，頁 251～265。

55. 李天祥〈陶淵明詩文中的時間焦慮〉，《清華中文學報》，第 1 期，2007 年 9 月，頁 211～244。

56. 許又方〈神話與自傷——論屈原《九歌》中的個人情懷〉，《興大中文學報》，第 23 期，2008 年，頁 269。

57. 吳大堂〈遊仙・玄理・玄遠——嵇康玄學思想對其詩歌創作的影響〉，《古今藝文》，第 34 卷第 2 期，2008 年 2 月，頁 50～56。

58. 賴錫三〈《桃花源記并詩》的神話、心理學詮釋——陶淵明的道家式「樂園」新探〉，《中國文哲研究集刊》，第 32 期，2008 年 3 月，頁 1～40。

59. 陳卓欣〈曹植《洛神賦》女神形象探析〉，《中華人文社會學報》，第 9 期，2008 年 9 月，頁 164～185。

60. 蕭馳〈論阮籍《詠懷》對抒情傳統時觀之再造〉」，《清華學報》，第 38 卷第 4 期，2008 年 12 月，頁 635。

61. 李美燕〈嵇康《琴賦》中「和」的美學意涵析論〉，《藝術評論》，第 19 期，，2009 年，頁 189～207。

62. 許愷容〈郭璞《遊仙詩》與《楚辭‧遠遊》之比較〉，《東方人文學誌》，第 8 卷第 3 期，2009 年 9 月，頁 35～56。

63. 鍾志偉〈潘岳陸機歎逝詩文之對顯探析〉，《人文研究期刊》，第 7 期，2009 年 12 月，頁 27～56。

64. 蔡瑜〈陶淵明的懷古意識與典範形塑〉，《臺大文史哲學報》，第 72 期，2010 年 5 月，頁 1～34。

65. 李美燕〈嵇康的音樂養生觀與道教之關係〉，《哲學與文化》，第 37 卷第 6 期，2010 年 6 月，頁 5～19。

66. 何維剛〈魏晉文人挽歌的文化考察——以《文選》所收錄之陸機〈挽歌〉三首爲考察中心〉，《中臺學報（人文社會卷）》，第 22 卷第 1 期，2010 年 9 月，頁 9～29。

67. 邱昱錡〈試析陸機五言樂府中的歎逝類型〉，《思辨集》，第 14 集，2011 年 3 月，頁 59～78。

68. 郭乃禎〈文人的自我獨白——解析自祭文與自撰墓誌銘〉，《北市大語文學報》，第 7 期，2011 年 12 月，頁 83～104。

69. 蕭馳〈南朝詩歌山水書寫中「詩的空間」的營造〉，《中國文哲研究集刊》，第 40 期，2012 年 3 月，頁 1～40。

五、大陸期刊

1. 張文勛〈苦悶的象徵——洛神賦新議〉，《社會科學戰線》，第 1 期，1985 年，頁 227。

2. 龔斌〈論曹氏父子的遊仙詩〉，《南京大學學報‧哲學社會科學》，1985 年，頁 8。

3. Rudolf Arnheim 著、滕守堯譯《視覺思維——審美直覺心理學》，北京：光明日報，1987 年。

4. 李洲良〈三曹詩歌的意象與風格〉，《中國古代、近代文學研究》，第 10 期，1991 年，頁 113。

5. 鄧仕樑〈論建安以「閑邪」和「神女」爲主題的兩組賦〉，香港大學「第二屆國際賦學術研討會」，1992 年，頁 14。

6. 龍文玲〈陶淵明《讀山海經》的遊仙娛情〉，《廣西師範大學學報（研究生專輯）》，1994 年增刊，頁 38～40。

7. 孫明君〈論曹丕詩歌的生命意識〉,《人文雜誌》,第 1 期,1994 年, 頁 114～118。

8. 張廷銀〈心靈現實的藝術透視——從嵇康詩歌的意象看他的心靈歷 程〉,《西北師大學報(社會科學版)》,第 32 卷第 4 期,1995 年 7 月,頁 7～11。

9. 祝菊賢〈生命自我與現實自我的糾葛與幻化——陶淵明《飲酒》詩 七首意象結構探索〉,《西北大學學報(哲學社會科學版)》,第 27 卷第 2 期,1997 年,頁 45～48。

10. 連鎮標〈郭璞與道教〉,《道教論壇》,第 2 期,1999 年,頁 25～27。

11. 譚容培〈論魏晉時期自然審美思想〉,《湖南師範大學社會科學學 報》,第 28 卷第 1 期,1999 年,頁 24～30。

12. 王利鎖〈試論阮籍詠懷詩的遊仙描寫與建安遊仙詩模式風格的差 異〉,《中州學刊》,第 1 期,1999 年 1 月,頁 100～104。

13. 田彩仙〈論阮籍詩歌重「意」與重「氣」的美學追求〉,《漳州師範 學院學報(哲學社會科學版)》,第 4 期,2000 年,頁 31～34。

14. 王麗珍〈求仙道旨在求功業——試論曹操遊仙詩的思想實質〉,《青 海師範大學學報(哲學社會科學版)》,第 1 期,2001 年,頁 108～ 112。

15. 魯紅平〈論阮籍遊仙詩的特色〉,《曲靖師範學院學報》,第 20 卷第 1 期,2001 年 1 月,頁 58～62。

16. 劉玉〈生命與時間的交奏——試析阮籍《詠懷》詩的意象結構〉,《廣 西右江民族師專學報》,第 14 卷第 3 期,2001 年 9 月,頁 44～47。

17. 牛建宏〈生命中不能承受之「憂」——試論曹丕的生存困境及其消 解方式〉,《山西大學師範學院學報》,第 1 期,2002 年,頁 50～55。

18. 吳承學〈漢魏六朝挽歌考論〉,《文學評論》,第 3 期,2002 年,頁 59～68。

19. 戴建業〈「委心」與「委運」——論陶淵明的存在方式〉,《北京工 業大學學報(社會科學版)》,第 2 卷第 1 期,2002 年 3 月,頁 62 ～66。

20. 劉毓慶〈論漢賦對文學進程的意義〉,《中州學刊》,第 3 期,2002 年 5 月,頁 49。

21. 汪春泓〈從精氣養生說角度對毛詩序的疏證〉,《曲靖師範學院學 報》,第 21 卷第 5 期,2002 年 9 月),頁 55～61。

22. 袁玲玲〈一次對死亡的精神漫遊——評陶淵明的《挽歌詩三首》〉, 《九江師專學報(哲學社會科學版)》,第 2 期,2003 年,頁 17～

20。

23. 趙利梅〈仙境縹緲星象言志——曹操《氣出唱》其二詩意解析〉,《古典文學知識》,第 4 期,2003 年,頁 10～14。

24. 戴紹敏:〈論《洛神賦》的古典美及其傳承〉,《大同職業技術學院學報》,第 3 期,2004 年,頁 42～44。

25. 王立、王桁〈陸機潘岳悼挽傷逝文學比較〉,《遼東學院學報》,第 7 卷第 6 期,2005 年,頁 51～62。

26. 王樂園〈再論郭璞爲晉「中興第一」〉,《焦作師範高等專科學校學報》,第 21 卷第 2 期,2005 年 6 月,頁 15～18。

27. 胡培培〈從魏晉遊仙詩的發展看「人的覺醒」〉,《湖北社會科學》,第 7 期,2007 年,頁 113～115。

28. 翁頻〈論郭璞身分認同的錯位——兼論漢末魏晉時期思想與學術的歷史流變〉,《廈門大學學報(哲學社會科學版)》,第 1 期,2007 年,頁 100～105。

29. 李劍清〈陸機的天道疏離感〉,《洛陽師範學院學報》,第 3 期,2007 年,頁 82～84。

30. 王浩〈論遠遊與曹操遊仙詩之異同〉,《齊齊哈爾師範高等專科學校學報》,第 5 期,2007 年,頁 53～56＋120。

31. 梅國宏〈「仙」與「玄」的二重奏——郭璞《遊仙詩》探析〉,《三明學院學報》,第 24 卷第 3 期,2007 年 9 月,頁 311～314。

32. 劉敏〈陶淵明與道教之關係〉,《四川教育學院學報》,第 23 卷第 11 期,2007 年 11 月,頁 33～36。

33. 伍寶娟、彭謀〈從《詠懷詩》中的意象看阮籍的生死意識〉,《綿陽師範學院學報》,第 26 卷第 12 期,2007 年 12 月,頁 41～45。

34. 范子燁〈自由的象徵:對阮籍長嘯的文化闡釋〉,《尋根》,第 2 期,2009 年,頁 9～18。

35. 范子燁〈田園詩人的別調:陶淵明與楚聲音樂〉,《文藝研究》,第 11 期,2009 年,頁 54～61。

36. 趙沛霖〈「五色筆」的繼承與差異——江淹、郭璞創作之比較〉,《淮北煤炭師範學院學報(哲學社會科學版)》,第 30 卷第 3 期,2009 年 6 月,頁 85～87。

37. 王力〈從《挽歌》看陸機的死亡觀〉,《陰山學刊》,第 22 卷第 6 期,2009 年 12 月,頁 38～42。

38. 李小榮〈陶淵明與道教靈寶派關係之檢討——以涉酒詩文爲中心〉,《福建師範大學學報(哲學社會科學版)》,第 5 期,2010 年,

頁 111～119。

39. 陳遠洋〈《文選》繆襲、陸機挽歌詩中的死亡意象——《文選》挽歌詩死亡意象論析之一〉,《山花》,第 20 期,2010 年,頁 122～123。

40. 董首一〈試論曹丕詩歌的生命本體意識〉,《赤峰學院學報(漢文哲學社會科學版)》,第 31 卷第 6 期,2010 年 6 月,頁 48～51。

41. 趙忠江〈論詩人阮籍的身體語言〉,《佳木斯大學社會科學學報》,第 28 卷第 3 期,2010 年 6 月,頁 60～64。

42. 劉艷春〈接受視野中的郭璞與玄言詩〉,《太原師範學院學報(社會科學版)》,第 9 卷第 4 期,2010 年 7 月,頁 70～72。

43. 張蓉〈論曹丕《大牆上蒿行》中二元對立的悲劇化生命意識〉,《陝西教育學院學報》,第 26 卷第 3 期,2010 年 9 月,頁 46～48。

44. 劉育霞〈論曹操的神仙思想及其遊仙詩〉,《山西大同大學學報(社會科學版)》,第 24 卷第 5 期,2010 年 10 月,頁 43～46。

45. 趙玉霞、劉海波〈論郭璞遊仙詩中的憂患意識〉,《延邊大學學報(社會科學版)》,第 43 卷第 6 期,2010 年 12 月,頁 95～99。

46. 陳琳〈論曹植遊仙詩中的自我價值——兼論曹植遊仙詩中的「風骨」與玄學思想〉,《信陽農業高等專科學校學報》,第 20 卷第 4 期,2010 年 12 月,頁 75～78。

47. 鄧彪、鄭燕飛〈淺析李白、郭璞之遊仙詩的寫作特色〉,《南昌教育學院學報(文學藝術)》,第 26 卷第 12 期,2011 年,頁 34～35。

48. 王薇〈試析東晉遊仙——以《文選》所收郭璞《遊仙》詩七首為例〉,《群文天地》,第 7 期,2011 年,頁 70～71。

49. 趙沛霖〈郭璞的生命悲劇意識與《遊仙詩》〉,《天津社會科學》,第 6 期,2011 年,頁 108～114。

50. 曹莎〈美感與生命——淺析阮籍與嵇康詩歌中的生命意識及其中「佳人」的超現實意義〉,《文學界:理論版》,第 2 期,2011 年,頁 195～200。

51. 劉莉〈「樂之為體以心為主」——論嵇康的樂象觀〉,《天津音樂學院學報(天籟)》,第 2 期,2011 年,頁 25～31。

52. 殷凌飛〈魏晉神仙道教與阮籍〉,《群文天地》,第 7 期,2011 年,頁 10～11。

53. 趙沛霖〈兩種不同人生價值取向的抉擇——郭璞《遊仙詩·京華遊俠窟》試解〉,《北京大學學報(哲學社會科學版)》,第 48 卷第 3 期,2011 年 5 月,頁 57～63。

54. 王彥超〈曹植遊仙詩芻議〉,《甘肅理論學刊》,第 3 期,2011 年 5

月，頁 154～156。

55. 趙沛霖〈從郭璞的神仙道教信仰看他的《遊仙詩》〉，《中州學刊》，第 5 期，2011 年 9 月，頁 209～213。

56. 趙沛霖〈關於郭璞的神仙道教信仰〉，《中州學刊》，第 5 期，2011年。

57. 趙沛霖〈郭璞《遊仙詩》中的神仙世界與宗教存想〉，《文學遺產》，第 4 期，2012 年，頁 15～26。

58. 范子燁〈陶淵明的服食養生與臨終高態〉，《中華文化畫報》，第 11 期，2012 年，頁 83～87。

59. 王燕〈淺談曹植遊仙詩的藝術底蘊〉，《群文天地》，第 12 期，2012年，頁 64～65。

60. 蔣麗雲〈論曹植遊仙詩的思想內涵和藝術成就〉，《太原城市職業技術學院學報》，第 6 期，2012 年 6 月，頁 206～207。

61. 趙沛霖〈《遊仙詩》方術修煉的藝術表現及其對詩歌發展的貢獻〉，《上海師範大學學報（哲學社會科學版）》，第 41 卷第 5 期，2012 年 9 月，頁 58～64。

62. 王利鎖、曹艷〈人生命運的悲劇性存在──曹植《蟬賦》人生寓意解讀〉，《天中學刊》，第 27 卷第 5 期，2012 年 10 月，頁 43～45。

63. 沈揚〈深文隱蔚餘味曲包──論陸機《羽扇賦》的隱喻空間〉，《中國韻文學刊》，第 27 卷第 4 期，2013 年 10 月，頁 58～62。